Jørn Lier Horst
Wisting und die Untiefen der Vergangenheit

AF156376

JØRN LIER HORST

WISTING
und die Untiefen der Vergangenheit

Kriminalroman

Aus dem Norwegischen
von Andreas Brunstermann

PIPER

Mehr über unsere Autorinnen, Autoren und Bücher:
www.piper.de

Von Jørn Lier Horst liegen im Piper Verlag vor:
Wistings Cold Cases:
Band 0: Wisting und die Stunde der Wahrheit
Band 1: Wisting und der Tag der Vermissten
Band 2: Wisting und der fensterlose Raum
Band 3: Wisting und der Atem der Angst
Band 4: Wisting und der See des Vergessens
Wistings schwierigste Fälle:
Band 1: Wisting und die Tote am Wegesrand
Band 2: Wisting und der ungewollte Verrat
Band 3: Wisting und die Untiefen der Vergangenheit

Inhalte fremder Webseiten, auf die in diesem Buch (etwa durch Links) hingewiesen wird, macht sich der Verlag nicht zu eigen. Eine Haftung dafür übernimmt der Verlag nicht. Wir behalten uns eine Nutzung des Werks für Text und Data Mining im Sinne von § 44b UrhG vor.

ISBN 978-3-492-06407-1
© Jørn Lier Horst 2024
Titel der norwegischen Originalausgabe:
»Tørt Land«, Bonnier Norsk Forlag AS, Oslo 2024
Published by Agreement with Salomonsson Agency
© der deutschsprachigen Ausgabe 2025:
Piper Verlag GmbH, Georgenstraße 4, 80799 München,
www.piper.de
Für einen direkten Kontakt und Fragen zum Produkt wenden Sie sich bitte an: *info@piper.de*
Redaktion: Dr. Annika Krummacher
Satz auf Grundlage eines CSS-Layouts von digital publishing competence (München) mit abavo vlow (Buchloe)
Druck und Bindung: CPI Books GmbH, Leck
Printed in the EU

1

Der Wasserstand war seit dem letzten Mal um gut einen Meter gesunken. Dabei war ein altes Ruderboot zum Vorschein gekommen. Es hatte Löcher im Rumpf und lag auf der Seite, halb versunken im Schlamm, mit dem Heck im trüben Wasser.

Evert Harting setzte sich auf die Kante des Kofferraums und zog seine Stiefel an. Die Luft stand still. Er schob seine Schirmmütze zurecht und blickte hinaus auf den Farris. Die Wasseroberfläche des Sees war nahezu spiegelglatt und der Widerschein der Sonne so stark, dass er den Blick abwenden musste.

Entlang des Ufers hatte das Wasser einen breiten, farblosen Streifen hinterlassen. Ein unberührtes Areal.

Er legte sich den Ausrüstungsgürtel um, nahm den Metalldetektor aus dem Wagen und hielt ihn probehalber an eines der Hinterräder. Ein lauter Ton war zu hören, als die Suchspule sich der Metallfelge näherte. Die Signale waren auf dem Display deutlich zu erkennen.

Ein Vogel mit langem Schnabel stob auf, als Harting sich dem Suchgebiet näherte. Der getrocknete Lehmboden hatte Risse gebildet, die sich gleich einem Netzwerk kreuz und quer über den gesamten Bereich erstreckten. An einigen Stellen ragten Büschel welken und vertrockneten Schilfs aus dem Boden, an anderen lagen Steine.

Die dünne Lehmkruste zerbrach unter seinen Schritten zu kleinen Brocken.

Er entdeckte den großen Stein, an dem er beim letzten Mal die Suche abgebrochen hatte, und setzte die Arbeit systematisch fort. Seine alten Stiefelabdrücke waren immer noch zu sehen. Er bewegte sich parallel zu ihnen vorwärts, bis er den Felsbrocken erreichte. Dort drehte er sich um und lief zurück. Von der Autobahnbrücke im Süden hörte er das ferne Rauschen des Verkehrs.

Der Detektor gab ein Signal von sich. Der hochfrequente Ton verriet Harting, dass etwas aus Leichtmetall im seichten Untergrund lag. Mit dem Fuß stocherte er im Boden und entdeckte eine leere Bierdose. Der aufgewirbelte Staub löste ein Kratzen in seinem Hals aus. Er ging ein Stück weiter, justierte die Empfindlichkeit der Sonde und setzte die Suche fort.

Evert Harting hoffte, Überreste der alten Fresjeborg zu finden, die hier angeblich irgendwo am Ufer gestanden hatte und im 17. Jahrhundert einem Hochwasser zum Opfer gefallen war. Die Burg soll über einen eisernen Turm verfügt haben, doch er hätte sich schon mit einem alten, handgeschmiedeten Nagel zufrieden gegeben.

Er nahm einen Schluck aus der Wasserflasche an seinem Gürtel und machte weiter.

Ein paar Bretter lagen auf dem getrockneten Schlammboden lose übereinander. Sie waren von Algen grünlich verfärbt und teilweise faulig. Er ließ den Detektor darüber hinweggleiten, doch es gab kein Signal.

Bis hinüber zu der Felskante, die das Suchgebiet begrenzte, war der Boden mit eingesunkenem Treibholz gespickt. Evert Harting schob den Metalldetektor zwischen einen grauen Stamm und eine Baumwurzel. Sofort gab die Sonde ein Signal von sich, einen Ton, der schnell anstieg und jäh wieder abfiel. Die Bildschirmanzeige deutete auf Kupfer oder ein anderes schnell leitendes Metall hin.

Er legte den Detektor aus der Hand und kippte die Wurzel zur Seite. An einem der verdrehten Wurzelstränge hing ein verirrter Angelköder.

Jedes Mal war es aufregend, wenn der Detektor ein klares Signal von sich gab, doch meistens handelte es sich um Schrott. Einmal hatte er eine dänische Silbermünze aus dem Jahr 1642 gefunden, ein Zwei-Schilling-Stück mit der Abbildung Christians IV., das an einem Feldrand in Stokke gelegen hatte. Ein anderes Mal war er auf einen silbernen Fingerhut aus dem späten 19. Jahrhundert gestoßen.

Er ließ den Köder an der Baumwurzel hängen und ging wieder zurück. Dabei achtete er darauf, die Sonde so zu bewegen, dass sie sich mit den Bereichen überlappte, in denen er bereits gesucht hatte. Die Sonne brannte ihm in den Nacken, und das Hemd klebte vor Schweiß.

Mit jeder neuen Runde kam er näher ans Wasser heran. Er hatte sich gerade ausgerechnet, dass er noch dreimal gehen müsste, als der Detektor zu piepen begann. Der Indikator auf dem Bildschirm signalisierte einen Goldfund.

Evert Harting spürte den Puls ansteigen. Um den Fund einzugrenzen, ließ er den Detektor im Kreis herumfahren. Er markierte die Stelle mit dem Kopf der Sonde, legte das Gerät dann zur Seite, schob die Mütze aus der Stirn und wischte sich den Schweiß mit dem Hemdsärmel ab.

An seinem Gürtel hing ein kleiner Spaten. Er nahm

ihn, kniete sich hin und schaufelte ein wenig trockene Erde zur Seite, die er durch seine Finger rieseln ließ. Sie enthielt Steinchen und Pflanzenreste.

Er wusste, dass er tiefer graben musste, und arbeitete sich mühsam weiter vor. Nach und nach wurde die Erde klumpiger und feuchter. Er legte den Spaten weg und griff zu seinem Pinpointer. Der piepte und vibrierte in seiner Hand, als er ihn auf den Grund des Lochs führte. Der Fund schien sich am Rande der kleinen Grube zu befinden, die er gegraben hatte.

Der Schweiß brannte ihm in den Augen. Er blinzelte ihn weg, grub eine weitere Handvoll Erde hervor und zerbröselte sie auf der Handfläche. Nichts. Er unternahm einen neuen Versuch und spürte plötzlich, dass seine Finger etwas berührten. Als er sie wieder aus dem Loch zog, blieb etwas Fadenartiges daran hängen. Eine Goldkette.

Er nahm sie in die Hand und ließ sie mehrmals auf die andere Handfläche fallen, um die Erde abzulösen.

Es war eine dünne Halskette, etwa vierzig Zentimeter lang, in deren Mitte ein Anhänger befestigt war. Der Buchstabe A. Das Kettenglied neben dem Verschluss war beschädigt, als wäre die Kette jemandem vom Hals gerissen worden.

Ein kühler Windstoß wirbelte etwas Staub auf. Evert Harting schloss die Hand um die Goldkette und erhob sich. Ein Kajakfahrer paddelte gerade über den See. Auf der anderen Seite wurde das Sonnenlicht von ein paar fahrenden Autos reflektiert, und Harting glaubte Menschen am Fuße der steilen Felskante zu sehen, die sich zum Wasser hinunterzog.

Eine ganze Weile blieb er stehen und sah hinüber,

ehe er schluckte und seine Faust betrachtete. Vorsichtig öffnete er sie.

So eine Kette hatte er einmal auf Zeitungsfotos gesehen – und das war jetzt schon einige Jahre her.

Oben an dem A befand sich ein kleines Loch, durch das die Kette geführt wurde. Am rechten unteren Rand des Buchstabens befand sich ein weiteres Loch, sodass er leicht schräg am Hals der Person hing, die die Kette trug.

Mit dem Daumen rieb Evert Harting über den Buchstaben und kratzte mit dem Fingernagel etwas Erde ab. Dann steckte er die Kette in die Brusttasche und schob mit dem Fuß die Erde zurück ins Loch.

2

William Wisting folgte der Wegbeschreibung auf seinem Handy und erreichte die richtige Abzweigung. Auf beiden Seiten standen Laubbäume dicht beieinander. Das Sonnenlicht schien durch die Äste und warf streifenförmige Schatten auf den unübersichtlichen Schotterweg vor ihm.

Er brauchte nicht weit zu fahren, bis er die anderen entdeckte. Die Autos standen in einer breiten Kurve, die den Blick auf den Farris freigab. Staub wirbelte auf, als er den Wagen abbremste. Nils Hammer stand mit zwei jungen uniformierten Beamten am Wegesrand.

Wisting öffnete die Fahrertür und stieg aus. Der heiße Motor gab klickende Geräusche von sich.

Hammer trank einen Schluck aus seiner Wasserflasche.

»Ich dachte, du würdest dir den Fundort vor der Bergung gern noch ansehen«, sagte er.

Die jungen Kollegen traten ein wenig zur Seite. Wisting ging dicht an den niedrigen Holzzaun heran und spähte über die Kante. Etwa fünf Meter unterhalb von ihm stand ein dritter Polizist. Alles, was bis vor Kurzem noch von Wasser bedeckt gewesen war, lag jetzt offen da. Wisting sah einen alten Kühlschrank, einen Herd, einen Rasenmäher, ein paar Rollen mit rostigem Stacheldraht, alte Dachplatten, undefinierbaren Metallschrott und ein Motorrad.

»Du hast die Fahndung selbst herausgegeben«, sagte Hammer. »LU 4813, Yamaha DT, 100 Kubik.«

Um den Schrotthaufen herum waren Fußspuren in dem getrockneten Schlammboden zu sehen. Irgendjemand hatte das Nummernschild abgewischt, ansonsten schien das Motorrad unberührt zu sein.

Wisting drehte sich um und betrachtete den Weg, auf dem er gekommen war. Das Motorrad lag etwa sechs Meter vom Ufer entfernt. Die Geschwindigkeit musste so hoch gewesen sein, dass der Fahrer aus der Kurve geflogen war.

»Der Grundbesitzer hat den Zaun vor sieben Jahren errichtet, um zu verhindern, dass hier Müll abgeladen wird. Er war es, der den Fund gemeldet hat.«

Das Sonnenlicht wurde von dem verchromten Auspuffrohr reflektiert.

»Die Stelle hier nennt sich Roper'n«, fuhr Hammer fort. »Die Leute aus der Umgebung haben sich hingestellt und die Fähre herbeigerufen, wenn sie hinauf nach Siljan oder runter in die Stadt wollten.« Er deutete auf die Überreste einiger Vertäuungshaken am Felsen.

»Wie komme ich da hinunter?«, wollte Wisting wissen.

Einer der Polizisten zeigte ihm, wo sie selbst zuvor entlanggegangen waren: durch ein trockenes Bachbett auf der rechten Seite des Plateaus. Wisting schob einen Ast aus dem Weg und machte sich an den Abstieg durch das unwegsame Gelände. Hammer folgte ihm.

Auf den ersten Metern der steilen Felswand konnte Wisting sich noch an einem biegsamen Zweig festhalten. Auf dem letzten Stück galt es, auf dem Untergrund festen Halt zu finden.

Der Polizist, der schon hinuntergeklettert war, kam

ihnen entgegen. Er war einer der jungen Kollegen, die im Sommer Urlaubsvertretungen übernahmen.

»Da drüben liegt ein Geldschrank«, sagte er und zeigte in die Richtung.

Wisting schirmte die Augen vor dem scharfen Sonnenlicht ab. Halbwegs eingesunken in den Untergrund lag ein grauer Stahlschrank, stellenweise von Reisig bedeckt, das sich in den Stacheldrahtrollen drum herum verfangen hatte. Gleich daneben ragte eine verbogene Stoßstange aus dem Boden, zusammen mit weiteren ausrangierten Autoteilen und etwas, das an einen Heizstrahler erinnerte.

»Gut beobachtet«, sagte Wisting und merkte, dass der junge Polizist sich über das Lob freute.

»Ist wohl gestohlen und dann hier abgeladen worden, nachdem er geleert wurde«, meinte der junge Kollege.

»Das sehen wir uns später noch genauer an.«

Sie bahnten sich einen Weg zu dem Motorrad. Die Sonne hatte den grauen Untergrund ausgetrocknet, und die Erde zerbröselte unter ihren Schritten.

An einer Stelle brach Wisting durch die spröde Bodenkruste. Er sank bis zur Wade ein und musste sich auf einer alten Waschmaschine abstützen. Das Wasser sickerte in das Loch, als er den Fuß herauszog, aber er war nicht nass geworden.

Das Motorrad lag mit eingesunkenem Vorderrad auf der Seite. Auch der Fahrer war da. Der Tank und der Lenker waren teilweise von einer schwarzen Lederjacke bedeckt. Eine blaue Jeans war in Auflösung begriffen. Aus einem Stiefel ragten ein paar graue Knochen hervor.

Wisting ging um das Motorrad herum. Der Helm lag einen halben Meter daneben. Das Visier war heruntergeklappt, aber an der Halsöffnung konnte er bleiche Wirbelknochen ausmachen.

»Fast auf den Tag genau acht Jahre her, seit er verschwunden ist«, kommentierte Hammer.

Wisting nickte.

Morten Wendel. Sechzehn Jahre alt. Ein zerstörtes Leben mit einem fatalen Ende.

»Was denkst du?«, fragte Hammer. »Ein Unfall oder war das Absicht?«

»Ich weiß nicht«, erwiderte Wisting. »Aber alles in dem Fall deutet auf Letzteres hin.«

Er trat einen Schritt beiseite, hockte sich hin und hob den linken Ärmel der steifen Lederjacke an. Am Lenkergriff befanden sich Knochenreste, die in etwas steckten, das nach einem schwarzen Gummihandschuh aussah.

Hammer gab ein Seufzen von sich und fluchte laut.

»Was ist das?«, fragte der junge Polizist.

»Klebeband«, erwiderte Hammer.

Der andere verstand nicht.

»Er hat sich die Hand an den Lenker geklebt, damit er sich nicht anders entscheiden konnte«, erklärte Hammer. »Als er dann aufs Wasser zugefahren ist, gab es kein Zurück mehr. Er musste mitsamt dem Motorrad auf den Grund sinken.«

Dem jungen Polizeibeamten schien der Gedanke nicht zu behagen.

»Ich habe schon die Kriminaltechnik informiert«, fuhr Hammer fort. »Die Kollegen sind auf dem Weg hierher.«

Wisting drehte sich um und sah auf den See hinaus. Von Süden her näherte sich ein Kajak. Der Fahrer trieb

es mit gleichmäßigen und rhythmischen Paddelschlä-
gen an.

Es war 13:48 Uhr am Montag, dem 13. Juli. Der Sommer war nicht einmal zur Hälfte vorbei.

3

Evert Harting sah die beiden leeren Plastikkanister, als er den Kofferraum öffnete und den Detektor herausnahm. Er hätte sie unterwegs auffüllen sollen, aber das war ihm irgendwie entfallen.

Er ließ die Kanister stehen. Sie hatten zu Hause genügend Wasser bis zum nächsten Tag. Es war das erste Mal, dass der Brunnen nichts hergab. In den Rohren erklang bloß ein hohles Geräusch. Zuerst hatte er geglaubt, die elektrische Pumpe habe den Geist aufgegeben, doch dann war er froh, sich die Reparaturkosten sparen zu können, als ihm klar wurde, dass der Brunnen schlichtweg ausgetrocknet war.

Ella saß im Schatten des Verandadachs mit einem ihrer Kreuzworträtsel.

»Ich hab das Wasser vergessen«, sagte er, ehe sie ihn fragen konnte. »Ich bring's beim nächsten Mal mit.«

»Wolltest du noch mal los?«, fragte sie.

»Nein«, sagte er. »Ich kümmere mich morgen darum.«

Sie lächelte. »Wird schon gut gehen. Hast du was gefunden?«

Evert Harting schüttelte den Kopf. Die Kette hatte er im Handschuhfach liegen gelassen. »Bloß Schrott.«

Er legte den Detektor an seinen Platz unter der Küchenarbeitsplatte und schloss das Ladekabel an.

»Wir müssen heute die Koteletts grillen«, sagte Ella. »Die liegen schon seit Donnerstag im Kühlschrank.«

»Hast du Hunger?«

»Nein, noch nicht.«

»Ich kann sie später grillen.«

Er sah auf die Uhr und überprüfte die Lufttemperatur auf der Schattenseite des Verandabalkens. Halb drei, siebenundzwanzig Grad.

»Im Kühlschrank steht kalter Saft«, sagte Ella.

Evert Harting nickte, ging hinein und füllte ein Glas. Auf der Außenseite bildeten sich Kondenswasserperlen. Er nahm es mit hinaus und sah, dass Ellas Glas schon leer war.

»Im Haus, sechs Buchstaben«, sagte Ella und kratzte sich mit dem Kugelschreiber unter dem Kinn. »Fängt mit i-n-t an.

Evert Harting nahm einen Schluck und sah zu der kleinen Bucht hinüber, wo abends die Rehe hinkamen, um zu trinken.

Sie waren seit achtunddreißig Jahren verheiratet. Die Tage ähnelten einander, auch hier in der Hütte. Das meiste war gesagt. Manchmal vermutete er, dass Ellas Kreuzworträtsel der Versuch waren, ein Gespräch zu beginnen. Manchmal kannte sie wahrscheinlich die Antwort, fragte aber dennoch, weil die Lösung als Stichwort für etwas dienen konnte, worüber sie reden wollte.

»Interieur«, schlug er vor, ohne nachzuzählen.

»Das sind mehr als sechs Buchstaben«, meinte Ella. »Ich hab's zuerst mit Mauern probiert, aber das hat nicht gepasst.«

Sie hatten einander bei der Arbeit kennengelernt. Er war Sachbearbeiter gewesen, sie hatte in der Buchhaltung gearbeitet. Es war seltsam, dass sie als Pensionärin ihre Zeit mit Kreuzworträtseln ausfüllte, wo sie doch das ganze Leben mit Zahlen gearbeitet hatte. Oder war gerade das der Grund?

»Hast du mit Kjell-Tore über das Klo gesprochen?«, fragte er.

»Ja, er schaut sich das an, wenn er herkommt.«

Nach dem Tod von Ellas Eltern hatten sie die Hütte am Farris übernommen und den Bruder ausbezahlt, aber Kjell-Tore kümmerte sich noch immer um die Instandhaltung.

»Das geht doch mit dem Plumpsklo«, sagte Ella. »Wir hatten ja früher auch nichts anderes.«

Evert Harting nahm einen Schluck Saft. Kjell-Tore hatte die Verbrennungstoilette installiert. Sie war erst zwei Jahre alt und funktionierte eigentlich gut, doch plötzlich hatte der Brenner versagt.

»Er war gerade in Flensburg, als ich ihn erreicht habe, und ist jetzt auf dem Weg hier hoch«, fuhr Ella fort. »Ich habe ihn gebeten, Jägermeister für dich zu kaufen, und diese Würstchen, die so gut waren. Er hat ja einen Kühlschrank im Wohnmobil.«

»Sehr gut.«

Kjell-Tore kam meist Mitte Juli zu ihnen. Dann verbrachten sie ein paar Tage zusammen in der Hütte, bevor Ella und Evert sich das Wohnmobil ausliehen und für eine Weile in den Norden fuhren, während Kjell-Tore allein zurückblieb.

Ein Vogel mit breiten Schwingen kam über die Baumwipfel an der Nordseite geflogen und nahm Kurs auf den See. Er schlug ein paarmal mit den Flügeln und verschwand dann hinter den Bäumen auf der anderen Seite der Bucht.

»Intern«, sagte Evert Harting und kippte den Rest des Safts in sich hinein. »*Im Haus.* Etwas haus*intern* halten.«

Sie blickte auf das Kreuzworträtsel und fuhr mit dem Kuli prüfend über die Kästchen.

»Das passt«, sagte sie.

Solche Sachen beherrschte er gut. Die Fähigkeit, nicht in einem einzigen Denkmuster zu verharren, war ihm im Ministerium von großem Nutzen gewesen. Die ganze Zeit nach alternativen Lösungen und Antworten zu suchen. Vielleicht war das auch der Grund, warum seine Gedanken jetzt zur Goldkette weiterwanderten.

»Ich setz mich ein bisschen rein«, sagte er.

»Bei dieser Hitze?«

Evert Harting antwortete nicht, sondern ging in die Hütte und trat auf den Küchentisch zu, auf dem sein Laptop stand. Ella kam hinterher, füllte ihr Glas mit Saft aus dem Kühlschrank und öffnete ein Fenster.

Er wartete, bis er wieder allein war, ehe er etwas in das Suchfeld schrieb.

Annika und *vermisst.*

Die ersten Treffer stammten aus norwegischen Online-Zeitungen. Er scrollte weiter und entschied sich stattdessen für einen Artikel aus der schwedischen Zeitung *Aftonbladet*. Das Fahndungsfoto der vierzehnjährigen Annika Bengt füllte den oberen Teil des Bildschirms. Sein Verdacht wurde bestätigt. Sie trug die gleiche Art von Kette, wie er sie gefunden hatte. Das A für Annika lag gleich unterhalb ihres Halsgrübchens auf der sonnengebräunten Haut.

Der Artikel war fast vier Jahre alt. Als er erschien, war Annika schon fünf Tage verschwunden gewesen. Die Suchaktion war beendet worden, ohne dass die Polizei eine Spur von ihr gefunden hatte.

Es gab auch ein Foto der schwedischen Ermittlungsleiterin auf dem Campingplatz Bovikstrand bei Göteborg, wo Annika mit ihren Eltern zum Zeitpunkt ihres Verschwindens gewesen war. Das Fahndungsfoto von Annika war eines der letzten, die von ihr gemacht worden waren. Es war in schwedischen, norwegischen und dänischen Medien in jedem einzelnen Artikel über den Fall erschienen. Sie ähnelte ein wenig der Annika aus den Pippi-Langstrumpf-Filmen. Struppige dunkle Ponyfransen und dunkle Augen, die kleiner wurden, wenn sie lächelte.

Es gab noch andere Fotos von ihr, die Freunde online gestellt und weiterverbreitet hatten. Einige stammten von ihrer Schule in Vetlanda, die meisten jedoch von ihrem letzten Sommer in Bovikstrand. Auf einem davon lag sie im Sand eingegraben, nur der Kopf ragte noch heraus. Eines der wenigen Fotos, auf denen die Halskette nicht zu sehen war.

Evert Harting klickte die Fotos weg und rief einen neueren Artikel aus dem vergangenen Sommer auf. Der Vermisstenfall war immer noch ein Mysterium. Alle Spuren verloren sich, nachdem das Mädchen kurz vor Mitternacht ihre Freunde am Strand zurückgelassen hatte. Aufgrund eines Missverständnisses wurde sie erst am nächsten Vormittag als vermisst gemeldet. Sie sollte mit zwei Freundinnen in einem Wohnwagen schlafen, aber vorher bei ihren Eltern vorbeischauen. Ihre Freundinnen glaubten, sie hätte sich anders entschieden, während die Eltern davon ausgingen, dass sie am anderen Ende des Campingplatzes übernachtete. In dem drei Jahre später erschienenen Artikel war keine Rede davon, dass es sich bei dem Fall um etwas anderes als ein Verbrechen handeln könnte.

Draußen auf der Veranda schaltete Ella das Radio ein. Ein Sender mit Verkehrsmeldungen und Musik.

Evert Harting wandte sich wieder der Suchmaske zu und kombinierte *Annika Bengt* mit dem Wort *Halskette*. Die einzigen Treffer waren Artikel, in denen die Kette mit dem Buchstaben im Zusammenhang mit Annika Bengts Personenbeschreibung erwähnt wurde, nichts jedoch war darüber zu erfahren, wo die Kette gekauft worden war oder herstammte.

Buchstabenschmuck wurde so etwas genannt. Es gab verschiedene Arten. Was er gefunden hatte, wurde als *Kette mit seitlich angebrachter Initiale in Gelbgold* bezeichnet. Er fand eine norwegische Onlineboutique, wo genau solche Ketten verkauft wurden. Es wurde als *persönliches Schmuckstück in asymmetrischem Stil* angepriesen und kostete weniger, als Evert vermutet hatte. Knapp dreitausend Kronen für Kette und Anhänger.

Die Onlineboutique warb mit *Tausenden zufriedener Kunden*. Er versuchte zu schätzen, wie viele solcher Anhänger wohl im Umlauf waren. Die Hälfte der norwegischen Bevölkerung waren Frauen. Ella konnte er sich nicht mit so einem Schmuck vorstellen. Dafür war sie zu alt. Er rundete die Anzahl von möglichen Trägerinnen auf zwei Millionen ab, wobei er ältere Frauen und kleine Kinder vernachlässigte. Das norwegische Alphabet hatte neunundzwanzig Buchstaben, aber nicht alle wurden gleich oft benutzt. Wenn er zwei Millionen durch zwanzig teilte, käme er auf hunderttausend potenzielle Käuferinnen. Er konnte sich nicht vorstellen, dass mehr als ein Prozent von ihnen eine solche Kette gekauft hatte. Es war ein wenig wie auf der Straße: Man musste mehr als hundert Frauen begegnen, bis man auf eine traf, die die gleiche Kleidung trug wie eine der anderen Passantinnen.

Eine von hundert.

Tausend verkaufte Anhänger in Norwegen. Vielleicht doppelt so viele in Schweden.

Wie viele Trägerinnen mochten ihre Kette verloren haben?

Die Wahrscheinlichkeit, dass es viele waren, wurde immer kleiner.

Mit einer langsamen Bewegung klappte er das Laptop zu. Es war bloß ein Gedankenspiel, das ihn nicht weiterbrachte. Und ob er sich weiter damit beschäftigen sollte, war ohnehin fraglich.

Plötzlich stand Ella im Zimmer. Die Zeit war in Windeseile vergangen, während er am Computer gesessen hatte. Fast zwei Stunden.

»Wir haben noch etwas Kartoffelsalat, oder?«, fragte sie und öffnete den Kühlschrank.

Er stand auf. »Ich schmeiße mal den Grill an«, sagte er und blieb einen Moment lang nachdenklich stehen.

Er sollte den Schmuck wohl dahin zurückwerfen, wo er hergekommen war, am besten in noch tieferes Wasser.

4

Der ausgetrocknete, rissige Seeboden lag in prallem Sonnenschein da. Wisting war zu Hammer hinaufgeklettert und beobachtete die Arbeit der Kriminaltechniker. Im Wald hinter ihnen zankten sich lautstark ein paar Krähen.

Wisting lehnte sich an den niedrigen Lattenzaun. Immer wieder hatte er in der Vergangenheit an den jungen Mann denken müssen, der mitsamt seinem Motorrad verschwunden war. Der ungeklärte Fall hatte stets mahnend in seinem Bewusstsein gelegen. Nach einer Weile hatte er zwar nicht mehr darüber nachgegrübelt, was eigentlich passiert war, aber die Geschichte war wie ein hartnäckiger schwarzer Fleck gewesen, der nicht verschwinden wollte. Dass der Junge nun gefunden worden war, rief bei Wisting allerdings kein Gefühl der Zufriedenheit hervor. Eher im Gegenteil. Jetzt konnte Morten Wendel nicht mehr für seine Taten zur Verantwortung gezogen werden.

Die Techniker gingen systematisch vor. Ehe sie etwas anderes begannen, wurden Fotos vom Fundort und von der Umgebung geschossen und die Abstände ausgemessen. Das Hinterrad des Motorrads lag sechs Meter und dreizehn Zentimeter vom Festland entfernt, in etwa fünf Metern Tiefe, sofern man den normalen Wasserstand des Sees zugrunde legte.

Der junge Vertretungspolizist, der Wisting unten in Empfang genommen hatte, betrachtete aufmerksam die Szenerie.

»Darf ich Sie mal was fragen?«, erkundigte er sich vorsichtig, nachdem sie eine Weile schweigend dagestanden hatten.

Wisting antwortete mit einem Kopfnicken.

»Wie wird man eigentlich Ermittler?«

Der junge Mann war Anfang zwanzig, und seine Familie schien aus Pakistan oder einer benachbarten Region zu stammen. Er hatte volles dunkles Haar, der Bart war sorgfältig getrimmt und ließ ihn älter wirken, als er vermutlich war.

»Wie heißen Sie?«, fragte Wisting.

»Daniel Rana.« Er streckte die Hand aus.

Wisting ergriff sie. Der Name des jungen Mannes war ihm aus verschiedenen Berichten bekannt.

»Sie sind das also«, sagte er und nickte. »Sie waren letzte Woche wegen des Einbruchs in dem Lager in Heggdal, nicht wahr?«

»Stimmt. Sind Sie da schon weitergekommen?«

Wisting schüttelte den Kopf. »Und Sie könnten sich vorstellen, Ermittler zu werden?«

»Scheint mir interessant zu sein«, entgegnete Rana.

Über den Polizeifunk kam eine Meldung herein. Einer der anderen reagierte. Der Einsatzleiter wollte sie zur E18 beordern, um eine Motorradstreife zu unterstützen. Anscheinend hatten die Kollegen dort versucht, einen Wagen anzuhalten, der Schlangenlinien fuhr, doch ohne Erfolg. Die beiden anderen Beamten eilten zu ihrem Wagen, während Rana bei Wisting blieb.

»Viele Wege führen zu einer Tätigkeit als Ermittler«,

sagte Wisting, um Ranas Frage zu beantworten. »Am wichtigsten ist wohl, Interesse zu zeigen.«

So war er selbst einst Ermittler geworden. Die ersten Jahre nach der Polizeihochschule hatte er im Streifendienst verbracht, aber während andere Kollegen nur Berichte darüber schrieben, was sie an einem Tatort gesehen und gehört hatten, verfolgte Wisting die Fälle gern weiter. Das war nicht unbemerkt geblieben und hatte ihm die Türen zur Ermittlungsabteilung geöffnet. Heute war es anders. Es wurde mehr Wert auf formelle Kompetenz als auf persönliche Eignung gelegt.

»Worauf achten Sie, wenn Sie Bewerber einstellen?«, wollte Rana wissen.

»Auf verschiedene Dinge«, sagte Wisting. »Einen breiten Erfahrungshorizont, aber auch Qualifikationen, die nur schwer messbar sind. Bereitschaft zu Teamarbeit oder die Fähigkeit, Zusammenhänge zwischen diversen Informationsschnipseln zu erkennen.«

Eine Weile verfolgten sie schweigend die mühsame Arbeit der Kriminaltechniker. Alle Knochenreste wanderten in eine große Pappschachtel, während die Bekleidung sortiert, vermerkt und in Papiertüten gelegt wurde.

»Und er ist einfach verschwunden?«, fragte Daniel Rana.

Hammer nickte. »Ein Mysterium.«

»Er wollte an jenem Abend ein paar Stunden allein zu Hause verbringen«, erklärte Wisting, »doch als seine Eltern später nach Hause kamen, waren er und das Motorrad verschwunden. Sie gingen davon aus, dass er nur eine Spritztour unternommen hatte, aber als er nicht wieder auftauchte, fürchteten sie, dass ein Unfall geschehen sei. Sie haben erst das Krankenhaus angerufen und dann die Polizei. Niemand wusste etwas.«

»Gab es denn gar keine Spuren von ihm?«, wollte der junge Polizist wissen.

»Keine einzige«, meinte Hammer und setzte die Wasserflasche an die Lippen.

»Wurde denn gar nicht nach ihm gesucht?«, fuhr Daniel Rana fort. »Irgendwer muss ihn doch gesehen haben.«

Nils Hammer schraubte die Wasserflasche wieder zu.

»Wir haben Fotos von ihm und seinem Motorrad rausgegeben, aber was Konkretes hat das nicht gebracht«, erwiderte er.

»Und was war mit Videokameras an Tankstellen oder so?«, fragte Rana.

»Das haben wir alles überprüft«, sagte Wisting. »Hat auch nichts ergeben.«

»Und die Nachbarn? Hat denn überhaupt niemand mitbekommen, dass er das Motorrad angelassen hat und weggefahren ist?«

»Es schien so, als hätte er sich heimlich davongeschlichen«, sagte Hammer. »Jetzt wissen wir, wieso.«

Er deutete mit dem Kopf auf die Techniker, die dabei waren, ihre Arbeit zu beenden. Einer von ihnen wischte sich mit einem Lappen über die Stirn.

»Weswegen hat er sich umgebracht?«, fragte Daniel Rana.

Wisting warf einen Blick auf Hammer und wartete ab, ob er die Geschichte erzählen wollte. Doch ehe es dazu kam, hörten sie das Geräusch eines schweren Kraftfahrzeugs. Ein Abschleppwagen kam ihnen auf dem schmalen Schotterweg langsam entgegen. Zweige und Äste wurden zur Seite gedrückt. Der Fahrer, ein junger Mann in grauem T-Shirt mit Schweißflecken am Ausschnitt, lehnte sich aus dem Fenster. Wisting ging zu ihm und erklärte, wozu sie seine Hilfe brauchten. Der Fahrer sprang heraus und warf einen Blick auf die Szenerie, ehe er rückwärts an den Lattenzaun heranfuhr und sich mit dem Wagen in Position stellte.

Die Techniker brachten ihre Funde zur Felskante und überführten sie in einen Hebesack. Der Mann von der Bergungsfirma manövrierte den Kranarm über die Kante hinweg und ließ ein Stahlseil mit einem Haken daran zu den Männern hinunter. Kurze Zeit später war alles an Land geschafft. Der Motorradhelm steckte in einem Plastikbeutel. Es sah aus, als würden sich noch immer Haare und Gewebe daran befinden.

Wisting öffnete den Beutel mit der Lederjacke und nahm sie heraus. Er taste den Stoff ab und registrierte, dass etwas in der Innentasche lag, ehe er die Jacke an Daniel Rana weiterreichte.

»Dann schauen Sie mal, was Sie herausfinden können.«

Daniel Rana untersuchte die Jacke genau so, wie Wisting es getan hatte, und zog eine Geldbörse aus der Innentasche. Sie war ganz steif, an mehreren Stellen hatten sich die Nähte gelöst. Das Leder riss, als er sie aufklappte.

Es gab Fächer für Karten und Bargeld sowie ein Münzfach mit Reißverschluss. Im obersten Kartenfach lag ein rosa Führerschein aus Plastik. Rana fischte ihn heraus und warf einen schnellen Blick darauf, ehe er die Plastikkarte an Wisting übergab.

Foto und Text waren noch gut zu erkennen. Morten Wendel, Führerschein Klasse A1.

Am selben Tag, an dem ihm der Führerschein ausgehändigt worden war, hatte er ein leichtes Motorrad gekauft. Drei Monate später war er damit verschwunden.

Daniel Rana fuhr mit der Untersuchung der Geldbörse fort. Sie enthielt eine Bankkarte aus Plastik sowie einen Bibliotheksausweis, die beide auf denselben Namen ausgestellt waren. Im Bargeldfach lag ein Fünfziger zusammen mit ein paar Papierzetteln, die sich fast aufgelöst hatten. Das Münzfach enthielt zwölf Kronen und einen kleinen Schlüssel.

Wisting behielt den Führerschein, während Daniel Rana die Geldbörse zu der Lederjacke in den Beutel legte.

»Hast du in letzter Zeit Kontakt mit seinen Eltern gehabt?«, fragte Hammer.

»Nicht mehr seit letztem Sommer«, erwiderte Wisting.

Das Motorengeräusch des Bergungsfahrzeugs wurde lauter. Der Kranarm schwenkte hinaus zu dem Motorrad, an dem die Techniker Haltegurte befestigt hatten. Langsam wurde es aus dem starren getrockneten Schlammboden herausgezogen. Das Schutzblech hing schief. Ein paar Klumpen Erde lösten sich ab und fielen herunter. Einer der Techniker hatte ein Seil am Hinterrad festgebunden und schob das Motorrad in Richtung des Bergungsfahrzeugs. Metall schabte an Metall, als es auf die Ladefläche gehievt wurde.

»Leg bitte eine Plane darüber«, bat Wisting den Techniker. »Ich habe die Angehörigen noch nicht informiert.«

Er drehte sich um und wollte zu seinem Wagen gehen.

»Was ist mit dem Safe?«, fragte Daniel Rana.

Wisting ging noch einmal zu der Felskante zurück

und blickte hinüber zu dem grauen Metallschrank. Mit der Tür nach unten lag er unter Stacheldraht und anderem Metallschrott.

»Nehmen Sie ihn mit«, sagte er. »Vielleicht können Sie ja herausfinden, woher er stammt.«

5

Der Eingang befand sich auf der Schattenseite des schlichten Hauses. Im Garten nebenan hüpften ein paar lebhafte Kinder auf einem Trampolin herum.

Wisting drückte auf den Klingelknopf, konnte aus dem Hausinneren jedoch nichts hören.

Links neben der Tür standen drei Tontöpfe mit lila Blumen. Direkt davor war ein feuchter Fleck zu sehen, als ob die Pflanzen gerade Wasser bekommen hätten.

Niemand öffnete. Wisting drückte erneut auf den Klingelknopf und klopfte zweimal an die Tür. Noch immer keine Reaktion. Im Schlitz zwischen Türrahmen und Türblatt konnte er erkennen, dass abgeschlossen war. Möglicherweise hatten die Bewohner sich hinter dem Haus in den Garten gesetzt.

Der Kies knirschte, als Wisting von der Vortreppe hinunterging. Noch ehe er die Hausecke umrundet hatte, hielt auf der Straße ein kleiner Lastwagen an. Der Motor brummte einen Moment lang im Leerlauf und wurde dann abgestellt.

Wisting trat auf die Straße hinaus. Neben dem Lastwagen stand Allan Broch-Hansen und blätterte in ein paar Papieren. Er war noch immer im Warentransportgeschäft tätig. Der Name seiner Firma stand auf seinem T-Shirt und seitlich am Lastwagen, der neu aussah. Allan Broch-Hansen hingegen war seit ihrer letzten Begegnung älter geworden, mager und grauhaarig. Er zuckte zusammen und ließ eines seiner Papiere fallen, als er Wisting entdeckte.

»Ist was passiert?«, fragte er.

Wisting schüttelte den Kopf. »Nichts, was Sie ängstigen müsste.«

Allan Broch-Hansen blickte zum Haus hinüber. »Haben Sie mit Irene gesprochen?«

»Ich habe angeklingelt, aber niemand hat geöffnet«, erklärte Wisting.

Das Spiel der Kinder nebenan hörte sich plötzlich nach einem Streit an. Broch-Hansen bückte sich und hob das Blatt auf, das er fallen gelassen hatte.

»Die Klingel ist abgeklemmt«, erklärte er und musterte Wisting. »Sind Sie wegen Adine hier?«

»Das auch«, erwiderte Wisting. »Es geht um Morten Wendel.«

Allan Broch-Hansen kniff die Augen zusammen. »Habt ihr ihn gefunden?«

»Wir glauben es«, erwiderte Wisting und deutete aufs Haus. »Ich kann mit hineinkommen, falls Sie es Ihrer Frau nicht selbst erzählen möchten.«

»Nein«, sagte Allan Broch-Hansen. »Kommen Sie mit rein.«

Mit durchgedrücktem Rücken steuerte er auf die Haustür zu. Auf halbem Weg zum Eingang blieb er stehen und drehte sich zu Wisting um.

»Adine kommt am Mittwoch nach Hause«, sagte er. »Eine Woche Urlaub. Sie ist in einer Einrichtung in Hurum, wo man sich um Menschen mit Drogenproblemen und psychischen Störungen kümmert.«

»Läuft es denn gut?«

Allan Broch-Hansen zuckte mit den Schultern. »Kann man noch nicht sagen.«

Er schloss die Tür auf und rief seine Frau. Sie tauchte am Ende des Flurs auf, sah an ihrem Mann vorbei und erwiderte Wistings Blick.

»Mit Adine ist alles gut«, versicherte ihr Mann. »Sie haben Morten Wendel gefunden.«

Irene Broch-Hansen fasste sich an die Brust. »Er ist aber nicht mehr am Leben, oder?«

Ihr Mann warf einen Blick auf Wisting. »Er wird uns alles erzählen«, sagte er dann und zog sich die Schuhe aus.

Wisting folgte seinem Beispiel. Seine Schuhe waren durch den Staub vom trockenen Seeboden ganz grau geworden, und die Hose wies Flecken auf.

Sie gingen ins Wohnzimmer. Ein dünner Vorhang hing vor der offenen Terrassentür und bewegte sich leicht. Irene Broch-Hansen schloss die Tür.

»Wir können uns hier hinsetzen«, sagte sie und nahm auf dem Sofa Platz. Ihr Mann setzte sich neben sie. Wisting wählte einen Stuhl auf der anderen Seite des niedrigen Tisches.

»Er ist tot«, sagte er. »Schon seit damals hat er dort gelegen.«

Die beiden auf dem Sofa wechselten einen schnellen Blick. An der Wand hinter ihnen hing ein Foto ihrer Tochter aus der Schulzeit. In jenem Sommer war sie siebzehn gewesen und hatte die Klasse über Morten Wendel besucht. Sie waren Nachbarn, und die Jugendlichen waren ein paar Tage allein zu Hause gewesen, während die Eltern verreist waren. Adine Broch-Hansen hatte sich auf der Terrasse gesonnt, als Morten Wendel durch eine Öffnung in der Hecke gekommen war und um Hilfe gebeten hatte. Der Hund der Familie habe seltsam zu atmen begonnen, und Morten fürchtete, dass er ersticken könne.

Adine war mit ihm zum Haus hinübergegangen.

»Er ist oben in meinem Zimmer«, hatte er erklärt und war dann die Treppe hochgerannt.

Als sie oben ankamen, wirkte der Hund völlig gesund – und offenbar froh darüber, nicht länger eingesperrt zu sein. Sie nahmen an, dass etwas in seinem Hals festgesteckt hatte, aber offenbar von selbst wieder herausgekommen war. Später meinte Adine, es müsse alles geplant gewesen sein.

»Geh noch nicht«, hatte Morten Wendel gesagt und sich in die Türöffnung gestellt. *»Du bist so schön.«*

Adine hatte gelacht und sich losgerissen, als er auf einmal angefangen hatte, sie zu betatschen. Sie war aus dem Schlafzimmer gelaufen, aber am Fuß der Treppe hatte er sie wieder eingeholt und wenig später im Wohnzimmer vergewaltigt. Eine Stunde lang hatte er sie gefangen gehalten, sie geknebelt und mit Klebeband an die Wohnzimmermöbel gefesselt. Sie hatte sich befreien können, als er gerade im Badezimmer war, und war nackt auf die Straße hinausgerannt.

»Wo haben Sie ihn gefunden?«, fragte Allan Broch-Hansen.

Wisting berichtete von dem Motorrad und dem Fundort im Farris.

Irene Broch-Hansen fing an zu weinen. Wisting merkte, dass es Tränen der Erleichterung waren.

»Tut mir leid«, sagte sie. »Es war so belastend, nicht zu wissen, wo er abgeblieben war.« Sie wischte sich die Tränen ab. »Natürlich hauptsächlich wegen Adine, die immer Angst davor hatte, dass er zurückkommen und es noch mal tun würde.«

»Er hat sich also umgebracht?«, vergewisserte sich Allan Broch-Hansen.

»Alles deutet darauf hin«, sagte Wisting und nickte.

Ein paar Stunden nachdem Adine sich befreit hatte, war Morten Wendel festgenommen worden. Er präsentierte eine andere Version der Geschichte, behauptete, dass Adine im Bikini zu ihm gekommen sei und die Initiative übernommen habe. Alles sei freiwillig passiert. Die Spuren am Tatort sprachen eine andere Sprache. Dennoch war Morten nach zwei Wochen Untersuchungshaft wieder freigelassen worden, zum Teil aufgrund seines Alters. Sechs Tage danach war er verschwunden.

Wisting blickte Allan Broch-Hansen an. »Adine kommt also in zwei Tagen nach Hause?«

»Am Mittwoch«, bestätigte der Vater.

»Sie sollte besser vorher informiert werden«, schlug Wisting vor. »Das Auffinden der Leiche wird einigen Presserummel verursachen.«

»Vielleicht kann sie schon einen Tag früher kommen?« In der Stimme der Mutter lag hoffnungsvolle Erwartung. »Wir können ihr das nicht am Telefon erzählen, aber wenn wir mit der Leitung der Einrichtung reden, dürfen wir sie bestimmt schon morgen abholen. Die wissen ja, was sie erlebt hat und worunter sie leidet.«

»Ich muss morgen den ganzen Tag fahren«, sagte ihr Mann.

»Kann das nicht einen Tag warten?«, meinte Irene Broch-Hansen. »Wir wären doch sonst am Mittwoch gefahren.«

Ihr Mann nickte. »Dann machen wir das so«, sagte er.

Im Wohnzimmer wurde es still. Wisting hatte eine andere Reaktion erwartet, mehr Verbitterung. Besonders Irene Broch-Hansen hatte alle Schuld für Adines Probleme auf die Vergewaltigung vor acht Jahren geschoben. Dass Morten Wendel verschwunden und niemals zur Verantwortung gezogen worden war, machte alles noch schwieriger. Vor der Vergewaltigung war Adine ein aktives Mädchen gewesen, danach hatte sie sich von allen sozialen Aktivitäten zurückgezogen. Sie bekam Angstzustände und Depressionen, war selbstmordgefährdet, und schließlich war der Missbrauch von Alkohol und anderen Rauschmitteln dazugekommen. Nachdem der Täter nun tot aufgefunden worden war, veränderte sich die Gesamtsituation. Die Unsicherheit war beseitigt. Der Übergriff würde jetzt leichter zu bewältigen sein.

Wisting schickte sich zum Aufbruch an.

»Ich kann morgen noch mal vorbeikommen, wenn sie hier ist«, sagte er. »Sie hat bestimmt viele Fragen.«

»Das wäre schön«, meinte Irene Broch-Hansen.

Wisting stand auf.

Allan Broch-Hansen erhob sich ebenfalls. »Wissen Reidar und Gunn Hilde Wendel schon Bescheid?«

Seine Frau schnaubte, als wäre es unangemessen, den Eltern von Morten Wendel auch nur einen Gedanken zu opfern.

»Noch nicht«, erwiderte Wisting. »Ich fahre aber gleich anschließend zu ihnen.«

»Sie brauchen ja nicht zu erzählen, dass Sie hier gewesen sind«, sagte Irene Broch-Hansen.

Wisting nickte und ließ sich von ihrem Mann zur Tür begleiten.

6

Als Wisting zum ersten Mal schlechte Neuigkeiten überbringen musste, hatte ihn das mehr belastet, als er erwartet hätte. Er hatte mit einer Mutter reden müssen, deren Sohn bei einem Badeunfall ertrunken war. Sie war zusammengebrochen und völlig außer sich vor Verzweiflung weinend zu Boden gesunken. Dort hatte sie gelegen und sich vor Schmerzen gewunden, und es gab nichts, was Wisting hätte tun können, um ihr Leiden zu lindern.

Es gab keine unkomplizierte Art, eine Todesbotschaft zu überbringen. Egal wie barmherzig die Worte auch ausgesprochen wurden, so waren sie doch stets gnadenlos. Aber gerade weil es eine so schwierige Aufgabe war, wollte Wisting sie nicht jemand anderem überlassen.

Gunn Hilde Wendel hielt einen Gartenschlauch in der Hand und wässerte ein Blumenbeet. Sie war barfuß, trug Rock und Unterhemd und hatte einen Strohhut auf dem Kopf. Es dauerte eine Weile, bis sie registrierte, dass sie nicht länger allein war. Als sie Wisting entdeckte, schwenkte der Wasserstrahl abrupt aufs trockene Gras hinüber.

Er nickte und sah sie beruhigend an. Das Wasser sammelte sich zu einer kleinen Pfütze, ehe sie es schaffte, den Hahn zuzudrehen.

»Das ist aber lange her«, sagte sie und trocknete sich die Hände an ihrem Rock ab. »Ich dachte, Sie wären schon pensioniert.«

»Die Regeln wurden verändert«, erwiderte Wisting lächelnd. »Ich habe schlechte Neuigkeiten.«

»Über Morten?«

»Ja.« Wisting blickte sich um. »Ist Ihr Mann auch zu Hause?«

Gunn Hilde zeigte auf die Tür. »Er ist drinnen«, sagte sie und ging Wisting voraus.

Die Temperatur im Haus war angenehm. Reidar Wendel saß an dem runden Wohnzimmertisch. Ein brauner Mischling lag zu seinen Füßen. Reidar legte das Handy weg und stand auf, als er die beiden kommen sah. An der Wand hinter ihm sorgte eine rauschende Klimaanlage für kühle Luft.

»Es geht um Morten«, sagte seine Frau.

»Haben Sie ihn gefunden?«

Wisting nickte. »Vor ein paar Stunden.«

Einen Augenblick sahen sie einander an, ehe Reidar Wendel auf die Stühle deutete. Als Wisting einen davon zu sich heranzog, stand der Hund auf. Er tapste ein paar Schritte weiter und legte sich dann wieder hin. Ungefähr an der Stelle, wo Adine Broch-Hansen vergewaltigt worden war.

Wisting sah sich im Zimmer um. Die Möbel und das Inventar stimmten im Großen und Ganzen mit denen auf den Tatortfotos überein. Der große Esstisch stand an derselben Stelle, dort war das Nachbarmädchen an eines der Tischbeine gefesselt gewesen.

Wisting wandte den Blick ab und zog sein Notizbuch hervor, um auf Uhrzeit und andere Details zurückgreifen zu können.

»Er wurde zusammen mit dem Motorrad gefunden, auf dem Grund des Farris«, begann er, korrigierte sich aber gleich. »Auf dem ausgetrockneten Seegrund. Wegen der Hitze ist der Wasserstand um fast fünf Meter gesunken.«

Die beiden nickten.

»Es sieht so aus, als wäre er aus einer Kurve ausgebrochen und von der Straße abgekommen«, fuhr Wisting fort. »An einer kleinen Bucht an der Westseite, bei Vassvik. Die Stelle wird Roper'n genannt.«

»Haben Sie da etwa nicht gesucht?«, fragte Gunn Hilde Wendel schroff.

»Ich muss das in den Akten überprüfen, aber es scheint nicht der Fall zu sein«, erwiderte Wisting.

»Und wieso nicht?«

»Es wurde auf den Wegen und in den Straßengräben gesucht, aber um ihn womöglich im See zu finden, hätten wir Taucher einsetzen müssen.«

Er machte eine kleine Pause und ließ sich den nächsten Satz durch den Kopf gehen, ehe er ihn laut aussprach.

»Einiges deutet darauf hin, dass er absichtlich aufs Wasser zugehalten hat.«

Es klang unbarmherzig, auch wenn er sich bemühte hatte, es vorsichtig und rücksichtsvoll auszudrücken.

Gunn Hilde Wendels Stimme zitterte. »Wie können Sie so etwas sagen?«

»Es gibt Hinweise, wie wir sie von ähnlichen Fällen kennen«, erwiderte Wisting ruhig. »Die eine Hand war an dem Lenker festgeklebt, als hätte er die Absicht gehabt, in den See hineinzufahren.«

Gunn Hildes Augen füllten sich mit Tränen. Sie schluckte. Ihr Mann legte seine Hand auf ihre, doch sie zog sie zurück.

»Ihr habt ihn dazu getrieben«, sagte sie. »Habt ihm alles Mögliche vorgeworfen und versucht, ihn ins Gefängnis zu stecken.«

Der Hund hob den Kopf, blieb aber liegen.

»Sie hätten das Mädchen verhaften sollen, sie hat doch lauter falsche Anschuldigungen vorgebracht«, fuhr Gunn Hilde Wendel fort. »Sie hat ja damals schon Drogen genommen. Die war doch verrückt. Und das ist heute nicht anders: rein in die Psychiatrie und raus aus der Psychiatrie. Sie hat ja sogar versucht, unser Haus anzuzünden, ehe sie dann das ihrer Eltern niedergebrannt hat.«

Wisting hatte das alles schon einmal gehört und war auf diese Reaktion gefasst gewesen. Es gab Details in dem Fall, die er den Eltern des Jungen erspart hatte. Als die Kriminaltechniker das Zimmer ihres Sohnes untersuchten, fanden sie Spermaflecken an der Wand neben dem Fenster, das auf den Garten der Nachbarn hinausging. Daraus hatten sie gefolgert, dass er dort gestanden und onaniert hatte, während er Adine beobachtete. Auf seinem Handy waren Fotos von ihr gewesen, die zeitlich fast ein Jahr zurückreichten. Einige davon waren durch das Fenster aufgenommen worden. Auf einem dieser Bilder lief sie nackt durch den Flur zwischen Bad und Schlafzimmer. Hätte er Gunn Hilde Wendel von der Besessenheit ihres Sohnes erzählt, hätte das ihre Meinung über Morten nicht geändert, aber ohnehin war das alles nichts, was Wisting erwähnen wollte.

»Es tut mir leid«, sagte er.

In einer Art demonstrativer Zurückweisung lehnte Gunn Hilde Wendel sich auf ihrem Stuhl zurück. Ihr Mann legte ihr eine Hand auf den Arm.

Wisting war klar, dass sich bei beiden Unsicherheit

und Zweifel einstellen würden. Kein Zustand, in dem er sie gern zurücklassen wollte, weswegen er sie mit weiteren Informationen versorgte.

»Der Körper wird einer rechtsmedizinischen Untersuchung unterzogen«, erläuterte er. »Sein DNA-Profil ist uns bekannt. Innerhalb von achtundvierzig Stunden werden wir die endgültige Bestätigung bekommen.«

»Sie sind also nicht ganz sicher, dass er es ist?«, fragte Reidar Wendel.

»Es sind sein Motorrad, sein Helm und seine Kleidung«, erwiderte Wisting, um keinen Raum für Zweifel zu lassen. »Wir haben seine Geldbörse mit dem Führerschein gefunden. Die Untersuchung im Rikshospital ist reine Formsache.«

Reidar Wendel nickte.

»Ich kann ein Bestattungsunternehmen kontaktieren, das sich anschließend um das Organisatorische kümmert«, bot Wisting an.

»Gabrielsen«, ließ sich Gunn Hilde Wendel vernehmen. »Die haben wir engagiert, als meine Mutter starb. Zum Glück muss sie das alles nicht mehr erleben.«

Wisting kannte das Unternehmen, notierte der Form halber aber den Namen.

»Wenn Sie es wünschen, kann ich Sie zum Fundort begleiten«, sagte er. »Nicht heute, aber wann immer es Ihnen sonst recht wäre.«

Reidar Wendel beugte sich leicht vor. »Wo war das, sagten Sie?«

»Bei Vassvik«, erwiderte Wisting und fing an zu erklären, wo der Ort lag.

»Ich weiß, wo das ist«, unterbrach Reidar Wendel ihn. »Ich verstehe bloß nicht, was Morten auf dieser Seite des Sees zu suchen hatte.«

»Er war doch gar nicht mehr er selbst«, meinte seine Frau.

Wisting konnte keine bessere Antwort geben.

»Auf etwas sollten Sie sich aber vorbereiten«, sagte er. »Die Medien werden sich sehr für die Sache interessieren.«

Gunn Hilde Wendel presste die Lippen zusammen. »Müssen die überhaupt davon erfahren?«, fragte sie dann.

Der Hund erhob sich mühsam vom Boden und starrte zu ihnen herüber. Wisting veränderte seine Sitzposition. Es war schwierig, ihnen auf schonende Weise zu erklären, wieso der Fund einer Leiche auf dem Grund eines teilweise ausgetrockneten Sees das Interesse von Journalisten und Lesern wecken würde.

»Es sind jetzt schon etliche Personen involviert«, sagte er. »Wir können nicht verhindern, dass der Grundbesitzer, der uns informiert hat, es weitererzählen wird. Es handelt sich um einen besonderen Fall. Das Ganze wird auf jeden Fall herauskommen.«

Gunn Hilde Wendels Lippen begannen zu zittern. »Die Journalisten haben damals so viele scheußliche Dinge geschrieben.«

»Vieles davon werden sie auch jetzt wieder schreiben«, sagte Wisting.

»Aber er wurde doch nie strafrechtlich verurteilt«, entgegnete Gunn Hilde Wendel. »Er ist unschuldig. Können die nicht das schreiben?«

Wisting bemühte sich um eine verständnisvolle Miene. Naive Fragen von Angehörigen waren nie leicht zu beantworten.

»Weder Sie noch ich können etwas dagegen ausrichten«, sagte er. »Ich glaube nicht, dass die Presse Sie persönlich kontaktieren wird, aber Sie müssen sich darauf vorbereiten, dass sie etwas über Morten schreiben werden. Vielleicht nicht mit seinem Namen, aber darüber, was damals passiert ist.«

Gunn Hilde Wendel fing an zu weinen. Der Hund kam herübergetapst, schlängelte sich zwischen den Stühlen hindurch und setzte sich zwischen Gunn Hilde und Reidar Wendel.

Wisting steckte sein Notizbuch zurück in die Jackentasche, um zu signalisieren, dass sein Besuch sich dem Ende zuneigte.

7

Der Stuhl wackelte leicht, als Evert Harting sich nach dem Saftkrug auf dem Tisch ausstreckte. Der Zementboden am Grillplatz war uneben und hatte Risse bekommen. Kjell-Tore hatte vorgeschlagen, Schieferplatten zu verlegen, aber daraus war noch nichts geworden.

Ella nahm seinen Teller, schob die Überreste der Koteletts auf ihren eigenen und stellte die Teller übereinander.

»Danke für das leckere Essen«, sagte er und füllte sein Glas.

»Gern geschehen«, entgegnete sie und ging mit dem Geschirr hinein. Evert Harting blieb sitzen und nippte an seinem Saft. Von den Hügeln im Osten war das Geräusch eines Flugzeugs zu hören. Er duckte sich und blickte am Sonnenschirm vorbei in den Himmel. Wieder wackelte der Stuhl.

Es war eine einmotorige Propellermaschine von der Waldbrandüberwachung. Sie kam in großer Höhe angeflogen und drehte dann nordwärts ab.

Mit einer Illustrierten unter dem Arm kam Ella zurück.

»Isabell hat eine Nachricht geschickt«, sagte sie und hielt ihr Handy hoch. »Sie kommt morgen um zwölf mit dem Zug.«

Sie setzte sich, um die Nachricht zu beantworten.

»Wir können ja einkaufen, bevor wir sie abholen«, fuhr Ella fort.

Evert Harting trank einen Schluck.

»Sie weiß, dass Kjell-Tore kommt?«, fragte er.

»Er kann doch im Wohnmobil schlafen, solange sie hier ist«, erwiderte Ella. »Normalerweise bleibt sie ja nur ein paar Tage.«

Ihre Tochter war zweiunddreißig. In der Nacht, in der sie geboren wurde, war es eiskalt gewesen. Es war die kälteste Nacht in Oslo seit 1841 gewesen. Isabell war dem Beispiel ihrer Mutter gefolgt und hatte Wirtschaft studiert. Jetzt unterrichtete sie an der Norwegian Business School in Nydalen. Von den zwei Monaten Sommerferien verbrachte sie nur selten mehr als einen oder zwei Tage in der Hütte bei ihren Eltern.

Ella und er hatten sie spät bekommen, und auch ihre Tochter hatte es mit der Gründung einer Familie anscheinend nicht eilig. In ihren frühen Zwanzigern hatte es ein paar Verehrer gegeben, aber das war alles.

Evert hatte schon überlegt, ob ihre Tochter vielleicht Frauen bevorzugte, hatte das Ella gegenüber aber nie erwähnt. Es wäre völlig in Ordnung, wenn es sich so verhielte, und nichts, was sich ändern ließe, weder durch sie noch durch Isabell selbst. Allerdings war ihre Tochter die Einzige, die für den Fortbestand der Familie sorgen konnte. Evert hatte keine Geschwister, und Kjell-Tore hatte keine Kinder.

Ellas Bruder war fünfzehn Jahre jünger als sie und in jeder Hinsicht anders. Er hatte keine Ausbildung und wechselte zwischen verschiedenen Handwerkerjobs. In den letzten Jahren hatte er im Sommerhalbjahr für einen Gartenarchitekten gearbeitet und Pflastersteine verlegt und Stützmauern gebaut. Unter anderem hatte er den Bereich um das neue Nationalmuseum herum mit Steinplatten ausgelegt. Ein paar Jahre lang hatte er im Winter auf einem Fabriktrawler vor der südamerikanischen Küste gearbeitet, doch das lag schon einige Zeit zurück.

»Wir kaufen ein bisschen Lachs«, sagte Ella. »Sie liebt doch gegrillten Fisch. Vielleicht könnt ihr ja abends mal rausrudern und gucken, ob ihr was fangt. So wie früher.«

»Das Ruderboot liegt an Land«, erinnerte Evert. »Das bekommen wir erst wieder raus, wenn das Wasser zurück ist.«

»Auch wieder wahr.« Ella schlug die Illustrierte auf und machte sich mit einem Bleistift über das doppelseitige Kreuzworträtsel her.

Evert sah hinaus auf die leere Bucht, wo zuvor das Wasser gestanden hatte. Einige leere Ölfässer und ein paar zusammengebundene Holzstämme lagen am Rand der abgesunkenen Wasseroberfläche. Ella und er vermuteten, dass es die Überreste des Floßes waren, das die Pfadfinder vor ein paar Jahren auf der anderen Seite der Landspitze gebaut hatten.

»So«, sagte er und trank sein Glas aus. »Ich fahre los und fülle die Wasserkanister auf, dann wäre das erledigt.«

»Willst du nicht bis morgen warten?«

Er stand auf. »Dann kann ich gleich aufs Klo gehen, wenn ich schon mal da bin.«

An der neuen Tankstelle an der E18 konnte man die Wasserkanister auffüllen. Wenn sie da waren, ergriffen sie gern die Gelegenheit. Ella war vor dem Essen auf dem Plumpsklo gewesen, und Evert glaubte nicht, dass sie mitkommen wollte.

»Soll ich dir irgendwas mitbringen?«, fragte er.

Sie überlegte, schüttelte aber schließlich den Kopf. »Nimmst du den Müll mit?«

Er nickte, schob den Stuhl unter den Tisch und nahm den Müllbeutel aus dem Eimer unter der Arbeitsplatte. Da sie keinen Schlüssel für den gemeinschaftlichen Müllcontainer hatten, warfen sie ab und zu einen Beutel in den Container am Hundeclub.

Die Fenster des Autos waren noch geöffnet. Evert wartete, bis die Klimaanlage in Gang gekommen war, ehe er sie wieder schloss.

Der schmale Schotterweg vor der Hütte führte durch einen kleinen Buchenwald, ehe er am Farris wieder herauskam. Auf Höhe des Hundeclubs fuhr Evert an den Straßenrand und hielt an. Staub hüllte den Wagen ein und legte sich auf die Frontscheibe.

Er blieb einen Augenblick sitzen, öffnete dann das Handschuhfach und fischte die Kette mit dem Buchstabenschmuck heraus. Er schien massenproduziert zu sein und wies keine handwerklichen Details auf, die es erlaubt hätten, die Kette von anderen zu unterscheiden. Der Buchstabe selbst war glanzlos und voll mit kleinen Kratzern.

Er rieb mit dem Finger darüber. Es sah fast aus, als ob der Schmuck mit Sandpapier bearbeitet worden wäre. Die Fotos im Internet waren zu schlecht, als dass man sehen könnte, ob auch die Kette des vermissten Mädchens auf vergleichbare Weise beschädigt war. Evert dachte an das Foto vom Strand, auf dem sie bis zum Kinn im Sand eingegraben war, ihm fielen aber auch andere Erklärungen ein. Das Naheliegendste war, dass die Beschädigung von der Zeit unter Wasser stammte, in der Wellen und Unterströme den Schmuck auf dem Schlammboden hin- und hergeschleift hatten.

Von Annika Bengt hatte er zum ersten Mal in einer Nachrichtensendung im Radio gehört. Ella hatte die Meldung kommentiert, weil Bovikstrand die letzte Station gewesen war, wo Kjell-Tore übernachtet hatte, bevor er mit seinem Wohnwagen zu ihnen gekommen war. Das hieß, dass er zum Zeitpunkt von Annika Bengts Verschwinden auf dem Campingplatz gewesen war.

Eine junge Frau kam ihm auf dem Weg entgegengejoggt. Sie war schlank, hatte große Brüste und trug eng sitzende Kleidung. Er verbarg die Kette in der geschlossenen Hand. Die Frau warf ihm im Vorüberlaufen einen gleichgültigen Blick zu. Am Ausschnitt ihres T-Shirts waren Schweißflecken.

Evert Harting sah in den Rückspiegel und folgte ihr so lange mit dem Blick, bis sie im Schatten unter den Bäumen verschwunden war. Dann öffnete er die Tür und stieg aus dem Wagen.

Der See glänzte in der Sonne. Er trat auf einen Felsüberhang, wo unter normalen Umständen Jugendliche ins Wasser sprangen. Jetzt war niemand da. Der Boden darunter war hart und trocken, fiel aber schroff ab. Maritimer Steilhang wurde so etwas genannt. Drei Meter vom Land entfernt stand das Wasser.

Evert öffnete die Hand und ließ die Kette durch die Finger gleiten. Mit dem Daumen schlang er sie über den Ringfinger, unter den Mittelfinger und über den Zeigefinger.

Der Verdacht würde nicht einfach verschwinden, wenn er sich der Kette entledigte. Ganz im Gegenteil. Das war nichts, was er wegwerfen konnte. Er musste herausfinden, woher diese Buchstabenkette stammte – wie unangenehm die Antwort auch ausfallen mochte.

8

Ein paar Insekten umschwirrten die Lampe an der Verandadecke. Wisting saß in ihrem bleichen Lichtschein und las einen Artikel über den weltweit stillsten Raum. Stiller als im Grab, lautete die Überschrift des Berichts, der in einem Magazin stand, das zusammen mit der Zeitung gekommen war. In dem Raum konnte man praktisch seinen eigenen Herzschlag hören.

Das Radio im Wohnzimmer hinter Wisting war eingeschaltet. Die monotone Stimme der Nachrichtensprecherin drang bis zu ihm heraus. Es war zehn Uhr. Keine der Nachrichten interessierte ihn.

Er versuchte, sich aufs Lesen zu konzentrieren, doch seine Gedanken schweiften ab zu Morten Wendel, Adine Broch-Hansen und den beiden Elternpaaren, die er ein paar Stunden zuvor getroffen hatte. Sie hatten völlig unterschiedliche Vorstellungen von den Geschehnissen vor acht Jahren. Die Ermittlungen stützten die Version der Broch-Hansens, aber Wisting hatte Sympathien für beide Seiten. Beide Elternpaare waren mit einer Extremsituation konfrontiert gewesen, jedes auf seine Weise. Plötzlich, unvorhergesehen und unerwartet waren sie Teil von etwas geworden, das größer war als sie selbst. Etwas, das sie nicht kontrollieren konnten und das ihnen Sicherheit und Würde geraubt hatte.

Wisting hatte schon viele Menschen in ähnlichen Situationen erlebt, die voller Wut, Trauer, Verzweiflung und Angst gewesen waren. Er wusste nur, dass es irgendwann vorbeiging. Das hatte er selbst erfahren, als er Ingrid vor fast vierzehn Jahren verloren hatte. Der Verlust war schwer, aber das Gefühl hatte sich irgendwann abgeschwächt. Er würde sie immer vermissen, aber inzwischen war das Gefühl leichter zu ertragen. So war das Leben. Es ging einfach weiter. Diese Gedanken waren kein Trost für Menschen, die unmittelbar von etwas Derartigem betroffen waren, doch nichts währte ewig. Wer jung war, wurde nach und nach älter. Wer schlief, würde wieder erwachen. Alles war in Veränderung begriffen. Eine Art Naturgesetz. Die Nacht wurde vom Tag abgelöst. Auf Regen folgte Sonnenschein.

Die Liebe war in sein Leben zurückgekommen, hatte sich dann aber wieder daraus verflüchtigt. Als Ingrid starb, hatte er gedacht, dass er nie wieder jemanden lieben könnte, bis er Suzanne begegnet war. Das Verhältnis hatte ein paar Jahre gehalten, bis sie schließlich beschloss, ihr Leben ohne einen Polizeiermittler an ihrer Seite fortzuführen.

Er griff nach dem Wasserglas auf dem Tisch. Der Verlust belastete ihn immer noch. Nicht so sehr, wie Ingrid ihm fehlte, die Mutter seiner beiden Kinder. Ingrid war für immer gegangen. Suzanne lebte nicht weit von ihm entfernt. Sie betrieb eine Kombination aus Kunstgalerie und Kaffeebar im Zentrum von Stavern. Er konnte jederzeit hingehen und sich einen Kaffee bestellen.

Worauf er eigentlich um diese Zeit noch wartete, war ein Anruf von Line. Sie war mit ihrer Tochter in den USA, zu Besuch bei Amalies Vater in Washington. Der Zeitunterschied betrug sechs Stunden.

Zum ersten Mal seit Amalies Geburt vor fast acht Jahren besuchten sie ihren Vater. John Bantam war wegen eines Dienstauftrags für das FBI in Norwegen gewesen. Wisting hatte zu jener Zeit eng mit ihm und seinen Partnern zusammengearbeitet. Line und John waren einander rein zufällig begegnet. Obwohl Line von ihm schwanger geworden war, hatten sie entschieden, keine Beziehung auf der Basis dessen aufzubauen, was sich zwischen ihnen abgespielt hatte. Vor zwei Jahren war John überraschenderweise zurück nach Norwegen gekommen. Seitdem standen sie in engem Kontakt, doch Line behauptete, abgesehen von dem gemeinsamen Kind verbinde sie nichts weiter als eine Freundschaft.

Im Garten nebenan nahm der Rasensprenger seine Arbeit auf. Es raschelte, als das Wasser auf die Büsche am Zaun rieselte. Obwohl die Gemeinde ein Totalverbot der Gartenbewässerung ausgesprochen hatte, lief der Wassersprenger jeden Abend für eine halbe Stunde. Etwas, das Wisting vielleicht mit den Nachbarn erörtern müsste, aber gerade weil er Polizeibeamter war, hatte er gelernt, sich herauszuhalten. Er wollte seine Rolle als Polizist nicht mit der als Privatmann verquicken.

Wieder wanderten seine Gedanken zu den Familien Wendel und Broch-Hansen. Sie waren schon Nachbarn gewesen, noch ehe ihre Kinder geboren wurden. Eine Zeit lang hatten Allan Broch-Hansen und Reidar Wendel für dieselbe Transportgesellschaft gearbeitet und waren abwechselnd feste Routen nach Dänemark und Schweden gefahren. Während ihrer Abwesenheit hatten die Ehefrauen viel Zeit zusammen verbracht. Sie arbeiteten in zwei verschiedenen Modegeschäften im Zentrum und hatten öfter darüber gesprochen, ein gemeinsames Geschäft zu eröffnen. Allerdings war daraus nichts geworden.

Wisting versuchte, sich auf den Artikel zu konzentrieren, und las den letzten Abschnitt noch einmal.

Die Kammer ohne Echo lag in Minneapolis und galt als 99,99 Prozent schalldicht. Niemand hatte es bis jetzt geschafft, mehr als fünfundvierzig Minuten darin auszuhalten. Die totale Stille bewirkte, dass die Testpersonen zu halluzinieren begannen.

Er blätterte um. Es gab eine detaillierte Bauanleitung. Die Wände bestanden aus dicken Glasfaserplatten, die mit Stahl und Beton verkleidet waren.

Noch ehe er zu Ende gelesen hatte, meldete sich sein Handy. Ein Videoanruf von Line.

Wisting nahm ihn entgegen und lächelte in Richtung des Displays. Amalie saß auf dem Schoß ihrer Mutter und winkte ihm zu.

»Ich hab einen Cowboy gesehen«, sagte sie.

»Einen Cowboy?«, fragte Wisting.

»Mit so einem Hut«, sagte Amalie und fasste sich an den Kopf.

Wisting lachte. »Verstehe«, sagte er.

»Wir haben eine Tour durch den Park gemacht«, erklärte Line und drehte sich ein Stück nach hinten um.

Sie saßen draußen auf der Veranda. Wisting erkannte die Aussicht auf den Potomac wieder. Das Wetter schien schön zu sein.

»Amalie hat ein paar Kinder in ihrem Alter kennengelernt«, fuhr Line fort. »Sie versteht ja ein bisschen Englisch, es war also kein Problem.«

»Und wie geht es euch sonst?«, wollte Wisting wissen.

»Amalie langweilt sich etwas«, sagte Line. »Hier gibt

es ja nicht so viel, womit sie sich die Zeit vertreiben könnte. Morgen fahren wir raus zur Küste, wo wir baden können. Es gibt da auch ein paar Vergnügungsparks.«

Amalie kletterte vom Schoß ihrer Mutter und war nicht mehr zu sehen.

»Und dann planen wir noch, Ende der Woche nach New York hochzufahren«, fuhr Line fort. »Mit dem Auto braucht man dafür nicht mehr als vier Stunden. John hat ein paar Freunde in der Stadt, bei denen wir wohnen können. Die haben eine Tochter, die so alt ist wie Amalie.«

»Sehnt sie sich nicht nach Hause?«, fragte Wisting.

»Noch nicht«, erwiderte Line. »Ist es bei euch immer noch so heiß?«

»Heiß und trocken.«

»Hast du bei mir die Blumen gegossen?«

»Ich war heute Morgen drüben.«

»Gibt es sonst was Neues?«

Wisting zögerte. Während seiner ersten Jahre bei der Polizei hatte er sich geweigert, über Dinge zu sprechen, die er bei der Arbeit erlebt hatte. Ingrid hatte stets bemerkt, wenn ihn etwas belastete, und begonnen, Fragen zu stellen. Nach und nach hatten sie dann eine Form der Unterhaltung entwickelt, bei der Wisting das Gefühl hatte, völlig frei erzählen zu können, ohne seine Worte aus Rücksicht auf die Schweigepflicht ständig abwägen zu müssen. Auch Ingrid war das zugutegekommen. Sie fühlte sich einbezogen und brauchte sich keine Gedanken darüber zu machen, ob sein Verhalten etwas mit ihr zu tun hatte. Mit Suzanne war ihm diese Art der Kommunikation nie gelungen, doch nachdem Line aufgehört hatte, als Journalistin zu arbeiten, hatte er diese Art von Gesprächen mit ihr weiterführen können.

»Ist was passiert?«, fragte Line, als er nichts sagte.

»Erinnerst du dich an Morten Wendel?«, fragte er. »In dem Sommer, als du mit Amalie schwanger warst, ist er mit seinem Motorrad verschwunden und wurde dann polizeilich gesucht.«

»Der Vergewaltiger?«

Wisting nickte. »Er und sein Motorrad sind heute aufgetaucht«, sagte er und berichtete von dem Fund.

»Im Internet wird aber noch nichts darüber berichtet«, sagte Line.

»Noch nicht«, entgegnete Wisting.

»Die Medien werden sich bestimmt darauf stürzen«, fuhr Line fort. »Die lieben ja solche Fälle. Ihr solltet vielleicht mit einer Meldung an die Öffentlichkeit gehen, damit ihr nicht ins Hintertreffen geratet. Dann erspart ihr euch viel Ärger, wenn die Gerüchte erst mal hochkochen.«

So hatte Wisting die Sache noch gar nicht betrachtet. Er hatte nur daran gedacht, dass sie aus Respekt vor den involvierten Familien nicht unaufgefordert über den Leichenfund berichten sollten.

»Wieso habt ihr ihn damals eigentlich nicht gefunden?«, fragte Line.

»Wir wussten nicht, wo wir suchen sollten.«

»Schwache Antwort«, bemerkte Line. »Die werden euch dazu noch Fragen stellen, du solltest dich also etwas besser vorbereiten.«

»Nichts hat damals darauf hingewiesen, dass der Farris als Suchgebiet infrage kommen könnte.«

»Und wieso wurde der See als irrelevant eingestuft?«

»Es gab keine entsprechenden Zeugenbeobachtungen«, sagte Wisting. »Wir hatten keine Informationen darüber, wo er entlanggefahren war.«

»Aber jetzt wurde er genau in der Gegend gefunden«, fuhr Line fort. »War das kein Ort, an dem man hätte suchen sollen? Ihr hattet doch Taucher im Hafenbecken.«

Ihm war klar, dass sie ihn nur ein bisschen neckte. Der Tauchgang im Hafenbecken war veranlasst worden, nachdem jemand Ölflecken auf der Wasseroberfläche entdeckt hatte, aber das war keine Antwort auf die Frage, die Line ihm gestellt hatte.

»Die Presseanfragen sollten bei euch von jemandem beantwortet werden, der seinerzeit nicht in den Fall involviert war«, schlug Line vor. »Da ist es dann auch einfacher, kritische Fragen zu umgehen. Also jemand, der sagen kann, dass er die seinerzeit erfolgten Abwägungen nicht näher kennt.«

Wisting bedankte sich für ihren Rat. Eine Weile unterhielten sie sich über andere Dinge, bis Line schließlich Amalie noch einmal vor die Handykamera lockte, damit sie *Tschüss, Opa!* sagen konnte.

Das Geräusch des Rasensprengers auf dem Nachbargrundstück erstarb. Wisting faltete das Magazin zusammen, nahm sein Glas und ging hinein. Er hatte Line nicht mehr als das erzählt, was die Medien verbreiten würden. Doch es gab noch mehr.

9

Der Morgentau lag noch auf dem Gras, als Evert Harting aufstand und hinausging. Er stapfte hinüber zum Plumpsklo und verrichtete sein dringend erforderliches Morgengeschäft. Aus der Öffnung stank es. Er achtete nicht darauf, wohin der Strahl traf, hörte es nur unter sich rieseln.

Wieder zurück an der Hütte nahm er den Spaten aus dem Verschlag und legte ihn in den Wagen. Dann wusch er sich die Hände in der Schüssel auf der Veranda und ging hinein, um Kaffee aufzusetzen.

Ella kam aus dem Schlafzimmer und wünschte ihm einen guten Morgen.

»Isabell weiß, dass wir kein Wasser haben?«, fragte er.

»Aber ja«, erwiderte Ella. »Und an das Plumpsklo ist sie ja seit ihrer Kindheit gewohnt.«

Sie ging nach draußen. Als sie zurückkam, toastete sie zwei Brotscheiben und stellte ein Glas Orangenmarmelade auf den Tisch.

»Ich fahre mit dem Detektor raus«, sagte Evert. »Ab jetzt mache ich es lieber morgens, bevor es zu heiß wird.«

Ella nickte und kaute weiter. »Ich schreibe derweil eine kleine Einkaufsliste«, sagte sie. »Du bist doch sicher vor zwölf wieder da? Wir müssen auch Zutaten für einen Salat kaufen. Letztes Jahr hat Isabell einen mit Mango für uns zubereitet. Das wäre doch was.«

Evert nahm eine Serviette und wischte sich den Mund ab.

»Ich bleibe nicht lange«, sagte er.

Zwanzig Minuten später war er wieder an derselben Stelle, wo er am Tag zuvor gesucht hatte. Das Wasser hatte sich noch ein paar Zentimeter mehr zurückgezogen. Der See lag still da und spiegelte die eintönige Umgebung wider.

Evert zog seine Stiefel an und ging zur ehemaligen Strandlinie. Er konnte die Stelle erkennen, an der er den Buchstabenschmuck ausgebuddelt hatte, etwa zwanzig Meter entfernt. Ein Steinwurf.

Er beugte sich hinunter und hob einen kleinen Kieselstein auf, der etwas mehr als der Buchstabenschmuck wog, doch aufgrund der runden Form würde er sich anders durch die Luft bewegen. Stattdessen brach er einen Zweig von einem Busch ab und entfernte ein paar der Seitentriebe, bis ihm das Gewicht richtig vorkam, nahm dann Anlauf und warf das Stöckchen so weit, wie es ging. Es drehte sich in der Luft und landete zwei Meter hinter der Stelle, wo er den Schmuck gefunden hatte.

Den Detektor ließ er im Wagen liegen und nahm bloß den Spaten und den Pinpointer mit. Die getrocknete Erde knirschte beim Gehen unter den Stiefeln.

Mit den ersten Spatenstichen schippte er die Erde weg, mit der er tags zuvor das Loch wieder zugeschüttet hatte. Langsam und systematisch vergrößerte er den Durchmesser und die Tiefe des Lochs. Mit jedem Stoß ließ er die Erde behutsam vom Spaten rieseln, um zu prüfen, ob er etwas ausgegraben hatte, was dem Metalldetektor entgangen war.

Mit der porösen Erde ließ sich gut arbeiten. Schon nach kurzer Zeit hatte das Loch einen Durchmesser von einem Meter und war fast einen halben Meter tief – groß genug, um hineinzusteigen und weiterzugraben.

Er wusste nicht recht, wonach er eigentlich suchte. Hatte man die Kette vom Land aus in den See geworfen, war es unwahrscheinlich, dass an derselben Stelle noch etwas anderes lag. Doch wenn jemand sie von einem Boot aus ins Wasser geworfen hatte, ließ sich vielleicht noch etwas finden.

Lose Erde rieselte vom Rand in die Mitte des Lochs, in dem er stand. Dabei fiel auch etwas Längliches hinunter. Evert Harting spürte seinen Puls ansteigen. Er legte den Spaten weg, ging in die Hocke und hob das Objekt auf. Es war glatt und grau, sein erster Gedanke war, dass es sich um einen Knochen handeln musste.

Mit dem Fingernagel kratzte er ein wenig daran herum, drehte und wendete es und hielt es sich unter die Nase, um daran zu riechen. Wahrscheinlich aus Holz, dachte er und fasste es mit beiden Händen, dehnte es zunächst vorsichtig, dann mit größerer Kraft nach hinten um, bis es in der Mitte zerbrach. Splitter aus hellem Holz ragten an den Enden hervor.

Er warf die Holzstücke fort und arbeitete weiter mit dem Spaten. Der Boden unter ihm wurde nach und nach feuchter und verwandelte sich in trägen, stinkenden Schlamm. Seine Stiefel sanken darin ein und erzeugten gurgelnde Geräusche, während er umherging.

Die Arbeit wurde jetzt anstrengender. Der Schweiß breitete sich vom Nacken zu den Schulterblättern aus. Nach einer Weile tat ihm der Rücken weh. Er stützte sich auf den Spaten, richtete sich auf und legte den Kopf zurück. Am Himmel im Westen waren ein paar dünne weiße Wolken aufgetaucht. Sie trieben von ihm weg und sahen ohnehin nicht nach Regenwolken aus.

Es war fast zehn Uhr. Er gab sich noch eine Viertelstunde, doch ihm war allmählich klar, dass er nichts finden würde. Worüber er eigentlich nur froh sein sollte, dachte er und rammte den Spaten abermals in den Boden.

Anstatt die Erde weiterhin aus dem Loch hinauszuschaufeln, beschloss er, sie einfach hinter sich auf dem Grund der Grube aufzuhäufen. Vorher wippte er den Spaten mit der Erde von einer Seite zur anderen und beobachtete, was seitlich herunterrieselte. Plötzlich entdeckte er einen Gegenstand, und ein metallisches Geräusch ertönte.

Evert Harting blinzelte den Schweiß aus den Augen und hob den Gegenstand auf.

Es war ein Nagel, uneben und altersgeschwärzt, die Form leicht gebogen. Der Nagelkopf war dick und schief.

Er rieb mit dem Daumen darüber und entdeckte winzige Spuren von einem Schmiedehammer.

Der Nagel hatte im Übergang zum feuchten Bereich am Grund des Lochs gelegen, etwas zu tief, als dass er vom Metalldetektor hätte registriert werden können.

Ein handgeschmiedeter Nagel. Die maschinelle Produktion von Nägeln hatte schon Mitte des neunzehnten Jahrhunderts an Fahrt aufgenommen. Der Fund in seinen Händen konnte mehrere Hundert Jahre alt sein, aus der Zeit der Fresjeborg, aber dennoch verspürte er keinen Enthusiasmus oder übermäßiges Interesse.

Er steckte sich den Nagel in die Gesäßtasche, stieg aus dem gegrabenen Loch und ging zum Wagen. Ehe er sich hineinsetzte, wischte er sich Gesicht und Hände mit einem Lappen ab, den er im Kofferraum liegen hatte.

Der Wagen holperte über den unebenen Untergrund. Er fuhr mit geringem Tempo und umschiffte die größten Schlaglöcher.

Das Wasser in der Flasche zwischen den Vordersitzen war warm geworden. Ungeachtet dessen trank er ein paar Schluck und vergoss dabei etwas Flüssigkeit, ehe er den Verschluss wieder zudrehte.

Ella hatte auf dem Hügel hinter der Hütte die Flagge gehisst. Vielleicht hatte sie herausgefunden, dass jemand von der königlichen Familie Geburtstag hatte. Mehrere von denen waren im Sommer geboren, aber vermutlich hatte sie es in erster Linie zu Ehren von Isabell getan, die zu Besuch kam.

Er fuhr bis dicht an die Hütte heran und stellte den Wagen so ab, dass er im Schatten stehen würde, bis sie erneut aufbrachen.

Ella sah von ihrem Kreuzworträtsel auf. »Wie du aussiehst. Hast du was gefunden?«

Er schob die Hand in die Tasche, wo die Buchstabenkette neben dem Nagel lag.

»Erst das hier«, sagte er und legte den Nagel auf den Tisch.

Ella beugte sich vor, betrachtete ihn und berührte ihn leicht mit dem Zeigefinger, als ob er etwas wäre, das vorsichtig behandelt werden musste.

»Sieht alt aus«, meinte sie.

»Handgeschmiedet«, bestätigte er. »Würde mich nicht wundern, wenn der aus dem siebzehnten Jahrhundert stammt.«

Ella schwieg, als müsse sie diese Neuigkeit erst mal einsinken lassen.

»Was hast du sonst noch gefunden?«, fragte sie dann.

Evert Harting zog die Kette hervor. Er musste seine Gedanken mit jemandem teilen oder sie zumindest so darlegen, dass sie darüber reden konnten.

»Das hier«, erwiderte er und zeigte Ella den Schmuck.

Sie inspizierte ihn auf dieselbe Weise wie den Nagel. Nichts schien irgendwelche Assoziationen in ihr hervorzurufen.

»Vielleicht hat sie jemand beim Baden verloren«, mutmaßte sie.

»Ich glaube, das ist echtes Gold.«

Ella nahm die Kette, wog sie in der Hand und stimmte ihm zu. Dann griff sie wieder nach ihrem Bleistift.

»Willst du so in die Stadt?« Sie deutete mit dem Kopf auf seine schmutzigen Sachen.

»Nein, ich ziehe mich um. Aber ich nehme erst mal ein Bad.«

Der Nagel und die Kette blieben auf dem Tisch zurück. Evert Harting ging hinein und holte sich ein Handtuch.

»Du musst den Brettersteg verlängern«, sagte Ella, als er wieder herauskam.

Als der Brunnen ausgetrocknet war und sie manchmal Wasser aus dem See holten, hatte er unten an der Strandlinie breite Bretter ausgelegt, damit sie zwischen Wasser und Ufer hin- und hergehen konnten, ohne nasse Füße zu bekommen. Die Bretter lagen jetzt gänzlich auf trockenem Land.

»Brauchst du Hilfe beim Tragen?«, fragte Ella.

Evert Harting warf einen Blick auf den Buchstabenschmuck. Er lag genauso unberührt wie zuvor auf dem Tisch.

»Das kriege ich schon alleine hin«, erwiderte er.

Hinter der Hütte lag ein Stapel Verschalungsbretter, die noch von Kjell-Tores Bauarbeiten am Grillplatz stammten. Um die Bretter herum wuchsen Brennnesseln. Evert zog eines heraus, das so gut wie frei von Betonresten war, und legte es sich mit dem Badehandtuch als Polster über die Schulter. Dann ging er hinunter zum Wasser und nutzte es als Verlängerung für die Bretter, die sich dort schon befanden. Der letzte Meter ragte jetzt ins Wasser hinein.

Evert zog sich aus und stapfte mit der Shampooflasche in den See. Er badete gern nackt, und niemand konnte ihn dort sehen.

Das Wasser war warm, um die fünfundzwanzig Grad.

Er schwamm ein paar Meter hinaus, tauchte unter und kam wieder hoch.

Ohne festen Untergrund versanken seine Füße im kalten Schlamm. Er hatte ein wenig Mühe, das Gleichgewicht zu finden, schraubte aber schließlich die Shampooflasche auf. Während er sich einseifte, fiel sein Blick auf die Reste dessen, was er und Ella für das Floß hielten, mit dem die Pfadfinder im Jahr zuvor umhergetrieben waren. Er war sich nicht ganz sicher, ob es wirklich ein Floß war. Er sah keinerlei Tauwerk, und die Holzstämme waren grob und erinnerten eher an Senkhölzer aus der Zeit, als hier noch Flößerei betrieben wurde. Die Fässer hatten verschiedene Größen. Es waren zwei Ölfässer und eine blaue Tonne aus Hartplastik mit einem Spannriemen, der den Deckel verschlossen hielt. Das Ganze sah eher nach Wrackteilen aus, die von Wellen und Unterströmungen zusammengetrieben worden waren.

Er tauchte wieder unter, spülte das Shampoo ab und

lief mit dem Handtuch um die Hüfte zurück zur Hütte. Ella hatte sich umgezogen und ihre Tasche auf den Tisch gestellt.

»Wir nehmen die Goldkette mit und geben sie ab«, sagte sie.

Mit einem Zipfel des Handtuchs trocknete Evert sich die Ohren ab.

»Abgeben?«

»Bist du dazu nicht verpflichtet als Mitglied des Detektorvereins?«, fragte Ella. »Außerdem haben wir hier niemanden, dessen Name mit A anfängt. Wir haben keine Verwendung dafür.«

Der Buchstabenschmuck lag nicht mehr auf dem Tisch. Ella musste ihn bereits in die Handtasche gelegt haben.

»Wenn wir eh schon in die Stadt wollen, können wir auch bei der Polizeistation vorbeifahren«, sagte sie. »Dann sind wir die Kette los.«

10

Die Luft zwischen den Kellerwänden im Archiv war kühl und frisch. Wisting suchte in den Regalen nach Fällen aus dem Sommer vor acht Jahren. Zwei davon betrafen Morten Wendel. Es gab eine dicke Mappe mit Dokumenten, die sich auf den Vorwurf der Vergewaltigung und Freiheitsberaubung bezogen, sowie eine dünnere mit Unterlagen zu seinem Verschwinden. Beide Verfahren waren noch vor Beginn der umfassenden Digitalisierung eingestellt worden und enthielten auch externe Dokumente, die sich nicht am Computer aufrufen ließen.

Darüber hinaus gab es Mappen mit Unterlagen zu zwei weiteren Fällen, in die sowohl Morten Wendel als auch Adine Broch-Hansen involviert gewesen waren. Im ersten ging es um die versuchte Brandstiftung des Hauses der Familie Wendel, der zweite Fall bezog sich auf das Feuer, dem das Haus der Familie Broch-Hansen zum Opfer gefallen war.

Wisting ließ die Brandfälle liegen, nahm aber die anderen beiden Mappen mit.

Die Tür zum Gang, der in die Werkstatt führte, stand offen. Wisting war neugierig und beschloss, sich Morten Wendels Motorrad anzusehen. Es stand auf einer Plane, und am Lenker war ein grauer Zettel mit einer Fallnummer befestigt. Der Geldschrank, der beim restlichen Metallschrott gelegen hatte, stand mit der Rückseite zu ihm, und Wisting trat näher, um ihn genauer zu betrachten.

Das Aufbrechen des Safes hatte deutliche Spuren hinterlassen, die Tür hing nur noch an einer Angel. Es sah aus, als wäre der Schrank mit Schneidbrenner und Winkelschleifer traktiert worden, außerdem war der Stahl verbogen. Das eigentliche Aufbewahrungsfach war leer bis auf etwas getrockneten Schlamm vom Grund des Farris. Seitlich am Safe auf einer Metallplatte, die man offenbar gereinigt hatte, ließen sich Typenbezeichnung und Hersteller klar erkennen. *Euro Si, model DS 2121* von Christian Rasmussen & søn in Dänemark, hergestellt im Jahr 1988.

Die Leuchtstoffröhre an der Decke über ihm flackerte und gab ein schnarrendes Geräusch von sich. Wisting nahm die Treppe, die zu seinem Büro in der Ermittlungsabteilung führte. Ganz hinten in der Mappe mit den Unterlagen zur Fahndung nach Morten Wendel lag ein versiegelter Umschlag, der mit einem Minuszeichen und Wistings Namen versehen war. Er legte ihn zur Seite und ging mit den restlichen Papieren zum Büro von Maren Dokken.

Die Sonne drang durch die Schlitze der Jalousie und malte helle Streifen auf ihren Schreibtisch. In dem Sommer, als Morten Wendel verschwand, war sie noch nicht in der Polizeistation tätig gewesen. Erst im Herbst war sie als Praktikantin von der Polizeihochschule dazugekommen. Schon damals hatte sie sich als gute Ermittlerin erwiesen. Sie war reflektiert und selbstständig und schrieb präzise formulierte Berichte. Als Wisting sich in ihrem Alter befunden hatte, war ihr Großvater sein Vorgesetzter gewesen. Maren Dokken hatte viele seiner Eigenschaften geerbt. Die Fähigkeit zum analytischen Denken, kombiniert mit kritischer Vernunft. Darüber hinaus besaß sie eine ungewöhnliche Konzentrationsfähigkeit, die es ihr erlaubte, sich in großen Informationsmengen zurechtzufinden. Aktuell war sie für die Untersuchung des Leichenfunds am Vortag zuständig.

»Du hast sie gefunden?«, fragte sie und blickte auf die beiden Mappen.

»Ja«, erwiderte Wisting und legte sie auf den Schreibtisch.

Die Sonne erhellte ihr Gesicht, als sie sich vorbeugte. Sie hatte ein paar Falten um die Augen herum bekommen, doch abgesehen davon sah sie nicht wesentlich anders aus als damals in der ersten Reihe im großen Besprechungsraum. Seinerzeit hatte sie ihr blondes Haar zu einem Pferdeschwanz gebunden, nun trug sie es offen. In erster Linie, um eine Narbe auf der Wange unter dem linken Ohr zu verbergen, wie Wisting vermutete. Sie hatte sich im Dienst durch eine Explosion eine ernsthafte Verletzung zugezogen. Danach war sie in Wistings Abteilung versetzt worden. Das lag fast fünf Jahre zurück.

Maren warf einen Blick auf die Uhr über der Tür. Gemeinsam mit einem der Polizeijuristen hatte Wistings Team eine kurze Pressemitteilung über den Vermisstenfall Morten Wendel verfasst. Dafür hatten sie noch Daten zu Wasserstand und Niederschlagsmenge eingeholt und zwei Fotos beigefügt. Die Pressemeldung lag nun beim PR-Berater der Polizeiverwaltung in Tønsberg und sollte um halb elf herausgegeben werden. In einer Viertelstunde.

»Ich habe mir mal die Online-Nachrichten aus der Zeit seines Verschwindens durchgelesen«, sagte Maren.

»Die Presse hat ihn ja eher milde behandelt. In der Meldung über die Vergewaltigung steht nur, dass ein gleichaltriger Bekannter des Opfers beschuldigt wurde. Und als er in den Medien als vermisst auftaucht, lässt sich ein Zusammenhang nur zwischen den Zeilen herauslesen.«

»Seine Mutter wäre da wohl anderer Meinung«, sagte Wisting. »Sie glaubt nämlich, dass unter anderem die Berichterstattung ihn in den Selbstmord getrieben hat.«

»Als Betroffener erlebt man das natürlich anders«, räumte Maren ein. »Wenn man genau weiß, von wem die Rede ist.«

Ihr Handy klingelte. Sie hielt Wisting das Display hin: der PR-Berater.

Maren nahm den Anruf entgegen und schaltete den Lautsprecher ein, damit Wisting mithören konnte.

»Eine letzte Sache, bevor ich die Meldung rausgebe«, sagte der PR-Mann. »Sollte nicht deutlicher kommuniziert werden, dass es bei dem Todesfall keinen Verdacht auf einen kriminellen Hintergrund gibt?«

Maren sah Wisting an.

»Ich meine, weil in der Meldung nichts davon steht, dass er als Unfall bewertet wird«, fuhr der Berater fort, »sondern nur, dass eine Untersuchung eingeleitet wurde.«

Maren rückte mit dem Stuhl zur Seite, während Wisting sich vorbeugte, um den Text der Pressemeldung auf ihrem Bildschirm erneut durchzulesen.

»Streng genommen gibt es einen kriminellen Hintergrund«, sagte er. »Morten Wendel war der Vergewaltigung und der Freiheitsberaubung beschuldigt, aber es könnte schwierig werden, das in der Meldung zu kommunizieren.« Er dachte nach. »Sie könnten vielleicht noch einen Satz hinzufügen: *Der Fund bietet keinen Anlass zur Vermutung, dass eine kriminelle Handlung dahinterstecken könnte.*«

Am anderen Ende der Leitung war das Klappern einer Tastatur zu hören.

»Ich verstehe«, sagte der PR-Berater. »Dann gebe ich die Meldung jetzt raus.«

Das Gespräch wurde beendet.

Maren blickte Wisting an. »Gibt es hier etwas Verdächtiges?«

Wisting sah sie an. »Du bist die Ermittlerin in diesem Fall«, sagte er und tippte mit dem Zeigefinger auf die alte Fallmappe. »Sieh mal rein, ob du was findest.«

Maren griff nach den Unterlagen. »Steht was über die Brände drin?«

»Nein«, erwiderte Wisting und setzte sich. »Es gab insgesamt drei Brände. Der erste ereignete sich einige Tage nach Adine Broch-Hansens Vergewaltigung. Morten Wendel saß in Untersuchungshaft, die Kriminaltechniker hatten den Tatort freigegeben, und seine Eltern sollten am nächsten Tag wieder einziehen. Es hatte in einer Ecke auf der Veranda gebrannt, was die beiden allerdings erst zwei Tage später bemerkten. Vermutlich war flüssiger Grillanzünder verwendet worden. Das Feuer war von selbst erloschen, ohne größeren Schaden angerichtet zu haben.«

Maren Dokken machte sich eine Notiz.

»Das nächste Feuer brach zwei Tage nach Morten Wendels Freilassung aus«, fuhr Wisting fort. »Niemand war zu Hause, die Familie war verreist, um ein paar Tage Ruhe zu haben. Zwei Fenster wurden eingeschlagen, und die Vorhänge wurden angezündet, aber das Feuer hat sich nicht ausgebreitet.«

»Wurde jemand verdächtigt?«, wollte Maren wissen.

»Nicht offiziell, aber Gunn Hilde Wendel war davon überzeugt, dass Adine dahintersteckte. Es wurden keine Spuren gefunden, aber auch unsere Hypothese lautete, dass Adine oder jemand anderes aus ihrer Familie den Gedanken nicht ertrug, dass der Vergewaltiger weiter im Nachbarhaus wohnte.«

»Beim dritten Mal brannte aber dann das Haus der Broch-Hansens, oder?«, fragte Maren.

Wisting nickte. »Ein Totalschaden. Die Familie hat alles verloren, bekam dadurch aber auch die Möglichkeit, noch mal ganz von vorn anzufangen. Die Broch-Hansens haben sich von dem Versicherungsgeld woanders in der Gegend ein neues Haus gekauft.«

»Was war die Brandursache?«

»Höchstwahrscheinlich wurde das Feuer absichtlich gelegt, aber ganz sicher konnte das nicht festgestellt werden.«

»Wann war das genau?«

»Am Tag nach Morten Wendels Verschwinden«, erwiderte Wisting. »Wir haben drei Tage in den Ruinen nach ihm gesucht, bis wir sichergehen konnten, dass er nicht da war. Einige meinten, er selbst hätte das Feuer gelegt, andere glaubten, Adine sei dafür verantwortlich gewesen. Sie vermuteten, dass sie ihr eigenes Haus in Brand gesteckt habe, um dort nicht weiter leben zu müssen.«

»Es gibt also eine Menge offene Fragen«, fasste Maren zusammen.

Wisting stand auf. »Die gibt es immer.«

11

Der Journalist von der Lokalzeitung bat sie, ein rostiges Fahrrad hochzuhalten, damit er ein Foto davon schießen konnte. Kicki Dalberg drückte sich mit der Zunge das Kaugummi an den Gaumen, packte den Lenker mit beiden Händen und setzte eine ernste Miene auf. Es war nur eines der acht Fahrräder, die sie am Staudamm vom Grund des Sees heraufgeholt hatten, dazu kamen noch vier E-Roller. Auf dem Haufen neben Kicki lagen außerdem Autoreifen, Einkaufswagen, Campinggeräte und anderer Schrott, der einfach über den Rand des Staudamms geworfen und mit dem Wasser in Richtung der Einmündung getrieben worden war. Noch immer lag eine Menge Müll unten vor den Schleusentoren.

Jonas und Mia standen mit verschränkten Armen neben Kicki. Sie hatten vorher abgesprochen, dass alle drei schwarze Kleidung tragen würden. *There is no Planet B,* stand auf Kickis langärmligem Pullover. Der dichte Baumwollstoff klebte vor Hitze eng an ihrem Körper.

Der Fotoapparat klickte. Der übergewichtige Journalist hatte dünnes Haar, und auf seiner Stirn standen Schweißperlen. Vor zwei Jahren hatte er Kicki und Mia im Rahmen einer Theatervorstellung in der Kulturschule interviewt. Jetzt führte Jonas das Wort. Seit zehn Jahren war er Leiter der örtlichen Umweltgruppe und kannte sich mit solchen Situationen aus.

»Danke, das wird super«, sagte der Journalist, hängte sich die Kamera wieder über die Schulter und zog einen Notizblock hervor.

»Das Klima hat sich schon gewandelt«, sagte Jonas. »Seit Mai hat es nicht einen Tropfen geregnet. Die Temperatur liegt fünf Grad höher als im Durchschnitt. Das Resultat ist für alle sichtbar, die es sehen wollen.«

Er streckte einen Arm aus und zeigte hinter sich aufs Wasser.

»Gleichzeitig werden weitere Umweltsünden aufgedeckt. Sie kommen ganz buchstäblich an die Oberfläche.«

Der Journalist wischte sich mit dem Handrücken den Schweiß von der Stirn. Jonas wartete kurz, ehe er fortfuhr:

»Innerhalb von zwei Tagen haben wir über eine Tonne Müll hochgeholt, und wir sind noch lange nicht fertig.«

»Was fangt ihr damit an?«, fragte der Journalist.

Jonas schien von der Frage überrumpelt zu sein.

»Wir haben die Gemeindeverwaltung informiert und gehen davon aus, dass die sich weiter darum kümmern«, sagte er.

»Warum macht ihr das?«, wollte der Journalist wissen.

»Um aufzuräumen und um das Problem sichtbar zu machen«, erklärte Jonas. »Vieles von dem, was wir hochgeholt haben, ist konsumbezogener Plastikmüll. Durch den verlangsamten Schadstoffabbau gelangen Umweltgifte und Mikroplastik in die Natur.«

Es klang, als würde er Sätze aus einer Umweltbroschüre herunterrattern.

»Stellen Sie sich eine Überschwemmung in Ihrem Badezimmer vor, wenn der Wasserablauf verstopft ist und das Wasser weiter aus dem Hahn läuft«, fuhr er fort. »Würden Sie dann nur das Wasser aufwischen und alles andere so lassen, wie es ist? Oder würden Sie den Wasserhahn zudrehen? Genauso müssen wir mit dem Thema Vermüllung umgehen. Wir müssen den Hahn zudrehen und verhindern, dass noch mehr Müll in die Natur und ins Meer gerät.«

Kicki betrachtete den Journalisten. Er schien gut zuzuhören, doch sie befürchtete, dass er die Themen Umwelt und Klima vermischen würde. Manche glaubten ja, dass sie etwas für das Klima taten, indem sie Müll sammelten.

»Die Verwendung fossiler Energien zerstört das Klima, aber Plastik ist die größte Gefahr für die Umwelt«, sagte Jonas, als hätte er das Gleiche gedacht wie Kicki. »Wenn wir die Produktion und die Verwendung von Plastik und den Umgang mit Plastikmüll nicht grundsätzlich ändern, dann wird laut verschiedenen Forschungsberichten in zehn Jahren die Menge an Plastik den Fischbestand im Wasser überstiegen haben.«

Jonas drehte sich erneut zum Farris um.

»Oberflächlich betrachtet wirkt alles ganz idyllisch, aber auf dem Grund des Sees sieht es ganz anders aus.«

Als wollte er signalisieren, dass er jetzt genug gehört habe, klappte der Journalist seinen Notizblock zu.

»Ich habe alles, was ich brauche«, sagte er und sah Kicki und Mia an. »Schön, dass ihr euch engagiert.«

Abermals wischte er sich den Schweiß von der Stirn.

»Ich rechne damit, dass es im Laufe des Abends erscheint«, sagte er, bedankte sich und ging zu seinem Wagen.

»Ist doch ganz gut gelaufen«, meinte Jonas, nachdem der Journalist gegangen war.

Kicki hob ein paar verbeulte Bierdosen auf und warf sie in einen Einkaufskorb.

»Die Leute kapieren es trotzdem nicht«, sagte sie. »Wir sollten was machen, was zu fetten Schlagzeilen führt.«

»Was denn zum Beispiel?«

Kicki zuckte mit den Schultern. Sie hatte den Glauben daran verloren, dass Demos mit Transparenten oder kleine Zeitungsartikel die richtigen Mittel waren, um einen nachhaltigeren Weg in die Zukunft zu bauen. Der Glaube an Veränderung war durch die Angst ersetzt worden, dass ihnen die Zeit davonlief. Dass es schon bald zu spät sein würde.

»Ich weiß nicht«, sagte sie. »Vielleicht das Wasserwerk in die Luft sprengen? Wenn bei den Leuten kein Wasser mehr aus dem Hahn kommt, kapieren sie vielleicht, was hier abläuft.«

Mia sah sie von der Seite an, so als fragte sie sich, ob Kicki das wirklich ernst meinte. Dieser radikale Gedanke hatte ihr selbst eigentlich immer ferngelegen. Doch gemessen an schmelzenden Gletschern, steigendem Meeresspiegel, zerstörten Wäldern und aussterbenden Tierarten war das noch eine bescheidene Aktion. Jedenfalls etwas, das die Menschen aus ihrer Gleichgültigkeit rütteln und den Fokus auf die drohende Krise lenken könnte.

»Wir sind eine nicht gewalttätige Organisation«, gab Jonas zu bedenken.

»Dann eben was anderes«, sagte Kicki. »Nägel auf die Straßen schütten, damit der Autoverkehr gestoppt wird, zum Beispiel.« Sie seufzte. »Ich bin's bloß so leid, dass niemand zuhören will.«

Jonas schien kein größeres Interesse daran zu haben, andere Formen des Protests zu erörtern.

»Lasst uns mal zum Ende kommen«, sagte er und trat auf die Leiter an der Staumauer zu.

Mia stieg nach ihm hinunter. Kicki verharrte einen Augenblick, ehe auch sie hinunterkletterte.

»Wir könnten uns Billigtickets auf die Kanaren kaufen und uns an die Flugzeugnase ketten, anstatt an Bord zu gehen«, schlug sie vor.

»So hört man uns bestimmt nicht zu«, meinte Jonas. »Wenn wir ernst genommen werden und an der gesellschaftlichen Debatte teilnehmen wollen, sollten wir uns nicht zu unbeliebt machen.«

Kicki zuckte mit den Schultern und entfernte sich ein Stück von den beiden anderen. Der Zipfel eines schwarzen Plastiksacks ragte aus dem Schlamm heraus, fast ganz vorn am Wasser. Von dieser Art hatten sie schon mehrere herausgeholt. Müllsäcke, die von Menschen einfach ins Wasser geworfen worden waren.

Sie zog am Plastik, aber der Sack rührte sich nicht, als hätte er sich am Boden festgesaugt.

»Wie lange wollen wir den Leuten das denn noch bewusst machen und sie auffordern, ihre Haltung zu ändern?«, fragte sie.

Die anderen hatten keine Antwort.

»Es ist höchste Zeit«, fuhr sie fort und packte den Müllsack mit beiden Händen. »Wir müssen etwas unternehmen, das die Politiker zum Handeln zwingt.«

Der Plastiksack riss, aber sie bekam einen größeren Zipfel zu fassen, an dem sie ziehen konnte. Langsam löste sich der Sack vom Untergrund, und sie zerrte ihn heraus.

Er war halb gefüllt, und sie schleppte ihn hinter sich

her zur Leiter. Braunes Brackwasser floss heraus, als sie ihn hochhob. Es stank, und sie musste sich zur Seite drehen, um dem Geruch zu entgehen.

Auf halber Höhe verhakte sich der Sack an einem Verbindungsstück der Leiter, und im Plastik entstand ein weiterer Riss. Ein runder Stein fiel aus dem Sack, der eine der Leitersprossen traf und dann auf dem Boden landete.

Mia schrie und zeigte auf den Sack.

Kicki verstand nicht, was sie meinte, aber sie ließ, durch den Schrei alarmiert, den Sack fallen, der Jonas vor die Füße fiel. Der Kopf eines toten Tieres ragte heraus. Ein paar dünne Hautreste mit grauem Fell und spitze, gefleckte Zähne.

»Iiih!«, entfuhr es Kicki. »Jemand hat seine Katze ertränkt!«

Mit leeren Händen kletterte sie die Leiter hoch.

»Ich kann jetzt nicht mehr«, sagte sie und warf einen Blick hinter sich. »Wer weiß, was hier sonst noch alles liegt.«

12

Sie waren früh dran. Es war fast noch eine Viertelstunde bis zum Eintreffen des Zuges. Evert Harting löste den Sicherheitsgurt.

»Ich vertrete mir mal ein bisschen die Beine«, sagte er und öffnete die Tür.

»Lass den Motor lieber an, damit die Lüftung weiterläuft«, sagte Ella. »Bei der Hitze darf das Fleisch nicht zu lange ungekühlt herumliegen.«

Das Brummen des Motors im Leerlauf war so leise, dass es kaum zu hören war.

Evert Harting ging ans Ende des Bahnsteigs, drehte sich um und blickte in die Richtung, aus der der Zug kommen sollte. Über den Gleisen flirrte die Luft vor Hitze.

Er war erstaunt, dass Ella den Buchstabenschmuck nicht wiedererkannt hatte. Da Kjell-Tore seinerzeit auf demselben Campingplatz gewohnt hatte, wo Annika Bengt verschwunden war, hatten sie öfter über diesen Fall gesprochen, ihn in den Nachrichten verfolgt und gemeinsam das Fahndungsfoto betrachtet. In Bovikstrand waren zu dem Zeitpunkt mehrere Tausend Gäste gewesen, und Kjell-Tore hatte weder Annika noch ihre Eltern erkannt, die ebenfalls abgebildet waren.

Evert ging über den Bahnsteig zurück in den Schatten des überdachten Wartebereichs.

Aber vielleicht war es ja auch nicht normal, sich an solche Dinge zu erinnern. Ella hatte sich für Kriminalfälle noch nie sonderlich interessiert. Wenn im Fernsehen derartige Dokumentationen gezeigt wurden, widmete sie sich lieber anderen Dingen. Er selbst hätte sich gut vorstellen können, als Ermittler zu arbeiten, und war der Meinung, er habe auch die Veranlagung dazu. So besaß er eine gute Beobachtungsgabe, und im Ministerium hatte man ihm häufig signalisiert, dass er geduldig und gewissenhaft sei. Schon immer war er ein Problemlöser gewesen und kannte sich mit zahlreichen Gesetzeswerken aus.

Immer mehr Fahrgäste versammelten sich auf dem Bahnsteig. Evert Harting dachte zurück an den Sommer vor vier Jahren. Er hatte die wichtigsten Momente immer noch klar vor Augen. Kjell-Tore war Anfang der Woche gekommen, und sie hatten ein paar Tage zusammen verbracht, ehe er und Ella sich das Wohnmobil ausliehen und in den Norden fuhren. Sie waren fast zehn Tage fort gewesen, während Kjell-Tore die Hütte allein zur Verfügung hatte. So oder so ähnlich lief es fast jedes Jahr.

Ella hatte stets einen Kalender in der Küchenschublade, in dem sie Dinge notierte wie das Wetter, wer zu Besuch kam oder besondere Ereignisse. Sie bewahrte die Büchlein gut auf, und manchmal öffnete sie sie, um nachzusehen, wie das Wetter oder die Wassertemperaturen in einem bestimmten Jahr im Vergleich zum aktuellen gewesen waren. Ganz bestimmt vermerkte sie auch, wann Kjell-Tore kam oder wieder wegfuhr.

Evert hatte das andere Ende des Bahnsteigs erreicht, als ihm plötzlich ein Gedanke kam. Es musste der Sommer vor vier Jahren gewesen sein, als Kjell-Tore ein Kätzchen mitgebracht hatte. Es war ihm auf einem

Campingplatz an der schwedischen Ostküste zugelaufen. Der Besitzer hatte es wohl einfach zurückgelassen. Kjell-Tore hatte dem Tier etwas zu essen gegeben und es nicht übers Herz gebracht, es dazulassen, als er weiterfuhr. Ella hatte die Katze nicht gemocht. Sie meinte, das Tier könne alle möglichen Krankheiten haben, außerdem gebe es Vorschriften, was die Einfuhr von Tieren aus dem Ausland betraf.

Es war der Sommer gewesen, in dem Annika Bengt verschwunden war. Evert erinnerte sich daran, dass die Katze auf der Fahrt ins Wohnmobil gepinkelt hatte. Kjell-Tore musste es zweimal hintereinander putzen, nachdem er an der Hütte angekommen war. Der Geruch von Salmiak und Chlor hatte noch immer in der Luft gehangen, als Ella und er ein paar Tage später in den Norden gefahren waren.

Evert ging noch einmal den Bahnsteig entlang, schlängelte sich an wartenden Fahrgästen vorbei und blickte auf die Informationstafel. Der Zug würde in drei Minuten ankommen.

Inzwischen war Ella aus dem Wagen gestiegen. Mit dem Handy in der Hand stand sie neben dem Kofferraum. Er ging zu ihr, um auf den Wagen aufzupassen, während sie Isabell in Empfang nahm.

»Die haben einen toten Mann im Farris gefunden«, sagte sie und machte eine Bewegung mit dem Telefon, um zu demonstrieren, dass sie die Nachricht darin gelesen hatte. »Die Leiche ist aufgetaucht, nachdem der Wasserpegel gesunken war.«

»Ein Mann?«

»Ja, er ist vor acht Jahren verschwunden«, bestätigte Ella. »Ist mit seinem Motorrad wohl aus einer Kurve ausgebrochen.«

Evert Harting zog sein eigenes Handy heraus.

»Es steht in der *VG*«, sagte Ella.

Er fand den Artikel sofort. In der hellen Sonne fiel es ihm schwer, auf dem Display etwas zu erkennen, aber er sah genug, um zu verstehen, dass die Neuigkeit nichts mit seiner eigenen Entdeckung zu tun hatte.

Das Telefon war verhältnismäßig neu, doch er hatte die Fotos von seinem alten Handy übertragen. Meistens schoss Ella die Fotos, aber ab und zu machte er auch welche.

Er öffnete die Foto-App, scrollte vier Jahre zurück und fand zwei Aufnahmen von Kjell-Tore. Das eine Foto stammte vom ersten Abend, als er gerade aus Schweden gekommen war. Auf dem Bild grillte er das Fleisch, das er unterwegs gekauft und mitgebracht hatte. Da es regnete, hatte Kjell-Tore den Grill unter den Sonnenschirm geschoben. Er trug Sandalen, Shorts und einen Rollkragenpullover und hatte eine Grillzange in der Hand. Die Pulloverärmel hatte er hochgezogen, und man sah die Adern und Sehnen, die über seinen Handrücken und die Unterarme verliefen. Er sah zufrieden aus, sein sonnengebräuntes Gesicht wies ein paar Fältchen auf.

Das andere Foto stammte von einem sonnigen Tag. Kjell-Tore war darauf mit nacktem Oberkörper zu sehen, er hatte die Hände in die Seiten gestemmt und den Rücken leicht zur Seite gedreht. Im Hintergrund lag der Farris. Auch die Katze war mit auf dem Bild. Mit gesenktem Kopf lag sie zusammengekauert im Gras. Das Foto war geschossen worden, kurz bevor er und Ella mit dem Wohnmobil gen Norden aufgebrochen waren und Kjell-Tore die Anlage des neuen Grillplatzes in Angriff genommen hatte.

Die Gleise kreischten, als der Zug einfuhr und abbremste.

»Bleibst du hier beim Wagen?«, fragte Ella. »Dann
gehe ich ihr entgegen.«

Evert Harting blickte auf und steckte das Handy wieder in die Tasche. Der Zug ruckelte leicht, als er zum
Stehen kam. Ella ging los und ließ ihn allein zurück.

13

Jemand hatte Kaffee auf der Treppe verschüttet. Die große Pfütze war an den Rändern schon leicht eingetrocknet. Wisting wich ihr aus und ging hinunter in die Tiefgarage.

Er hatte eine Streife vorausgeschickt, die dafür sorgen sollte, dass sich keine Journalisten oder neugierige Zuschauer in der Nähe befinden würden, wenn Gunn Hilde und Reidar Wendel den Fundort besuchten.

Als Wisting ankam, warteten sie direkt hinter der Absperrung im Wagen. Er stieg aus, sprach mit ihnen durch das geöffnete Seitenfenster und bat sie, ihm zu folgen.

Auf der schmalen Straße flogen ein paar kleine Vögel vom Schotter auf. Wisting fuhr langsam weiter. Über ihnen hingen schwere Äste, und durch die Lücken im Blattwerk drangen Streifen aus Sonnenlicht.

Er hielt den Wagen fast an derselben Stelle an wie beim letzten Mal. Reidar Wendel stoppte hinter ihm. Gemeinsam traten sie auf den Holzzaun zu.

Gunn Hilde Wendels Gesicht war aschgrau, als hätte sie lange nicht mehr geschlafen.

»War das hier?«, fragte sie und legte eine Hand auf den Zaun.

»Ja«, sagte Wisting. »Der Zaun wurde erst vor einigen Jahren errichtet.« Er stieg über den niedrigsten Teil des Zauns hinweg und streckte die Hand aus, um Gunn Hilde Wendel hinüberzuhelfen, doch sie schien es nicht bemerkt zu haben und stützte sich stattdessen am Zaun ab. Reidar Wendel folgte ihr. Wisting ließ sie bis an die Kante vorausgehen. Gunn Hilde Wendel stieß einen undefinierbaren Laut aus, und ihre Schultern begannen zu zittern. Ihr Mann legte den Arm um sie.

Es war gut zu erkennen, wo ihr Sohn gefunden worden war. Fußspuren führten von und zu der Stelle, an der man das Motorrad aus der trockenen Erde gezogen hatte. Wisting erklärte, dass der Fundort unter normalen Umständen fast fünf Meter unter der Wasseroberfläche lag.

In der sich ausbreitenden Stille war einzig das Rascheln der Blätter zu hören.

»Haben Sie schon mit dem Bestattungsunternehmen gesprochen?«, fragte Wisting nach einer Weile.

Gunn Hilde Wendel nickte. »Gabrielsen hat heute Vormittag angerufen, aber wir wissen noch nichts Genaues.«

»Bevor ich herkam, habe ich mit einem Ermittler aus dem Identifizierungsteam bei der Kripo gesprochen«, sagte Wisting. »Sie haben ihre Untersuchungen zwar abgeschlossen, aber die endgültige und offizielle Bestätigung bekommen wir nicht vor morgen. Erst dann kann Gabrielsen ihn abholen.«

Ehe ein Bestattungsunternehmen übernahm, stellte die Polizei das Bindeglied zwischen den Angehörigen und den Toten dar. Wisting konnte nicht mehr tun, als das Ehepaar Wendel mit den Fakten zu versorgen. Er erläuterte die Arbeit am Fundort und erzählte, dass ein Kranwagen eingesetzt worden war, um das Motorrad hochzuwinden.

»Überreste von ihm gibt es da unten nicht mehr«, versicherte er für den Fall, dass dieser Gedanke auftauchen sollte.

»Und was liegt da sonst noch alles?«, fragte Reidar Wendel und machte eine Bewegung mit dem Arm.

»Die Leute haben hier über Jahre ihren Müll abgeladen«, erklärte Wisting. »Deswegen wurde ja der Zaun aufgestellt. Der Grundbesitzer wollte das nicht länger mitmachen.«

Reidar Wendel ließ seine Frau los und trat ein Stück vor.

»Ich will da runter und mir das ansehen«, sagte er.

»Das Gelände ist ziemlich uneben«, warnte Wisting.

Reidar Wendel lief einen Schritt weiter. Wisting zeigte ihm den Pfad nach unten und blieb neben Gunn Hilde Wendel stehen.

Von Norden näherte sich langsam ein Propellerflugzeug, doch Gunn Hilde Wendel nahm keine Notiz davon. Ihr Mann war inzwischen hinuntergeklettert. Er manövrierte sich an den Schrottteilen vorbei und trat auf die kleine Senke zu, die das Motorrad hinterlassen hatte. Mit verschränkten Händen blieb er einen Augenblick stehen, sah sich um, entdeckte eine kleine Metallplatte und begann, trockene Erde zusammenzukratzen, bis er das Loch gefüllt hatte.

Seine Frau hob den Kopf und blickte in den Himmel. Die Propellermaschine war nach Osten abgedreht. Reidar Wendel drehte sich um.

»Was haben die hier gemacht?«, rief er und zeigte auf die Stelle, wo der Geldschrank gelegen hatte. Um ihn herauszubekommen, hatte man ein paar Rollen Stacheldraht beiseiteräumen müssen.

Wisting wartete, bis Reidar Wendel wieder zurück

war, und erzählte ihm dann, was sie sonst noch gefunden hatten.

»Wissen Sie, woher der Safe kam?«, fragte Wendel.

»Nein«, erwiderte Wisting. »Der scheint da schon etliche Jahre gelegen zu haben.«

Gunn Hilde Wendel fasste sich an den Hals und zupfte an ihrem Schmuck herum.

»Möchten Sie eine Weile allein bleiben?«, fragte Wisting.

Sie schüttelte den Kopf. »Ich will nach Hause.«

Wisting begleitete sie zum Wagen. Sie stiegen ein, wendeten auf der schmalen Straße und fuhren dann zurück. Wisting warf einen kurzen Blick auf die steile Felskante am Farris, setzte sich dann ins Auto und überprüfte sein Handy. Allan Broch-Hansen hatte auf seine Nachricht noch nicht reagiert. Dennoch beschloss Wisting, bei ihnen vorbeizufahren, um sich zu erkundigen, wie es der Familie ging.

Unten an der Hauptstraße gab er der Polizeistreife Bescheid, dass sie die Absperrung entfernen konnten. Bei offenem Fenster fuhr er weiter den Helgeroavei entlang.

Bei Allan und Irene Broch-Hansen stand ein Kombi im Schatten vor dem Garagentor. Wisting vermutete, dass sie ihre Tochter abgeholt hatten.

Allan Broch-Hansen öffnete die Tür und ließ Wisting herein.

»Störe ich auch nicht?«

»Ich habe Ihre Nachricht gesehen«, sagte Allan Broch-Hansen. »Wir sind mit Adine vor einer Stunde nach Hause gekommen. Sie ist oben in ihrem Zimmer.«

Sie betraten die Küche. Irene Broch-Hansen stand mit dem Rücken an die Arbeitsplatte gelehnt vor dem Fenster.

»Ich wollte nur mal hören, wie es Ihnen geht«, sagte Wisting.

Allan Broch-Hansen räusperte sich. »Wir sind uns etwas unsicher, ob es richtig war, sie abzuholen«, sagte er. »Sie sollte vielleicht jemanden bei sich haben, der professionelle Hilfe leisten kann.«

»Wie hat sie denn reagiert?«, fragte Wisting.

Irene Broch-Hansen verschränkte die Arme vor der Brust.

»Das ist ja ihr Problem«, sagte sie. »Sie zeigt keinerlei Gefühle.«

Wisting blickte nach oben in den ersten Stock. »Hat sie irgendwelche Fragen?«

Irene Broch-Hansen löste sich von der Arbeitsplatte. »Ich frage sie mal, ob sie runterkommen möchte.«

Wisting legte die Mappe mit den Fotos vom Fundort zur Seite und setzte sich an den Küchentisch.

»Kaffee?«, fragte Allan Broch-Hansen.

Wisting nahm das Angebot an. Die Maschine auf der Arbeitsplatte mahlte Kaffeebohnen und füllte mit ihrem lauten Geräusch für einen Augenblick die Stille aus. Nach einer Weile waren die Schritte der beiden Frauen auf der Treppe zu hören.

Adine Broch-Hansen trug einen weichen grauen Kapuzenpulli mit passender Hose. Zum letzten Mal hatte Wisting sie vor sieben Jahren gesehen. Es kam ihm länger vor. Die Jahre hatten Spuren auf ihrem Gesicht hinterlassen, als wäre es eine Landkarte, die ihr langes und untröstliches Leben abbildete. Dabei besaß sie eine Art melancholische Ausstrahlung, die sie immer noch anziehend machte.

Wisting erhob sich. Wie ein Kind, dem man erklärt

hatte, wie man andere Menschen begrüßt, streckte Adine Broch-Hansen die Hand aus.

Sogar nach über dreißig Jahren als Ermittler war Wisting unsicher, wie er sich Menschen gegenüber verhalten sollte, die große Traumata erlitten hatten. Stets bestand die Gefahr, dass seine Worte alles nur schlimmer machten.

»Schön, Sie zu sehen«, sagte er.

Adine Broch-Hansen nickte. Ihr Blick war weich und wirkte abwesend, als dächte sie an einen anderen Ort, an eine andere Zeit.

Alle vier setzten sich an den Küchentisch. Wisting ergriff das Wort und konzentrierte sich auf die Darlegung der faktischen Informationen. Seine rechte Hand ruhte die ganze Zeit auf der Mappe mit der Dokumentation vom Fundort.

»Ich habe ein paar Fotos mitgebracht«, sagte er und nahm die Hand weg. »Falls Sie die sehen möchten.«

Es waren Ausdrucke verschiedener Übersichtsbilder auf gewöhnlichem Kopierpapier. Die Fotos würden das Ganze für die Broch-Hansens konkreter werden lassen, gleichzeitig wirkten die Details nicht so drastisch wie bei der Betrachtung auf einem Bildschirm.

Adine und ihre Mutter schüttelten den Kopf. Allan Broch-Hansen hingegen wollte sie sehen. Wisting zog vier Seiten hervor und schob sie ihm zu.

»Noch mehr Kaffee?«, fragte Irene Broch-Hansen und stand auf.

Wisting lehnte ab. Seine Tasse war noch nicht leer.

Allan Broch-Hansen nahm sich Zeit für die Fotos. Seine Tochter fing an, an ihren Nägeln zu zupfen.

»Sind wir fertig?«, fragte sie und sah ihre Mutter an.

»Falls Sie keine Fragen haben«, entgegnete Wisting.

Adine Broch-Hansen zuckte nur mit den Schultern, glitt von ihrem Stuhl und ging hinaus.

»Und Sie?«, fragte Wisting und blickte Adines Eltern an.

Sie schüttelten den Kopf, und Allan Broch-Hansen gab ihm die Fotos zurück.

»Ich begleite Sie zum Wagen«, sagte er.

Draußen war Kinderlachen aus dem Nachbargarten zu hören. Allan Broch-Hansen ging langsam neben Wisting her, als ob er noch etwas sagen wollte, aber Zeit brauchte, die richtigen Worte zu finden.

»Rufen Sie mich einfach an, falls etwas sein sollte«, sagte Wisting, als sie beim Wagen waren.

Allan Broch-Hansen achtete darauf, dass ihm die Sonne nicht direkt ins Gesicht schien.

»Was sagt Reidar denn zu all dem?«, fragte er.

»Er sagt nicht so viel«, erwiderte Wisting und öffnete die Autotür. »Ich war vorhin mit ihm und seiner Frau am Fundort. Ich glaube, es tut ihnen gut, endlich Gewissheit zu haben.«

»Reidar war ja immer sehr beherrscht«, meinte Allan Broch-Hansen.

Sie unterhielten sich noch einen Moment, bis Wisting sich in den Wagen setzte und losfuhr. Im Rückspiegel sah er, dass Allan Broch-Hansen ihm nachstarrte.

Wenn keine der Familien erneut Kontakt mit ihm aufnahm, war der Fall für ihn abgeschlossen. Und doch wusste er, dass er sich noch weiter damit beschäftigen würde. Nach fast vierzig Jahren als Polizist war sein Instinkt so weit entwickelt, dass er merkte, wenn etwas nicht stimmte. Dieses Gefühl hatte er auch jetzt, nur wusste er nicht, was seine Intuition geweckt hatte.

14

Evert Harting saß draußen auf der Veranda. Er hatte in einer von Ellas Illustrierten geblättert und hörte sie und die Tochter in der Küche miteinander reden. Isabell erzählte etwas von einem Kollegen, der bei den Studentinnen nicht sonderlich gut ankam. Es ging um irgendwelche Kommentare mit Untertönen.

»Wer weiß, ob Papa und ich zusammengekommen wären, wenn wir uns heutzutage begegnet wären«, hörte er Ella sagen.

»Wovon redest du?«, fragte Isabell.

»Als wir uns bei der Arbeit kennengelernt haben, hatte er ja eine höhere Position als ich«, sagte Ella. »Ich weiß noch, dass er viel geflirtet hat, aber heutzutage weiß man ja gar nicht mehr so genau, ob es ein Flirt ist oder übergriffig.«

»Das ist aber doch was anderes«, protestierte Isabell. »Du warst ja nicht seine Studentin.«

Sie kam mit der Salatschüssel auf die Veranda und stellte sie auf den Tisch. Mango und Avocado mit gebratenem Hühnerfleisch aus dem Laden. Ella brachte einen Korb mit Weißbrotscheiben. Ein paarmal lief sie hin und her, holte Salatsoßen und Besteck, bevor sie sich schließlich hinsetzte.

Isabell reichte ihm die Salatschüssel, damit er sich als Erster bedienen konnte.

»Hast du etwas gefunden?«, fragte sie.

»Er hat gestern einen alten Nagel gefunden«, sagte Ella. »Aus dem siebzehnten Jahrhundert.«

»Von der Fresjeborg?«, fragte Isabell.

Evert lächelte.

Sie hatte ihn jeden Sommer, wenn sie zu Besuch gewesen war, von dem alten Gemäuer erzählen hören.

»Jedenfalls aus der Zeit«, erwiderte er und gab die Salatschüssel weiter.

»Ich könnte mir vorstellen, später noch baden zu gehen«, sagte Ella. »Die Wassertemperatur liegt bei fünfundzwanzig Grad.«

Evert nahm sich eine Scheibe Weißbrot und bestrich sie mit Butter. »Ich habe auch Gold gefunden«, sagte er.

»Gold?«, wiederholte Isabell.

»Eine Kette, die jemand beim Baden verloren haben muss«, erklärte Ella. »Das taucht alles auf, jetzt, wo das Wasser weg ist. Auf der anderen Seite des Sees haben sie einen Toten gefunden. Der Mann wurde seit acht Jahren vermisst und hat die ganze Zeit zusammen mit seinem Motorrad im Farris gelegen.«

Isabell hatte die Neuigkeit noch nicht gehört, und Ella erzählte ihr die Einzelheiten, die in den Online-Zeitungen standen. Evert beobachtete sie. Sie fasste sich beim Sprechen ständig an die Schläfe und drückte zwei Finger leicht auf die Nerven, die darunter verliefen. Eine Bewegung, die sie immer dann machte, wenn sie nervös oder betrübt war.

Plötzlich war er besorgt um sie. Die ganze Zeit versuchte sie, das Gespräch von dem Schmuck abzulenken, als wäre es für sie schmerzhaft, darüber zu reden.

Kjell-Tore war ihr kleiner Bruder. Es hatte noch einen Bruder gegeben, aber der war sieben Jahre vor

Kjell-Tores Geburt an einem angeborenen Herzfehler gestorben. Vermutlich war dies der Grund dafür, dass die Beziehung zwischen Ella und ihrem Bruder besonders innig war. Schon seit seiner frühen Kindheit hatte sie ihm bei allem geholfen und ihm ihre Sicht auf die Welt vermittelt. Stets hatte sie ihn unterstützt und verteidigt. Er kam zu ihr, wenn er Probleme hatte, und immer ergriff sie für ihn Partei. Wie damals bei den Beschuldigungen durch die Schülerinnen in Brynseng und dem, was auf seiner ersten Wohnmobiltour passiert war.

An der Schule in Brynseng hatte er als Urlaubsvertretung für den Hausmeister gearbeitet. Evert kannte keine Details, aber Kjell-Tore hatte sich angeblich in den Umkleideraum für Lehrer geschlichen, der direkt neben der Mädchenumkleide lag. Man hatte ihm vorgeworfen, unter der Tür hindurchgespäht zu haben, als die Schülerinnen sich umzogen und duschten. Bestimmt war das alles nur ein Missverständnis. Kjell-Tore war in der Lehrerumkleide gewesen, um eine tropfende Dusche zu reparieren, und dann von den plötzlich auftauchenden Schülerinnen überrascht worden. Also hatte er sich eingeschlossen, um nebenan zu warten, bis die Mädchen wieder gingen. Jedenfalls stellte Ella die Geschichte so dar. Sie hatte Kjell-Tore einen Anwalt besorgt, der die ganzen Vorwürfe entschärfen konnte.

Ein paar Jahre danach hatte Kjell-Tore sein erstes Wohnmobil gekauft. Er war damit auf den Lofoten gewesen, wo man ihn beschuldigt hatte, eine Teenagerin sexuell belästigt zu haben. In den Zeitungen war von einem Vergewaltigungsversuch die Rede gewesen, aber der Fall war gegen Zahlung eines Bußgelds eingestellt worden.

Jäh erhob sich Ella vom Tisch. »Wir müssen ein Foto machen.« Sie holte ihr Handy, brachte alle zum Lächeln und schoss ein paar Bilder.

»Ich will eins mit euch beiden«, sagte Isabell und griff nach ihrem eigenen Telefon.

Ella setzte sich wieder und lehnte sich an ihn. Er legte einen Arm um sie.

»Lächeln!«, befahl die Tochter.

Sie lachten einträchtig.

»Mach noch eins!«, bat Ella und änderte ihre Sitzposition.

Evert hatte seinen Arm weiter um sie gelegt, bis sie die Mahlzeit fortsetzten. Plötzlich fragte er sich, ob Ella den Buchstabenschmuck wirklich bei der Polizei abgegeben hatte oder ihn auf andere Art losgeworden war. Etwas in ihm hoffte auf Letzteres. Alles wäre völlig anders, wenn er nur nicht diese Kette gefunden hätte. Jetzt wurde er den Gedanken nicht los, dass dieser Fund ihre kleine Familie auseinanderreißen könnte.

15

Der Besucherbereich in der Rezeption des Polizeigebäudes war menschenleer. Bjørg Karin saß am Empfang hinter einer Glasscheibe und blätterte in ein paar Papieren. Mit ihrem sanften und fürsorglichen Wesen verkörperte sie so etwas wie den sozialen Kitt der Polizeistation. Obwohl sie über alles Bescheid wusste, mischte sie sich niemals ein.

»Da bist du ja«, sagte sie und lächelte ihn an.

Wisting warf einen Blick in sein Postfach und nahm die Blätter heraus, die darin lagen.

Bjørg Karin griff nach einem kleinen Druckverschlussbeutel. »Ich dachte, du solltest dir das vielleicht ansehen«, sagte sie.

Wisting betrachtete den Beutel in ihrer Hand. »Was hast du denn da?«

Bjørg Karin öffnete den Beutel, ließ eine Kette auf ihre Handfläche gleiten und hielt sie zwischen zwei Fingern. Der Anhänger baumelte hin und her.

»Ein Buchstabenschmuck«, sagte Bjørg Karin. »Die Kette wurde vor ein paar Stunden als Fundsache abgegeben.«

Wisting nahm den Schmuck und legte den Buchstaben auf seine eigene Handfläche. Sein Atem wurde flacher.

»Wer hat das denn abgegeben?«, fragte er.

Bjørg Karin blickte in das Fundsachenprotokoll. »Ella Harting«, las sie vor. »Ihr Mann hat es mithilfe eines Metalldetektors oben am Farris gefunden, auf dem Uferstreifen.«

Wisting sah sie an und rieb mit dem Daumen über den Buchstaben.

A wie Annika.

»Du denkst an das schwedische Mädchen?«, fragte er.

Bjørg Karin wirkte etwas verlegen. »Die Schwedin hatte ja so eine Kette«, sagte sie, relativierte ihre Aussage aber gleich wieder. »Ach, bestimmt wurden jede Menge davon produziert.«

Sie reichte ihm den Beutel, in dem die Kette gelegen hatte. Er nahm ihn und ließ die Kette wieder hineingleiten.

»Wie lange ist das her?«, fragte er. »Drei oder vier Jahre?«

»Vier«, erwiderte Bjørg Karin. »Am 18. Juli.«

In jenem Sommer hatten sie einen Tipp bekommen. Jemand meinte, er habe Annika Bengt aus dem Heckfenster eines Wohnmobils winken sehen.

»Ich schau mir das mal an«, sagte Wisting.

Er legte den Beutel mit dem Schmuck oben auf den Papierstapel aus dem Postfach und nahm alles mit in seine Abteilung. In den Gängen war es ruhig, die meisten Ermittler waren schon nach Hause gegangen.

Der Computer summte, ehe das Foto auf dem Bildschirm erschien. Wisting loggte sich ein und suchte eine Weile nach dem Fahndungsaufruf, den die schwedische Polizei herausgegeben hatte. Bjørg Karin hatte recht. Es war im Sommer vor vier Jahren gewesen. Annika Bengt war am 18. Juli als vermisst gemeldet wor-

den. Die Fahndungsmeldung der Abteilung für grenz-
überschreitende Polizeikooperation in Stockholm war
zwei Tage später erschienen. Das Foto der vermissten
Vierzehnjährigen füllte den halben Bildschirm. Der
Buchstabenschmuck ruhte in ihrem Halsgrübchen.

Wisting nahm die abgegebene Kette mit dem Anhänger aus dem Beutel und hielt sie zu Vergleichszwecken
vor den Bildschirm. Beide waren gleich. Um ganz sicherzugehen, legte er es über die Kontur des Originals
auf dem Bildschirm. Der Buchstabe blieb leicht schief
an der Kette hängen.

Sein Handy gab einen Signalton von sich. Es war Line, die ein Foto von sich und Amalie in einem Auto
schickte, unterwegs zu neuen Erlebnissen in den USA.
Beide grinsten breit in die Kamera.

Wisting klickte das Foto weg und rief Nils Hammer
an.

»Ja?«, meldete sich der Kollege.

»Wo bist du?«, fragte Wisting.

»Ich sitze im Wagen, auf dem Weg nach Hause«, erwiderte Hammer. »Ist was passiert?«

»Eigentlich nicht«, meinte Wisting und nahm den
Buchstabenschmuck in die Hand. »Ich möchte nur, dass
du dir hier was ansiehst.«

»Was denn?«

»Etwas, das dich vermutlich interessieren wird.«

Eine Weile herrschte Schweigen.

»Bist du im Büro?«, fragte Hammer schließlich.

»Ja.«

»Ich bin in einer Viertelstunde bei dir.«

Schon nach zehn Minuten war Hammer da. Wisting
schob die Buchstabenkette an den Rand seines Schreib-
tisches.

Hammer starrte sie an. »Verdammt«, sagte er und hob sie auf. »Annika Bengt ...« Er wog den Schmuck in der Handfläche. »Woher hast du sie?«

Wisting erzählte, was er von Bjørg Karin erfahren hatte. »Was denkst du?«, fragte er.

»Ich muss zugeben, dass ich damals nicht daran geglaubt habe«, erwiderte Hammer. »Wer weiß, ob man der Sache weiter nachgegangen wäre, wenn nicht die Frau von Peter O'Doyle der Polizei den Tipp gegeben hätte. Ich dachte, sie hätten das alles etwas überbewertet. Letztlich war es ja nur ein Mädchen hinten in einem Wohnmobil. Aber das war noch vor der Sache mit dem Solifer-Mann.«

Wisting warf einen Blick auf den Computerbildschirm. Er hatte schon den Fall des Wohnmobilfahrers aufgerufen, der von der Polizei als der »Solifer-Mann« bezeichnet wurde.

Hammer legte die Kette zur Seite. »Die Schweden sind mit dem Fall nicht weitergekommen«, sagte er.

»Hast du den Bericht noch?«, fragte Wisting.

»In irgendeinem Ordner habe ich bestimmt noch eine Kopie«, meinte Hammer. »Ich schau mal, ob ich die finde.«

16

Isabell und Ella balancierten hintereinander auf den Holzbrettern bis zum Wasser. Die Nachmittagssonne stand tief und warf lange Schatten auf das ausgetrocknete Areal um sie herum. Beide hatten sich ein Handtuch über die Schulter geworfen, das sie auf einem Stein ablegten. Evert wartete, bis beide im Wasser waren, ehe er ins Haus ging.

Ella bewahrte ihren Kalender in der sogenannten Kramschublade in der Küche auf. Evert zog sie auf. Es lagen ein paar Hefte mit Kreuzworträtseln, alte Quittungen und Gebrauchsanweisungen darin, aber kein Kalender.

Ursprünglich hatte er gedacht, er könne auf diesem Weg herausfinden, was sie über jenen Sommer vor vier Jahren geschrieben hatte, aber natürlich hatte sie für jedes Jahr einen neuen Kalender. Die von den früheren Jahren lagen zu Hause in Asker.

Trotzdem suchte er weiter, sah in den Schränken über der Arbeitsplatte und in einigen der anderen Schubladen nach, aber da war nichts.

Das Schlafzimmer war eine Möglichkeit. Manchmal schrieb sie etwas, bevor sie sich zum Schlafen hinlegte.

Er trat an ihre Seite des Bettes. Der Roman, den sie gerade las, lag auf dem Nachttisch. Eine romantische Geschichte aus Frankreich.

Der Kalender lag ganz oben in der Nachttischschublade. Er hatte einen weichen Ledereinband mit einem Gummiband drum herum. Er nahm ihn mit zum Fenster, warf einen Blick auf die Badenden und schlug die aktuelle Seite auf. Sie war leer. Am Vortag hatte Ella die Luft- und Wassertemperatur aufgeschrieben. Außerdem stand da: *Hab mit K-T gesprochen. War in Flensburg. Kommt am Donnerstag.*

Darunter hatte sie notiert, dass Isabell eine Nachricht geschickt hatte und am nächsten Tag kommen wollte. Ganz unten stand, dass das späte Abendessen aus Koteletts bestanden hatte.

Auch der Tag davor enthielt Informationen über das Wetter und das, was sie gegessen hatten. Zwei Tage vorher hatte sie ebenfalls mit Kjell-Tore telefoniert. Da war er an der niederländischen Küste bei Den Haag gewesen, nachdem er eine Woche in einem Badeort in Nordfrankreich verbracht hatte.

Evert legte den Kalender zurück und ging hinaus, um den Tisch auf der Veranda abzuräumen. Ellas Handy lag an ihrem Platz.

Unten am Wasser ertönte Gelächter.

Evert griff nach dem Handy. Ella benutzte immer denselben PIN-Code. Für die Bankkarte und für das Handy. Der Code war eine Kombination aus dem Geburtstag ihrer Mutter und dem Monat, in dem ihr Vater geboren war. 1408. Denselben Code benutzten sie auch für die Alarmanlage in der Wohnung in Asker.

Er gab ihn ein, um das Display zu entsperren. Dann stellte er sich dichter an die Türöffnung und verbarg sich halbwegs hinter dem Eckpfosten der Veranda. Seine Finger flogen über den Bildschirm. Er öffnete das Fotoarchiv und scrollte zeitlich zurück. Ein Jahr, zwei

Jahre, drei Jahre. Der Sommer vor vier Jahren. Auf dem ersten Foto von Kjell-Tore saß er unten beim neuen Grillplatz am Ende des Tisches. Es musste der Tag gewesen sein, an dem Ella und er nach der Tour mit dem Wohnmobil zur Hütte zurückgekommen waren. Die nächsten Fotos zeigten ihn und Ella in Trøndelag und auf der Fahrt durch Gudbrandsdalen. Es kam ihm vor, als ob sich der Sommer rückwärts noch einmal vor ihm ausrollte.

Dann tauchte Kjell-Tore wieder auf. Er stand vor der Hütte und winkte. Das Foto war durch die Frontscheibe des Wohnmobils geschossen worden, an dem Tag, als Ella und er selbst aufgebrochen waren. Das Kätzchen, das Kjell-Tore aus Schweden mitgebracht hatte, saß auf der Treppe neben ihm. Er hatte es Tuffy getauft, meinte Evert sich zu erinnern. Es war in der Zeit, in der sie mit dem Wohnmobil unterwegs waren, verschwunden – vielleicht war es von einem Fuchs gerissen worden oder hatte sich im Wald verirrt.

Die Fotos davor waren fast alle bei irgendwelchen Mahlzeiten entstanden. Einmal hatten sie abends Besuch von Ludvig Nordvik bekommen, der aus seiner Hütte in Munkodden herübergekommen war. Auf dem Bild trug er einen schmalkrempigen Sommerhut und hielt eine Flasche Bier in die Kamera. Auf zwei der Fotos hatte Kjell-Tore die Katze auf dem Schoß, während er auf einigen anderen mit einem Putzeimer in der Tür des Wohnmobils stand. Mehrere Aufnahmen zeigten Kjell-Tore am Tag seiner Ankunft beim Ausräumen des Wohnmobils. Er winkte mit ein paar Schnapsflaschen, die er über die Grenze geschmuggelt hatte, und legte zollfrei erstandene Schokoladentafeln auf den Tisch. Das Handy verriet, dass das Foto am 19. Juli um

18:46 Uhr entstanden war, etwa neunundzwanzig Stunden nachdem man Annika Bengt zuletzt gesehen hatte.

Ella und Isabell waren immer noch im Wasser. Evert blieb auf der Veranda stehen und scrollte nachdenklich weiter zurück. Ein Foto von Isabell mit einer Angel tauchte auf. Sie hatte zwei große Forellen gefangen. Im Lauf der letzten vier Jahre war sie älter geworden, hatte die dreißig überschritten und Falten auf der Stirn und um die Augen bekommen.

Evert scrollte noch weiter zurück, bis aus dem Sommer wieder Frühling wurde. Es gab Bilder von seinem Geburtstag, dann war wieder Winter. Auf den Fotos von Heiligabend tauchte Kjell-Tore wieder auf. Sie hatten zusammen Weihnachten gefeiert, während Isabell mit einer frisch geschiedenen Freundin auf Gran Canaria gewesen war.

Dann kam der Herbst mit Fotos von der Tour, die Ella und er in Spanien gemacht hatten. Es folgten weitere Geburtstagsbilder, ehe es wieder Sommer wurde, der Sommer vor fünf Jahren. Es gab ähnliche Fotos, die sie aufgereiht vor der Hütte oder am Tisch sitzend zeigten. Isabell war auf keinem davon zu sehen. Offensichtlich war sie in jenem Sommer nicht in der Hütte gewesen.

Das Fotoarchiv endete nach Ostern. Die älteren Fotos waren vermutlich auf einem Computer gespeichert. Seit Ella und er zusammen waren, hatte sie regelmäßig Fotoalben angelegt, doch seit keine Filme mehr entwickelt wurden, gab es auch keine Alben mehr.

Evert scrollte wieder vor und entdeckte ein paar Fotos aus dem Sommer des letzten Jahres, als er und Ella in Molde gewesen waren. Dort hatten sie Isabell getroffen, die eine Studienfreundin besuchte. Auch sie hatte mehrmals das Angebot bekommen, sich Kjell-Tores Wohnmobil auszuleihen, aber diese Art von Urlaub sagte ihr nicht zu.

Unten am Wasser stand Ella und trocknete sich ab. Auch Isabell war auf dem Weg nach oben.

Er schloss das Fotoarchiv, legte das Telefon wieder auf den Tisch und räumte ab. Weil es in der Hütte keine Spülmaschine gab, musste er für den Abwasch Wasser heiß machen, was eine Weile dauerte. Er ging wieder hinaus und wartete.

»26 Grad«, sagte Ella und legte das Badethermometer auf den Tisch. »Ich glaube, so warm ist das Wasser noch nie gewesen.«

Sie ging hinein, um sich umzuziehen. Isabell blieb draußen stehen und trocknete sich mit dem Handtuch die Haare. Ihr feuchter Badeanzug lag dicht auf der Haut und betonte jede Kurve. Evert warf einen Blick auf Ellas Handy, dachte an die Fotos von seiner Tochter und verspürte Erleichterung darüber, dass Isabell und Kjell-Tore die Sommer hier nicht gemeinsam verbracht hatten.

17

Nils Hammer kam mit einem aufgeschlagenen Aktenordner zurück. Er setzte sich auf den Besucherstuhl und öffnete die Stahlbügel, von denen die Seiten zusammengehalten wurden.

Der telefonische Hinweis war am 23. Juli eingegangen. An diesem Tag hatten die norwegischen Medien zum ersten Mal von dem schwedischen Vermisstenfall in Bovikstrand berichtet. Der Anruf war zu Nils Hammer durchgestellt worden. Am anderen Ende der Leitung war Nina O'Doyle gewesen, die mit dem irischen Blues-Musiker Peter O'Doyle verheiratet war. Sie hatten eine Hütte in Nevlunghavn, wo Peter jeden Sommer ein Konzert im Hotel Gjestgiveriet gab. Die Musik war nicht nach Wistings Geschmack, doch Nils Hammer hatte mehrere Konzerte besucht.

Nina O'Doyle erzählte, dass sie und ihr Mann am 19. Juli auf der E18 in südliche Richtung gefahren seien. Bei Sandefjord waren sie hinter einem älteren Wohnmobil gelandet, das knapp unterhalb des Tempolimits fuhr. Sie selbst hatten einen Bootsanhänger im Schlepptau und daher keine Möglichkeit zu überholen. Irgendwann war ein Mädchen am Heckfenster des Wohnmobils aufgetaucht. Es hatte ihnen zugewinkt, und Nina O'Doyle hatte zurückgewinkt. Ihr Mann hatte den Eindruck gehabt, als ob das Mädchen hinten im Wohnmobil in einem Bett lag, anstatt auf einem der Sitze angeschnallt zu sein. Kurz danach hatte das Wohnmobil leicht geschwankt und dann an der zweiten Abfahrt nach Larvik die E18 verlassen. Nina O'Doyle hatte erzählt, dass sie und ihr Mann das Gleiche getan hatten, doch als die Straße sich teilte, seien sie in Richtung Helgeroa und Nevlunghavn abgebogen.

Sie hatten gar nicht weiter an das Erlebnis gedacht, bis sie von der Vierzehnjährigen hörten, die von einem Campingplatz in Schweden verschwunden war. Daraufhin hatten sie überlegt, ob das Mädchen vielleicht ängstlich ausgesehen habe und nicht nur gewinkt, sondern mit den Handflächen auf die Plexiglasscheibe geschlagen habe, um zu signalisieren, dass es aus dem Wagen herauswollte.

Hammer las laut aus dem Bericht vor, den er nach dem Telefonat mit Nina O'Doyle verfasst hatte. Sie hatten das Kennzeichen nicht beachtet und konnten das Wohnmobil nur insoweit beschreiben, dass es hinten rechts über ein Fenster verfügt habe und dass auf der linken Seite eine Art Leiter oder Sicherungsbügel für Fahrräder gewesen sei.

Beim Datum waren sie sich ganz sicher. Es war der Tag, an dem sie zur Hütte gefahren waren. Bei ihrer Ankunft hatte Nina O'Doyle ihrer Tochter um 17:13 Uhr eine Nachricht geschickt. Was bedeutete, dass sie das Mädchen etwa zwanzig Minuten zuvor gesehen hatten. Das Wohnmobil war demnach siebenundzwanzig Stunden nach der letzten Sichtung von Annika Bengt in Richtung Larvik gefahren.

»Ich glaube, ich habe irgendwo gelesen, die schwedische Polizei hätte Hinweise aus aller Welt bekommen«, sagte Hammer. »Die Leute haben die Vermisste anscheinend überall gesehen.«

Wisting nickte. Er erinnerte sich daran, dass jemand sie in einem Lastwagen auf einer Fähre nach Marokko beobachtet haben wollte, während jemand anders sie angeblich in der Londoner U-Bahn gesehen hatte.

Hammer nahm ein weiteres Blatt aus dem Ordner, aus dem hervorging, dass die Meldung über diese Beobachtung an einen E-Mail-Account der Polizei in Göteborg geschickt worden war.

»Ich habe damals nichts weiter gehört«, sagte Hammer. »Im Jahr darauf hat man das Ermittlungsteam aufgelöst.«

Wistings Bildschirm war im Ruhemodus, und er erweckte ihn zu neuem Leben.

Der sogenannte Solifer-Mann hatte ein Wohnmobil, das zu der Beschreibung des von Nina O'Doyle beobachteten Wagens passte. Ein Fiat Solifer mit Heckfenster und Fahrradträger. So hatte er seinen Spitznamen bekommen, als er im Sommer vor drei Jahren gesucht und schließlich festgenommen worden war.

Die Sache hatte sich drei Tage nach der Johannisnacht abgespielt. Ein junges Mädchen war vom Campingplatz Stretre verschwunden, und die Eltern hatten in den Morgenstunden begonnen, nach ihr zu suchen.

Ein paar andere Jugendliche berichteten, dass sie betrunken gewesen und am Strand eingeschlafen sei. Angeblich war ihr ein erwachsener Mann zu Hilfe gekommen. Niemand wusste, wer er war, aber jemand meinte, er habe mit seinem Wohnmobil auf einem der Kurzzeitplätze gestanden. Die Eltern hatten sich umgehört und herausgefunden, dass ein Fiat Solifer im Laufe der

Nacht den Campingplatz verlassen hatte. Daraufhin hatten sie die Polizei eingeschaltet.

Der Standplatz war an einen Werner Rudi mit Adresse in Haugesund vermietet gewesen, doch wie sich zeigte, stimmte der Name nicht. Beim Einchecken musste man sich nicht ausweisen, und die Platzmiete war für drei Tage in bar entrichtet worden. Auch das angegebene Kennzeichen stimmte nicht, doch es herrschte Einigkeit darüber, dass es sich um einen älteren Solifer handelte. Nach dem Wagen wurde gefahndet, auf den Straßen wurden Kontrollstellen eingerichtet. Schließlich hatte ein Streifenwagen das Wohnmobil bei Femunden im Regierungsbezirk Innlandet angehalten. Da war das Mädchen gerade wach geworden, etwa zehn Stunden nach der Entführung.

Wegen der raschen Aufklärung sowie aus Rücksichtnahme auf das Mädchen war der Fall nicht in den Medien aufgetaucht. Wie sich herausstellte, hieß der Mann Ove Rudi Werner, wobei er nur Rudi als Rufnamen verwendete. Er behauptete, es sei ein Versehen gewesen, dass er sich als Werner Rudi angemeldet habe, und meinte, er habe auch bei dem Autokennzeichen ein paar Zahlen vertauscht. Im Laufe der Ermittlung stellte sich heraus, dass er während des Sommers noch vier weitere Campingplätze besucht und immer verschiedene Versionen seinen Namens angegeben hatte. An einem dieser Orte hatte es einen Vorfall mit einem Exhibitionisten gegeben, doch die Sache war nicht zur Anzeige gebracht worden. Dem Mädchen gegenüber, das er vom Campingplatz in Larvik entführt hatte, war er nicht zudringlich geworden, doch er wurde letztlich wegen Freiheitsberaubung zu zwei Jahren und neun Monaten Gefängnis verurteilt.

Hammer blätterte weiter in seinem Ordner. Als der Solifer-Mann gefasst wurde, war er seit zwei Jahren im Besitz des Wohnmobils gewesen. Er behauptete, seinen Urlaub nur in Norwegen verbracht zu haben, konnte aber keine exakte Reiseroute angeben. Er mache keine Fotos, interessiere sich nicht für soziale Medien und habe immer irgendwo entlang der Strecke übernachtet.

Die meisten elektronischen Spuren konnten nicht mehr verfolgt werden, aber die Ermittler hatten festgestellt, dass er auch in den vorherigen Sommern im selben Distrikt gewesen war. Das Einzige, was mit Sicherheit gesagt werden konnte, war, dass er am 22. Juli des Vorjahres vor dem Einkaufszentrum in der Innenstadt rückwärts in einen anderen Wagen hineingefahren war und dass man ein Schadensprotokoll angefertigt hatte.

Im Inneren seines Wohnmobils hatte man fast dreitausend schwedische Kronen in bar gefunden. Seine Kontoauszüge zeigten, dass er im Vorjahr zweimal in Svinesund Geld aus einem Automaten gezogen hatte, gleich jenseits der Grenze. Die Abhebungen waren mehr als zwei Monate vor Annika Bengts Verschwinden erfolgt. Die schwedischen Ermittler waren darüber informiert worden, hatten die Sache allerdings nicht weiterverfolgt.

Hammer ließ den Ordner offen auf dem Schreibtisch liegen, und Wisting zog ihn zu sich heran. Oben auf einer der Seiten stand der Name der Ermittlerin, die die Informationen entgegengenommen hatte.

»Was willst du jetzt damit anstellen?«, fragte Hammer und deutete auf die Kette.

»Ich glaube, wir sollten das auf höherer Ebene klären«, erwiderte Wisting.

Er rief auf dem Computerbildschirm einen Zeitungsartikel mit dem Interview der Ermittlungsleiterin Ingrid Sandell von der Polizei in Göteborg auf. Sie hatte ein rundes Gesicht und kurze dunkle Haare und schien Anfang fünfzig zu sein. Mit leicht verkniffenem Gesichtsausdruck blickte sie in die Kamera. Es sollte vermutlich entschlossen wirken, ließ sie aber traurig aussehen.

Das Interview mit ihr war geführt worden, als der Beginn der Ermittlungen schon zwei Jahre zurücklag. Zusammengefasst besagte der Artikel, dass die Polizei einer Lösung des Falls nicht näher gekommen sei als am Tag von Annika Bengts Verschwinden.

Wisting suchte die Nummer für internationale Anfragen bei der operativen Abteilung der Stockholmer Polizei heraus und wählte. Er stellte sich vor und sagte, mit wem er sprechen wolle. Nach einigen Minuten Wartezeit bekam er die direkte Mobilfunknummer von Ingrid Sandell.

Es klingelte lange, ohne dass etwas geschah.

»Vielleicht im Urlaub?«, mutmaßte Hammer.

Der Anruf wurde an eine Mailbox weitergeleitet. Wisting brach die Verbindung ab, ohne eine Nachricht zu hinterlassen.

Es war kurz vor halb fünf am Nachmittag.

»Ich versuche es morgen noch mal«, sagte er.

Nachdenklich blieb er sitzen und starrte die Kette an.

»Kannst du derweil so viel wie möglich über Ove Rudi Werner herausfinden?«, fragte er und blickte dann wieder auf den Bildschirm. »Ich weiß nur, dass er vor drei Monaten aus dem Gefängnis entlassen wurde.«

18

Die Waschmaschine war fertig. Kicki Dalberg lief in Unterwäsche herum, seit sie die Hose und den Pullover, die sie beim Müllsammeln am Farris getragen hatte, in die Maschine gestopft hatte. Ganz bestimmt hatten die Sachen etwas von dem Wasser abbekommen, in dem die Katzenleiche gelegen hatte.

Sie hatte extra für die beiden Kleidungsstücke eine 60-Grad-Wäsche gestartet und schämte sich nicht im Geringsten dafür. Mia hätte sich vermutlich über die Energieverschwendung aufgeregt. Sie trug ihre Sachen mehrere Tage, ehe sie sie wusch. So lange, bis sie nach Schweiß rochen, und manchmal noch darüber hinaus. Ein Waschgang mehr oder weniger bedeutete global gesehen so gut wie nichts. Die Energie, die beim Wäschewaschen in der Maschine im Lauf eines Jahres verbraucht wurde, entsprach dem Energieverbrauch bei einem Flug nach London. Und Kicki flog niemals irgendwohin.

Spotify wechselte zu einer neuen Playlist. Kicki bewegte sich im Takt der Musik, während sie die Sachen auf einen Wäscheständer hängte und ihn draußen auf die Veranda stellte.

Weder die Sorgen um die Umwelt noch die Gedanken an das Klima hatten sie zu einer Aktivistin gemacht. Es war eher einem trotzigen Drang geschuldet, zu protestieren und Widerstand zu leisten. Sie hatte ein Umfeld gebraucht, in dem sie sich gesehen und gehört fühlte, in dem sie ihre Wut kanalisieren und ihrem Schmerz Ausdruck verleihen konnte.

Als sie sich wieder auf den Liegestuhl fallen ließ, war gerade eine Textnachricht eingetroffen. Mia hatte ihr geschrieben, die Sache sei jetzt online, und einen Link in die Nachricht kopiert. *Dürre ermöglicht unverhoffte Aufräumarbeiten am Farris,* stand über dem Foto von ihr und Jonas. *Erstaunliche Funde.*

Der Artikel war seit zehn Minuten online, stand aber bereits an dritter Stelle, nach einem Bericht über die Eröffnung eines neuen Friseursalons und der Warnung vor einer Straßensperrung wegen Asphaltierungsarbeiten. Anscheinend waren diese Meldungen wichtiger.

Kicki klickte den Artikel an und begann zu lesen, was nicht lange dauerte, denn der Journalist hatte Jonas' Ausführungen größtenteils ignoriert. *Jugendliche machen Klimawandel für Dürresommer verantwortlich,* hatte er geschrieben. Als ob die Ursache überhaupt in Zweifel gezogen werden könnte.

Sie spürte Ärger in sich aufflammen. Das Ganze war mehr als nur eine Meinungsäußerung. Forscher auf der ganzen Welt hatten den menschengemachten Klimawandel wissenschaftlich dokumentiert. Über Jahre hinweg hatten sie auf die Folgen hingewiesen, die jetzt sichtbar wurden. Aber nicht einmal ein erfahrener Journalist schien das begriffen zu haben. Da war es nicht verwunderlich, dass das Problem nicht ernst genommen wurde.

Für die Zeitungsredaktion war es offenbar das Wichtigste, den Lesern all die seltsamen Gegenstände zu zeigen, die auf dem trockenen Seegrund gefunden worden waren. Sie hatten eine ganze Fotoserie mit rostigen Einkaufswagen und verbogenen Golfschlägern online gestellt. Kicki war mit einem der verrosteten Fahrräder abgebildet. Hätte sich der Journalist nicht schon verabschiedet, bevor sie die tote Katze fanden, wäre die mit Sicherheit auch bei den bunten Bildern gelandet.

Sie überflog den Text, während sie bis zum Ende der Seite scrollte. Nirgends stand etwas über die globalen Herausforderungen oder die erforderlichen Maßnahmen zur Bewältigung der Klimakrise. Stattdessen gab es Informationen darüber, wie viel die beschädigten E-Roller gekostet hatten.

Streng genommen war die ganze Müllsammelaktion vergebens gewesen. Im Grunde war sie eine Art Bagatellisierung der globalen Klimakrise. Sie hatte teilgenommen, um mit den anderen gemeinsam einen Warnruf abzugeben, doch er war nicht durchgedrungen. Die meisten, die den Artikel anklickten, taten das vermutlich, weil sie glaubten, er handele von dem toten Mann, den man am Vortag gefunden hatte. Auch in der *VG* stand etwas über ihn, als wäre das eine wichtige Neuigkeit. Kickis Mutter hatte sogar von ihrem Aufenthaltsort in Schottland angerufen, nachdem sie von dieser Sache gelesen hatte. Sie hatte ihr alles über das Mädchen erzählt, das dieser Typ mit Klebeband gefesselt und schließlich im Wohnzimmer vergewaltigt hatte, ehe er sich selbst das Leben nahm.

Irgendwo in der Nachbarschaft wurde ein Rasenmäher angeworfen. Kicki lehnte sich zurück, richtete ihren BH und sah sich um. Der nächste Nachbar war ein über achtzigjähriger Mann. Falls er glotzen wollte, durfte er es gerne tun.

Hoch über ihr hinterließ ein Flugzeug weiße Kondensstreifen am Himmel. Sie wurden langsam breiter, dann immer durchsichtiger und lösten sich schließlich ganz auf.

Ein neues Signal ertönte. Kicki streckte die Hand nach dem Handy aus. Eine weitere Nachricht von Mia. *Ich komme nach Larvik,* schrieb sie und hatte den Link zu einem Golfmagazin in den Text kopiert. *Rede mit Jonas über eine Aktion.*

Der Link war ein Sommerinterview mit dem neuen Equinor-Chef, André Odalen. Der achte in der Reihe von männlichen Vorsitzenden. Den ursprünglichen Namen des Unternehmens, Statoil, hatten sie ersetzt. Als ob allein die Streichung eines Namens, in dem der Begriff *Öl* auftauchte, irgendeine Bedeutung für die klimafeindlichen und korrupten Geschäfte des Unternehmens hätte.

In dem Interview stand, dass Odalen sich bemühe, im Sommer so viel Zeit wie möglich in seiner Hütte in Stavern zu verbringen, und dass er sich auf das jährliche Golfturnier beim Larviker Golfclub freue. Daran wolle er mit anderen aus der norwegischen Konzernleitung und mit Managern der Gesellschaft teilnehmen, die im Ausland tätig waren.

Kicki starrte auf das Foto dieses nicht ganz schlanken Mannes in den Fünfzigern, der einen der größten europäischen Konzerne der Öl- und Gasindustrie leitete. Ihn und sein Gefolge mit Spruchbändern und Protestgebrüll zu empfangen würde nirgendwohin führen. Diese Zeiten waren vorbei.

Sie legte das Telefon weg und blieb auf der Kante des Liegestuhls sitzen. Der Motor des Rasenmähers wurde abwechselnd lauter und leiser. Sie empfand eine zunehmende Rastlosigkeit, die auch nicht verschwinden würde, solange sie nichts dagegen unternahm. Jedenfalls nichts Ernsthaftes.

19

Das Türschloss sträubte sich mal wieder, als wäre es mit den Jahren noch sturer und widerspenstiger geworden. Wisting musste eine Weile mit dem Schlüssel im Schloss herumstochern, um die Tür aufzubekommen.

Das Haus hatte die Hitze des Sommers absorbiert. Im Laufe des Tages war die Luft trocken und muffig geworden.

Er ging von einem Raum zum nächsten und öffnete die Fenster, um ein wenig frische Luft hereinzulassen. Dann zog er sich um und schlüpfte in T-Shirt und kurze Hose.

Im Kühlschrank stand ein Teller mit Resten vom Vortag, aber die reizten ihn nicht. Stattdessen nahm er eine Dose Bier heraus und trat auf die Rückseite des Hauses.

Hier war die Luft genauso drückend wie im Inneren, aber er konnte nicht das Wetter für sein Unbehagen verantwortlich machen. Es hatte mit den Gedanken an das schwedische Mädchen zu tun, die durch seinen Kopf wirbelten.

Mit dem Zeigefinger fuhr er über den kalten Metallrand der Bierdose und öffnete sie.

Vermutlich waren Tausende dieser Buchstabenketten verkauft worden, in Norwegen und in Schweden. Er hatte so etwas bislang nur auf den Fotos von Annika Bengt gesehen. Offenbar waren diese Anhänger erst dann unter Teenies in Mode gekommen, als Line längst das Erwachsenenalter erreicht hatte.

Er nahm einen Schluck Bier. Auf dem glatten Metall an der Außenseite hatten sich Perlen aus Kondenswasser gebildet, als ob die Dose selbst in der Sommerhitze schwitzte.

Wisting erinnerte sich an einen Fall mit einem abgeschnittenen Fuß in einem Wanderschuh. Er wusste sogar noch den Namen des Herstellers – Scarpa Marco. Der Schuh war in China produziert. Jedes Jahr wurden etwa fünfzehntausend Paare nach Norwegen exportiert. Zusammengenommen waren im ganzen Land etwas über fünfzigtausend Paare in elf verschiedenen Schuhgrößen verkauft worden.

Die Zielgruppe für Schmuck war nicht die gleiche wie für Schuhe, gleichwohl hatte er den Gedanken verfolgt.

Wenn fünfzigtausend Buchstabenanhänger produziert worden waren, mussten sie auf die neunundzwanzig Buchstaben des norwegischen Alphabets verteilt werden, also etwa tausendfünfhundert pro Buchstabe. Dennoch war es ein bisschen so wie mit den Schuhen. Es wurden dreimal so viele Schuhe der Größe dreiundvierzig verkauft wie von der Größe sechsundvierzig. Der Buchstabe A war bestimmt einer der häufigsten und meistverkauften. Wenn er die Verkäufe mit drei multiplizierte, ergab das viertausendfünfhundert Schmuckstücke. Das bedeutete, dass circa zwei Promille der norwegischen Frauen eine Kette mit einem A-Anhänger besaßen.

Ein großes Passagierschiff fuhr in westliche Richtung. Der Qualm aus dem Schornstein löste sich zu dünnen Fäden auf, die auseinandertrieben. Wisting setzte sich auf seinen üblichen Gartenstuhl, zog einen anderen Stuhl zu sich heran und entfernte das ausgeblichene Kissen, bevor er die Füße auf den Sitz legte.

Es war nur ein Zahlenspiel, aber die Wahrscheinlichkeit, dass jemand anderes eine Kette wie die von Annika Bengt verloren hatte, wurde immer geringer.

Er nahm noch einen Schluck Bier.

Die Wanderschuhe wurden übrigens sowohl von Männern als auch von Frauen getragen, wie ihm plötzlich einfiel. Der Fuß, den sie gefunden hatten, war der eines Mannes, der ein Jahr zuvor von einem Seniorenheim als vermisst gemeldet worden war.

Das Handy piepte. Eine Nachricht von Line. Wisting fiel ein, dass er noch gar nicht die vorherige beantwortet hatte, die sie ihm zusammen mit einem Foto geschickt hatte, das sie und Amalie in einem Leihwagen auf dem Weg zur Küste zeigte. Jetzt waren sie in einem Vergnügungspark. Amalie saß im ersten Wagen eines Zugs, der aussah, als würde er aus Safari-Vans bestehen, die auf dem Weg durch den Dschungel waren. Er überlegte, ob er selbst mit einem Foto antworten sollte, begnügte sich aber damit zu schreiben, dass es so aussehe, als hätten sie viel Spaß.

Dann überprüfte er seine E-Mails und las ein paar Nachrichten. *Østlands-Posten* hatte einen neuen Artikel über den Leichenfund am Farris gebracht. Der Inhalt entsprach weitgehend dem aus dem ursprünglichen Bericht, aber sie hatten einen Fotografen an den See geschickt und mit einem Historiker gesprochen, der meinte, dass der Wasserstand niemals so niedrig gewesen sei, seit der See Mitte des achtzehnten Jahrhunderts aufgestaut worden war.

Unter dem Artikel gab es eine mit dem Thema verwandte Nachricht. *Dürre ermöglicht unverhoffte Auf-räumarbeiten am Farris* stand über dem Foto zweier ernst wirkender Jugendlicher. *Erstaunliche Funde.*

Die Kombination der beiden Storys wirkte irgendwie geschmacklos. Man bekam den Eindruck, als wäre Morten Wendel wie ein Stück Müll auf dem Grund des Sees aufgetaucht. Die Angestellten in der Zeitungsredaktion hatten sich anscheinend nicht abgesprochen – oder es war ein peinlicher Versuch, Leser anzulocken.

Wisting klickte dennoch die Fotoserie durch, um zu sehen, was die Jugendlichen gefunden hatten. Viele der Gegenstände waren alt und sahen aus, als wären sie in der Zeit, als am See noch Flößerei betrieben wurde, im Wasser gelandet. Andere Funde schienen purem Vandalismus geschuldet zu sein. Einkaufswagen und E-Roller, die man einfach ins Wasser geworfen hatte.

Wisting sah von seinem Telefon auf und dachte an den Buchstabenschmuck. Es war fast acht Uhr abends, aber noch nicht zu spät, es erneut bei der schwedischen Ermittlerin zu versuchen.

Er suchte ihre Nummer aus seiner Anrufliste heraus und ließ es klingeln, bis wieder die Mailbox ansprang. Anstatt eine Nachricht zu hinterlassen, schrieb er eine Textnachricht an sie und erklärte, wer er sei und von wo aus er anrufe. Um seine Anfrage verständlicher zu machen, fügte er ein Foto des Buchstabenschmucks hinzu und schrieb, er wolle den Fund mit ihr erörtern.

Das Display wurde dunkel, während er das Telefon in der Hand hielt. Er legte es weg und nahm abermals einen Schluck Bier.

Plötzlich klingelte das Handy. Eine schwedische Nummer. Dieselbe, die er zu erreichen versucht hatte.

»Hier ist Wisting«, meldete er sich.

»Ingrid Sandell. Polizei Göteborg.« Die Stimme klang weich und entschlossen zugleich.

»Danke für Ihren Rückruf«, sagte er. »Haben Sie sich das Foto angesehen?«

Sandell kam gleich zur Sache. »Wo wurde die Kette gefunden?«, wollte sie wissen.

Wisting erzählte von dem ausgetrockneten See und dem Mann mit dem Metalldetektor.

»Es muss nichts bedeuten und steht womöglich nicht in einem Zusammenhang«, fuhr er fort.

»Natürlich bedeutet es etwas«, fiel Sandell ihm ins Wort. »Sie hätten mir das doch nicht geschickt, wenn Sie nicht der Ansicht wären, dass es etwas bedeutet.«

Sie hatte recht. Wie er aus Erfahrung wusste, täuschte ihn sein Gefühl normalerweise nicht.

»Als Annika Bengt verschwand, ist bei uns ein Hinweis eingegangen«, fuhr Wisting fort. »Jemand glaubte, sie in einem Wohnmobil hier in Larvik gesehen zu haben, nicht weit von der Stelle entfernt, wo die Kette gefunden wurde. Wir haben Ihnen damals einen Bericht geschickt.«

Einen Augenblick blieb es still in der Leitung, so als brauchte Ingrid Sandell Zeit, um sich zu erinnern.

»Das kann bei uns unter ferner liefen gelandet sein«, sagte sie, ohne es näher zu erklären.

»Im Jahr danach gab es hier eine Entführung, bei der ein Mann ein betrunkenes Mädchen in seinem Wohnmobil mitgenommen hat, aber es wurden keine direkten Verbindungen zwischen ihm und Schweden gefunden«, erläuterte Wisting. »Ich würde von Ihnen gern wissen, ob es in Ihrem Fall Spuren gab, die in Richtung Norwegen gedeutet haben. Und ob Sie glauben, dass der Schmuck Annika Bengt gehört haben kann.«

»Als sie verschwand, waren neunzehn norwegische Familien auf dem Campingplatz«, entgegnete Sandell, als ob ihr alle Details noch ganz vertraut wären. »Außerdem ein paar Jungs, die Motorradurlaub gemacht haben, und ein Norweger, der in der Marina gearbeitet hat. Aber nichts, was auf Norwegen gedeutet hat. Bis jetzt.«

»Sie glauben also, dass es Annika Bengts Kette sein könnte?«, fragte Wisting.

»Jedenfalls ist es eine Untersuchung wert«, meinte Sandell. »Es gibt eine niederländische Goldschmiede, die sich das Design hat patentieren lassen. So viele Ketten gibt es gar nicht von der Sorte. Bis zu Annika Bengts Verschwinden wurden in Schweden 468 A-Anhänger verkauft.«

»Das haben Sie überprüft?«

»Wir haben viele Tipps zu der Kette bekommen. Unter anderem gab es eine junge Drogenabhängige namens Agneta in Kungsbacka, die ein paar Wochen nach Annikas Verschwinden plötzlich mit so einer herumlief. Als wir sie befragt haben, hat sie gesagt, sie habe die Kette von einem Freund bekommen. Wir konnten den Freund ausfindig machen. Nach seiner Aussage hatte er den Schmuck im Internet gekauft. Das hat sich dann später bestätigt. Die Ketten wurden nur auf Bestellung angefertigt. Die niederländische Firma hatte einen Onlineshop in vielen europäischen Ländern, auch auf Schwedisch. Wenn jemand einen A-Anhänger bestellte, wurde er von einer Fabrik in Estland hergestellt und dann versendet. Wir haben eine Liste mit den schwedischen Kunden bekommen. Einer davon war der Freund von Agneta. Auch die Mutter von Annika hatte den Schmuck damals im Internet gekauft.«

»Wissen Sie, wie viele davon in Norwegen verkauft wurden?«, fragte Wisting.

»Nein, aber ich glaube, es sind weniger«, erwiderte Sandell. »Die Niederländer hatten ihren Onlineshop schon seit fast zehn Jahren, als Annika verschwand. Die Buchstabenketten waren nur ein kleiner Teil ihres Gesamtangebots. Ich kann das überprüfen lassen. Dann bekommen Sie eine Kundenliste und können jede Person kontaktieren und fragen, ob sie ihren Schmuck verloren hat. Allerdings sollten wir das Ganze wohl etwas breiter angehen.«

»Wir?«, wiederholte Wisting. »Sie meinen, der Kettenfund reicht, um den Fall wieder aufzurollen?«

Ingrid Sandell schwieg eine Weile. »Larvik ...«, sagte sie dann. »Ich bin da mal mit einem Segelboot vorbeigekommen. Das ist doch nicht so weit von dem Ort entfernt, an dem die Fähre aus Strömstad anlegt?«

»Zwanzig Minuten«, bestätigte Wisting.

»Ich könnte morgen Mittag bei Ihnen sein«, sagte Sandell. »Passt Ihnen das?«

Wisting bejahte. »Dann sehen wir weiter, wenn Sie hier sind.«

Nachdem sie das Gespräch beendet hatten, legte Wisting den Kopf zurück und sah in den Himmel. Für gewöhnlich brachte der Sommer Ruhe mit sich, eine Art zeitlichen Stillstand. Damit war jetzt Schluss.

20

Evert Harting saß mit einer Kaffeetasse in den Händen vor der Hütte und sah aufs Wasser hinaus. Der leichte Dunst war im Begriff sich aufzulösen.

Jetzt im Sommer trank er morgens nur Kaffee. Allerdings war der inzwischen kalt. Er nahm dennoch einen Schluck, stand dann aber auf und kippte den Rest über das Geländer.

Die Verandadielen knirschten, als er hineinging. Ella hatte das Radio auf dem Nachttisch eingeschaltet. Also war sie wach.

Gerade als er die Tasse auf die Arbeitsplatte stellte, um sich Kaffee nachzuschenken, kam Ella in die Küche. Er warf einen Blick auf sein Handy, das am Ladekabel hing. Es war halb neun, und er hatte einen verpassten Anruf, der vor zehn Minuten eingegangen war.

So gut wie niemand rief ihn mehr an, jedenfalls nicht von einem Anschluss, dessen Nummer nicht in seinem Verzeichnis gespeichert war. Manchmal konnten Tage vergehen, ohne dass er überhaupt telefonierte. Wenn ihn andere erreichen wollten, schickten sie eine Textnachricht oder schrieben eine E-Mail.

Er nahm das Telefon mit auf die Veranda und googelte die Nummer. Sie war nicht registriert.

Einen Augenblick erwog er zurückzurufen, dachte dann aber, dass es auch warten könne. Wer immer angerufen hatte, würde es wieder tun, wenn es wichtig war.

»Guten Morgen.«

Isabell stand hinter ihm. Er hatte sie nicht kommen hören.

»Guten Morgen«, sagte er und lächelte sie an. »Hast du gut geschlafen?«

Seine Tochter streckte sich ausgiebig und gähnte.

»Ich habe bei offenem Fenster geschlafen und wurde vom Vogelgezwitscher geweckt«, sagte sie. »Dann bin ich wieder eingeschlafen.«

»Es gibt Kaffee«, sagte er.

»Später.«

Sie lief die Stufen hinunter, stapfte durchs Gras und steuerte auf das Plumpsklo zu. Ihr langärmeliger Pullover reichte ihr bis zu den Schenkeln.

Evert setzte sich hin und las die Online-Nachrichten. Zuerst *Aftenposten*. Keine besonderen Ereignisse.

Das Telefon in seiner Hand vibrierte. Dieselbe Nummer wie zuvor. Er ließ es zweimal klingeln und meldete sich dann, allerdings ohne seinen Namen zu nennen.

»Hier ist William Wisting«, sagte der Mann am anderen Ende der Leitung. »Ich rufe von der Polizei in Larvik an. Spreche ich mit Evert Harting?«

Die Stimme klang ruhig und freundlich, löste aber dennoch eine gewisse Unruhe in ihm aus.

»Am Apparat«, bestätigte Evert.

»Ich rufe an wegen einer Goldkette, die gestern als Fundsache bei uns eingegangen ist«, fuhr der Mann am Telefon fort. »Wissen Sie etwas darüber?«

Evert schluckte.

»Das war ich«, sagte er. »Also, ich habe sie gefunden.

Meine Frau hat sie bei Ihnen abgeliefert.« Er zögerte kurz. »Stimmt was nicht?«

Der Polizist beantwortete seine Frage nicht. »Ich vermute, Sie kennen das Gebiet, wo Sie die Kette gefunden haben?«, fragte er stattdessen.

»Wir haben eine Hütte ganz in der Nähe«, erwiderte Evert und begann zu erläutern, wie sie nach dem Tod von Ellas Eltern in ihren Besitz gelangt war, auch wenn das vermutlich für den Polizisten völlig uninteressant war. »Vor fünfzehn Jahren haben wir sie übernommen, aber im Großen und Ganzen sind wir in den letzten dreißig Jahren jeden Sommer hier gewesen«, fügte er hinzu.

»Können Sie vielleicht zu uns in die Polizeistation kommen?«, fragte der Beamte.

Ohne es selbst zu bemerken, war Evert Harting aufgestanden. »Wegen der Kette?«, fragte er.

»Ja«, erwiderte der Polizist. »Wie schnell könnten Sie hier sein?«

Isabell kam vom Plumpsklo zurück. Evert dachte an die Eier, die er kochen wollte, und an das gemeinsame Frühstück.

»In einer halben Stunde«, gab er zurück.

Der Polizist bedankte sich. »Fragen Sie nach Kommissar Wisting, wenn Sie hier sind.«

Evert stopfte das Handy in die Tasche.

»Wer war das?«, fragte Isabell.

»Ein Ermittler«, erwiderte er. »Die wollen mehr über die Goldkette wissen, die ich gefunden habe.«

»War die wertvoll?«

»Vielleicht. Ich weiß es nicht. Ich fahre zur Polizeistation.«

Ella stand in der Tür. Sie hatte mitbekommen, worüber die beiden sprachen.

»Willst du nicht frühstücken?«, fragte sie.

»Ich habe ein Butterbrot gegessen, als ich aufgestanden bin«, behauptete er. Ein Gespräch am Frühstückstisch könnte anstrengend werden.

Um sicherzugehen, dass er den Autoschlüssel dabeihatte, klopfte er sich auf die Hosentasche.

»Aber du weißt doch gar nichts über die Kette«, protestierte Ella.

»Das dauert bestimmt nicht lange«, versicherte er.

»Hast du was falsch gemacht?«, fragte Isabell.

»Was meinst du damit?«

»Durftest du nicht an der Stelle suchen? Gibt es nicht Regeln für so etwas?«

Er lächelte. »Was das angeht, brauchst du dir keine Sorgen zu machen. Ich nehme den Detektor mit, dann kann ich eine neue Suche starten, ehe es wieder so heiß wird. Ich versuche, vor dem Mittagessen wieder da zu sein. Dann können wir zusammen essen.«

Er nahm seine Ausrüstung und setzte sich in den Wagen, um weiteren Fragen auszuweichen.

Das Lenkrad vibrierte unter seinen Händen, die Reifen wirbelten Kies auf. Seine Gedanken bewegten sich in alle Richtungen. Als er vor dem Polizeigebäude parkte, war er entschlossen, es genauso zu machen wie früher bei den Personalgesprächen im Ministerium: so wenig Informationen wie möglich preisgeben.

Der Ermittler war älter, als er sich vorgestellt hatte. Ein Mann, der das Alter erreicht hatte, in dem seinen Worten Respekt gezollt wurde. Evert glaubte, ihn aus den Medien zu kennen. Ein Mann, der große und ernsthafte Fälle untersuchte. Keiner, der sich für verlorene Gegenstände und Fundsachen engagierte.

Sie gingen nach oben in sein Büro. Die Sonne schien

durchs Fenster auf einige Aktenschränke. Mehrere hohe Papierstapel bedeckten den breiten Schreibtisch. Ein paar Buchstaben auf der Tastatur vor dem Bildschirm waren von der jahrelangen Benutzung fast verschwunden.

Evert Harting setzte sich.

»Danke, dass Sie so schnell kommen konnten«, sagte Wisting. Er hatte ein breites, kantiges Gesicht, die Augen waren schmal und dunkel.

»Ich war ein wenig überrascht«, entgegnete Evert. »Worum geht es eigentlich?«

Wisting öffnete eine Mappe. »Wir stellen für die schwedische Polizei ein paar Untersuchungen an. Die fragen sich nämlich, ob der Schmuck, den Sie gefunden haben, mit einem Vermisstenfall zusammenhängt.«

Er zog ein Fahndungsfoto von Annika Bengt hervor. Evert Harting beugte sich vor und versuchte, so zu tun, als ob er es noch nie gesehen hätte.

»Sieht nach dem gleichen Schmuckstück aus«, sagte er.

Wisting informierte ihn über den Fall und legte die Fakten kurz und knapp dar. Evert Harting hörte zu und nickte.

»Ich kann mich an den Fall erinnern«, sagte er. Es völlig abzustreiten wäre falsch. »Aber haben Sie Grund zur Annahme, dass es ihre Kette ist?«

»Die Schweden arbeiten jetzt seit vier Jahren an diesem Fall«, entgegnete Wisting. »Sie wollen nichts unversucht lassen.«

»Aber wie soll die Kette denn hier gelandet sein?«, fragte Evert. »Glauben die, dass sie entführt wurde? Hierher nach Norwegen?«

»Bis jetzt sind das alles nur Spekulationen«, erwiderte der Ermittler. »Können Sie mir erzählen, wie Sie den Schmuck gefunden haben?«

Evert nickte, berichtete von dem Fund und gab die Stelle an.

»Sie können sehen, dass ich da gegraben habe, falls Sie hinfahren«, meinte er. »Mehr liegt da aber nicht, jedenfalls nichts aus Metall.«

Wisting machte sich Notizen. »Wie ist der Schmuck denn Ihrer Meinung nach da gelandet?«, fragte er.

»Ich bin davon ausgegangen, dass jemand die Kette beim Baden verloren hat«, erwiderte Evert.

»Baden die Leute denn da?«, wollte der Ermittler wissen.

»Die baden mal hier und mal da«, sagte Evert. »Aber wenn es so ist, wie Sie sagen, dann muss jemand die Kette ja vom Land aus hineingeworfen haben.«

Mehr musste gar nicht gesagt werden. Auch das war nur eine Spekulation. So gut wie jede andere.

»Wie weit ist der Fundort von Ihrer Hütte entfernt?«, fragte der Ermittler.

»Etwa einen Kilometer.«

»Ist da viel Verkehr auf der Straße?«

Evert schüttelte den Kopf. »Auf unserer Seite gibt es noch eine andere Hütte, dann führt die Straße weiter zu einem alten Pachthof, den die Pfadfinder übernommen haben. Manchmal fahren auch Leute vorbei, die im Wald spazieren gehen oder angeln oder baden wollen. Und am Anfang der Straße liegt der Kajak-Club, ein bisschen Verkehr gibt es also. Außerdem hat der Hundeclub dort ein Gebiet, wo Dressurkurse angeboten werden.«

»Wie sieht es mit Camping aus?«

»Irgendwer zeltet da immer«, sagte Evert.

»Und Wohnmobile?«

Everts Kehle fühlte sich an wie zugeschnürt. Was wusste dieser Polizist eigentlich?

»Kommt schon mal vor«, sagte er. Das entsprach der Wahrheit. Die fuhren öfter mal bis nach Fossane hinein, ehe sie wendeten. Es gab mehrere Stellen, wo man über Nacht mit einem Wohnmobil stehen konnte.

Der Polizeibeamte schwieg, als warte er auf weitere Informationen. Aber mehr gab es nicht zu erzählen, jedenfalls nicht jetzt. Evert hatte keinen Beweis, um noch mehr sagen zu können. Außerdem machte Kjell-Tore nicht die Art Camping, die der Ermittler im Sinn hatte.

Die Stille wurde etwas bedrückend. Evert war kurz davor, eine Gegenfrage zu stellen – ob die Polizei jemanden in einem Wohnmobil verdächtigte, aber er hielt den Mund.

»Waren Sie im Juli vor vier Jahren in der Hütte?«, fragte der Ermittler.

»Wir sind in den letzten dreißig Jahren jeden Sommer da gewesen«, erwiderte Evert.

»Ja, das erwähnten Sie am Telefon«, sagte der Ermittler und nickte. »Fällt Ihnen irgendwas zu dem Sommer ein, in dem Annika Bengt verschwunden ist?«

Evert Harting schüttelte langsam den Kopf, schloss für einen kurzen Moment die Augen und blies die Luft aus, als könnte er die Frage und alle anderen kreisenden Gedanken einfach von sich schieben.

»Das ist lange her«, entschuldigte er sich. »Vielleicht, wenn ich eine Weile darüber nachdenke, aber momentan wüsste ich nichts.«

»Wer wohnt in der anderen Hütte?«, fragte Wisting.

»Wie?«

»Sie sagten, auf Ihrer Seite gebe es eine weitere Hütte«, rief ihm der Ermittler in Erinnerung.

»Ja, richtig, die gehört Ludvig Nordvik. Ein alter Junggeselle, aber bestimmt fünfzehn Jahre jünger als ich. Er hat seine Hütte vor zehn oder zwölf Jahren gekauft.«

Der Polizist machte sich erneut Notizen, schlug aber dann mit seinen Fragen einen anderen Weg ein. Er fragte nach dem Metalldetektor und anderen Gegenständen, die Evert aufgespürt hatte. Er berichtete von den Silbermünzen und dem handgeschmiedeten Nagel. Sein Puls beruhigte sich langsam wieder.

Nach dreißig Minuten stand Wisting vom Schreibtisch auf. »Ich begleite Sie hinaus«, sagte er.

Draußen vor dem Gebäude zog er eine Visitenkarte mit Kontaktinformationen hervor. »Rufen Sie mich an, falls Ihnen etwas einfallen sollte«, bat er.

Evert Harting nahm die Karte entgegen und sah dann den Ermittler an. Wistings Blick strahlte eine gewisse Erwartung aus.

21

Wisting blieb hinter der Tür stehen und sah Evert Harting davonfahren. Der Mann hatte versucht, offen zu sein und Antworten auf die einfachen Fragen zu geben. Gleichwohl hatte er ein wenig gezögert, was darauf hindeutete, dass etwas nicht stimmte. Die Pausen nach den einzelnen Fragen waren ungewöhnlich lang gewesen, die Antworten nicht immer vollständig. Normalerweise bedeutete so etwas, dass die Befragten nicht alles erzählten. Es konnte aber auch bloß eine Angewohnheit des Mannes sein, dessen ganzes Berufsleben so eng mit der Politik verknüpft gewesen war.

Auf dem Weg zurück in die Abteilung begegnete Wisting auf der Treppe dem jungen Polizisten Daniel Rana, der dabei geholfen hatte, die Leiche aus dem Farris zu bergen. Er blieb auf dem Treppenabsatz über Wisting stehen und machte ihm Platz.

Wisting hielt einen Augenblick inne, legte die Hand aufs Treppengeländer und lächelte dem jungen Kollegen zu.

»Sind Sie mit dem Geldschrank schon weitergekommen?«, fragte er.

Daniel Ranas Gesicht hellte sich auf. »Ich glaube schon«, erwiderte er. »Es ist ein dänisches Fabrikat, hergestellt 1988.«

Wisting nickte. Er hatte die in den Stahl eingelassene

Metallplatte selbst gesehen, ließ den jungen Polizisten aber von seiner Entdeckung berichten.

»Ich bin gestern Abend noch ein bisschen in der Gegend dort herumgefahren«, erzählte Daniel Rana. »Sozusagen von Haus zu Haus, oder besser gesagt von Hof zu Hof. Alle hatten etwas von dem Motorradmann gelesen oder gehört und waren neugierig. Sie wollten reden.«

»Und was hatten sie zu erzählen?«, fragte Wisting.

»Der Safe lag doch unter ein paar Rollen Stacheldraht«, fuhr der junge Polizeibeamte fort.

Wisting erinnerte sich.

Rana zog einen Notizblock aus der Brusttasche. »Die Leute, mit denen ich geredet habe, meinten, dass die ein gewisser ...«, er warf einen Blick in seine Notizen, »... Johnny Skautvedt da reingeworfen hat, kurz bevor er seinen Bauernhof aufgab und nach Porsgrunn gezogen ist. Laut Einwohnermeldeamt war das 2009.«

Wisting wollte schon etwas sagen, ließ Daniel Rana aber selbst die Schlussfolgerung ziehen.

»Der Geldschrank muss also irgendwann nach 1988 gestohlen und dort reingeworfen worden sein, allerdings vor 2009.«

»Gute Arbeit«, kommentierte Wisting. »Gut kombiniert.«

»Ist allerdings immer noch eine große Zeitspanne«, fuhr Rana fort. »Mehr als zwanzig Jahre. Unter dem Safe lagen ein paar Wellblechplatten im Schlamm. Wenn ich herausfinde, wann die da gelandet sind, kann ich das Ganze noch mehr einkreisen. Vielleicht könnte man sogar anfangen, nach weiteren Dingen zu suchen.«

»Haben Sie etwas Konkretes?«

»Vielleicht«, erwiderte Rana. »Ich habe den Namen

von jemandem bekommen, der vor fünfzehn oder zwanzig Jahren sein Scheunendach ausgetauscht hat. Aber ob er zugibt, die alten Dachbleche im Farris entsorgt zu haben, ist fraglich.«

Wisting erklomm eine Treppenstufe. »Seien Sie geduldig«, riet er. »Beschuldigen Sie ihn nicht, und versuchen Sie nicht, ihn zu einem Geständnis zu zwingen. Das löst nur Verteidigungsmechanismen aus. Lassen Sie ihm Zeit, damit er eine Möglichkeit findet zu erzählen, was er getan hat, ohne sich selbst in Verlegenheit zu bringen.«

Daniel Rana schien unsicher zu sein, was das hieß, bedankte sich aber dennoch. Wisting setzte seinen Weg in die Abteilung fort.

Vorläufig wussten nur er selbst und Nils Hammer von der Ermittlung, die auf sie zukam. Er betrat Hammers Büro und schloss die Tür hinter sich.

»Was hast du über den Solifer-Mann herausgefunden?«

»Er trägt seinen Namen noch immer ganz zu Recht«, erwiderte Hammer. »Seit seiner Entlassung ist er unter keiner neuen Adresse gemeldet, hat sich aber einen neuen Solifer gekauft. Gut möglich, dass er in dem Wagen wohnt.«

Wisting blieb mit dem Rücken zur Tür stehen. »Arbeitslos?«

»Er bekommt etwas Übergangsgeld.«

»Offizielle Adresse?«

»Nur pro forma: die alte Wohnung seiner Mutter in Haugesund.«

»Wir wissen also nicht, wo er jetzt ist?«

Hammer schüttelte den Kopf. »Wir hätten alles, was wir brauchen, um ihn aufzuspüren. Autokennzeichen,

Telefonnummer und Kontoverbindung. Aber dann müsste offiziell nach ihm gefahndet werden.«

»Bis dahin ist es ein weiter Weg«, meinte Wisting. »Wir haben nichts gegen ihn in der Hand.«

»Eine Möglichkeit gäbe es.«

»Und zwar?«

»Das Wohnmobil, das er bei der Entführung benutzt hat, wurde doch damals beschlagnahmt«, erklärte Hammer. »Dann wurde es an das Caravan-Center in Heggdal zurückverkauft, wo er es ursprünglich herhatte. Seitdem ist es als Mietwagen im Einsatz.«

Wisting trat ans Fenster und sah in Richtung der Firma, von der Hammer gesprochen hatte, auch wenn sie außerhalb seines Blickfelds lag.

»Die Kriminaltechniker haben seinerzeit hauptsächlich Fotos von dem Wagen gemacht«, fuhr Hammer fort. »Sollte Annika Bengt vor vier Jahren darin festgehalten worden sein, könnte es theoretisch noch DNA-Spuren von ihr geben.«

Wisting war skeptisch. »In einem Mietwagen? Nach so vielen Jahren?«

Hammer zeigte ihm die Website des Caravan-Centers, auf der das Wohnmobil abgebildet war.

»Anscheinend nicht der begehrteste Wagen«, meinte er. »Ist frei bis zum 4. August. Ich finde, es ist einen Versuch wert. Wir könnten das Wohnmobil mieten und von der Kriminaltechnik untersuchen lassen.«

Wisting blickte auf den Bildschirm. Der Wagen konnte online gebucht werden.

»Dann mach das«, sagte er.

Er hatte das Gefühl, dass sie einen Schritt weitergekommen waren.

»Wir können ihn vor der Mittagspause abholen.«

22

Die Reifen sangen monoton auf dem rauen Asphalt. Der Motor erzeugte ein gleichmäßiges Hintergrundgeräusch. Normalerweise hatte Autofahren eine beruhigende Wirkung auf ihn. Die Hände aufs Lenkrad zu legen, gab ihm das Gefühl von Kontrolle und versetzte ihn gleichzeitig in eine Art meditativen Zustand. Die Straße würde ihn so oder so ans Ziel bringen. Jetzt allerdings konnte er die Gedanken in seinem Kopf nicht stoppen. Eine Kakofonie aus Sorgen und Zweifeln.

Plötzlich war er Teil einer polizeilichen Ermittlung geworden. Weniger als vierundzwanzig Stunden nachdem Ella den Buchstabenschmuck abgeliefert hatte, war er zu einer Befragung einbestellt worden. Es musste irgendetwas Konkretes geben, das den Ermittler veranlasst hatte, sich nach Wohnmobilen an der Straße vor der Hütte zu erkundigen.

Sein Leben war stets wie ein ruhiger Fluss gewesen, der gemächlich durch die Landschaft der Alltage floss. Niemals war irgendetwas Bemerkenswertes vorgefallen, doch auf einmal war er in einem Chaos gefangen, das er selbst erschaffen hatte.

Die Kreuzung näherte sich. Evert Harting verringerte das Tempo und bog ab. Der Tankanzeiger war nach unten gekrochen. Er würde auf dem Rückweg tanken müssen.

Der Rasen vor dem Haus war braun und verdorrt, und der ausgeblichene Wimpel an der Einfahrt hing schlaff herunter.

Die Wohnung lag im Halbdunkel. Heruntergelassene Jalousien und zugezogene Vorhänge. Eine fast sakrale Stille.

Ella hatte eine eigene Schublade in der Schrankwand im Wohnzimmer, wo sie ihren Pass und andere wichtige Papiere aufbewahrte. Evert öffnete sie ein Stück. Ganz hinten lagen die Kalender. Er suchte den entsprechenden heraus, nahm ihn mit zu seinem Sessel vor dem Fernseher, schaltete eine Lampe ein und setzte sich.

Der Inhalt war genauso stichwortartig wie in dem Kalender, den er in der Hütte gelesen hatte. Er blätterte vor bis zum 19. Juli. *K-T ist gegen sechs aus Schweden gekommen,* stand da. Das Wetter sei schön gewesen, aber nicht so warm. Nur 22 Grad. Die Tage davor und danach bestätigten, was er auf den Fotos in Ellas Handy gesehen hatte. Sie waren drei Tage mit Kjell-Tore zusammen in der Hütte gewesen, ehe sie mit seinem Wohnmobil in den Norden fuhren. Da stand auch etwas über das Kätzchen, das er mitgebracht hatte und das verschwunden war. Was sie gegessen hatten, welche praktischen Dinge Kjell-Tore erledigt hatte, wann er wieder gefahren war und wann sie die Hütte winterfest gemacht hatten.

Everts Finger hatten beim Blättern leicht zu zittern angefangen, als ob er etwas Verbotenes täte.

Er blätterte zurück zu den Tagen vor Kjell-Tores Ankunft. Am Samstag, dem 16. Juli, hatte er mit Ella telefoniert. *K-T in Schweden, Bovikstrand. Er kommt am Dienstag hierher,* hatte sie notiert. An den drei Tagen vor seinem Besuch hatte sie nur kurze Kommentare zum Wetter notiert. Ein paar Tage vor seinem Aufenthalt in Bovikstrand war Kjell-Tore mit einer Fähre von Polen nach Ystad gefahren. Auf der ganzen Reise hatte er Ella Bericht erstattet. Anscheinend hatte ihn eine Rundreise durch Dänemark und Deutschland geführt, aber die meiste Zeit hatte er in Polen verbracht, bevor er über Schweden nach Hause gefahren war.

Evert hob den Kopf und starrte die Wand über dem Fernseher an. Kjell-Tore war am 16. Juli in Bovikstrand gewesen. Annika Bengt war in der Nacht zu Montag, dem 18., verschwunden. Am Abend des 19. Juli war Kjell-Tore zur Hütte gekommen. Sein Name musste doch auf der Gästeliste des Campingplatzes stehen. Vielleicht hatte die Polizei bereits einen Zusammenhang erkannt, und er war deswegen so schnell einbestellt worden, um eine Zeugenaussage abzugeben.

Evert stand plötzlich auf und streckte ruckartig die Schultern, wie um die paranoiden Gedanken abzuschütteln.

Das Atmen fiel ihm schwer, als hätte er sich überanstrengt oder trüge eine zu eng gebundene Krawatte. Er trat an die Balkontür und öffnete sie. Die Luft draußen flirrte über den Dächern der umliegenden Häuser und war genauso stickig wie in der Wohnung. Noch immer drehten sich seine Gedanken orientierungslos im Kreis.

Es wäre besser, wenn Kjell-Tore bei einem Autounfall sterben oder ihn irgendein anderer plötzlicher Tod ereilen würde, als dass seine Handlungen an die Öffentlichkeit kämen. Einen Todesfall würden sie überstehen. Auch Ella. Alle anderen Anschuldigungen ließen sich viel schwieriger bewältigen.

Er schüttelte den Kopf, löste sich von der Balkontür

und trat in die Küche. Er konnte doch nicht davon ausgehen, dass Kjell-Tore schuldig war. Noch nicht.

Er drehte den Wasserhahn auf. Das Wasser musste lange laufen, ehe es kalt wurde. Er füllte ein Glas, trank es aus, füllte es erneut und ging dann zurück zum Sessel und dem Kalender. Er lag aufgeschlagen bei einer Woche im Mai. *K-T in Kristiansand*, stand da. *Verlegt Steine.* Evert blätterte ein wenig vor und zurück. Ein paar Wochen später hatte er einen ähnlichen Job in Halden ausgeführt, ehe er mit der Fähre nach Dänemark gefahren war, so wie jeden Sommer in den vergangenen Jahren.

Was hatte er eigentlich auf diesen Reisen getrieben? Ein alleinstehender Mann auf Rundreise in einem Wohnmobil. Er erzählte fast nichts, keine Geschichten über Dinge, die er erlebt hatte, oder Orte, an denen er gewesen war. Er schien sich die meiste Zeit an der Küste aufzuhalten, wo er Badestrände und Campingplätze aufsuchte.

Evert zog sein Handy hervor und fotografierte die Seiten, auf denen vermerkt war, wo überall Kjell-Tore vor seiner Ankunft in Bovikstrand gewesen war. Dann blätterte Evert zurück und machte Fotos von den Notizen, die sich auf Kristiansand und Halden bezogen. Abermals blätterte er vor und fotografierte alle Orte, die Ella mit dem Kürzel *K-T* vermerkt hatte. Danach trat er an die Schublade und nahm die anderen Kalender heraus.

Im Jahr davor war Kjell-Tore bis hinunter nach Kroatien gefahren. Evert erinnerte sich, dass sein Schwager erzählt hatte, die Fahrt habe kaum mehr als drei Tage gedauert. Laut Ellas Aufzeichnungen hatte er auf dem Weg in Leipzig und in einem Ort nahe der österreichischen Grenze übernachtet. Evert schoss ein Foto und blätterte weiter.

Nach einer Weile hatte er Kjell-Tores sämtliche Reisen dokumentiert, auch die, auf denen er durch Norwegen gefahren war. Evert legte die Kalender zurück in die Schublade und schloss sie vorsichtig, als ob er fürchtete, dass jemand ihn hörte.

23

»Ich habe ein Wohnmobil gebucht«, sagte Hammer.

Das Mädchen hinter der Theke war kaum älter als sechzehn und trug einen eng sitzenden Pullover, der mit einer Umweltschutzparole beschriftet war. *Planet before profit.*

»Name?«, fragte sie Kaugummi kauend und wandte sich dem Computerbildschirm zu.

»Nils Hammer.«

Die Tastatur klapperte. Wisting blickte umher, während die junge Frau die Daten des Mietvertrags eingab. Ein Paar mittleren Alters begutachtete die Campingstühle und -tische, sonst war niemand da. Draußen standen reihenweise neue und gebrauchte Wohnmobile und Wohnwagen mit Verkaufsschildern hinter der Frontscheibe. Auf der anderen Seite des Platzes befanden sich eine Werkstatthalle und ein Ausstellungsraum mit großen Fenstern.

»Ich sage Pape Bescheid, er wird Ihnen den Wagen zeigen«, sagte das Mädchen, nachdem der Vertrag ausgestellt war. »Er ist drüben im Neubau.«

Es klang fast so, als ob sie von ihrem Vater sprach, aber der Name stand an der Wand hinter ihr und war Teil des Firmenlogos. Patrick Pape.

»Sie können einfach rübergehen und da warten, er empfängt Sie dann«, sagte sie und griff zum Telefon.

Hammer steckte die unterzeichneten Papiere ein. Wisting ging draußen zwischen den Fahrzeugen umher und entdeckte das alte Wohnmobil zwischen zwei gebrauchten Wohnwagen. Es war eigenartig, das Gefährt wiederzusehen. Er erinnerte sich an die intensiven Stunden der Jagd nach dem Wohnmobil, bis es schließlich am Femundsee gefunden worden war, mit dem Mädchen aus Stretre an Bord.

Er trat hinter das Fahrzeug und betrachtete das Fenster, sah vor seinem geistigen Auge die Beschreibung des Mädchens, das mit der Hand an das rückwärtige Fenster geschlagen hatte. In den letzten vier Jahren musste der Wagen immer wieder gewaschen worden sein. Nach jeder Vermietung wurde er gereinigt, das war Bestandteil des Mietvertrags.

Die Vorhänge waren zugezogen. Ungeachtet dessen trat Wisting näher heran, stellte sich auf die Zehenspitzen und spähte hinein. Eine tote Fliege hing mit einem ihrer spindeldürren Beine an dem dünnen Vorhangstoff fest. Das Glas selbst war von innen und außen mit einem Schutzschild aus Plastik versehen.

Wisting versuchte sich zu erinnern, wann er zuletzt zu Hause die Fenster geputzt hatte. Gegen Ostern hatte er sie von außen gereinigt, die Innenseite schon länger nicht mehr. Die Autoscheiben hatte er von innen noch nie gesäubert. Er besaß den Wagen seit fast fünf Jahren und hatte ab und an die Frontscheibe von innen geputzt, aber die Heckscheibe noch nie.

Der Gedanke machte ihn optimistisch.

Er trat auf Hammer zu, während gleichzeitig ein braun gebrannter Mann mit blonden Haaren aus dem Glashaus auf sie zukam. Ein zottiger Hund tapste neben ihm her.

»Sie wollen also auf Fahrt gehen?«, sagte er und begrüßte die beiden per Handschlag, während der Hund sie neugierig beschnüffelte.

Der Mann lächelte auf eine Art, die Wisting nicht gefiel. Als wolle er etwas verbergen.

Wisting erwiderte das Lächeln und deutete mit dem Kopf auf Hammer.

»Ich bin nur mitgekommen«, sagte er, ohne seinen Namen zu nennen.

Patrick Pape schien ihn dennoch erkannt zu haben. Er behielt sein Verkäuferlächeln bei, hinter dem jedoch ein Hauch von Unsicherheit lag.

»Ich kann Ihnen ein besseres Angebot machen als das hier«, sagte er und hielt die Vertragsunterlagen in die Höhe. »Einen neueren und größeren Wagen. Beim Preis könnte ich auch noch was machen.«

»Danke, aber wir haben uns für den hier entschieden«, entgegnete Hammer.

Pape schien zu resignieren und senkte die Arme. Das Lächeln verschwand.

»Sie wissen, was das für ein Auto ist?«, fragte er. »Der wurde von den Behörden beschlagnahmt. Ich habe ihn euch abgekauft.«

Hammer ging in die Hocke und kraulte den Nacken des Hundes. »Da haben Sie recht«, gab er zu.

»Also, worum geht es hier?«, wollte Pape wissen. »Wird der Fall wieder aufgerollt, oder wie?«

»Es geht um eine Art Rekonstruktion«, erwiderte Wisting. Das war nur die halbe Wahrheit.

Hammer erhob sich. »Eine Unterrichtseinheit, die auf dem Fall basiert«, fügte er hinzu. »Für die neuen Polizeistudenten, die im Herbst zu uns kommen.«

»Verstehe«, sagte Pape. »Ich zeige Ihnen aber trotzdem, wie alles funktioniert.«

Er erläuterte die Verwendung von Propangas, Toilette und Wassersystem, ehe er Hammer die Schlüssel überreichte.

»Wurde das Wohnmobil häufiger angemietet?«, fragte Wisting.

»Mehr oder weniger die ganze Zeit«, erwiderte Pape. »Meist an Leute mit geringem Urlaubsbudget. Allerdings hat er in diesem Jahr auch viel drinnen gestanden. Den Leuten geht es ja ziemlich gut. Sie wollen immer das Neueste und Modernste. Eigentlich möchte ich den Wagen verkaufen.«

Wisting wollte schon fragen, ob Pape eine Liste über alle Mieter hatte, aber ihm fiel keine passende Begründung ein, wieso er darum bitten sollte.

Hammer kletterte hinein und setzte sich hinter das Lenkrad. Der Wagen sprang ohne Probleme an. Pape setzte wieder sein einstudiertes Lächeln auf.

»Rufen Sie an, falls was sein sollte«, bot er an und ging zurück zu dem Glashaus.

Wisting blieb auf dem Vorplatz stehen und sah Hammer davonfahren. Im Takt mit den Bewegungen des Wohnmobils schwangen die Vorhänge am Heckfenster hin und her. Das Sonnenlicht wurde von einem glänzenden Metallteil an der Seite des Wagens reflektiert. Als das Wohnmobil verschwunden war, legte sich die flirrende Hitze wieder über den Asphalt.

24

Hammer war rückwärts auf den Werkstattplatz in der Tiefgarage gerollt, während Wisting ihn mit Handzeichen hereingewinkt hatte. Das Wagendach berührte fast die Decke.

Eigentlich konnte Wisting sich so etwas gut vorstellen. Herumreisen mit einer Hütte auf Rädern. Einfach der Straße folgen, die Alltagsroutine ablegen und jeden Tag woanders aufwachen. Ingrid hätte das auch gefallen, dachte er. Er sah sich selbst hinter dem Steuer sitzen. Sie hätten Amalie mitnehmen, durch Täler und Gebirge fahren, unterwegs Eis kaufen und auf einer Wiese Blumen pflücken können.

Er knallte die Tür zu. Das Geräusch hallte zwischen den Mauern wider.

Der Schlüssel steckte noch immer im Zündschloss. Anstatt den Wagen abzuschließen, plombierte er die Türen mit Sicherheitsklebeband und schrieb seinen Namen darauf.

In der Zwischenzeit hatte ihm die schwedische Ermittlungsleiterin eine Textnachricht geschickt.

Insgesamt in Norwegen 403 A-Anhänger verkauft, schrieb sie. *Wir sehen uns in ein paar Stunden.*

Er bestätigte den Eingang der Nachricht und fügte hinzu, dass im Hotel nahe der Polizeistation ein Zimmer für sie reserviert sei. Im selben Moment rief Maren Dokken an.

»Du wolltest doch Bescheid haben wegen der Identifikation von Morten Wendel«, sagte sie.

»Genau. Die Familie wartet auf Nachricht.«

»Mit dem Ergebnis der DNA-Proben kann es noch eine Weile dauern«, fuhr Maren fort, »aber sie haben eine Bruchstelle in einem der Wadenbeine gefunden, und die entspricht den Aufzeichnungen in seiner Krankenakte. Er hat sich das Bein bei einem Skiunfall gebrochen, als er vierzehn war.«

Wisting bedankte sich. »Das kann ich ihnen ja erzählen, falls sie fragen. Ansonsten warte ich, bis wir es mit Sicherheit wissen.«

»Ich wollte auch noch was anderes mit dir besprechen«, fuhr Maren fort.

»Ja?«

»Ich bin da über was gestolpert«, sagte Maren. »Das hat heute keinerlei Bedeutung mehr, aber als Morten Wendel verschwand, waren die nächsten Nachbarn doch die Familie Broch-Hansen. Die scheinen allerdings niemals zu irgendwas befragt worden zu sein. Ich weiß ja, dass die Situation ziemlich speziell war. Er hatte ihre Tochter vergewaltigt, und ihr Haus ist abgebrannt, aber eigentlich wäre es doch normal gewesen, zu fragen, was sie am Abend seines Verschwindens gesehen oder nicht gesehen hatten.«

Wisting hielt sich das Telefon ans andere Ohr. »Falls du kurz warten kannst, komme ich in dein Büro«, sagte er.

»Aber nur, wenn du Zeit hast.«

»Gib mir zwei Minuten.«

Er betrat sein eigenes Büro, griff nach der versiegelten Mappe, die mit einem Minuszeichen versehen war, und ging zu Maren.

»Die wurden alle drei befragt«, sagte er und setzte sich. »An dem Abend, als Morten Wendel verschwand, waren nur Allan und Irene Broch-Hansen zu Hause. Adine sollte bei einer Tante übernachten, die eine gleichaltrige Tochter hatte.«

Er brach die Versiegelung der Mappe auf und nahm die beiden Zeugenprotokolle heraus.

»Die beiden konnten überhaupt nichts beitragen«, fuhr er fort. »Nachdem Morten aus der Untersuchungshaft entlassen worden war, haben sie ihn kaum mehr gesehen. Irene Broch-Hansen hat zu den Ermittlern gesagt, sie hoffe, dass er in den Wald gefahren sei und sich erhängt habe.«

Maren zog die Papiere zu sich heran. Wisting wartete, bis sie den Inhalt überflogen hatte. Irene Broch-Hansen hatte sich vor dem Haus aufgehalten und die Pflanzen gegossen, und anschließend hatte das Ehepaar den Abend gemeinsam vor dem Fernseher verbracht.

»Morten Wendel ist irgendwann zwischen 19:00 und 21:30 Uhr verschwunden«, stellte Maren fest.

Wisting nickte. Der Zeitrahmen war verbürgt, weil seine Eltern gegen sieben Uhr weggefahren waren. Als sie nach Hause zurückkamen, waren er und sein Motorrad nicht mehr da.

»Ihr Wagen wurde auf dem Hin- und Rückweg gefilmt«, sagte Maren und bezog sich auf eine Überwachungskamera vor dem Trainingscenter weiter unten im Wohnviertel. »Morten muss einen anderen Weg gefahren sein.«

»Stimmt«, sagte Wisting. »Wir haben Videoaufnahmen aus der ganzen Stadt eingesammelt und die stundenlang gesichtet, ohne ihn darauf zu entdecken. Das war im Großen und Ganzen das Einzige, was wir tun konnten.«

Maren warf einen Blick auf die Mappe. »Da sind noch weitere Papiere«, sagte sie.

»Es sind weitere Fotos von der Überwachungskamera, die Mortens Eltern registriert hat«, sagte Wisting. »Es gibt auch Videoaufnahmen.«

Er legte drei Fotos vor Maren auf den Tisch. Streng genommen zeigten sie dasselbe. Einen weißen Lastwagen mit Hebebühne.

»Das ist der Wagen von Allan Broch-Hansen«, erläuterte Wisting.

»Die Uhrzeit ist 05:48«, bemerkte Maren.

Die Uhrzeit war in der einen Ecke des Ausdrucks zu sehen.

»Ich habe den Wagen rein zufällig entdeckt«, sagte Wisting. »Vermutlich deswegen, weil um diese Zeit keine anderen Fahrzeuge unterwegs waren.«

Er setzte sich gerade hin.

»Wir haben den Zeitrahmen für die Durchsicht des Bildmaterials ständig ausgeweitet«, fuhr er fort. »Wir dachten, dass Morten Wendel vielleicht die ganze Nacht mit seinem Motorrad herumgekurvt sein könnte. Ich habe einen ganzen Abend vor dem Bildschirm gesessen und die Aufnahme mit doppelter Geschwindigkeit laufen lassen, während ich nach Motorrädern gesucht habe. Der Lastwagen kam mir dann irgendwie bekannt vor.«

Wisting zeigte Maren ein weiteres Foto.

»Eine Stunde später ist er zurück.«

Maren hielt je ein Foto in den Händen.

»Wo ist er gewesen?«, fragte sie.

»Broch-Hansen wurde erst am Tag danach befragt«, erwiderte Wisting. »In der Zwischenzeit war eine Menge passiert. Ihr Haus war abgebrannt.«

»Aber er muss doch irgendeine Erklärung vorgebracht haben?«

Wisting zuckte mit den Schultern. »Bloß, dass er draußen war und rumgefahren ist. Nach der Sache mit seiner Tochter hat er an Schlaflosigkeit gelitten und hat manchmal die ganze Nacht wach gelegen. Und wenn er dann zu rastlos wurde, ist er rausgefahren, um an die frische Luft zu kommen. Ein paarmal hat er unten am Kanalkai geparkt und ist an den Piers entlanggelaufen, andere Male hat er sich in Bøkeskogen rumgetrieben. Wo er in jener Nacht war, konnte er nicht mehr sagen.«

Wisting spürte Marens fragenden Blick.

»Was hat er deiner Meinung nach gemacht?«, fragte sie.

Er zögerte kurz. »Es gibt da ein Detail, das dir vermutlich nicht entgangen ist«, sagte er und zeigte auf den Papierstapel. »Die Nachbarn haben es immer gehört, wenn Morten sein Motorrad angelassen hat. Er hatte wohl den Auspuff manipuliert, um die Leistung zu verbessern.«

Maren nickte. »Niemand hat ihn wegfahren hören«, sagte sie.

»Eine Möglichkeit wäre, dass sowohl das Motorrad als auch Morten in Allan Broch-Hansens Lastwagen gelandet waren«, sagte Wisting ruhig.

Er konnte sehen, wie ihr Kopf zu arbeiten begann. Sie griff nach einem Kugelschreiber, als wollte sie den Überblick nicht verlieren und sich jeden Gedanken notieren.

»Der Zeitpunkt passt nicht«, sagte sie.

»Irgendetwas kann an dem Abend passiert sein«, meinte Wisting. »Morten und sein Motorrad sind vielleicht in den Lastwagen verfrachtet worden und haben bis in die späten Nachtstunden darin gelegen.«

»Aber das muss ja dann ganz öffentlich passiert sein«, wandte Maren ein. »Es gibt doch noch andere Nachbarn und Verkehr auf der Straße.«

Das Gegenargument war bereits entkräftet worden. Eine gemeinsame hohe Hecke zur Straße hin schützte vor fremden Blicken, und zwischen den Grundstücken gab es einen freien Durchgang. Morten Wendels Motorrad stand für gewöhnlich seitlich am Haus. Allan Broch-Hansen fuhr mit seinem Lastwagen meist rückwärts in die Einfahrt. Mithilfe der Hebebühne wäre es ihm gelungen, sowohl die Leiche als auch das Motorrad auf die Ladefläche zu bekommen.

»Du meinst also, dass er den Vergewaltiger seiner Tochter umgebracht hat?«, fragte Maren.

»Eine unbewiesene Hypothese«, erwiderte Wisting. »Aber so etwas ist durchaus schon vorgekommen. Sechs Tage nach seiner Entlassung aus der Untersuchungshaft läuft Morten Wendel frei herum, bloß ein paar Meter vom Haus der Nachbarn entfernt. Adine konnte es nicht aushalten, sie wollte dort nicht länger wohnen. Du kannst dir ja ausmalen, in welchem mentalen Zustand ein Vater sich dann befindet.«

»Aber habt ihr nichts gemacht?«, wandte Maren ein. »Wurde das nicht untersucht?«

»Wir haben die Sache verfolgt, solange es ging«, erwiderte Wisting. »Deshalb existiert ja auch diese Minusmappe.«

Er legte sie vor sich auf den Tisch.

»Die Unterlagen sind vertraulich«, erklärte er. »Sie gehören zu der verdeckten Ermittlung.«

»Was habt ihr gemacht?«

»Wir haben seinen Lastwagen untersuchen lassen, ohne dass er davon wusste oder etwas bemerkt hat.«

»Und wie genau?«

»Wir haben ihn manipuliert, damit er in die Werkstatt musste. Und während er dort war, haben wir den Laderaum mit Leichenspürhunden überprüft und ihn von der Kriminaltechnik untersuchen lassen.«

»Ich gehe davon aus, dass die Situation jetzt anders wäre, wenn ihr etwas gefunden hättet.«

»Die Hunde haben nicht angeschlagen«, entgegnete Wisting. »Die haben nicht einen einzigen Tropfen Motoröl erschnüffelt.«

»Aber du bist trotzdem nicht überzeugt?«

Wisting verscheuchte eine Fliege. »Es lässt sich alles erklären. Die Leiche muss keinen direkten Kontakt mit der Ladefläche gehabt haben, vielleicht lag sie in einem Transportkasten. Das hätte das ganze Vorgehen natürlich erleichtert.«

Wisting rückte auf seinem Stuhl etwas vor.

»Du meintest, die Rechtsmediziner hätten die Spuren eines alten Knochenbruchs in seinem Bein gefunden«, sagte er. »War da noch die Rede von anderen Verletzungen?«

Maren schüttelte den Kopf. »Die Untersuchungen sind noch nicht beendet, aber alles wurde fotografisch dokumentiert. Ich bekomme das noch zugeschickt.«

Sie spielte mit dem Kugelschreiber herum.

»Was glaubst du jetzt, nachdem er gefunden wurde?«, fragte sie.

»Ich weiß es noch nicht«, sagte Wisting. »Am plausibelsten ist es wohl, dass er sich in suizidaler Absicht aus der Kurve herauskatapultiert hat. Aber ich habe viel darüber nachgedacht. Es ist auch durchaus möglich, dass der Täter die Leiche am Motorrad befestigt und sich selbst dahintergesetzt hat. Dann hat er Gas gegeben und sich mit dem Toten in den See gestürzt. Und ist anschließend zurückgeschwommen.«

Er konnte Maren ansehen, dass sie Probleme hatte, seine Theorie zu verdauen.

»Und dann wäre da noch die Sache mit dem Feuer«, fuhr er fort. »Einen Tag nach Morten Wendels Verschwinden ist das Haus der Broch-Hansens abgebrannt. Angenommen, dem Jungen wurde an jenem Abend etwas angetan, dann wären durch das Feuer alle Spuren zerstört worden. Es gäbe keinen Tatort mehr und keine Leiche. Bis heute.« Wisting musterte die junge Ermittlerin. »Was denkst du?«, fragte er.

Sie schüttelte den Kopf, als sei der Gedanke in ihrem Kopf nicht wirklich wichtig, griff aber dennoch nach ihrem Notizbuch und schlug es ziemlich weit hinten auf. Die Seite war vollgeschrieben mit Halbsätzen und Stichwörtern. Eines davon hatte sie eingekreist.

Klebeband.

»Ich fand es auffällig, dass Morten Wendel mit Klebeband an den Lenker gefesselt war, ganz ähnlich wie Adine bei der Vergewaltigung. Aber dann ist mir eingefallen, dass das vielleicht gar nicht so seltsam war. Er hatte sie damit gefesselt und könnte das Klebeband auch für sich selbst benutzt haben. Allerdings gibt es da auch ein Element der Rache. Auge um Auge, Zahn um Zahn.« Sie zögerte kurz. »Vielleicht haben die Hunde in dem Lastwagen auch nicht angeschlagen, weil Morten Wendel noch nicht tot war, als er darin lag.«

Dieser Gedanke war Wisting noch nicht gekommen. Einen Augenblick blieb er ruhig sitzen, um das zu verarbeiten. Dann erhob er sich.

»Wir wissen nicht, was eigentlich passiert ist«, sagte er. »Und ob überhaupt etwas geschehen ist. Vielleicht werden wir das auch nie erfahren.«

Er schob Maren die Mappe mit den vertraulichen Dokumenten hin, um zu signalisieren, dass sie sie noch behalten könne.

»Die meisten Dinge kommen früher oder später an die Oberfläche«, sagte er. »Und dann sollte man vorbereitet sein.«

25

Die schwedische Ermittlerin stand plötzlich an der Bürotür. Bjørg Karin hatte sie nach oben begleitet.

»Besuch für dich«, sagte sie zu Wisting. »Aus Schweden.«

Wisting erhob sich und begrüßte die Kollegin. Ingrid Sandell sah anders aus als auf dem Foto. Ihr Blick wirkte nicht mehr so mutlos, sondern etwas lebendiger.

»Ich werde mal etwas zu trinken besorgen«, sagte Bjørg Karin. »Bleibt ihr hier, oder geht ihr in den Besprechungsraum?«

»Wir bleiben hier«, erwiderte Wisting.

Ingrid Sandell stellte ihre Reisetasche gleich hinter der Tür ab.

»Haben Sie ihn hier?«, fragte sie, als sie allein waren.

Wisting setzte sich und öffnete die unterste Schreibtischschublade. Der Buchstabenschmuck lag noch in der Plastiktüte, in die Bjørg Karin ihn zur Aufbewahrung gelegt hatte. Wisting öffnete die Tüte und ließ die Kette mit dem Anhänger auf ein leeres Blatt Papier gleiten.

Ingrid Sandell zog eine Brille aus der Tasche und beugte sich vor.

»Sie dürfen den Anhänger gern berühren«, sagte er. »Er hat lange unter Wasser gelegen und war von Schlamm bedeckt.«

Sie griff nach dem Schmuck. Ihr Atem ging schneller,

während sie die Goldkette langsam zwischen ihren Fingern hindurchgleiten ließ. Das A blieb eine Weile auf ihrem Handrücken liegen, ehe sie den Verschluss inspizierte.

»Das unterste Kettenglied ist beschädigt«, sagte sie und blickte Wisting an. »Als wäre die Kette entzweigerissen worden.«

Wisting war zur gleichen Schlussfolgerung gelangt. Die Kette musste der Trägerin vom Hals gerissen worden sein.

»Sie schreiben, dass in Norwegen 403 A-Schmuckstücke verkauft wurden«, sagte er.

Ingrid Sandell nickte und wog den Schmuck in der Hand. »Ich habe mit dem niederländischen Hersteller gesprochen. Die brauchen einen richterlichen Beschluss, um uns ihre Kundenliste auszuhändigen«, meinte sie in leicht resigniertem Tonfall. »Sie wissen schon, der Datenschutz.«

Wisting machte sich Notizen. »Das kann ich bis morgen früh veranlassen«, sagte er.

Die Ermittlerin aus Schweden nahm die Kette in die andere Hand. »Ich habe die Zeugenaussage über das Mädchen am Fenster und den Bericht über Ove Rudi Werner gelesen, den Solifer-Mann.«

»Wir wissen, dass Werner in dem Sommer, als Annika Bengt verschwunden ist, hier war. Ob er sich in Schweden aufgehalten hat, wissen wir nicht. Aber drei Tage nach der Zeugenbeobachtung war er hier in Larvik in einen Verkehrsunfall verwickelt.«

»Und im Sommer darauf entführt er ein Mädchen hier aus der Stadt«, ergänzte Ingrid Sandell.

Bjørg Karin kam mit Kaffee, Wasser und gefüllten Keksen zurück. Wisting bedankte sich bei ihr und erzählte seiner schwedischen Kollegin, dass Bjørg Karin den Schmuck entgegengenommen hatte.

»Hatte der Finder noch mehr zu berichten?«, fragte Ingrid Sandell.

»Nichts – abgesehen von der genauen Fundstelle«, erwiderte Wisting.

Als Bjørg Karin wieder gegangen war, fragte Ingrid Sandell: »Haben Sie ein Foto von dem Solifer-Mann?«

Wisting drehte sich zum Bildschirm um.

»Wir haben über elftausend Fotos von dem Campingplatz und der Umgebung eingesammelt, die alle aus den letzten vierundzwanzig Stunden vor Annikas Verschwinden stammen«, fuhr Sandell fort.

»Elftausend?«, hakte Wisting nach.

»Auf dem Campingplatz waren fast zweitausend Gäste«, erklärte Sandell. »Alle haben Fotos gemacht. Auch wenn unser Mann auf keiner Liste steht, könnte er auf einem der Fotos zu sehen sein.«

Wisting rief das Polizeifoto des Solifer-Mannes auf, das ihn von vorn und von der Seite zeigte. Ein magerer Mann mit dunklem Haar, das er sich aus der Stirn gestrichen hatte.

»Die nationale operative Polizeieinheit NOA in Stockholm arbeitet mit einem Gesichtserkennungsprogramm«, fuhr Sandell fort. »So kann man herausfinden, ob Personen, die auf Überwachungsvideos auftauchen, auch im Fotoregister verzeichnet sind. Aber das ließe sich bestimmt auch umgekehrt anwenden.« Sie zeigte auf den Bildschirm. »Man muss doch sehen können, ob er irgendwo in Bovikstrand fotografiert wurde.«

»Ich kann Ihnen das Foto schicken«, sagte Wisting.

Ingrid Sandell nickte. »Und was haben Sie weiter geplant?«

»Wir haben Zugriff auf das Wohnmobil.« Wisting berichtete, wie sie vorgegangen waren. »Die Kriminaltechniker beginnen morgen mit ihrer Untersuchung.«

Sandell schien von der Effektivität des norwegischen Kollegen beeindruckt zu sein. Wisting hatte das Bedürfnis, die Lage etwas detaillierter zu erläutern.

»Sie dürfen nicht vergessen, dass sich hier das größte Campinggebiet in ganz Norwegen befindet«, sagte er. »Außerdem verläuft die Hauptverbindungsstraße zwischen Ost- und Südnorwegen mitten durch unseren Distrikt. Es kann also auch andere Erklärungen geben.«

»Aber es ist unsere Aufgabe, genau das herauszufinden«, wandte Sandell ein. »Die norwegische Spur, wie wir es nennen.«

Wisting nahm einen Keks. »Haben Sie eine Liste über die norwegischen Urlaubsgäste in Bovikstrand?«

Sandell nickte, griff nach ihrer Reisetasche und zog eine vorbereitete Mappe heraus.

»Ich bin sie gestern durchgegangen«, sagte sie. »Die Listen basieren auf dem Reservierungssystem des Campingplatzes. Ich hatte ja von neunzehn norwegischen Familien gesprochen, aber es sind nur neun norwegische Wohnmobile. Wir haben trotzdem mit allen Kontakt aufgenommen. Es waren keine alleinstehenden norwegischen Männer darunter.«

»Muss der Täter überhaupt als Gast auf dem Campingplatz registriert gewesen sein?«, fragte Wisting.

»Ich schätze, dass er nicht als Gast da war«, entgegnete Sandell. »Der Campingplatz war voll belegt. Wir wissen, dass spontan anreisende Gäste abgewiesen wurden. Ein paar davon haben dann für eine oder zwei Nächte dort in der Gegend wild gecampt. Auf Parkplätzen und an der Straße.«

Sie trank einen Schluck Kaffee.

»Wie gut kennen Sie den Fall?«, wollte sie wissen.

»Nur durch die Medien«, erwiderte Wisting.

»Also, Annika Bengt wollte mit zwei Freundinnen in deren Wohnwagen übernachten, aber vorher noch im Wohnwagen ihrer Eltern vorbeischauen«, erklärte Sandell. »Der schnellste Weg dorthin führte außen um den Campingplatz herum. Über einen Pfad, ein Stück die Hauptstraße entlang und dann durch den Haupteingang. Wir reden hier von achthundert Metern. Wahrscheinlich ist sie auf dieser Strecke verschwunden.«

»Wenn irgendwo an der Straße ein Wohnmobil mit geöffneter Tür gestanden hätte, wäre es sicher ein Leichtes gewesen, sie einfach hineinzuzerren«, sagte Wisting und begann, die Papiere in der Mappe anzusehen. Die Listen enthielten keine bekannten Namen.

»Ich habe hier auch eine elektronische Version, die Sie durchsuchen können«, sagte Sandell und legte einen USB-Stick auf den Tisch. »Können wir hinuntergehen und uns mal das Wohnmobil ansehen?«

Wisting warf einen Blick auf seine Kaffeetasse. Sie war halb leer.

»Aber natürlich«, sagte er und stand auf.

Sie nahmen den Aufzug. Die Luft im Kellergeschoss war kühl im Vergleich zum restlichen Gebäude. Die Deckenbeleuchtung in der Werkstatt schaltete sich automatisch ein, als sie näher kamen. Die Leuchtstoffröhren blinkten ein paarmal, ehe sie das Wohnmobil in Licht tauchten.

Ingrid Sandell ging um das Fahrzeug herum.

»Gehen wir mal davon aus, dass sie es war ...«, setzte sie an. »Ich habe viereinhalb Stunden hierher gebraucht, aber ich bin mit der Fähre von Moss nach Horten gefahren.«

Wisting hatte die Fahrzeit von Bovikstrand schon ausgerechnet. »Fünf Stunden, wenn er den Oslofjord-Tunnel benutzt hat«, sagte er.

»Zum Zeitpunkt, als das Ehepaar O'Doyle das Mädchen im Wohnmobil beobachtete, war die letzte Sichtung von Annika Bengt in Bovikstrand über vierundzwanzig Stunden her«, fuhr Sandell fort. »Während der Suche nach ihr haben wir gegen das 48-Stunden-Zeitfenster gekämpft. Eine FBI-Statistik besagt, dass die meisten entführten Kinder innerhalb von zwei Tagen getötet werden.«

»Das Mädchen, das hier entführt wurde, tauchte nach zehn Stunden wieder auf«, sagte Wisting. »Sie hatte noch Reste von Diazepam im Blut. Könnte theoretisch sein, dass sie das als Droge konsumiert hat, aber im Handschuhfach wurde eine leere Packung Stesolid gefunden.«

Er zeigte auf die Fahrerkabine.

»Zäpfchen«, fügte er hinzu. »Ove Rudi Werner hat sie gegen Muskelverspannungen und Krämpfe eingenommen. Das Mädchen war schwer betrunken und schon in einem hilflosen Zustand, als er sie mitgenommen hat.«

»Ist sie untersucht worden?«

»Sie kam in die Notaufnahme und wurde auf eine mögliche Vergewaltigung hin untersucht«, erwiderte Wisting. »Es gab keinen Hinweis auf einen sexuellen Übergriff. Die Zäpfchen waren damals kein Thema. Die wären vielleicht nachgewiesen worden, wenn die Ärztin gewusst hätte, wonach sie suchen sollte.«

Wisting und Sandell traten hinter den Wagen. Niemand sagte etwas. Wisting stellte sich vor, wie Annika Bengt aus einem tiefen Rauschzustand aufgewacht war und versucht hatte, unterwegs die Aufmerksamkeit anderer Autos zu erregen.

Ingrid Sandell trat ein paar Schritte zurück, lehnte sich an die Wand und legte den Kopf schräg. Etwas an ihrem Blick verriet ihre Erfahrung und ihr Wissen.

»Woran denken Sie?«, fragte Wisting.

»Ich glaube, dass sie hier irgendwo ist«, erwiderte Ingrid Sandell und drehte sich zu ihm um. »Wenn das Mädchen am Fenster des Wohnmobils tatsächlich Annika Bengt war, dann hat der Täter nicht nur ihre Kette weggeworfen. Irgendwo in der Nähe hat er auch ihre Leiche verschwinden lassen.«

Sie wechselten einen kurzen Blick. Eine Art stille Übereinkunft, dass sie das Gleiche dachten.

Wisting schob die Hand in die Tasche und zog seine Autoschlüssel heraus.

»Ich zeige Ihnen die Fundstelle«, sagte er.

26

Zwei magere Rehe staksten durch eine der Wagenspuren. Erschrocken wichen sie zur Seite und verschwanden zwischen den Bäumen, als Evert Harting angefahren kam. Wegen der Dürre hatten die Tiere sich offenbar neue Weidegebiete gesucht.

Er verringerte das Tempo noch weiter, ehe er die letzte Kurve nahm und auf die Hütte zufuhr. Ella und Isabell saßen im Schatten auf der Veranda. Seine Tochter winkte ihm zu.

Die Hitze drang ins Wageninnere ein, sobald er geparkt hatte. Er öffnete die Fenster einen Spaltbreit und nahm in aller Ruhe den Metalldetektor von der Ladefläche.

Isabell hielt ein Buch in der Hand, und Ella putzte gerade ihre Brille. »Du warst lange weg«, sagte sie und überprüfte das Ergebnis ihrer Arbeit. »Wir mussten ein paar Sachen aufessen.« Sie setzte die Brille wieder auf. »Den restlichen Salat von gestern zum Beispiel.«

Die beiden Teller standen noch auf dem Tisch.

»Was hat die Polizei gesagt?«, wollte Isabell wissen.

»Nichts Besonderes«, erwiderte Evert. »Die wollten wissen, wie lange wir schon hier sind und ob ich noch andere Schmuckstücke gefunden habe.«

»Vielleicht stammt die Kette ja von einem größeren Einbruch oder so«, mutmaßte Isabell.

»Wer weiß. Die haben auch nach den Verkehrsverhältnissen auf der Straße gefragt. Was für Autos da normalerweise langfahren.«

»Diesen Sommer?«, fragte Ella.

»Auch in den vergangenen Jahren«, sagte Evert.

Ella sah beunruhigt aus.

»Oben am Ospebrekk sind mir zwei Rehe auf der Straße begegnet«, sagte er, um das Thema zu wechseln. »An der Stelle habe ich noch nie welche gesehen. Die sahen total ausgehungert und verdurstet aus.«

Isabell warf einen Blick auf den Detektor.

»Hast du noch mehr gefunden?«, wollte sie wissen.

»Bloß Schrott«, flunkerte er. »Bierdosen und einzelne Schrauben.«

»Kann ich beim nächsten Mal mitkommen?«

Evert lächelte. Seine Tochter hatte noch nie Interesse gezeigt.

»Falls da irgendwo ein Goldschatz herumliegt, wäre ich gern dabei, wenn du ihn findest«, sagte sie.

»Wir können vor dem Abendessen noch mal rausgehen«, schlug Evert vor.

Er ging in die Hütte, schloss den Detektor an das Ladegerät an und nahm sich auf dem Weg nach draußen zwei Brotscheiben.

Ella war mit einem ihrer Kreuzworträtsel beschäftigt.

»Norwegischer Berg mit zwölf Buchstaben?«, fragte sie. »Beginnt mit *Ga* und endet auf *en*.«

»Galdhøpiggen«, schlug Isabell vor.

Ella zählte die Buchstaben.

»Passt«, sagte sie zufrieden und schrieb das Wort in die Kästchen.

Evert kaute langsam sein Brot. »Hast du was Neues von Kjell-Tore gehört?«, fragte er mit vollem Mund.

»Er ist in Dänemark«, sagte sie, ohne den Blick von ihrem Rätsel zu nehmen. »Und kommt morgen Nachmittag mit der Fähre hierher.«

Isabell schlug das Buch zu, behielt aber einen Finger als Lesezeichen darin.

»Du hast gar nichts davon gesagt, dass Kjell-Tore herkommt«, sagte sie.

»Er ist doch jeden Sommer hier«, entgegnete Ella. »Eigentlich wollte er schon heute Abend kommen, aber die Fähre war anscheinend ausgebucht. Aber solange du hier bist, bleibt er sowieso im Wohnmobil.«

Sie schrieb ein neues Lösungswort in das Rätsel.

»Er bringt diese Würste aus Deutschland mit, die Papa so gern mag«, fügte sie hinzu.

Evert nahm noch einen Bissen vom Brot. Eigentlich wusste er nicht, von welchen Würsten die Rede war. Offenbar etwas, das er einmal aus Höflichkeit gesagt hatte. Er sah seine Tochter an. »Wie lange bleibst du eigentlich?«

»Ich weiß noch nicht«, sagte sie. »Mal sehen.«

»Galdhøpiggen ist falsch«, sagte Ella. »Das ø passt nicht hinein.«

Isabell widmete sich wieder ihrem Buch. Evert kaute zu Ende.

»Gaustatoppen«, sagte er.

Ella drehte ihren Bleistift um und begann zu radieren. Evert sah zu, während die Buchstaben verschwanden und neue eingetragen wurden.

»Das hätten wir«, sagte Ella. »Und das gesuchte Gemüse ist Paprika.«

Isabell verscheuchte eine Fliege. Evert stand auf.

»Ich setz mich ein bisschen ans Laptop«, sagte er und

nahm den Teller mit hinein, um ihn ins Spülbecken zu stellen.

»Kannst du das Laptop nicht mit rausnehmen?«, rief Ella ihm hinterher.

»Hier drinnen ist kein Tageslicht, da sehe ich mehr«, erwiderte er und setzte sich an den Küchentisch. Er suchte im Internet nach dem Vorfall auf den Lofoten. Kjell-Tore war für etwas festgenommen worden, das die Zeitungen als versuchte Vergewaltigung bezeichnet hatten. Die Sache hatte allerdings damit geendet, dass er ein Bußgeld wegen sexueller Belästigung zahlen musste. Evert war nicht ganz klar, was genau passiert war. Die Aussagen der Polizei waren viel zu zurückhaltend und die Zeitungsberichte zu vage.

Ellas Kalender reichten nicht so weit zurück. Der älteste, den er gefunden hatte, war sechs Jahre alt. Evert warf einen Blick auf die Veranda und rief das Foto auf dem Handy auf. Ende April war Kjell-Tore wegen eines Jobs in Stavanger gewesen. Es stand nicht da, was es für ein Auftrag gewesen war, aber es drehte sich um die Verlegung von Steinplatten. Das passte zur Jahreszeit.

Mit seinem *Aftenposten*-Abonnement hatte Evert auch Zugang zum *Stavanger Aftenblad*, einschließlich des historischen Zeitungsarchivs. Am Montag, dem 16. April, gab es eine Notiz über einen Vorfall am zurückliegenden Wochenende. Ein Mann hatte einem jungen Mädchen auf dem Heimweg Geld angeboten und sich vor ihr entblößt. Das Gleiche war eine Stunde später erneut passiert. Der Mann wurde als schlank und etwa einen Meter achtzig groß beschrieben und hatte mit südnorwegischem Akzent gesprochen. Die Polizei hatte die Umgegend erfolglos nach ihm abgesucht.

Die Stelle, an der es passiert war, lag westlich der Innenstadt. Evert Harting sah auf der Karte nach. Stavanger hatte 150 000 Einwohner. Solche Dinge passierten ab und an.

Ein Geräusch von der Veranda ließ ihn aufblicken. Ella saß noch immer am Tisch. Ihr schien heiß zu sein. Das Sonnenlicht schien durchs grüne Laubwerk hinter ihr.

Er blieb einen Augenblick länger sitzen, schloss dann den Browser und klappte das Laptop zu.

27

Ingrid Sandell klappte die Sonnenblende herunter, als sie den Larvikstunnel verließen. Auf der linken Fahrbahn rauschte der Urlaubsverkehr an ihnen vorbei. Wisting setzte den Blinker. Er war mit der schwedischen Kollegin auf der E18 nach Norden gefahren, um derselben Route zu folgen, die das Ehepaar O'Doyle und das vor ihnen herfahrende Wohnmobil genommen hatten.

»Dort unten liegt der See«, sagte er und zeigte nach rechts.

Ingrid Sandell reckte den Hals und spähte über das Betongeländer. Wisting folgte der Straße bis zum Kreisverkehr, wo Nina und Peter O'Doyle in Richtung Helgeroa und Nevlunghavn weitergefahren waren, während das Wohnmobil die Abzweigung zum Farris genommen hatte.

Die unbefestigte Straße war voller Schlaglöcher und wurde zusehends schmaler. Nach etwa einem Kilometer hielt Wisting auf den vergilbten Grasstreifen am Seeufer zu. Der Wagen schaukelte und gab knarrende Geräusche von sich. Ingrid Sandell ließ das Fenster herunter. Man hörte die Reifen auf dem trockenen Untergrund knirschen.

Die Baumkrone einer einzelnen Birke spendete Schatten. Wisting hielt an und ließ Ingrid Sandell zuerst aussteigen. Sie ging auf eine Reihe von Ruderbooten zu, die dort lagen, wo normalerweise die Uferlinie war. Von da aus fiel der ausgetrocknete Seegrund leicht zur verbliebenen Wasserfläche ab.

»Die Schleusen, die das Wasser regulieren, haben im Winter Frostschäden abbekommen«, erläuterte Wisting und zeigte in Richtung des Staudamms unterhalb der Autobahnbrücke im Süden. »Um sie zu reparieren, musste ein Teil des Wassers abgelassen werden, aber seitdem hat es kaum geregnet. Der See hat sich nicht wieder aufgefüllt, und das Wasser ist immer weiter verdunstet.«

Die Sonne glitzerte auf der geschrumpften Wasseroberfläche.

»Der See ist die Trinkwasserquelle für zweihunderttausend Menschen in der Region«, fuhr Wisting fort. »Zwanzig Millionen Liter in vierundzwanzig Stunden. Man kann fast zusehen, wie es mit jedem Tag weniger wird.«

Sandell bewegte sich einen Schritt auf die brüchige Erdschicht hinaus. Wisting legte die Hand an die Stirn.

»Wir müssten die Stelle sehen können, wo er den Schmuck ausgegraben hat«, sagte er. »Etwa zwanzig Meter von hier.«

»Da drüben«, sagte Sandell und zeigte in die Richtung.

Die beiden folgten den Fußspuren des Mannes, der die Goldkette gefunden hatte. Sie führten zu einer kleinen, halbwegs wieder mit Erde aufgefüllten Grube.

Ingrid Sandell ging in die Hocke, nahm eine Handvoll der sandartigen Erde und ließ sie zwischen den Fingern hindurchrieseln.

»Er hat mir mehr oder weniger versichert, dass hier keine anderen Metallteile herumliegen«, sagte Wisting.

»Wie tief lag der Schmuck in der Erde?«, fragte Sandell.

»Etwa dreißig Zentimeter«, erwiderte er.

Sandell erhob sich und ging ein paar Schritte auf die Wasseroberfläche zu. Der Untergrund wurde matschiger, ihre Füße versanken halb im Schlamm.

»Ich kann morgen ein paar Suchhunde kommen lassen«, sagte Wisting.

Die schwedische Ermittlerin ging ein paar Schritte zurück und steuerte auf das trockene Land zu.

»Er muss ein Boot benutzt haben, um sie hier abzuladen«, sagte sie.

Wisting drehte sich zu den Bootsliegeplätzen um.

»Die Boote sind vermutlich gesichert«, sagte er. »Aber selbst wenn es ihm gelungen sein sollte, das Schloss aufzubrechen, hätten zwischen dem Moment, in dem Annika Bengt am Autofenster gesehen wurde, und dem Einbruch der Dunkelheit ja noch Stunden gelegen.«

Sie bewegten sich wieder in Richtung Festland. Wisting beugte sich hinunter und hob einen Stein auf. Als sie wieder an der Stelle waren, wo normalerweise die Uferlinie verlief, drehte er sich um und warf ihn weit von sich. Trockene Erde stob auf, als der Stein zwei Meter vor der Fundstelle der Kette auf den Boden traf.

Ingrid Sandell zeigte auf die unbefestigte Straße, auf der sie gekommen waren.

»Wo führt die hin?«, fragte sie.

»Ein paar Kilometer landeinwärts«, erwiderte Wisting. »Zu einigen Hütten, zwei kleinen Bauernhöfen und einem Pfadfinderhaus. Der Hundeclub hat da unten auch noch Räumlichkeiten.«

Wisting hatte den Eindruck, dass sie beide dasselbe dachten. Am wahrscheinlichsten war es, dass der Mörder Annika Bengts Leiche irgendwo weiter unten an der Straße abgeladen und versteckt hatte, bevor er sich auf dem Rückweg ihrer Habseligkeiten entledigt hatte. Vermutlich hatte er Schuhe, Kleidung und andere Hinterlassenschaften einfach in den See geworfen.

»Wir können ja weiterfahren und uns etwas umsehen«, sagte Wisting und ging zum Wagen.

Im Inneren des Autos war es warm. Wisting ließ das Fenster herunter und lenkte den Wagen zurück auf die Straße.

Langsam fuhren sie weiter. Ein paar Vögel stoben aus dem Gebüsch am Straßenrand auf und flogen erschrocken davon. Schon bald hatten die beiden Ermittler den See hinter sich gelassen, rechts und links der Straße war nur noch Wald. Nach ein paar Hundert Metern bog ein Weg nach links ab.

»Der Mann mit dem Detektor hat dahinten eine Hütte«, erklärte Wisting. Er ließ den linken Arm aus dem Fenster hängen. Ein paarmal wurde er von Zweigen gestreift.

Die Straße war schmal, doch in Abständen von ein paar Hundert Metern gab es Ausweichstellen, wo ein Wohnmobil stehen konnte, ohne im Weg zu sein.

Nach einer Weile tauchte ein kleiner Bauernhof auf, dessen Einfahrt durch ein Gattertor abgesperrt war. Sie fuhren ein paar Meter an einem rostigen Maschendrahtzaun entlang, ehe die schmale Straße nach Westen hin abdrehte. Das hohe Gras zwischen den Wagenspuren streifte an der Unterseite des Wagens entlang.

Der Wald änderte seinen Charakter und wurde düsterer. Heller Laubwald wurde von dichtem Nadelwald abgelöst. Zwischen den Bäumen war wieder der See zu erahnen.

Das Pfadfinderhaus lag verlassen auf einer Landzunge. Die Straße führte noch ein paar Hundert Meter weiter daran vorbei und endete an einem Wendehammer. Von dort führte ein kleiner Weg in den Wald hinein.

»Dahinten wurde früher Bäume gefällt«, erklärte Wisting. »Die wurden hier gelagert, ehe man sie dann abtransportiert hat.«

Ein kleiner Bauwagen mit Ofenrohr stand verlassen neben einem Kieshaufen. Die Fensterscheiben waren zerbrochen, und die Tür hing nur noch an der oberen Angel. Das Grundstück stand im Begriff, von Unkraut überwuchert zu werden, und es lag Müll herum: leere Zigarettenschachteln, Plastikbecher, zerknüllte Takeaway-Verpackungen und anderer Unrat.

Wisting wendete den Wagen.

»Wo befindet sich Ove Rudi Werner derzeit?«, fragte Sandell.

»Wir arbeiten daran, das herauszufinden«, erwiderte Wisting. »Er wurde vor drei Monaten aus der Haft entlassen, hat aber keinen festen Wohnsitz. Allerdings wissen wir, dass er sich ein neues Wohnmobil gekauft hat, in dem er wahrscheinlich wohnt.«

Langsam fuhr er weiter. Lose Steinchen spritzten gegen die Radkästen.

»Haben Sie sich schon eingerichtet?«, fragte er und meinte das Hotelzimmer, das er für sie reserviert hatte.

»Noch nicht«, erwiderte Sandell. Sie beugte sich zur Frontscheibe vor und spähte in den Himmel. »Haben Sie heute Abend schon etwas vor?«

Er schüttelte den Kopf. »Wieso?«

Sie lehnte sich zurück und seufzte. »Ich arbeite seit vier Jahren an diesem Fall und die beiden letzten Jahre ganz allein. Jetzt passiert endlich etwas. Ich habe keine

Lust, allein in meinem Zimmer zu sitzen und abzuwarten. Ich brauche jemanden, mit dem ich meine Gedanken teilen kann.«

Wisting schwieg.

»Wir könnten vielleicht gemeinsam zu Abend essen?«, schlug Sandell vor. »Und dabei den Fall besprechen. Theorien und Möglichkeiten erörtern.«

Wisting wollte gerade erwidern, dass das eine gute Idee sei, doch noch bevor er etwas sagen konnte, hielt Sandell plötzlich inne.

»Tut mir leid. Sie wollen bestimmt nach Hause und da etwas essen.«

»Ich lebe allein«, sagte Wisting. »Und essen muss man schließlich.«

Sie fuhren ein Stückchen weiter.

»Haben Sie Wein zu Hause?«, fragte Sandell.

Wisting sah sie an. »Irgendwo dürfte wohl was rumstehen«, erwiderte er.

»Dann bringe ich etwas zu essen mit«, sagte sie und sah auf die Uhr. »Aber lassen Sie mich erst im Hotel einchecken, dann komme ich um fünf zu Ihnen. So haben wir den ganzen Abend für uns.«

Wisting lächelte. Ihre Entschlussfreudigkeit gefiel ihm. Er war es nicht gewohnt, dass andere das Ruder übernahmen. Normalerweise war er derjenige, der andere anwies und Entscheidungen traf. Aber es gefiel ihm.

»Herman Wildenveys gate 7«, sagte er. »Fünf Uhr.«

28

Zwei Krähen trippelten unten am Grillplatz umher. Evert Harting hatte sich zurückgelehnt und beobachtete sie. Es sah aus, als versuchten sie, Essensreste aus einem Riss im Zement zu bekommen. Sie hackten mit dem Schnabel, flatterten mit den Flügeln und jagten einander hinterher.

Isabell legte ihr Buch weg. »Wollen wir einen Spaziergang machen?«, fragte sie.

»Mit dem Detektor?«

»Ja. Wir essen doch erst in zwei Stunden.«

Evert Harting stand auf. »Dann lass uns mal schauen, ob wir etwas finden«, sagte er lächelnd.

Ella blieb sitzen. »Vergesst nicht die Sonnencreme.«

Evert nahm den Detektor vom Ladegerät. Isabell zog Shorts und ein T-Shirt an. Bevor sie aufbrachen, griffen sie zur Sonnencreme mit hohem Lichtschutzfaktor und cremten sich ein.

Über der Straße hing noch die Staubwolke von einem anderen Wagen. Sie sahen das Auto, als sie auf dem langen Streckenabschnitt vor dem Hundeclub waren.

»Wir können an der Stelle weitermachen, wo ich die Kette gefunden habe«, sagte Evert und zeigte in die Richtung. »Das Wasser hat sich noch ein Stück weiter zurückgezogen.«

Im Schatten des weit und breit einzigen Baumes stellte er den Wagen ab. Sie zogen Stiefel an und gingen hinunter zu dem Bereich, wo vor Kurzem noch Wasser gewesen war.

»Nimm du ihn«, sagte er und reichte seiner Tochter den Metalldetektor.

Isabell hielt ihn so in den Händen, wie es ihr richtig erschien.

»Siehst du meine Spuren?«, fragte er und deutete auf die Abdrücke in dem getrockneten Schlamm. »Da unten fangen wir an.«

Sie betraten das unberührte Areal. Die gestrandeten Ruderboote, die vor wenigen Tagen noch mit dem Heck im Wasser gelegen hatten, ruhten jetzt auf völlig trockenem Land.

Isabell ließ den Detektor hin- und herschwingen.

Evert hatte aus dem Wagen eine Münze mitgenommen. Er warf sie einen Meter vor seiner Tochter auf den Boden. Der Detektor fing an zu piepen und wurde lauter, je näher sie ihm kam.

»Er funktioniert!«, sagte die Tochter und strahlte.

Er hob die Münze auf.

»Wer etwas findet, darf es behalten.«

Isabell lief weiter. Evert Harting ging ein Stück seitlich hinter ihr her. Die trockene Erde zerbarst unter ihren Füßen.

Sie gingen parallel zu seinen alten Spuren bis zum Felsbrocken auf der Südseite weiter, kehrten dann um und liefen zurück, ohne etwas gefunden zu haben.

»Man muss systematisch vorgehen«, erklärte Evert.

Sie drehten eine neue Runde. Als sie auf Höhe des alten Ruderboots waren, gab der Detektor ein Signal von sich.

»Hier liegt was!«, rief Isabell aufgeregt.

Sie ließ die Sonde vor- und zurückschwingen, um die Suche besser einzugrenzen.

Evert nahm den kleinen Spaten aus seinem Werkzeuggürtel und hockte sich hin. Er schaufelte etwas Erde beiseite und erklärte, wie der Pinpointer funktionierte.

»Versuch du es mal«, sagte er.

Isabell legte den Detektor zur Seite und suchte mit dem empfindlichen Stab in der einen Hand, während sie mit der anderen Erde wegräumte. Schnell fand sie das Objekt, das den Ausschlag verursacht hatte. Ein Karabinerhaken mit einem daran befestigten kurzen Seilende.

»Dein erster Fund«, sagte Evert. »Ich schätze, der stammt von dem Bootswrack.«

Sie drehten ein paar weitere Runden, ohne etwas zu finden. Everts Gedanken wanderten zurück in die Vergangenheit, zu Isabell und ihrem Onkel. Kjell-Tore hatte auf sie aufgepasst, als sie klein war, und hatte bei ihnen übernachtet, wenn es nötig war. Er hatte immer seine Hilfe angeboten und war oft da gewesen, als ein Teil der engsten Familie. An Geburtstagen, zu Weihnachten und bei anderen Gelegenheiten. Oft hatte er schöne und teure Geschenke mitgebracht. Allerdings war Isabell früh von zu Hause ausgezogen, und der Kontakt zu ihrem Onkel war lockerer geworden.

»Hast du gar nicht mitbekommen, dass Kjell-Tore kommen wollte?«, fragte er.

»Mama hat keinen Ton gesagt. Genau wie im letzten Jahr. Plötzlich war er einfach da.«

»Magst du ihn nicht?«

Isabell reagierte nicht sofort. »Ich habe ja bloß einen Onkel«, sagte sie nach einer Weile. »Aber mein Lieblingsonkel ist er trotzdem nicht.«

Sie waren zu einem Bereich mit feuchter Erde gekommen, in die ihre Füße einsanken. Evert ging außen herum, während Isabell mitten hindurchlief.

»Gibt es einen Grund dafür, dass du ihn nicht magst?«, fragte Evert, als sie wieder zusammentrafen.

Im selben Augenblick gab der Detektor ein Signal von sich. Es war schwierig einzuordnen.

»Hier muss was Größeres sein«, meinte Isabell.

»Lass mal sehen«, bat Evert.

Der Bildschirm zeigte Messing an.

»Was bedeutet das?«, fragte Isabell.

»Kann irgendwas Altes sein«, erwiderte Evert. »Eine Münze oder ein Schmuck, aber es klang wirklich wie etwas Größeres. Müsste ja leicht zu finden sein ...«

Er reichte ihr wieder den kleinen Spaten. Mit dem Rücken zur Sonne kniete sie sich auf den Boden. Die trockene Erde brach auf, als sie zu graben anfing. Evert setzte sich neben seine Tochter. Die ersten Schichten enthielten nichts Interessantes. Sie warf ein paar Schaufeln Erde zur Seite und blickte ihn an, als erwartete sie, dass etwas oder jemand aus dem Nichts vor ihr auftauchte.

»Liegt wohl etwas tiefer«, sagte er. »Etwa zwanzig Zentimeter.«

Isabell grub weiter. Der trockene Schlammboden gab einen seltsamen Geruch von sich. Der Spaten traf auf etwas Weiches. Doch er ging nicht durch das Objekt hindurch, sondern drückte es nur weiter in den Untergrund hinein.

Isabell legte den Spaten weg und benutzte ihre Finger. Es war ein Stück Stoff.

»Warte mal«, sagte Evert.

Plötzlich überkam ihn Angst vor dem, was sie da womöglich gefunden hatten.

Er nahm eine Bürste hervor und strich damit über das Objekt. An den Rändern rieselte etwas Erde herab. Isabell fing sie auf und fegte sie beiseite.

»Das ist ein Schuh«, sagte sie.

Sie hatte recht. Sie hatten Teile der Oberseite und der Sohle freigelegt. Es handelte sich um einen schwarzen Stoffschuh mit Ösen aus glänzendem Metall. Die Schnürsenkel schienen einst weiß gewesen zu sein. Die Sohle war schmal, zu klein für einen Erwachsenenschuh.

Mit der Rückseite der Bürste klopfte Evert etwas Erde vom Absatz. Isabell war ungeduldig und verstand nicht, wieso er so sorgsam vorging. Sie legte die Hand um die Schuhspitze und zog den Schuh aus der Erde. Darunter lag nichts weiter.

»Die Ösen müssen aus Messing sein«, sagte sie.

»Anscheinend«, erwiderte er.

Er nahm den Spaten und grub etwas mehr Erde aus dem Loch, in dem der Schuh gelegen hatte. Isabell griff nach dem Detektor und ließ ihn darüber kreisen.

»Ich glaube, da war nur der eine«, sagte sie.

»Du hast wohl recht«, sagte er und stand auf.

»Und was machen wir jetzt damit?«, fragte sie.

Er sah den Schuh an.

»Schmeiß ihn wieder weg«, schlug er vor.

Sie tat, was er sagte, und schaufelte das Loch mit dem Fuß wieder zu.

»Tja«, sagte er lächelnd. »Das meiste hier ist bloß Müll.«

Sie erwiderte sein Lächeln und blickte sich um. Ein leichter Luftstrom trieb eine Wolke aus grauem Staub über den Boden.

»Aber wissen kann man das nie«, sagte sie.

29

Der Wein war ein Geschenk, das er einmal nach einem Vortrag beim Anwaltsverein geschenkt bekommen hatte. Das lag über ein Jahr zurück, doch Wisting ging davon aus, dass der Wein teuer war und auch eine Weile gelagert werden konnte. Er hatte noch ein paar weitere Flaschen, aber die waren älter, und er wusste nicht mehr genau, woher er sie hatte.

Sie würden draußen sitzen, aber um auf die Veranda zu kommen, musste man durchs Haus hindurchgehen. Er räumte etwas auf, schüttelte die Kissen der Gartenmöbel auf und wischte den Tisch ab.

Sie war pünktlich.

»Ich habe Pizza mitgebracht«, sagte sie und überreichte ihm die Schachtel an der Tür. »Ist das in Ordnung?«

»Pizza ist hervorragend.«

Sie machte Anstalten, sich die Schuhe auszuziehen, doch Wisting gab ihr zu verstehen, dass das nicht nötig sei.

»Wir setzen uns auf die Veranda hinter dem Haus«, sagte er und ging voraus.

Ein paar kleine Vögel flatterten vom Rasen auf und flogen in verschiedene Richtungen davon, als sie auf die Veranda hinaustraten. Ingrid Sandell stellte sich ans Geländer und legte die Hände darum.

»Was für eine Aussicht!«

Wisting stellte das Essen auf den Tisch.

»Das ist Stavern«, sagte er und zeigte ihr die Wahrzeichen des Ortes: die alte Militäranlage, die rote Garnisonskirche, das Hotel Wassilioff, die Insel mit der Zitadelle, den Leuchtturm auf Stavernsodden, die Gedenkstätte und die Tordenskiold-Statue auf dem Mølleberg. Hinter dem kleinen Küstenort erstreckte sich das dunkelblaue Meer, das am Horizont beinahe weiß aussah.

Wisting holte den Wein. Als sie sich setzten, überließ er ihr den Platz mit der besten Aussicht.

»Sind Sie sicher, dass Sie den zur Pizza trinken möchten?«, fragte sie und deutete mit dem Kopf auf die Flasche.

»Ich habe auch Bier«, entgegnete er.

Ingrid Sandell nickte. »Warten wir mit dem Wein.«

Er stand auf und holte zwei Dosen Bier.

»Es wird noch etwas dauern mit der Gesichtserkennung«, sagte Sandell. »Die von NOA sind dran, aber sie müssen zunächst eine Datenbank mit allen Fotos vom Campingplatz einrichten.«

Wisting verteilte die Bierdosen auf dem Tisch.

»Morgen kommen zwei Spürhunde«, sagte er. »Ich denke, dass das Gebiet am Wendeplatz einen Versuch wert ist. Das Ganze wird als Trainingsprogramm verbucht, ganz formlos.«

Sandell nahm sich ein Stück Pizza. »Wie viele Fälle mit vergrabenen Leichen haben Sie bearbeitet?«, fragte sie.

»Nicht viele.«

»Meistens passiert so was ja in Büchern oder Filmen«, meinte sie. »Vermutlich hat das mit unseren üblichen Begräbnisritualen zu tun, aber tatsächlich ist es unpraktisch und mühsam. Die meisten Leichen werden auf andere Art aus dem Weg geschafft. Sie werden irgendwo versteckt oder ins Wasser geworfen.«

»Aber Sie glauben nicht, dass Annika Bengt im Wasser liegt?«

»Der Wendeplatz ist eine gute Stelle. Sie kann abseits der Pfade irgendwo im offenen Gelände liegen, womöglich nur mit ein paar Zweigen bedeckt.«

Sie berichtete von der Suche nach Annika Bengt und von Hinweisen auf Orte, wo sie vielleicht liegen konnte. Man war allen Hinweisen nachgegangen, doch ohne Erfolg.

»Haben Sie den grenzüberschreitenden Verkehr weiter überprüft?«

Ingrid Sandell schüttelte den Kopf. »Das hätten wir tun sollen«, sagte sie. »Wir hätten die Kennzeichen aller aus Schweden kommenden Fahrzeuge auflisten sollen, aber das haben wir nicht getan. Wir haben nur die Aufnahmen von Überwachungskameras an den Straßen rundherum. Und wir wussten ja nicht, wonach wir suchen sollten. Bis jetzt.« Sie griff nach einem weiteren Stück Pizza. »Ich werde jemanden von meinen Leuten dransetzen, aber genauso wäre es möglich gewesen, völlig unerkannt davonzukommen.«

Die Pizza war ganz nach Wistings Geschmack – mit dickem Boden, belegt mit Käse, Schinken und Champignons.

»Der Fall Annika Bengt war wie ein großer Felsbrocken«, fuhr Sandell fort. »Unmöglich zu bewegen.«

Sie erzählte von verschiedenen Spuren, die sie verfolgt hatten. »Nichts ist dabei herausgekommen«, schloss sie. »Nicht das Geringste. Als wäre sie einfach von einer großen Leere verschluckt worden. Als hätte sie nie existiert.«

Wisting konnte ihr anhören, wie sehr sie der Fall beschäftigte.

»Ein Podcaster ist gerade dabei, eine Dokumentarreihe über Annika Bengt zu produzieren«, sagte Sandell und legte ihr halb aufgegessenes Pizzastück in die Schachtel zurück. »Haben Sie so etwas schon mal erlebt? Dass einer Ihrer Fälle auf diese Weise durchleuchtet wird? Da hat man alles getan, was möglich war und was man für richtig gehalten hat, und trotzdem wird einem am Ende die Schuld zugeschoben?«

»Nicht auf diese Weise«, erwiderte Wisting.

»Die Bezirksleitung möchte, dass ich mich in einem Interview dazu äußere«, fuhr Sandell fort.

»Wann denn?«

»In vier Wochen.«

»Bis dahin kann noch viel passieren«, entgegnete Wisting.

Er räumte die Pizzaschachtel weg und nahm auf dem Rückweg zwei Weingläser und sein Notizbuch mit.

»Wir haben einen Namen«, sagte er.

»Ove Rudi Werner«, ergänzte Ingrid Sandell.

Wisting referierte den aktuellen Kenntnisstand und nahm sein iPad hervor, um ihr ein Foto aus dem Polizeisystem zu zeigen. Es war bei der Festnahme vor drei Jahren entstanden und bildete den sechsundvierzigjährigen Mann von vorn und von der Seite ab.

Mit seinen hohen Geheimratsecken sah er älter aus, als sein Alter auf dem Papier vermuten ließ. Die tief liegenden Augen strahlten einen Hauch von Verzweiflung aus. Dadurch wirkte er gleichermaßen bedrohlich wie verletzbar.

Dass er Annika Bengt auf dem Gewissen hatte, stand nicht eindeutig fest. Die Ermittlungen zielten ebenso darauf ab, ihn als Täter definitiv ausschließen zu können. Oft war das einfacher, als das Gegenteil zu beweisen.

Sandell und Wisting arbeiteten einen Plan aus, der sowohl Landesgrenzen als auch formelle Einschränkungen ausklammerte. Wisting listete jeden einzelnen Ermittlungsschritt auf und fügte Stichwörter zu entscheidenden Faktoren und Verweise auf Dokumente hinzu. Nach einer Weile ergaben sich daraus eine strukturierte Herangehensweise für den Fall und eine klare Richtung für ihre bevorstehende Arbeit.

Währenddessen hatten sie die Weinflasche geleert. Wisting ging ins Haus, um eine neue zu holen.

Während er ihnen einschenkte, schlug er vor, zum Du zu wechseln. »Meine Frau hieß übrigens auch Ingrid«, sagte er, ohne eigentlich zu wissen, was ihn dazu veranlasste. »Sie ist vor vierzehn Jahren gestorben.«

Ingrid Sandell blickte auf ihr Glas, während er es wieder auffüllte.

»Das tut mir leid«, sagte sie.

Wisting lächelte. »Meine Enkelin ist nach ihr benannt. Ingrid Amalie. Sie ist gerade mit ihrer Mutter in den USA.«

Ingrid Sandell nahm das Glas und lehnte sich zurück. »Wie ist sie gestorben? Deine Frau?«

»Es ist in Afrika passiert«, erzählte Wisting. »Ich habe nie ganz begriffen, was sich genau zugetragen hat, jedenfalls war es bei einem Verkehrsunfall. Sie hat als Lehrerin an der Oberschule hier in der Stadt gearbeitet und sich beurlauben lassen, um an einem Bildungsprojekt für junge Frauen in Sambia teilzunehmen. Der Unfall ereignete sich auf einer Fahrt nach Angola, wo sie prüfen wollten, ob sich das Projekt auf andere afrikanische Länder ausweiten ließe. Der Wagen ist einen Abhang hinuntergestürzt. Zwei einheimische Arbeiter sind auch dabei ums Leben gekommen.«

Er hatte Fotos von dem Autowrack und der Unglücksstelle gesehen. Der Wagen war zwanzig Meter tief gefallen. Der eigentliche Sturz musste etwa drei Sekunden gedauert haben. Wisting hatte nie den Drang verspürt, sich näher mit dem Gedanken zu beschäftigen, aber drei Sekunden mussten lang genug gewesen sein, um sich der ausweglosen Situation bewusst zu werden und Todesangst zu verspüren.

Meer und Himmel spiegelten sich im Wohnzimmerfenster hinter Ingrid Sandell. Wo die Grenze dazwischen verlief, war nicht wirklich zu erkennen.

Um die Stimmung aufzulockern, nahm er einen Schluck von dem neuen Wein. Der Geschmack war runder als beim vorherigen.

»Lebst du seitdem allein?«, wollte Ingrid Sandell wissen.

»Im Großen und Ganzen ja«, erwiderte Wisting. »Ich hatte zwei Jahre lang eine andere Beziehung, aber das ist jetzt auch schon lange her.«

Er trank noch etwas Wein.

»Und du?«, fragte er. »Bist du verheiratet?«

»Ich war es«, sagte sie. »Mit einem Polizisten. Irgendwann ist er dann mein Chef geworden. Das lief nicht so gut. Wir haben uns vor acht Jahren scheiden lassen. Jetzt arbeitet er für die NOA in Stockholm. Die Entsprechung zur Kripo in Norwegen.«

»Hast du Kinder?«

»Wir haben einen Sohn. Er ist fünfunddreißig und ebenfalls Polizist. Und auch geschieden.« Hinter ihrem

Weinglas erschien ein zaghaftes Lächeln. »Was macht denn deine Tochter?«

»Sie ist Journalistin und hat viele Jahre als Kriminalreporterin gearbeitet.«

Er musste über die früheren Konfliktsituationen mit Line grinsen und erzählte davon, wie sich ihre beruflichen Wege mitunter gekreuzt hatten.

»Nach der Geburt von Amalie hat sie an verschiedenen Dokumentarprojekten gearbeitet und sogar an ein paar True-crime-Podcasts. Ich habe auch noch einen Sohn. Thomas. Die beiden sind Zwillinge. Er arbeitet für die Armee und ist im Ausland stationiert.«

Die Sonne ging langsam unter, während sie weiter über Familie und Kollegen sprachen.

»Hast du schon mal bereut, Polizist geworden zu sein?«, wollte sie wissen.

Wisting schüttelte den Kopf. Er hatte die Arbeit als Ermittler immer als richtig für sich erachtet, auch wenn er im Großen und Ganzen das Gefühl hatte, nichts verändern zu können. Die Toten sind tot und bleiben es, dachte er und blickte in sein Glas.

Er wusste, dass er für das Leben einiger Menschen etwas bewirkt hatte. Er hatte Opfern und Familienmitgliedern beigestanden, ihnen Antworten gegeben und vielleicht eine Art von Abschluss ermöglicht. Einigen hatte er auch Gerechtigkeit verschaffen können, dennoch hatte er den Eindruck, als wäre es nie genug. Aber er konnte nun mal weder alle retten noch alleine die Welt verändern. Dennoch war er froh, im erforderlichen Moment zur Stelle gewesen zu sein.

»Und du?«, fragte er.

»Ich weiß nicht, was ich sonst machen sollte«, erwiderte sie. »Es gibt vermutlich kaum einen anderen Beruf, bei dem einen der Tod anderer Menschen so stark belastet.« Sie nahm einen Schluck Wein. »Aber ich sage immer, dass die Arbeit mir zwar nur wenig über den Tod beigebracht hat, aber dafür viel über das Leben. Wie zerbrechlich es mitunter sein kann.«

»Ein dünner Faden«, stimmte Wisting zu.

Ein Faden, der ohne Vorwarnung durchtrennt werden konnte. In einem einzigen Augenblick konnte sich alles verändern. Man wusste nie, wann man sich womöglich zur falschen Zeit am falschen Ort befand.

Der Rasensprenger auf dem Nachbargrundstück schaltete sich ein. Das monotone Geräusch sickerte in die abendliche Dämmerung.

Ingrid Sandell stellte ihr Glas beiseite.

»Ich werde mir mal ein Taxi bestellen«, sagte sie. »Wir haben morgen einen langen Tag vor uns.«

30

Die Dunkelheit, die sich draußen vor den Fenstern der Hütte herabsenkte, entsprach seinem inneren Zustand, dachte Evert.

Sein Spiegelbild blickte ihn an. Im blauen Widerschein des Computerbildschirms sah er blass aus. Seine Augen glänzten, und dunkle Bartstoppeln bedeckten das ganze Kinn.

Im Fahndungsaufruf hatte nichts Besonderes über Annika Bengts Schuhe gestanden, außer dass es sich um schwarze Stoffschuhe handelte. Nach einer gewissen Zeit hatte die Polizei eine kopflose Schaufensterpuppe mit Kleidungsstücken präsentiert, wie Annika Bengt sie getragen hatte. Ein einfaches weißes T-Shirt mit einem Sport-Logo über der Brust und knielange rosa Baumwollshorts mit Kordelzug.

Abermals warf er einen Blick ins dunkle Fenster. Es war so, als hätte er mit dem Auffinden des Buchstabenschmucks etwas Schlafendes und Unausweichliches geweckt. Etwas, das seine Gedanken nicht ruhen ließ.

»Willst du dich nicht hinlegen?«, rief Ella aus dem Schlafzimmer.

»Ich bleibe noch einen Augenblick sitzen«, erwiderte er.

Sie würde schon bald schlafen. Er hatte gesehen, dass sie eine Tablette aus der Packung in der Küchenschublade genommen hatte. Ein Rezept, das sie sich zweimal im Jahr beim Arzt abholte. Schlaftabletten. Sie nahm sie nur, wenn die Unruhe in ihrem Körper zu viel wurde. Außerdem hatte sie drei wodkahaltige Drinks getrunken, er hingegen nur einen.

Evert wandte sich wieder dem Laptop und seinen Aufzeichnungen zu. Eine Kombination aus Zeitleiste und rekonstruiertem Handlungsverlauf. Er überprüfte die eingetragenen Informationen erneut. Nach dem Aufenthalt in Stavanger war Kjell-Tore wegen eines Arbeitsauftrags in Kongsberg gewesen. Aus derselben Woche stammte der Hinweis auf einen Mann, der ein paar Jugendliche an einem Badeplatz am Vingersjø ausspioniert hatte. Die Beschreibung erwähnte lediglich blaue Shorts und weißes T-Shirt. Ein ziemlich gewöhnliches Outfit, aber Kjell-Tore besaß in der Tat blaue Badeshorts aus Synthetik. Ella hatte ein paar Fotos auf dem Handy, die ihn zeigten, wie er in dieser Badehose auf einem Felsen am Wasser saß.

An Kjell-Tores nächsten beiden Stationen fand er keine einschlägigen Meldungen, doch danach gab es vereinzelte Berichte über sexuelle Belästigung, wie die Polizei es ausdrückte, an Orten, wo Kjell-Tore sich aufgehalten hatte.

Vor zwei Jahren war er in Halden gewesen. *Die Festung*, hatte Ella notiert. Evert erinnerte sich, dass Kjell-Tore von einem größeren Auftrag im Inneren der alten Militäranlage gesprochen hatte. Er hatte die Aufgabe in mehreren zeitlichen Etappen erledigt und war während seines Aufenthaltes mehrmals nach Schweden hinübergefahren, um dort einzukaufen. Einer dieser Besuche passte zu einem Vorfall in der Nähe einer Einrichtung für unbegleitete minderjährige Asylbewerber. Laut Aussage von Mitarbeitern war ein Mann in einem Wohnmobil aufgekreuzt und hatte einem Mädchen aus dem Wohnheim Geld angeboten, falls sie mit ihm käme.

Evert klappte das Laptop zu und erhob sich lautlos. Die Schlafzimmertür war angelehnt. Er trat näher und hörte Ellas gleichmäßigen Atem. Isabells Tür war geschlossen. Vermutlich lag sie im Bett und las.

Die Bodendielen knirschten leicht, als er sich umdrehte. Er ging zur Haustür, schlüpfte in seine Sandalen und trat ins Freie. Leise glitt die Tür hinter ihm wieder zu. Die Luft war etwas frischer als drinnen vor dem Computer. Er nahm ein paar tiefe Atemzüge, die den Druck auf seiner Brust jedoch nicht milderten.

Nachdem er die Verandastufen hinuntergegangen war, machte er ein paar Schritte ins weiche Gras. Der Himmel war mit Sternen übersät. Der Mond war erst halb voll, aber dennoch groß genug, um die Landschaft in einen bläulichen Lichtschein zu tauchen.

Evert folgte dem Pfad zum Wasser, vorbei an den Grillplätzen und bis zum Bereich, wo für gewöhnlich das Wasser begann. Seine Gedanken kreisten. Ein paar ferne Erinnerungen an frühere Sommer tauchten auf. Das Geräusch von Gelächter und kühlen Badestunden. Eine Zeit und ein Zustand, die wiederzuerschaffen er außerstande war.

Ein Gefühl der Reue überkam ihn. Schon vor vielen Jahren hatte er geahnt, wie es um Kjell-Tore bestellt war, hatte es aber geschehen lassen. Niemals hatte er etwas gesagt oder unternommen. Jetzt im Nachhinein waren die Anzeichen noch deutlicher, doch er wusste nicht, wie er damit umgehen sollte.

Irgendwo über sich hörte er die Flügelschläge einer Fledermaus. Am Nachthimmel erkannte er den Schatten von mehreren Tieren. Ihre Flügel waren zu eleganten Bögen gespannt und erzeugten ein sanftes Rauschen in der Luft. Sie flogen mit ungeheurer Präzision und Gewandtheit, gelenkt von Signalen, die er weder sehen noch hören konnte.

Er drehte sich um und blickte zur Hütte hinauf. Im Wohnzimmerfenster brannte ein schwaches Licht.

Die Unruhe, die ihn hinausgetrieben hatte, erwuchs aus einem Artikel in der *Smaalenenes Avis* vom letzten Herbst. Ein dreizehnjähriges afghanisches Mädchen war aus derselben Einrichtung für minderjährige Asylbewerber verschwunden, in deren Nähe ein Mann in einem Wohnmobil ein Jahr zuvor einem Mädchen Geld angeboten hatte, wenn es mit ihm mitkäme.

Evert war mehr oder weniger zufällig auf die Nachricht gestoßen. Er hatte versucht, weitere Informationen über den Wohnmobilmann zu sammeln, und einen Artikel über vermisste minderjährige Asylbewerber gefunden. Es ging um mehrere Hundert Kinder und Jugendliche, die ohne Eltern nach Norwegen gekommen und im Laufe der letzten Jahre aus Asylunterkünften und Wohnheimen verschwunden waren. Das dreizehnjährige Mädchen, das in Halden abhandengekommen war, wurde als Beispiel für die zahlreichen Vorfälle erwähnt. Ihr Name wurde nicht genannt. In dem Artikel stand nur, dass die meisten ihrer Habseligkeiten noch in ihrem Zimmer lagen.

Niemand hatte bisher über den Vermisstenfall geschrieben, ein Umstand, der in dem Artikel problematisiert wurde. Und niemand hatte nach ihr gesucht. Es hatte Tage gedauert, bis sie überhaupt vermisst wurde, und Wochen, bis sie in den Systemen der Polizei registriert war. Es wurde angenommen, dass sie zu Verwandten nach Schweden gefahren war, aber niemand hatte dies weiterverfolgt. Und niemand wusste, ob ihr etwas Schlimmes widerfahren war oder wo sie sich aufhielt. Und ob sie überhaupt noch lebte.

Eine Sternschnuppe schoss in einem leuchtenden Bogen über den Himmel im Westen, ehe sie verblasste und erlosch. Evert Harting ging zurück zur Hütte. Er ging davon aus, dass ihm die Nacht nur wenig Schlaf bringen würde.

31

Staub wirbelte auf, als sie den trockenen Zement in den Eimer schüttete. Im Vorfeld hatte sie sechs Kilo abgewogen, die sie jetzt mit Wasser aus zwei großen Flaschen vermischte.

Kicki Dalberg justierte ihre Stirnlampe, die daraufhin einen konzentrierten Lichtstrahl von sich gab.

Der Zement war viel schwieriger anzurühren, als sie es sich vorgestellt hatte. Sie benutzte beide Hände, um den Rührstab zu bewegen. Nach einer Weile hatte sich das Gemisch zu einer zähflüssigen Masse verfestigt.

Sie stand auf und sah sich um. Eine schwache Lampe leuchtete in dem Wohnmobil, das am Ende des Parkplatzes stand. So, wie es dort abgestellt war, schirmte es die Stelle, wo sie stand, fast vollständig vor Blicken von der Straße ab. Momentan herrschte ohnehin kein Verkehr.

Die Kapuze ihres Shirts dämpfte alle Geräusche. Sie streifte sie ab und lauschte. Nur das rhythmische Pulsieren der Bewässerungsanlage war zu hören. 240 000 Liter pro Nacht, laut *Østlands-Posten*. Die Diskussion in den Kommentarspalten hatte hohe Wellen geschlagen, als bekannt wurde, dass der Golfplatz vom Bewässerungsverbot ausgenommen war. Die Leser waren wütend gewesen, aber ihre Aufmerksamkeit hatte sich letztlich doch nur auf ihre eigenen braun gewordenen

Gärten gerichtet. Niemand hatte das große Ganze betrachtet, und niemand hatte etwas unternommen.

Kicki löschte das Licht ihrer Stirnlampe. Obwohl tiefste Nacht herrschte, stand die Sonne knapp unter dem Horizont. Das erleichterte das Vorwärtskommen, bedeutete aber auch, dass sie gut zu sehen war.

Eine Windböe ließ die Blätter der nahen Ziersträucher erzittern. Mit den gepflegten Rasenflächen und der üppigen Bepflanzung war der Golfplatz ein Symbol für Überfluss und menschliche Gleichgültigkeit, dachte Kicki. Ein gerechtes Ziel.

Das erste Loch lag zwischen einer Sandgrube und einem künstlich angelegten kleinen Teich. Der Boden war nach der genau bemessenen Bewässerungszeit noch immer feucht. Mitten im Loch stand ein Flaggenstock. Kicki sah sich in dem schwachen Licht um, ehe sie den Eimer ansetzte. Der zäh fließende Zement gab ein paar gurgelnde Geräusche von sich, während er langsam das Loch ausfüllte.

Ihr Adrenalinspiegel stieg. Es kam ihr so vor, als würden die aufrührerischen Hormone in ihr befriedigt und das Bedürfnis nach Gerechtigkeit erfüllt.

Das Loch war größer, als sie vermutet hatte. Der Eimer würde für höchstens vier Löcher reichen, dann musste sie eine neue Mischung ansetzen. Sie stellte den Eimer zur Seite und zog die Spraydose aus dem Rucksack. Die Kugel im Inneren klackerte beim Schütteln. Der orange Lack legte sich in einer gleichmäßigen Schicht über das grüne, kurz geschnittene Gras und formte den Buchstaben *S*. Um es gut hinzukriegen, musste sie wieder die Stirnlampe einschalten.

Schließt die Hähne!, schrieb sie mit Großbuchstaben.

Schüttet die Bohrlöcher zu!, fügte sie hinzu, damit

auch alle begriffen, dass es nicht nur um Wasser ging und dass das Verstopfen der Golfplatzlöcher auch ein symbolischer Akt war.

Ihre Fingerspitzen waren mit Farbspray beschmiert. Sie wischte sie an ihrem T-Shirt ab, ehe sie die Dose erneut schüttelte.

Stop Oil!, schrieb sie und trat einen Schritt zurück, um ihr Werk zu betrachten. Ein schöner Willkommensgruß für den neuen Boss von Equinor.

Der Zement würde erst in vierundzwanzig Stunden völlig aushärten, aber der Golfplatz war ohnehin für die nächsten Tage zerstört, vielleicht sogar für den Rest der Saison.

Auf der Hauptstraße fuhr ein Wagen vorbei. Das Licht der Scheinwerfer erfasste den Golfplatz. Kicki hielt die Hand vor die Stirnlampe und ging in die Hocke. Als der Wagen nicht mehr zu sehen war, schoss sie ein paar Fotos mit ihrem Handy.

Loch Nummer zwei befand sich neben einem kleinen Waldstück, das das Mondlicht schluckte. *Die Erde kocht*, schrieb sie auf das Gras, bevor sie anfing, das Loch mit Zement zu füllen. Mit der einen Hand hielt sie den Eimer, während sie mit der anderen das Geschehen filmte. Etwas von der Masse landete auf dem Rasen. Mit dem Fuß kratzte sie es zusammen und stopfte es ins Loch neben den Flaggenstock. Wie der Samen eines Protests, dachte sie.

Das dritte Loch lag weiter weg. Sie ging am Waldrand entlang und trug dabei den schweren Eimer abwechselnd in der einen und in der anderen Hand. Als sie ein Geräusch hörte, blieb sie im Schatten stehen. Es klang wie eine Autotür, die zugeschlagen wurde, doch es gelang ihr nicht, das Geräusch genauer zu lokalisieren. Während sie angestrengt lauschte, schaltete sich die Bewässerungsanlage links von ihr aus, um etwas weiter entfernt wieder anzuspringen.

Eine Weile wartete sie ab, ehe sie das Loch verschloss und weiterschlich, ohne dabei die Stirnlampe einzuschalten. *Stop Equinor!*, schrieb sie und schlich zurück in den Schatten.

Der Eimer war jetzt leichter, aber sie wusste nicht, wie weit der Zement reichen würde. Der Plan lautete, alle achtzehn Löcher zuzustopfen, doch das würde zu lange dauern.

Auf dem Weg vom vierten zum fünften Loch kam sie am Bretterzaun vorbei, der die Golfanlage vor neugierigen Blicken schützte. Sie blieb stehen und sah sich um. Es gab keine Beleuchtung und auch keine Kameras.

Kicki folgte dem Bretterzaun und betrat das offene Gelände. Unter einem Schutzdach standen zwei motorisierte Aufsitzrasenmäher und andere Maschinen für die Rasenpflege. Ein Stück weiter entfernt summte leise ein Motor, der womöglich zu der Bewässerungsanlage gehörte.

Kicki trat an den nächsten Rasenmäher, schraubte den Tankdeckel auf und setzte den Eimer an die Kante der Tanköffnung. Ein hohles Geräusch ertönte, als der Zement in der Flüssigkeit landete.

Sie schraubte den Deckel wieder zu und entfernte ein paar Kleckser vom Rand, ehe sie auf den nächsten Rasenmäher zuging. Er war etwas kleiner als der andere.

Eine Benzinwolke stieg vom Tank auf. Sie atmete den scharfen Geruch tief ein, kippte den Rest des Zements hinein und richtete sich auf.

Das reichte wohl vorläufig, dachte sie. Nicht, dass sie noch jemand sah.

32

Wisting stand am Küchenfenster und krempelte die Ärmel seines hellen Leinenhemds hoch. Das Wetter war unverändert. Heiß und wolkenlos.

Er hatte ausreichend Zeit, wollte den Arbeitstag aber früh beginnen. Die Kaffeetasse ließ er halb voll auf der Arbeitsplatte stehen, als er sich in den Wagen setzte.

Es herrschte nur wenig Verkehr. Während eines der schlimmsten Schneetage im Winter hatte er für die Fahrt ins Zentrum eine Dreiviertelstunde gebraucht, jetzt legte er dieselbe Strecke in zehn Minuten zurück.

An der Einfahrt zum Hof hinter der Polizeistation musste er einer Möwe ausweichen, die zwischen den Bordsteinen an irgendetwas herumpickte. Sie hockte da und schlug nur zweimal mit den Flügeln, als er an ihr vorbeifuhr.

Er schloss die Tür zur Tiefgarage auf und ging zur Werkstatt. Ein Kriminaltechniker hatte durchgegeben, dass er und sein Team irgendwann nach zwölf Uhr vorbeikommen würden, um sich das Wohnmobil anzusehen.

Jemand hatte den großen Geldschrank in eine Ecke geschoben. An der Wand dahinter stand eine von Erde und Lehm bedeckte Wellblechplatte, daneben lag eine Rolle Stacheldraht. Vermutlich hatte Daniel Rana die Gegenstände aus dem Schlamm im Farris gezogen.

Oben auf dem Safe lagen eine alte Uhr mit Metallarmband, eine Plastikhülle mit kleinen Fächern voller Münzen, ein Plattencover, ein Taschenmesser und ein Lederriemen mit Schnalle. Alles schien lange im Wasser gelegen zu haben.

Der Geldschrank war leer gewesen, als man ihn geöffnet hatte, aber die Vermutung lag nahe, dass ein Teil des Inhalts in der Umgebung verstreut gewesen war.

Wisting nahm die Uhr und betrachtete sie. Das Glas war leicht milchig geworden. *Longines* stand auf dem Zifferblatt. Die Zeiger waren um sieben Minuten vor zwei stehen geblieben. Trockene Erde löste sich und rieselte zu Boden, als Wisting mit dem Daumen über die Uhr strich. Der Gehäuseboden zeigte ein Segelschiff mit drei Masten und geblähten Segeln. Die Uhr schien so wertvoll zu sein, dass der Besitzer sie in dem Geldschrank aufbewahrt hatte. Das Gleiche galt für die Sammlermünzen. Das Plattencover lag in einer Art Klarsichthülle. Der Pappumschlag hatte sich völlig aufgelöst, aber die Platte selbst schien intakt zu sein. Fall sie in dem Safe gelegen hatte, musste es sich um ein wertvolles Exemplar handeln.

Das Messer war offenbar handgemacht, allerdings ohne Signatur auf Griff oder Messerklinge.

Der Lederriemen hatte eine Metallschnalle an einem Ende und Löcher am anderen, war für einen Gürtel aber zu kurz. Vielleicht war es ein Hundehalsband. In der Mitte befand sich eine Metallplatte, auf der wahrscheinlich einmal ein Name eingraviert gewesen war. Beim ersten Buchstaben schien es sich um ein V zu handeln, doch die anderen waren fast vollständig ausradiert.

Die Fundstücke erzählten ein wenig über den Besitzer des Safes. Er oder sie hatte anscheinend ein gewisses Interesse an Musik gehabt und ein Haustier besessen, dessen Name mit V begann. Falls nichts Entsprechendes in den Polizeiregistern zu finden war, wäre es wohl sinnvoll, in den Zeitungen davon zu berichten und die Öffentlichkeit um Hilfe zu bitten.

Die Stille zwischen den Betonwänden wurde von einer Serie gedämpfter Geräusche zerrissen, die vom Schießstand weiter hinten in der Tiefgarage stammten. Manchmal beendeten die Mannschaften vom Streifendienst ihre Nachtschicht dort, sofern sie keine Berichte schreiben mussten.

Wisting stieg die Treppe zur Wache hinauf. Daniel Rana saß an einem der Schreibtische und sah nur kurz von seinem Bildschirm auf. Als er realisierte, dass es Wisting war, erhob er sich.

»Guten Morgen«, sagte er.

Wisting erwiderte den Gruß und erzählte, was er unten in der Werkstatt gesehen hatte. Wie vermutet war Daniel Rana am Farris gewesen und hatte dort weiter herumgegraben.

»Gute Idee«, sagte Wisting. »Sind Sie mit dem Besitzer des Geldschranks schon weitergekommen?«

»Ich glaube, ich weiß jetzt, wann die Dachbleche im Wasser gelandet sind«, erwiderte Rana. »Der Bauer, von dem ich erzählt habe, meinte, er hätte das Dach im Herbst 2001 neu gedeckt. Die Anzahl der Platten stimmt mit der Größe des Scheunendachs überein. Er hatte Leute engagiert, die die Arbeit für ihn machen sollten. Abgesprochen war, die alten Bleche zum Schrottplatz zu bringen, aber er meinte, sie hätten die Dinger wohl einfach im See versenkt.«

»Der Safe muss also zwischen 2001 und 2009 in den See gelangt sein?«, fasste Wisting zusammen.

»Ich überprüfe das gerade noch einmal«, erklärte Rana und deutete auf den Computerbildschirm. »Für den Diebstahl von Geldschränken gibt es keine separate Sparte. Also muss ich jede Akte öffnen, um zu sehen, was gestohlen wurde. Das kostet Zeit, und viele Akten sind nur mangelhaft erstellt. Außerdem wissen wir nicht, ob der Safe in unserem Polizeidistrikt gestohlen wurde und ob der Diebstahl überhaupt angezeigt wurde. Leute, die ihr Geld zu Hause im Safe anstatt in der Bank aufbewahren, verdienen es oft auf illegale Weise.«

Tonlose Bilder des Nachrichtenkanals huschten über den Bildschirm hinter ihm.

»Darum geht es häufig bei Ermittlungen«, erklärte Wisting. »Zeitaufwendige Untersuchungen, bei denen die meisten Ergebnisse nicht weiterführen.«

»Vermutlich wäre es einfacher, den Besitzer über die Medien suchen zu lassen«, meinte Rana. »Wir könnten Fotos vom Safe und dem Inhalt veröffentlichen.«

»Versuchen wir es erst mal über unsere eigenen Kanäle«, sagte Wisting. »Rufen Sie mich an, falls Sie was finden, und auch, wenn nicht.«

Er wollte schon gehen, spürte aber, dass der junge Polizist noch etwas wissen wollte.

»Wozu wurde das Wohnmobil hergebracht?«, fragte er. »Dazu steht nichts im Einsatzprotokoll.«

»Wir führen ein paar Untersuchungen für einen alten Fall durch«, sagte er vage.

»Hat es etwas mit dem Solifer-Mann zu tun?«

Wisting lächelte. »Sie haben von ihm gehört?«

»Erst letzte Nacht«, erwiderte Rana. »Ich habe das Kennzeichen überprüft und gesehen, dass vor drei Jahren nach ihm und seinem Wohnmobil gefahndet wurde.«

»Stimmt«, sagte Wisting.

»Steht er wegen weiterer Taten unter Verdacht?«, fragte Rana.

»Wir werden sehen, was bei den Untersuchungen herauskommt«, erwiderte Wisting und trat auf die Tür zu.

»Er wurde wieder aus dem Gefängnis entlassen«, fuhr Rana fort. »Wissen Sie, was er jetzt macht oder wo er sich aufhält?«

»Nein«, konnte Wisting gerade noch antworten, ehe Rana über Funk gerufen wurde. Ein Wagen war am Hallevann von der Straße abgekommen. Ein Rettungswagen war schon unterwegs.

Rana griff nach seinem Einsatzgürtel und schnallte ihn sich um. Wisting sah ihm nach, als er davoneilte.

Der tonlose Fernsehbildschirm an der Wand kündigte einen Wetterwechsel an. Zum Wochenende wurde Regen erwartet.

33

Die anderen schliefen noch. Mit einer Kaffeetasse in den Händen setzte Evert Harting sich auf die oberste Stufe der Verandatreppe. Zwei Rehe standen unten am Wasser und tranken. Ihr braunes Fell glänzte in der Morgensonne. Die Tiere ließen sich Zeit, hoben gleichzeitig den Kopf und blickten umher. Schließlich liefen sie in Richtung Wald davon.

Evert stand langsam auf. Er stellte die halb volle Tasse aufs Geländer und ging hinunter zum Grillplatz, der vier Meter breit und fünf Meter lang war. In der Ecke befand sich ein offener Kamin, an dem auch ein Grillrost befestigt werden konnte. Der Tisch bot Platz für acht Personen, allerdings waren sie noch nie so viele gewesen.

Der Zementboden war robust, jedoch nicht fachgerecht angelegt. Wenn es regnete, sammelte sich das Wasser in kleinen Pfützen. Außerdem gab es mehrere Risse, die immer größer wurden, da Wasser eindrang, das im Winter gefror.

An der einen Seite wuchsen ein paar Büsche mit roten Beeren. Evert brach einen Zweig ab, entfernte die Blätter und zupfte an der Borke herum, während er mit dem Blick den größten Riss im Zement betrachtete. Die Gewissheit hatte seine Zweifel besiegt. Er traute Kjell-Tore das Schlimmste zu und wurde den Gedanken nicht mehr los:

Falls sein Schwager dieses schwedische Mädchen umgebracht hatte, wo hatte er sie dann verscharrt? Und das Mädchen aus der Asylunterkunft in Halden?

Als er den Zweig in einen der Risse schob, verschwanden etwa zehn Zentimeter davon. Evert versuchte es mit einer der größeren, quer verlaufenden Ritzen. Das Stöckchen reichte noch tiefer hinein und stieß auf weichen Untergrund. Evert zog es heraus und begutachtete das Ende, an dem grauer Putz hängen geblieben war.

Unter dem Tisch war der Riss im Zement am breitesten. Evert schob das Möbelstück an die Seite, hockte sich hin und steckte das Stöckchen in die Ritze. Dann bohrte er darin herum, ehe er es wieder herauszog und mit Daumen und Zeigefinger darüberstrich. Das Material auf seiner Haut erinnerte an den getrockneten Schlamm vom Seeboden. Er hielt sich die Finger unter die Nase und nahm einen leicht säuerlichen Geruch wahr. Vermutlich von der Borke des Stöckchens.

Ein schwarzer Käfer kroch aus der Ritze. Evert Harting trat einen Schritt zurück. Es gab Detektoren, die Zement durchdringen und analysieren konnten, was sich darunter befand. Der Bauunternehmer, der in ihrem Haus für die Verlegung der Glasfaserkabel verantwortlich gewesen war, hatte so einen benutzt, um Rohre und Kabel aufzuspüren, ehe er den Asphalt vor dem Haus aufreißen ließ. Evert hatte es sich zeigen lassen. Es handelte sich dabei um eine Ausrüstung, die man mit Sicherheit irgendwo mieten konnte.

Er drehte sich um und zuckte zusammen, als er sah, dass Ella unbemerkt zu ihm heruntergekommen war.

»Sind sie größer geworden?«, fragte sie und deutete auf den Zementboden.

»Nicht seit dem Frühjahr«, erwiderte er.

Ella beugte sich hinunter, streifte einen ihrer Crocs ab und entfernte ein Steinchen daraus.

»Kjell-Tore kümmert sich darum«, sagte sie. »Er wartet nur darauf, dass bei einem seiner Jobs ein paar Steinplatten übrig bleiben. Dann kriegen wir sie billiger. Und wenn nicht, kaufen wir eben welche.«

Ella drehte sich um und steuerte auf das Plumpsklo zu.

»Wir reden darüber, wenn er herkommt«, rief sie. »Aber erst muss er das Problem mit der neuen Verbrennungstoilette lösen.«

Evert sah ihr nach, während sie zwischen den Bäumen auf das rot gestrichene Häuschen zutrat.

Bevor sie die Verbrennungstoilette bekommen hatten, mussten sie das Plumpsklo alle vier Jahre leeren. Die Aufgabe hatte immer Kjell-Tore übernommen. Einmal war Evert dabei gewesen. Sie hatten etwas tiefer im Wald ein Loch gegraben, es dann mit zwei Schubkarren Dreck gefüllt und wieder abgedeckt.

Evert ging auf die Veranda, kippte den kalten Kaffee weg und füllte die Tasse zur Hälfte wieder auf.

Ella kam zurück und wusch sich die Hände in einer Schüssel neben der Treppe. Ihre grauen Haare glänzten in der Sonne.

»Heute wird es auch wieder heiß«, sagte sie.

Wenn sie lächelte oder in die Sonne blinzelte, legte sich ihr Gesicht in Falten. Während der Feierstunde anlässlich ihrer Pensionierung hatte der Ministerialrat ihr Lächeln angesprochen und gesagt, dass sie ein Licht in der Dunkelheit gewesen sei. Evert hatte dieser Aussage beigepflichtet und gedacht, dass die Falten in ihrem Gesicht ihrem Lachen und ihrer guten Laune geschuldet waren. Inzwischen glaubte er, dass sie eher auf Sorgen beruhten, die sie nie mit ihm geteilt hatte.

»Ich werde mal ein paar Brötchen zum Frühstück aufbacken«, fuhr sie fort und trocknete sich die Hände an einem Handtuch ab. »Isabell ist bestimmt auch wach.«

Er stand zwei Stufen über ihr, beugte sich vor und küsste sie auf die Stirn.

»Schön«, sagte er. »Ich muss auch kurz was erledigen«, fügte er hinzu und wandte sich in Richtung Plumpsklo.

Ella ging hinein. Evert überlegte kurz, Gummistiefel überzuziehen, behielt aber seine Sandalen an.

Auf der Rückseite des Toilettenhäuschens war das Unkraut in die Höhe geschossen. Die Luke, durch die der Dreck herausgekehrt wurde, war von Brennnesseln überwuchert. Ein paar Vögel bewegten sich in den Bäumen über ihm, und die Sonne, die durchs Blattwerk flimmerte, bildete auf dem Waldboden ein Muster aus Licht und Schatten.

Als er damals beim Leeren geholfen hatte, waren sie nicht weit in den Wald hineingegangen. Kaum mehr als zwanzig Meter. Er konnte nicht sagen, wo genau die Stelle sich befand, doch anhand des Terrains müsste sich das leicht rekonstruieren lassen. Die Vegetation war etwas verändert, und es gab kleine Erdwälle, wo sie im Boden gegraben hatten. Einer davon war etwas größer als die anderen und noch nicht gänzlich überwuchert.

Evert brach einen etwas kräftigeren Ast ab und steckte ihn in den Erdhügel. Ohne Widerstand durchdrang er die obere Torfschicht. Evert verstärkte den Druck. Der Stock sank fast einen Meter ein, ehe er auf Widerstand stieß und schließlich noch tiefer in die Erde eindrang.

Schwarze Erde klebte daran, als er den Ast wieder herauszog. Er hielt sich die Spitze vors Gesicht, ohne dabei einen speziellen Geruch wahrzunehmen. Die Erde wirkte feucht, jedoch nicht sonderlich fest. Die Signale des Detektors würden tief genug hineinreichen und wären in der Lage, Metall in einem Reißverschluss oder Hosenknopf anzuzeigen. Das war nicht einfach, solange Ella sich in der Hütte aufhielt. Und am Nachmittag würde Kjell-Tore kommen. Vielleicht sollte er ihnen vorschlagen, zu zweit eine Tour in die Stadt zu machen.

Evert warf den Ast weg und lief zurück. Isabell war aufgestanden und saß im Schlafanzug auf der Veranda, während Ella den Tisch deckte.

»Isabell fährt heute nach Hause«, sagte sie.

»Heute schon?« Evert tauchte die Hände in die Waschschüssel. »Du bist doch erst Dienstag gekommen.«

»Ich verstehe sie gut«, sagte Ella. »Drei Tage ohne vernünftige Dusche und Toilette, und dann bloß wir alten Leute als Gesellschaft.«

Evert griff nach dem Handtuch, sah seine Tochter an und verzog leicht den Mundwinkel. Der Versuch einer subtilen Geste des Verstehens, unabhängig von der Ursache.

»Ich habe gestern mit Mona gesimst«, erklärte sie und sprach dabei von einer Freundin, die Evert nie kennengelernt hatte. »Wir sind heute Abend auf eine Pier-Party in Nesodden eingeladen.«

»Das wird bestimmt schön«, sagte Ella und legte ein Stück Käse auf den Tisch. »Ab morgen Abend soll es übrigens regnen. Haben sie gerade im Radio gesagt. Und zwar reichlich.«

Isabell schob ihren Stuhl zurück. »Ich geh mich mal anziehen.«

»Dein Vater und ich fahren sowieso in ein paar Tagen mit Kjell-Tores Wohnmobil in den Norden«, fuhr Ella fort. »Wahrscheinlich am Sonntag.« Sie sah ihn an. »Meinst du nicht?«

Evert nickte. Am Sonntag. In drei Tagen. Bis dahin konnte noch viel passieren.

34

Der Computerbildschirm hatte einen Defekt in der oberen linken Ecke, wo es in verschiedenen Farben und Formen flimmerte. Dieser Bereich schien seit dem Vortag größer geworden zu sein, ohne dass der Bildschirm dadurch völlig unbrauchbar war.

Seine ersten Berichte hatte Wisting auf einer Schreibmaschine geschrieben. Als die ersten Computer zum Einsatz kamen, war er noch jung gewesen. Ständig waren neue Geräte mit größerer Kapazität hinzugekommen, doch einige der wichtigsten Programme waren noch dieselben wie vor zwanzig Jahren. Wisting kannte alle Funktionen. Die Suche so einzugrenzen, dass man die richtigen Informationen fand, war beinahe ein eigenes Studienfach. Streng genommen hatte er anderes zu tun, verwendete aber trotzdem ein paar Minuten auf die Suche nach dem Fall mit dem gestohlenen Geldschrank. Unter den Fällen, welche die Suchkriterien erfüllten, fiel einer besonders auf. Als Wisting die Zusammenfassung las, war klar, wieso er sich nicht an diesen Fall erinnerte. Im September 2006 hatte es einen Einbruch bei einem Baumaschinenhändler in Kjosebygda gegeben, etwa zehn Kilometer außerhalb der Innenstadt. Es war der Herbst, in dem Ingrid gestorben war. Nils Hammer hatte die Leitung der Abteilung übernommen, während er selbst für ein paar Wochen beurlaubt gewesen war.

Er öffnete die Fallakte. Es gab keine Verdächtigen. Der Einbruch hatte stattgefunden, während der Besitzer mit einem Bauauftrag in Østfold beschäftigt war. Seine Frau hatte den Einbruch gemeldet, woraufhin eine Polizeistreife den Tatort untersucht und den Diebstahl rekonstruiert hatte. Unter anderem musste ein Hubwagen zum Einsatz gekommen sein, um den Safe abzutransportieren. Aus dem Bericht ging hervor, dass man den Tatort fotografiert hatte, die Fotos waren jedoch nicht digital gespeichert. Um sie sich anzusehen, müsste er die Papierversion aus dem Archiv holen. Das Interessanteste war, dass sich laut dem Bestohlenen in dem Tresor neben rund hunderttausend Kronen in bar auch eine Messersammlung und einige signierte LPs befunden hatten.

Wisting notierte sich die Fallnummer, beließ es jedoch dabei. Er wusste jetzt, dass der Fall im System existierte, wollte aber dem jungen Daniel Rana die Freude überlassen, ihn dort zu finden.

Er blätterte bis zu einer neuen Seite in seinem Notizbuch und machte sich an die täglichen Aufgaben. Jeden Morgen nahm er die eingegangenen Fälle und den Stand der laufenden Ermittlungen unter die Lupe. Das half ihm, die Entwicklung zu verfolgen und Ressourcen in der Abteilung adäquat zu verwalten. Im Augenblick gab es nichts, was direkten Handlungsbedarf erfordert hätte.

Als es auf neun Uhr zuging, rief der Hundeführer an, der für die Suche nach Annika Bengt verantwortlich war, und kündigte sein Kommen in einer halben Stunde an.

Wisting stand auf und schaltete den Computerbildschirm aus. Mit Ingrid Sandell hatte er vereinbart, sie im Hotel abzuholen, damit sie beide bei der Suche anwesend sein konnten.

Er freute sich darauf, sie wiederzusehen. Die Gedanken an sie beschäftigten ihn schon, seit er morgens aufgewacht war. Der gestrige Tag hatte ihn neugierig gemacht, und er wollte mehr Zeit mit ihr verbringen. Er hatte versucht, seine Gedanken zu zügeln, aber irgendetwas an ihr faszinierte ihn.

Sie wartete vor dem Haupteingang des Hotels, praktisch gekleidet in Turnschuhen, beigen Hosen und grauem T-Shirt.

»Schön, dich wiederzusehen«, sagte er, als sie sich in den Wagen setzte.

»Danke gleichfalls«, erwiderte sie. »Das sollten wir bald wiederholen.«

Ihm fiel nichts ein, was er sagen könnte, also blickte er nur über seine linke Schulter und lenkte den Wagen in die Fahrbahnmitte.

Die Fahrt dauerte zehn Minuten. Das Gespräch im Auto kreiste um den Fall und verlief so reibungslos, als hätten sie ein Verständnis füreinander, das eigentlich keine Erklärungen brauchte.

Das Auto der Hundestaffel stand auf der Schattenseite am Ende der Straße geparkt. Der Hund war schon aus dem Wagen gesprungen und lag einen Meter dahinter. Ein schwarzer Schäferhund, der die Ohren spitzte. Er blieb ganz ruhig, während Wisting und Ingrid Sandell aus dem Auto stiegen und die beiden Hundeführer begrüßten. Wisting kannte den älteren der beiden von früher, er hieß Torgny Holmann. Sein Hund hörte auf den Namen Sheriff.

»Vielen Dank, dass ihr so kurzfristig kommen konntet«, sagte Wisting.

Holmann verscheuchte ein Insekt. »Es hat gut in unseren Wochenplan gepasst. Schön, dass wir so früh morgens starten können, bevor es zu heiß wird.«

»Warum wollt ihr an genau dieser Stelle suchen?«, erkundigte sich der Kollege.

»Es geht um eine alte Zeugenaussage im Vermisstenfall Annika Bengt«, erklärte Wisting. »Das Mädchen wurde möglicherweise in einem Wohnmobil gesehen, das bei Larvik von der Autobahn gefahren ist. Es war einer von vielen Tipps und wurde damals nicht weiterverfolgt, aber vor drei Tagen wurde genau so eine Halskette, wie Annika Bengt sie getragen hat, im ausgetrockneten Bereich des Farris gefunden. Die Straße, die an der Fundstelle entlang verläuft, führt hierher. Das ist unser einziger konkreter Anhaltspunkt.«

»Ihr glaubt also nicht, dass sie dort im Schlamm liegt?«, fragte Holmann.

»Das ist natürlich auch möglich, wäre aber viel riskanter gewesen.«

»Verstehe«, sagte Holmann und nickte. »Wir können ja später noch überlegen, ob wir auch am Farris suchen. Das Gelände dort ist einfacher für die Hunde. Völlig offen und unberührt.« Er griff nach dem GPS-Gerät, mit dem die Bewegungen des Hundes direkt verfolgt werden konnten. »Gibt es hier einen bestimmten Bereich, der relevanter ist als andere?«

Wisting schüttelte den Kopf. »Ich denke, etwa zehn Meter ins Gelände hinein und dann das Gebiet um den gesamten Wendeplatz.«

Holmann nahm den Bereich in Augenschein. »Fünfhundert Quadratmeter. Das sollte sich machen lassen.«

Mit einem scharfen Kommando rief er den Hund zu sich. Sheriff sprang auf, setzte sich zu Holmanns Füßen und sah sein Herrchen an. Die Augen blitzten voller Vorfreude und Energie. Holmann aktivierte den GPS-Tracker und befestigte ihn am Geschirr des Hundes. Mit einem leichten Klaps schickte Holmann Sheriff auf die Suche. Er lief ohne Leine und drehte zunächst eine Runde am Rande des Wendeplatzes. Die Schnauze bewegte sich dicht über dem Boden. Sheriff entdeckte etwas Müll, trottete aber weiter. Wisting hob eine leere Plastikverpackung auf, die der Hund offenbar ignoriert hatte. Sie sah aus, als läge sie schon seit einem oder zwei Wintern dort, aber die Beschriftung war noch lesbar. Die Verpackung hatte deutsches Roggenbrot enthalten. Ein paar Bierdosen und eine leere Konservendose, in der sich Würstchen befunden hatten, deuteten darauf hin, dass sich hier deutsche Touristen aufgehalten hatten.

»Könntest du dir vorstellen, mit einem Wohnmobil in den Urlaub zu fahren?«, fragte Wisting.

Ingrid Sandell zögerte. »Ich segele lieber«, sagte sie dann. »Dabei spüre ich den Wind in den Haaren und die Wellen unter den Füßen. Das vermittelt mir ein Gefühl der Freiheit, das ich an Land nie haben kann.«

»Das habe ich noch nie ausprobiert«, räumte Wisting ein.

Segeln schien kompliziert zu sein. Man musste sich nicht nur mit Wind- und Wetterverhältnissen auskennen, sondern auch mit Navigation und Bootsmechanik.

»Ein Wohnmobil kommt mir so praktisch und einfach vor«, sagte er. »Frei und unabhängig.«

»Wohin würdest du denn fahren?«, fragte sie.

Mit dem Schuh berührte er eine vergilbte Getränkeverpackung auf dem Boden und drehte sie herum.

»Ich glaube nicht, dass ich so viele Pläne machen

würde«, erwiderte er. »Vermutlich würde ich mich einfach ans Steuer setzen, an entlegene Orte fahren und nach verborgenen Schätzen suchen, die mit anderen Fortbewegungsmitteln nicht so leicht zu entdecken wären.«

»Das hört sich gut an«, sagte sie. »Aber ich würde nicht allein fahren. Es macht nicht so viel Spaß, wenn man die Erfahrungen nicht mit jemand anderem teilen kann.«

Wisting stimmte zu. Nach Ingrids Tod hatte er keine Reisen mehr unternommen, abgesehen von einigen Dienstfahrten.

Sheriff war am alten Bauwagen angekommen. Er schien sich für etwas zu interessieren, das zwischen zwei Metallfässern ohne Deckel steckte, und wedelte aufgeregt mit dem Schwanz.

Holmann vermerkte die Position auf dem GPS-Tracker des Hundes und zerrte ein buntes Badetuch zwischen den Fässern hervor.

»Ihr dürft nicht vergessen, dass er darauf trainiert ist, Blut, Sperma und Leichengeruch anzuzeigen«, erklärte Holmann. »Vermutlich ist das hier ein Ort, wo Spuren von verschiedenen Körperflüssigkeiten zu finden sind.« Er warf ihnen das Handtuch zu. »Ihr könnt ja überlegen, ob das protokolliert werden soll.«

Wisting schüttelte den Kopf. Das steife Handtuch hatte ein grellbuntes Muster und schien noch nicht lange dort gelegen zu haben.

Holmann führte den Hund weiter in den Wald, während Wisting und Ingrid Sandell an Ort und Stelle blieben.

»Ich habe ein Haus in Spanien, mit einem kleinen Segelboot«, erzählte Ingrid Sandell. »Ein kleiner Ort an der Ostküste namens La Sella. Beides habe ich von meinem Vater geerbt. Ich bin jeden Herbst für ein paar Wochen unten. Komm mich doch mal besuchen. Ich kann dir Segeln beibringen.«

Das Telefon klingelte in Wistings Tasche. Er zog es heraus und sah, dass es Siri Klopp von der *VG* war, deren Nummer er eingespeichert hatte.

»Eine Journalistin«, sagte er, während das Telefon weiterklingelte. »Die können doch jetzt noch nichts über die Suchaktion erfahren haben?« Mit gerunzelter Stirn nahm er den Anruf an.

»Es geht um die Klimaaktion auf dem Golfplatz«, erklärte Siri Klopp. »Wie schätzen Sie die ein?«

Wisting warf Ingrid Sandell einen Blick zu. »Ich weiß von keiner Klimaaktion«, erwiderte er.

»Wir haben ein Video und einige Fotos von gestern Nacht erhalten«, erklärte die Journalistin. »Die Aktivisten haben auf dem Golfplatz mehrere Löcher mit Zement gefüllt. Momentan findet eine Demo gegen die Konzernleitung von Equinor statt. Ein paar Vertreter der Konzernleitung wollten da heute ein Turnier spielen.«

»Wie schon gesagt, ich habe keine Kenntnis davon«, entgegnete Wisting. »Wenn da jetzt gerade etwas im Gange ist, sollten Sie sich eher an die Einsatzzentrale wenden.«

»Mit denen habe ich schon gesprochen«, antwortete Siri Klopp. »Die haben zwei Streifen da draußen. Ich wollte von Ihnen hören, wie Sie in der Sache ermitteln.«

»Wir warten erst mal die Strafanzeige ab«, erwiderte Wisting, beendete das Gespräch und dachte, dass die Aktivisten auf jeden Fall bekommen hatten, was sie wollten. Nämlich Aufmerksamkeit, und zwar ganz anders, als wenn sie Müll vom Meeresboden aufsammelten.

»Das betrifft uns nicht«, sagte er und lächelte Ingrid Sandell an. Er steckte das Handy zurück in die Tasche, ging zum Auto und holte zwei Wasserflaschen.

Sandell las das Etikett. »*Farris?*«

Wisting nickte. »Derselbe Name wie der See, aber das Wasser kommt nicht von dort. Es stammt aus einer natürlichen Quelle in Bøkeskogen.«

Sie unterhielten sich weiter, während die beiden Beamten der Hundestaffel zwischen den Bäumen umherstreiften. Wisting war zweimal auf Dienstreise in Spanien gewesen. Einmal vor fünfzehn Jahren, um den Spuren eines Segelbootes zu folgen, das außerhalb von Stavern verlassen im Meer trieb, und dann noch einmal vor zwei Jahren, um nach einer Norwegerin zu suchen, die aus einer kleinen Stadt namens Palamos verschwunden war. Spanien gefiel ihm – das Klima, die Menschen und die entspannte Atmosphäre.

Ingrid Sandell lenkte das Gespräch wieder auf den Fall.

»In zwei Tagen jährt sich Annika Bengts Verschwinden«, sagte sie. »Normalerweise rufe ich ihre Mutter an und berichte vom Stand der Dinge. Nicht genau an diesem Tag, aber ein paar Tage vorher. Sie erwartet es auch dieses Jahr von mir.«

Mehr oder weniger reflexartig blickte Wisting auf die Uhr. »Der Tag hat gerade erst begonnen. Heute Abend kann alles ganz anders aussehen.«

Ingrid Sandell nickte, sagte aber nichts.

Von ihrem Standpunkt aus konnten sie die Hundestaffel weiterhin hören. In regelmäßigen Abständen kehrten Holmann und sein Schäferhund zum Wendeplatz zurück, ehe sie erneut zwischen den Bäumen verschwanden.

Nach fast einer Stunde wurde die Suche abgebrochen. Holmann versorgte Sheriff mit Wasser, während der Kollege ein iPad in den Händen hielt, auf dem eine Landkarte und GPS-Daten zu sehen waren.

»Wir waren überall«, sagte er. »Ohne dass er auch nur ansatzweise angeschlagen hätte.«

Das Kartenbild zeigte Zickzackspuren, die nachzeichneten, wo der Hund entlanggegangen war. Ein ganzes Stück mehr als der auf der Karte schraffierte Bereich war abgesucht worden. Der Hund hatte nirgendwo angeschlagen.

»Was haltet ihr von einer Suche auf dem ausgetrockneten Seegrund?«, fragte Wisting.

Sheriff schlürfte das mitgebrachte Wasser in sich hinein, und Wisting trank aus seiner eigenen Flasche.

»Er ist wahrscheinlich etwas erschöpft, aber ich finde, wir sollten einen Versuch machen«, sagte Holmann.

Sie packten ihre Ausrüstung zusammen und fuhren zurück zum Farris. Wisting deutete auf die Stelle, wo der Buchstabenschmuck gefunden worden war.

»Das ist gut«, sagte Holmann und bohrte den Fuß in die karge Erde. »Hier kommt er mit der Schnauze direkt auf den Boden, ohne dass ihm die Vegetation im Weg steht.«

Er ging zurück zum Auto und holte den Hund. Sheriff wirkte nicht mehr so eifrig wie zuvor, bewegte sich aber auf Befehl von Holmann entschlossen weiter und suchte die verschiedenen Sektoren rund um den Fundort akribisch ab.

»Der Detektormann war wieder da«, sagte Ingrid

Sandell und zeigte auf das Gebiet nahe am Wasser. Wisting betrachtete die neuen Abdrücke. Sie stammten von zwei verschiedenen Personen, und die einen waren etwas größer als die anderen.

»Die haben da gegraben«, fuhr Sandell fort und ging auf die Überreste des gesunkenen Ruderboots zu, das durch die Zeit unter Wasser mit Algen und anderen Ablagerungen überzogen war. Ein offenes Loch in der Erde zeigte, wo vermutlich etwas Metall gelegen hatte.

»Ich kann ihn anrufen und herausfinden, was da gelegen hat«, sagte Wisting und schaute sich um, weil ihn interessierte, ob auch noch woanders gegraben worden war. Schräg vor ihnen befand sich eine Stelle, wo anscheinend jemand einen Spaten benutzt hatte. Von der Wasseroberfläche dahinter wurde das scharfe Sonnenlicht reflektiert, wodurch sich nur schwer etwas erkennen ließ.

Wisting warf einen Blick auf den Hund, ehe sie näher herangingen. Es schien dort ein etwas größeres Loch gegeben zu haben, das wieder gefüllt worden war. Aus dem kleinen Erdhaufen ragte ein Stück schwarzer Stoff heraus.

Ingrid Sandell griff danach und zog einen Schuh heraus.

»Converse«, sagte sie und rieb mit dem Daumen über das verblasste Logo auf der Innenseite des Schuhs.

Ihre Stimme war leise und gedämpft, als handele es sich um einen besonderen Augenblick. Wisting wollte sich nicht einmischen, wandte bloß den Blick von ihr ab und betrachtete den Schuh.

Sandell drehte ihn um. Trockene Erde rieselte herunter.

Sie kratzte mit den Fingernägeln eine Nummer unter der Gummisohle frei: 5½.

»Annikas Größe«, sagte sie. »Entspricht sechsund-
dreißig in Schweden.«

»Hat sie solche Schuhe getragen?«, wollte Wisting
wissen.

Sandell nickte. »Noch ein Hinweis«, sagte sie und
ließ den Blick schweifen. »So langsam glaube ich, dass
sie irgendwo hier ist.«

35

Evert Harting wartete an der Treppe, während Isabell ihre Mutter zum Abschied umarmte.

»Du kannst ja am Ende des Sommers noch mal wiederkommen, bevor die Vorlesungen anfangen«, schlug Ella vor. »Die ganze nächste Woche soll es regnen, das Problem mit dem Brunnen ist also bald gelöst. Und Kjell-Tore kümmert sich um die Verbrennungstoilette, während er hier ist.«

Isabell lächelte. »Mal sehen. Vielen Dank für alles.«

Evert nahm ihre Tasche und legte sie auf den Rücksitz des Autos.

Der Kies knirschte unter den Reifen, als sie losfuhren.

»Reist du ab, weil Kjell-Tore kommt?«, fragte Evert.

Isabell schwieg. Er blickte zu ihr hinüber. Sie lehnte sich an den Fensterrahmen und stützte den Kopf mit der Hand ab. Der Fahrtwind ließ ihre Haare flattern.

»Mama hat ihn gern«, sagte sie. »Er ist ihr Bruder.«

Evert verstärkte den Griff ums Lenkrad. »Das spielt keine Rolle. Wenn er dir etwas getan hat, will ich das wissen.«

Isabell strich sich die Haare aus dem Gesicht. »Er hat nicht wirklich was getan. Es ist nur etwas unangenehm, wenn er in der Nähe ist.«

Schweigend fuhren sie weiter.

»Was ist denn passiert?«, fragte Evert nach einer Weile.

»Ach, das ist lange her«, sagte Isabell. »Nichts, worüber man reden müsste.«

Sie waren am Streckenabschnitt beim Hundeclub angekommen. Zwei Autos standen auf Höhe der Stelle, wo er den Buchstabenschmuck gefunden hatte. Das eine mit geöffneter Heckklappe. Als sie näher kamen, sahen sie, dass es ein Polizeifahrzeug war.

Isabell zog ihren Arm vom Fenster weg.

»Die suchen etwas«, sagte sie.

Evert fuhr langsamer. Ein Polizeihund schwänzelte auf dem ausgetrockneten Seeboden umher, während er von zwei uniformierten Beamten beobachtet wurde. Der eine hatte das Oberteil seines Overalls abgestreift und es sich um die Taille gebunden. Zwei weitere Personen standen in einiger Entfernung und schienen die anderen zu beobachten. Ein Mann und eine Frau. Der Mann drehte sich um, als sie mit dem Auto näher kamen. Es war der Ermittler vom Vortag. William Wisting. Er folgte ihnen mit dem Blick, bis sie vorbeigefahren waren.

»Es muss etwas mit der Halskette zu tun haben«, sagte Isabell.

Evert warf einen Blick in den Spiegel und wollte etwas sagen, aber die Wörter blieben ihm im Hals stecken. Er musste sich räuspern.

»Sie denken, die Kette könnte einem vermissten Mädchen gehören.«

Die Tochter sah ihn an. »Hä?«

»Annika Bengt aus Schweden«, sagte er. Die Stimme versagte, und er musste den Namen wiederholen. »Sie ist vor vier Jahren verschwunden.«

Isabell richtete sich auf und drehte sich um. Als die Polizisten außer Sichtweite waren, entspannte sie sich wieder.

»Und wieso denken die das?«, fragte sie.

»Es war eine besondere Halskette«, erwiderte er und erzählte von dem Buchstabenschmuck und dem Vermisstenfall.

»Ich erinnere mich«, sagte Isabell. »Die dachten, sie wäre entführt worden.«

Evert wich einem Schlagloch aus. Isabell drehte sich erneut um, aber es war nichts mehr zu sehen.

»In den Nachrichten ist aber nichts über sie gekommen«, bemerkte Isabell.

»Wahrscheinlich gehen sie mit so was nicht an die Öffentlichkeit, ohne etwas Genaueres zu wissen«, meinte Evert.

Sie bogen auf die asphaltierte Straße ab. Er kurbelte das Fenster hoch und blickte zu seiner Tochter, die gedankenverloren wirkte.

»Hat die Polizei sonst noch etwas gesagt, als du bei ihnen warst? Ob es Verdächtige gab?«

»Nein, sie haben nach dem Verkehr auf der Straße gefragt, und wer sich sonst in der Gegend aufgehalten hat.«

»Du solltest ihnen von dem Schuh erzählen«, sagte Isabell. »Der war ja nicht so groß und könnte ihr gehören.«

Sie kurbelte das Fenster auf ihrer Seite hoch und fuhr sich durch die Haare. »Mein Gott. Vielleicht sind wir über sie drübergelaufen. Sie kann ja irgendwo dort im Schlamm liegen.«

Evert antwortete nicht. Er überlegte, welche Gedanken sie sich wohl über ihren Onkel machte, konnte sich aber nicht dazu durchringen, sie zu fragen. Außerdem gab es andere Möglichkeiten. Bei seinen Recherchen im Internet war er auf den Fall eines Mannes gestoßen, der ein Mädchen von einem der Campingplätze außerhalb von Stavern entführt hatte, und zwar im Jahr nach Annikas Verschwinden. Als er mit seinem Wohnmobil in der Nähe des Femundsjø von der Polizei angehalten wurde, lag das Mädchen vollgepumpt mit Beruhigungsmitteln hinten im Wagen. Der Mann stammte eigentlich aus Haugesund, hatte aber Verbindungen in die Region, und seine Vorgehensweise schien ähnlich zu sein.

Der Verkehr bewegte sich nur langsam in Richtung Stadtzentrum, aber als Evert vor dem Bahnhof anhielt, waren es noch immer zehn Minuten bis zur Abfahrt von Isabells Zug. Er konnte sie nicht abreisen lassen, ohne über Kjell-Tore geredet zu haben. Also räusperte er sich und atmete ein paarmal tief durch, bevor er etwas sagte.

»Ich fürchte, als du noch klein warst, sind Dinge passiert, die ich entweder nicht gesehen oder nicht begriffen habe«, sagte er. »Und ich verstehe, dass du das alles hinter dir lassen möchtest, aber ich muss es wissen.«

Für einen Augenblick herrschte Stille.

»Ich werde es deiner Mutter nicht sagen und auch nicht mit Kjell-Tore darüber reden, wenn du nicht willst«, fuhr er fort. »Aber womöglich geht es dabei nicht nur um dich.«

Isabell legte ihre Hand auf den Türgriff, blieb aber sitzen. »Es käme doch sowieso nichts Gutes dabei heraus«, sagte sie. »Er wäre immer noch Mamas Bruder, aber nichts würde mehr so sein wie zuvor. Alles wäre zerstört.«

Evert starrte nach vorn. Die Fahrgäste füllten langsam den Bahnsteig. »Aber du hast ja nichts kaputt gemacht«, sagte er. »Nichts davon ist deine Schuld.«

Sie seufzte. »Es ist nicht so schlimm, wie du denkst. Er hat mich nicht vergewaltigt.«

Er verspürte Erleichterung, doch zugleich war es eine Bestätigung.

Etwas war also passiert. Schweigend saß er da und wartete darauf, dass sie etwas erzählte.

»Ich war klein und kann mich nicht mehr an so viel erinnern«, begann sie. »Aber er hat sich mir sozusagen gezeigt. Und wollte, dass ich mich auch nackt ausziehe.«

Evert spürte eine Woge von Emotionen in sich aufsteigen, eine Mischung aus Wut und Trauer. Er biss die Zähne zusammen, um die Tränen zurückzuhalten.

Isabell bemerkte es. »Es geht mir gut«, sagte sie und legte eine Hand auf seine Schulter. »Es ist lange her. Ich habe es hinter mir gelassen, aber ich bin ungern im selben Raum wie er. Schlimmer ist es nicht.«

Sie öffnete die Autotür. Auf dem Bahnsteig wurde die Abfahrt des Zuges über Lautsprecher angekündigt.

Evert spürte, wie sein Atem stockte. Er war sich nicht sicher, ob sie es so geschildert hatte, wie es wirklich passiert war, konnte sich aber nicht dazu durchringen nachzufragen.

»Du darfst Mama nichts davon erzählen«, sagte sie und stieg aus dem Wagen. »Oder Kjell-Tore.«

Er stieg ebenfalls aus und nahm ihre Tasche vom Rücksitz. Der Zug fuhr ein, die wartenden Fahrgäste machten sich zum Einsteigen bereit.

Isabell legte ihre Arme um ihn.

»Es geht mir gut«, versicherte sie.

»Ich würde so gerne …«, begann er, konnte aber seine Gefühle nicht in Worte fassen. »Denk daran, dass ich für dich da bin, wenn irgendwas ist. Ich werde dich immer unterstützen.«

Sie lächelte, dann nahm sie ihre Tasche und ging zum Zug.

Evert trat ein paar Schritte zurück und lehnte sich an die Motorhaube.

Innerhalb weniger Minuten hatte sich die Welt verändert. Er hatte Isabell immer das Beste gewünscht und sie vor allem beschützen wollen, doch er hatte versagt. Hatte sie im Stich gelassen.

Eine Mischung aus Wut und Verzweiflung überwältigte ihn. Sein Blick verschleierte sich. Er sah nicht, ob Isabell an einem der Fenster stand, als der Zug den Bahnhof verließ, hob aber dennoch die Hand und winkte. Er hoffte, dass die Last der Erinnerungen für Isabell nun leichter zu ertragen war, nachdem sie ihm davon erzählt hatte.

36

Holmann und Sheriff kehrten zum Ausgangspunkt zurück.

Die optimistische Erwartung war von einer Art gedämpfter Resignation abgelöst worden. Der Hundeführer zuckte mit den Schultern und breitete die Arme aus.

»Das bedeutet jetzt aber nicht, dass sie nicht hier ist«, sagte er.

Wisting dankte den beiden Beamten für ihren Einsatz.

»Ihr könnt euch ja wieder melden, wenn es andere Bereiche gibt, die infrage kommen«, bot Holmann an.

Sie gingen zurück zu den Autos. Wisting blickte auf die Uhr.

»Lass uns irgendwo zu Mittag essen«, schlug er Ingrid Sandell vor. »Die Techniker kommen in einer Stunde, um das Wohnmobil zu untersuchen. Die können sich dann auch den Schuh genauer ansehen.«

Der Schuh lag in einer Papiertüte hinten im Wagen.

»Wasser hat eine besondere Fähigkeit, die Vergangenheit auszulöschen«, sagte Ingrid Sandell. »Es wäscht alle Spuren weg.«

Wisting glaubte nicht, dass sich DNA sichern ließ, die bestätigen konnte, dass es sich tatsächlich um Annika Bengts Schuh handelte. Allerdings untermauerte der Fund die Theorie, auf deren Grundlage sie arbeiteten.

Die Klimaanlage ließ die Temperatur im Auto schnell absinken. Wisting parkte im Hinterhof der Polizeistation und begleitete Ingrid Sandell zu einem Restaurant am Marktplatz. Sie entschuldigte sich und ging zur Toilette, während Wisting sich an einen Tisch im Schatten setzte.

Sein Handy klingelte, noch ehe der Kellner an den Tisch kam. Eine unbekannte Nummer. Er erwog, es klingeln zu lassen, nahm den Anruf aber schließlich an.

»Hier ist Pape«, sagte der Mann am anderen Ende. »Vestfold Caravan-Center. Sie waren gestern bei mir.«

»Ja, stimmt«, erwiderte Wisting.

»Mir ist noch etwas eingefallen«, fuhr Pape fort. »Vermutlich ist das für Sie nicht von Bedeutung, aber ich dachte, ich sollte es trotzdem erwähnen.«

»Ja?«

»Also, es geht um den ehemaligen Besitzer. Ove Rudi Werner. Sie wissen wahrscheinlich, dass er sich ein neues Auto gekauft hat, oder? Einen neueren Solifer?«

Wisting gab keine Antwort. Pape zögerte, als wüsste er nicht genau, wie er sich ausdrücken sollte.

»Nachdem Sie hier waren, kam das Gespräch auf ihn«, fuhr er fort. »Eigentlich dachte ich, er wäre noch im Gefängnis, aber Roy aus der Werkstatt meinte, er sei am Montag mit dem Wagen hier gewesen. Irgendein Defekt am Kühlsystem.«

»Vor drei Tagen?«, fragte Wisting.

»Ja, er war zuerst am Samstag hier, aber da hatte niemand Zeit, sich das Problem anzusehen, also hat er einen Termin am Montag um halb eins bekommen.«

Wisting nickte einem Kellner zu, der ihm daraufhin zwei Speisekarten brachte.

»Er macht also Urlaub hier in der Gegend?«, fragte er.

»Sieht so aus«, erwiderte Pape. »Wie ich sehe, hat er eine Adresse in Haugesund, aber sein neues Wohnmobil wurde bei Kroken in Kristiansand gekauft. Er hätte ja einfach zu denen fahren können, wenn er ohnehin unterwegs war. Die haben auch eine Werkstatt.«

»Hat er etwas darüber gesagt, warum er zu Ihnen gekommen ist?«

»Ich habe selbst nicht mit ihm gesprochen. Und Roy hat auch nicht so viele Worte mit ihm gewechselt. Aber die Reparatur hat eine Stunde gedauert. Es war ein Steuerungsrelais, das nicht so funktioniert hat, wie es sollte. Vermutlich lag es einfach an einem schlechten Kontakt. Er hat drinnen am Kaffeeautomaten gesessen und gewartet, während Roy das Teil repariert hat. Kicki hat anscheinend ein bisschen mit ihm geredet. Sie hatte den Termin für Montag mit ihm vereinbart. Möglicherweise hat er ihr erzählt, woher er kam oder wohin er wollte.«

»Kicki?«

»Sie haben auch mit ihr gesprochen«, erklärte Pape. »Kicki ist meine Nichte und arbeitet am Kundenempfang. Kicki Dalberg.«

Wisting erinnerte sich an sie. Sie hatte Kleidung im Gothic-Stil getragen und schwarz geschminkte Augen gehabt.

»Haben Sie sie noch nicht gefragt?«, erkundigte sich Wisting.

»Sie arbeitet nicht jeden Tag. Ich habe eben versucht, sie anzurufen, aber sie ist nicht drangegangen.«

»Verstehe«, sagte Wisting und richtete sich ein wenig auf.

Pape schien zu merken, dass er sich für die Geschichte interessierte. »Sind diese Informationen nützlich für Sie?«, fragte er.

»Ich weiß es sehr zu schätzen, dass Sie sich gemeldet haben«, entgegnete Wisting. »Haben Sie Kickis Nummer?«

»Ich kann sie Ihnen schicken«, schlug Pape vor. »Falls Sie diesen Werner schnappen wollen.«

»Schicken Sie mir bitte auch ihre Adresse«, sagte Wisting.

Es wäre einfacher, direkt mit ihr zu reden als am Telefon.

»Gut«, sagte Pape. »Sie lebt bei ihren Eltern, aber die sind gerade verreist.«

Er gab eine Adresse im Osten der Stadt durch, versprach aber, sie Wisting auch zu schicken. »Lassen Sie mich wissen, wenn ich sonst noch etwas für Sie tun kann.«

Wisting bedankte sich erneut und legte auf. Ingrid Sandell kam zum Tisch zurück.

»Wir müssen mit einem Mädchen namens Kicki Dalberg reden«, sagte er und berichtete von Patrick Papes Anruf. »Falls wir in dem alten Wohnmobil des Solifer-Manns Spuren von Annika Bengt finden, wüsste ich gern, wo der Kerl sich aufhält. Und Kicki Dalberg weiß vielleicht etwas.«

Der Kellner kam zu ihnen, um die Bestellung aufzunehmen.

»Können wir uns nicht lieber etwas kaufen und unterwegs essen?«, schlug Ingrid Sandell vor.

Wisting nickte und sah den Kellner Hilfe suchend an, der daraufhin zwei Wraps vorschlug.

Zehn Minuten später saßen sie wieder im Auto. Wisting kannte die Gegend, wo Kickis Eltern lebten. Sie wohnten gegenüber der Bucht, wo Fridtjof Nansen das Polarschiff Fram zu Wasser gelassen hatte.

Nummer vierzehn war ein charmantes Backsteinhaus mit einer bescheidenen Auffahrt. Wisting nahm einen letzten Bissen von seinem Wrap und zerknüllte das Papier, bevor er am Garagentor vorfuhr.

Als sie ausstiegen, hörten sie das Kreischen der Möwen vom Meer. Wisting ging zur Tür. An der Wand lehnte ein klappriges altes Fahrrad.

»Sie ist siebzehn«, sagte Wisting und deutete auf das Rad.

Die Türklingel war bis nach draußen zu hören, aber niemand kam und öffnete.

Wisting versuchte es noch einmal und klopfte dann an, bekam aber immer noch keine Reaktion.

»Wir gehen mal ums Haus«, schlug er vor.

Der Garten auf der Rückseite des Hauses war groß, und vor den Wohnzimmerfenstern befand sich eine mit Steinplatten belegte Veranda.

»Alles abgeschlossen«, kommentierte Ingrid Sandell. »Wahrscheinlich ist sie nicht zu Hause.«

Wisting ging hinauf zur Verandatür, in deren Glasscheibe sich die Sonne spiegelte. Gleich dahinter sah er einen Wäscheständer. Daneben lagen einige Gartenkissen, die auf dem Boden gestapelt waren.

»Ich denke, du hast recht«, sagte er.

Er holte sein Telefon heraus und wählte Kickis Nummer, landete aber direkt bei einer Mailbox. Wisting schrieb eine Nachricht, informierte sie über seinen Besuch und bat sie um Rückruf.

Bevor sie ins Auto stiegen, ging Wisting noch einmal zur Haustür und rüttelte daran. Verschlossen.

Ein Junge mit einem Skateboard rollte auf der Straße

vorbei, ansonsten war es ruhig. Es gab niemanden, den sie fragen konnten.

Sie stiegen wieder in den Wagen und schlugen gleichzeitig die Türen zu. Wisting fuhr langsam zurück auf die Straße.

Ingrid Sandell sah zum Haus hinauf. »Meine Kollegen in Schweden sagen immer, dass ich viel zu misstrauisch bin. Ich habe oft eine ziemlich schlechte Meinung über Menschen. Dass jeder lügt oder dass etwas nicht stimmt.«

»Berufskrankheit«, meinte Wisting.

»Wahrscheinlich«, entgegnete Ingrid Sandell. »Nenn es Bauchgefühl, aber mir gefällt nicht, dass wir sie nicht erreichen können.«

Wisting nickte. Sein inneres Barometer hatte sich in die gleiche Richtung bewegt.

37

Die beiden Kriminaltechniker zogen ihre weißen Overalls an, während Wisting erklärte, worum es ihm ging. Zwei Arbeitslampen auf einem Stativ tauchten das Wohnmobil in gleißendes weißes Licht. Der Wagen der Techniker stand mit geöffneter Seitentür in unmittelbarer Nähe, alle notwendigen Geräte lagen griffbereit.

Wisting kannte die beiden Kriminaltechniker aus früheren Fällen. David Eikrot und Gina Lyng waren gründlich und arbeiteten mit Präzision und Genauigkeit, galten aber auch als eigensinnig.

»Vier Jahre«, sagte Eikrot. Er wirkte skeptisch.

Wisting blickte zu Gina Lyng hinüber, um ihre Einschätzung zu erfahren.

»Es kann funktionieren«, sagte sie. »Hängt alles davon ab, wie das Wohnmobil seitdem verwendet wurde und von welcher Art biologischem Material wir reden. Wir haben Blut im hinteren Teil eines Autos gefunden, das vor sieben Jahren bei einem Mordfall benutzt wurde. Und das, nachdem der Täter die Kofferraummatten entfernt und den ganzen Bereich gereinigt hatte.«

»Reden wir in diesem Fall von Blut?«, fragte Eikrot.

»Das wissen wir nicht«, erwiderte Wisting.

David Eikrot betrachtete den Safe in der Ecke der Werkstatt. Getrockneter Lehm hatte sich in großen Klumpen abgelöst.

»Was ist das?«, fragte er.

Wisting erzählte die Geschichte, während Eikrot die Objekte betrachtete, die Daniel Rana im Schlamm gefunden hatte.

»Die würde ich gern mal auf einem Plattenspieler ausprobieren«, sagte er und inspizierte die LP.

Ingrid Sandell hatte sich im Hintergrund gehalten. Jetzt trat sie ein paar Schritte vor und schaute durch die offene Tür in den Innenraum des Wohnmobils, als wollte sie alle daran erinnern, weshalb sie zusammengekommen waren.

»Bekommen wir denn heute noch Antworten?«, fragte sie.

Gina Lyng öffnete den Deckel eines Gerätekoffers und überprüfte den Inhalt. »Das ist keine Arbeit, die in ein paar Stunden erledigt ist«, erwiderte sie. »Es wird schon ein paar Tage dauern.«

»Mir wäre es recht, wenn ihr mit der Heckscheibe beginnt«, sagte Wisting.

Eikrot schien die Einmischung in die Arbeitsabläufe nicht sonderlich zu schätzen, erhob jedoch keine Einwände.

»Die Spuren, die wir sichern können, sind allerdings nicht mit einem Datumsstempel versehen«, sagte er. »Irgendetwas werden wir schon finden, aber für ein umfassendes Bild braucht ihr eine Liste über alle Mieter und alle anderen Personen, die jemals Zugang zu dem Wagen hatten.«

»Um sie als Verdächtige zu streichen«, ergänzte Gina Lyng.

Wisting nickte. Die Liste würde ihnen Pape bestimmt zusammenstellen können.

Sein Telefon klingelte. Es war die Journalistin, die bereits früher am Tag angerufen hatte. Er stellte den Ton leiser und ließ das Handy klingeln.

Die Techniker begannen mit der Vorbereitung der Ausrüstung, ehe sie schließlich ihren Mundschutz anlegten und mit der Arbeit begannen.

Das Wohnmobil schwankte, als Eikrot es betrat. Nachdem er das Heckfenster fotografiert hatte, kniete er sich auf das Bett und schaltete eine Lampe mit ultraviolettem Licht ein, um den Vorhangstoff zu untersuchen. Wisting hatte gar nicht so weit gedacht, aber wenn Annika Bengt den Kopf unter die Vorhänge gesteckt hatte, waren dort womöglich Haare zu finden.

Die Untersuchung brachte kein Ergebnis. Eikrot nahm die Vorhänge herunter und leuchtete aus verschiedenen Winkeln das Kunststoffglas ab. Der papierartige Stoff seines Overalls knisterte, sobald er sich bewegte.

»Nichts Visuelles«, fasste er zusammen und tauschte die Lampe gegen ein DNA-Probeentnahmeset.

Er befeuchtete eines der Wattestäbchen und strich damit über das Fenster, bevor er es in einem sterilen Plastikröhrchen verschloss. Diesen Vorgang wiederholte er dreimal. Die Proben würden vermutlich erst viel später im Sommer analysiert werden, solange sie weiter nichts Konkretes hatten, was ihrem Fall im Labor Priorität einräumen könnte. Besonders gespannt war Wisting auf die Fingerabdruckuntersuchung, denn dadurch könnte eine direkte Verbindung zu Annika Bengt hergestellt werden.

Mit einem feinen Pinsel trug Gina Lyng ein feinkörniges schwarzes Pulver auf die Heckscheibe auf. Ein paarmal hielt sie inne und betrachtete ihre Arbeit. Von ihrem Standpunkt aus war es für Wisting und Ingrid Sandell unmöglich, sich irgendeinen Eindruck von dem Ergebnis zu machen.

»Hier ist etwas«, sagte die Technikerin schließlich. »Aber keine Linien, nichts, was zur Identifizierung verwendet werden könnte. Sieht eher aus wie ein Fleck.«

Wisting und Ingrid Sandell stellten sich hinter den Wagen, um die Spur von außen zu betrachten. Ungefähr in der Mitte der Scheibe hatte das Pulver eine ovale Stelle sichtbar gemacht. Auf dem Abdruck konnten sie Spuren von einem der Wattestäbchen erkennen, die für die DNA-Sicherung verwendet worden waren.

Ingrid Sandell legte den Kopf schräg. »Als ob jemand seine Stirn gegen das Glas gelehnt hätte«, meinte sie.

Wisting hatte auf etwas Konkreteres gehofft, aber keine Erwartungen gehabt. Das Ergebnis war jedenfalls enttäuschend.

Gina Lyng kam zu ihnen und zog ihren Mundschutz herunter. »Wir fangen gerade erst an. Wenn jemand während der Fahrt hinten im Wagen gestanden hat, müsste derjenige sich abgestützt haben. Fingerabdrücke können an ganz unerwarteten Stellen auftauchen.«

»Ihr müsst geduldig sein«, sagte Eikrot. »Der Fall ist vier Jahre alt. Nichts ist jetzt mehr dringend.«

Wisting tauschte einen Blick mit Ingrid Sandell.

»Lasst uns lieber gründlich arbeiten, anstatt zu hetzen«, fügte Gina Lyng hinzu und setzte ihren Mundschutz wieder auf.

Wisting nickte, holte sein Telefon hervor und drehte sich zu Sandell um. »Ich versuche noch mal, Kicki Dalberg zu erreichen.«

Er wählte ihre Nummer, doch es schien keine Verbindung zustande zu kommen. Der Empfang zwischen den Backsteinwänden in der Garagenhalle war schlecht. Sie gingen auf den Parkplatz im Hof. Die Hitze stieg vom Asphalt hoch. Wisting kniff die Augen zusammen und rief abermals die Nummer an, doch er kam nicht durch.

Ingrid Sandell verschränkte die Arme vor der Brust, als ob ihr kalt wäre.

»Ich versuch's mal beim Onkel«, sagte Wisting.

Patrick Pape meldete sich sofort.

»Sie haben doch gesagt, ich soll mich melden, wenn Sie sonst noch etwas für uns tun könnten«, sagte Wisting.

»Ja, natürlich.«

»Es geht um das Wohnmobil. Wir könnten eine Liste aller Mieter und Nutzer gebrauchen.«

Pape zögerte. »Das ist nicht so einfach, wie man denken könnte. Ich habe kein System, bei dem ich nur ein paar Tasten drücken muss. Das ist Handarbeit. Ich muss alle Rechnungen durchgehen und diejenigen rausfischen, die für dieses bestimmte Auto gelten. Es wird einige Zeit dauern, jetzt mitten in der Sommersaison. Und ich sitze hier überwiegend allein am Kundenempfang.«

Die DNA-Analysen würden ebenfalls Zeit in Anspruch nehmen.

»Vor nächster Woche brauche ich das ohnehin nicht«, sagte Wisting. »Haben Sie übrigens Ihre Nichte erreicht?«

»Nein, aber Sie anscheinend auch nicht. Vorhin ist der Anruf wenigstens noch durchgegangen, jetzt scheint ihr Telefon ausgeschaltet zu sein.«

Wisting erzählte, dass sie bei ihr zu Hause gewesen seien, aber niemanden angetroffen hätten.

»Die Eltern sind bei Kickis Bruder in Schottland. Er studiert dort und hat wohl inzwischen eine Freundin«, erklärte Pape. »Ich wollte die beiden nicht anrufen. Sie kommen in einer Woche zurück.«

»Wann haben Sie das letzte Mal mit Kicki gesprochen?«

»Das war gestern, hier bei der Arbeit. Wir schließen um vier.«

»Hatte sie irgendwelche Pläne?«

»Nichts, was sie mir erzählt hätte, aber das Wetter ist ja schön. Wahrscheinlich unternimmt sie irgendwas mit ihren Freunden, eine Bootsfahrt oder so. Ist übrigens typisch für sie, einfach loszufahren, ohne das Handy aufzuladen. Sie ist ziemlich impulsiv und chaotisch.«

Wisting nickte. Es gab viele mögliche Erklärungen.

»Kennen Sie ihre Freunde?«, fragte er.

»Nicht die, mit denen sie jetzt rumhängt, das sind diese Umweltschützer«, meinte Pape. »Ich habe selbst keine Kinder, also war ich oft bei Handballspielen und so dabei, als Kicki jünger war. Aber das ist inzwischen anders.«

»Bitte sagen Sie ihr, sie soll mich anrufen, wenn Sie sie sehen.«

»Werde ich«, antwortete Pape. »Sie taucht sowieso am Samstag wieder hier auf, zum Arbeiten.«

Sie beendeten das Gespräch. Ingrid Sandell hatte Wisting beobachtet, während er telefonierte. Ein frustrierter Zug war auf ihrem Gesicht erkennbar.

Wisting sah auf die Uhr. Es war kurz vor zwei. Er fühlte sich besonders unwohl, wenn er warten musste. Die Arbeit bei der Polizei konnte durchaus belastend sein. Man war mit körperlichen Risiken, traumatischen Ereignissen, Arbeitszeitdruck, bürokratischen Hürden und einem ständigen Mangel an Ressourcen konfrontiert. Doch für Wisting war das stille Warten am schlimmsten. Eine Zeit, die sich einfach auflöste.

Er blinzelte ins helle Sonnenlicht, gab ein Stöhnen

von sich und drehte sich zu Ingrid Sandell um. »Ich schlage vor, wir gehen rein.«

38

Außen am Glas hatten sich Tautropfen gebildet. Evert Harting beobachtete einen davon.

»Wetterphänomen mit sieben Buchstaben?«, fragte Ella. »Beginnt mit M, aber es kann kein Monsun sein. Das sind nur sechs Buchstaben.«

Evert blinzelte. »Wie?« Es fiel ihm schwer, seine Gedanken in ihre Welt zu verlagern.

»Wetterphänomen mit sieben Buchstaben«, wiederholte Ella.

Vor seinem geistigen Auge bildeten verschiedene Buchstabenkombinationen mögliche Lösungswörter. Vielleicht beschäftigte sich Ella genau aus diesem Grund mit Kreuzworträtseln. Der spielerische Mix aus logischem Denken, Sprache und kryptischen Hinweisen hinderte die Gedanken daran, sich mit etwas anderem zu beschäftigen.

»Vielleicht Mistral?«, fragte er, ohne den Blick von dem Tropfen abzuwenden. »Das sind jedenfalls sieben Buchstaben.«

Er hörte ihren Stift auf dem Papier.

»Es passt nicht wirklich«, sagte sie. »Der vorletzte Buchstabe muss ein T sein und kein A.«

Der Tropfen löste sich, glitt langsam an der Außenseite des Glases herab und vereinte sich mit einer kleinen Pfütze auf dem Tisch.

»Maretta«, sagte Evert, »dieser Nebel auf Sizilien.«

»Das ist es!«, rief Ella begeistert.

Evert griff nach dem Glas und hielt es auf seinem Schoß fest. Kjell-Tore könnte jederzeit kommen. Er empfand ein niederschmetterndes Gefühl von Ohnmacht, einen Widerwillen gegen die Vergangenheit, die Isabell zu der Frau gemacht hatte, die sie heute war. Wie anders sich das Leben doch gestaltet hätte, wenn Ellas Bruder nicht darin vorgekommen wäre. Meine Enkelkinder hätten barfuß im Gras vor dem Haus herumlaufen können, dachte er. Seine Augen wurden feucht, eine Mischung aus Traurigkeit und Wut.

»Energie mit neun Buchstaben«, fuhr Ella fort.

Wenn er mit ihr darüber reden wollte, musste er es jetzt tun, bevor ihr Bruder kam. Oder er musste es lassen, genau so, wie er es Isabell versprochen hatte.

Er blinzelte ein paarmal und stand auf.

»Ich mache einen kleinen Spaziergang«, sagte er.

Ella blickte auf. »Jetzt?«, fragte sie und sah auf die Uhr. »Kjell-Tore kommt doch jeden Moment. Die Fähre legt um zwei Uhr an.«

»Ich gehe nur zur Bucht runter«, sagte Evert und zeigte in die Richtung.

»Glaubst du, da ist etwas?«

Er löste den Detektor vom Ladegerät, zog seine Stiefel an und ging hinunter zum Anleger. Die alten Ölfässer lagen jetzt auf dem Trockenen. Er ging auf sie zu und schwang dabei die Sonde von einer Seite zur anderen. Jeder Schritt fiel ihm schwer. Die Verzweiflung saß wie ein Stein in der Brust. Die Vergangenheit ließ sich nicht ändern. Das Unrecht konnte nicht wiedergutgemacht werden.

Der Detektor gab ein lautes Signal von sich. Eisen. Ungefähr zehn Zentimeter tief im Boden.

Das Signal ertönte weiterhin, außergewöhnlich klar und deutlich. Er legte den Detektor zur Seite, griff zum Spaten und fing an zu graben. Es knirschte in dem rissigen Schlammbett, Staub wirbelte auf. Isabell hätte sich gefreut, wenn sie jetzt bei ihm wäre.

Nach ein paar Spatenstichen stieß er auf Widerstand. Er legte den Spaten weg, benutzte die Finger und fand das Ende einer Kette. Sie steckte zu fest, als dass er sie herausziehen konnte, und er grub weiter. Die Hände wurden schmutzig von der trockenen Erde, die in jede Pore der Haut eindrang.

Die Kette ragte leicht schräg aus dem Boden heraus. Kettenglied für Kettenglied kam zum Vorschein. Es schien ihm, als ob er nicht nur im Boden grub, sondern in seinem eigenen Kopf, auf der Suche nach einem Verständnis für das, was im Verborgenen gelegen hatte und verdrängt worden war.

»Evert!«, rief Ella von der Hütte.

Mit einer Hand im Rücken sah er in ihre Richtung.

Ella war aufgestanden. Sie stand am Fuß der Verandastufen und winkte. Kjell-Tores Wohnmobil kam angefahren und schaukelte wegen der Unebenheiten der Straße von einer Seite zur anderen. Eine Staubwolke hing in der Luft dahinter.

Evert atmete tief ein und langsam wieder aus, um die Emotionen unter Kontrolle zu halten. Dann klopfte er sich den Staub ab und ging hinauf zur Hütte.

Kjell-Tore trug Shorts und ein zerknittertes blaues T-Shirt. Er umarmte Ella und stemmte dann die Hände in die Seiten.

»Ich muss schon sagen, da ist wirklich wenig Wasser im See«, sagte er und blickte an Evert vorbei.

»Mehr als fünf Meter unter dem Normalwert«, entgegnete Evert.

»Am Wochenende soll es regnen«, warf Ella ein.

Evert stellte den Detektor auf die Veranda.

Kjell-Tore sah ihn an. »Sieht aus, als ob du ein kühles Bier vertragen könntest.«

Er verschwand im Wohnmobil und kam mit zwei Flaschen deutschem Bier zurück.

»Hier«, sagte er und reichte Evert eine davon. Dann zog er ein Springmesser aus der Tasche und ließ die Klinge vorschnellen. Er löste den Kronkorken ab und tauschte die Flasche mit Evert.

»Möchtest du auch eins?«, fragte er und sah seine Schwester an.

»Ich warte bis zum Essen«, erwiderte Ella.

»Wir müssen unbedingt grillen«, sagte Kjell-Tore und grinste. »Ich habe den Kühlschrank voll.«

Er stieß mit Evert an und setzte die Flasche an die Lippen.

Evert nahm einen Schluck Bier und fand, dass es bitter schmeckte.

Kjell-Tore warf einen Blick aufs Thermometer, das im Schatten am Verandapfosten hing.

»Achtundzwanzig Grad«, las er vor. »Da unten in Europa war es noch heißer, aber es fühlte sich nicht ganz so schlimm an.«

»Die Luft steht hier völlig still«, erklärte Ella. »Wir setzen uns besser in den Schatten.«

Sie nahmen ihre Plätze am Verandatisch ein. Ella begann, nach den Orten zu fragen, die er auf der Reise besucht hatte. Kjell-Tore erzählte von wunderschönen

Stränden und charmanten Dörfern in Nordfrankreich, von einem Musikfestival in den Niederlanden und von einem Verkehrsunfall auf der Autobahn in Deutschland, bei dem er mit angepackt hatte – lauter Dinge, worüber er bereits am Telefon mit Ella gesprochen und die sie sich in ihrem Kalender notiert hatte.

Evert nippte an seinem Bier und hörte zu, ohne etwas zu sagen. Kjell-Tore streckte die Beine unter dem Tisch aus und blickte von seinem Schwager auf den Metalldetektor.

»Hast du diesen Sommer etwas gefunden?«, fragte er und deutete mit dem Flaschenhals auf das Suchgerät.

Ella antwortete, bevor Evert etwas sagen konnte. »Einen alten Nagel«, sagte sie und lachte. »Du musst es ihm zeigen.«

Evert blieb sitzen. Er trank noch einen Schluck Bier und spürte einen Nerv in der Schläfe zucken.

»Ich habe in der Bucht hinter dem Hundeclub eine Goldkette gefunden«, sagte er. »Mit einem Buchstabenanhänger.«

Er glaubte eine Regung in Kjell-Tores Gesichtsmuskeln zu sehen, ehe sich der Schwager hinter der Bierflasche versteckte.

»Einen Anhänger?«, fragte Kjell-Tore und schluckte sein Bier hinunter.

»Mit dem Buchstaben A«, erwiderte Evert und versuchte, noch etwas mehr in Kjell-Tores Gesicht zu lesen. Der aber blinzelte nur ein paarmal, das war alles. »Ella hat ihn zur Polizeistation gebracht«, fuhr er fort und sah, dass Kjell-Tore die Lippen aufeinanderpresste. »Bald darauf wurde ich zu einer Befragung vorgeladen.«

Kjell-Tore kniff die Augen zusammen, als ob ihn das Sonnenlicht störte. »Warum das denn?«

»Sie hatten Fragen zum Fundort«, antwortete Evert wahrheitsgemäß. »Sie wollten wissen, ob ich eine Ahnung hätte, wie die Kette dort gelandet sein könnte, und ob mir etwas aufgefallen wäre.« Er drehte sich halb zu Ella um. »Als ich Isabell zum Zug gefahren habe, war die Polizei an der Straße. Die haben mit einem Hund gesucht, also muss da etwas sein.«

Die Atmosphäre fühlte sich plötzlich angespannt an. Ella schüttelte den Kopf, was jedoch eher wie ein unwillkürliches Zucken aussah. Sie räusperte sich, legte beide Handflächen auf den Tisch und stemmte sich hoch.

»Wäre es nicht gut, wenn du jetzt auspackst?«, fragte sie.

»Ja, ich muss auch das Wohnmobil ans Stromnetz anschließen«, sagte Kjell-Tore.

»Evert wird dir helfen«, meinte Ella und verschwand im Inneren der Hütte, während Evert und Kjell-Tore hinunter zum Wohnmobil gingen. Kjell-Tore parkte den Wagen, während Evert ihn einwinkte.

Dann fuhren sie die Hubstützen aus und schlossen den Strom an.

»Sieh mal«, sagte Kjell-Tore und hielt ihm eine Duty-Free-Tüte hin. »Schokolade.«

Evert bedankte sich und nahm die Tüte entgegen, ohne hineinzusehen.

Kjell-Tore warf einen Blick hinter sich in das Wohnmobil. »Ich werde den Wagen am Wochenende putzen und aufräumen, dann könnt ihr ihn übernehmen.«

Evert und Ella hatten geplant, nach Namsos und weiter nördlich entlang der Helgelandsküste zu fahren.

Evert zwang sich zu einem schiefen Lächeln, aber der Gedanke, im selben Auto wie Kjell-Tore zu wohnen und herumzureisen, widerstrebte ihm.

»Diesmal keine Katze?«, fragte er.

Kjell-Tore blieb in der Türöffnung stehen, als ob er den Scherz nicht verstanden hätte.

»Tuffy«, fuhr Evert fort. »So hast du doch das Kätzchen genannt, das du damals aus Schweden mitgebracht hast. War ja nicht gerade stubenrein.«

Kjell-Tores Augen verengten sich, dann brach er in Gelächter aus. »Nein, Gott bewahre!«

Er lachte, als er ausstieg und die Tür hinter sich schloss.

»Du solltest die Schokolade in den Kühlschrank legen«, sagte er mit einem Blick auf die Duty-Free-Tüte.

Während Kjell-Tore sich draußen hinsetzte, nahm Evert die Schokolade mit in die Hütte. In der Tüte waren vier Tafeln Milchschokolade, eine Packung Smørbukk und zwei Tüten Twist-Pralinen. Alles passte ins unterste Fach des Kühlschranks.

Ganz unten in der Tüte lag die Quittung. Etwas mehr als zweihundert Kronen. Er nahm sie heraus, um sie Ella zu geben. Sie gab Kjell-Tore immer gern das Geld für die Süßigkeiten zurück, obwohl sie ja eigentlich ein Geschenk sein sollten.

Unter der Summe waren Datum und Uhrzeit vermerkt. Die Schokolade war am Vortag auf der Abendfähre gekauft worden, kurz nach neun Uhr.

Er schaute von der Quittung auf und blickte aus dem Fenster, wo Ella und Kjell-Tore sich am Tisch gegenübersaßen. Ella hatte gesagt, dass die Abendfähre voll gewesen sei, weshalb er erst heute einen Platz auf der Fähre bekommen hätte, aber das stimmte nicht.

Vielleicht war es ein Missverständnis, aber unabhängig davon zeigte die Quittung, dass Kjell-Tore schon in der Nacht zuvor in Norwegen angekommen sein musste, auch wenn er ihnen etwas anderes erzählt hatte.

Evert überprüfte die Quittung noch einmal und spürte Unbehagen in sich aufsteigen. Es fühlte sich an wie leichtes Fieber.

Draußen war Kjell-Tore aufgestanden.

»Noch ein Bier?«, rief er in die Hütte.

Evert ging zur Tür. »Für mich nicht«, erwiderte er.

Kjell-Tore ging zum Wohnmobil und kam mit einer neuen Flasche zurück. Evert nahm sein Telefon hervor.

»Ich kann dir das Geld für die Schokolade vippsen«, sagte er und legte die Quittung auf den Tisch.

»Das brauchst du nicht«, protestierte Kjell-Tore.

Evert ignorierte ihn und gab den Betrag ein, hielt aber inne, wobei er sich bemühte, möglichst unauffällig zu wirken.

»Ich dachte, du kommst direkt von der Fähre?«, fragte er und sah zu Kjell-Tore hinüber.

Sein Schwager warf einen Blick auf die Quittung und trank noch einen Schluck Bier. »Nein«, sagte er kopfschüttelnd. »Ich bin gestern spätabends angekommen, bin aber erst mal nach Hause gefahren, um die Post zu checken und eine Waschmaschine durchlaufen zu lassen. Da kommt ja einiges zusammen, wenn man unterwegs ist, und hier habt ihr ja gerade kein Wasser.«

Evert sah zu Ella hinüber. Ihre Augenbrauen zogen sich zusammen, wodurch eine kleine Falte über ihrer Nase entstand.

»Ich hatte es so verstanden, dass die Abendfähre voll war«, fuhr Evert fort.

»War sie auch«, erwiderte Kjell-Tore. »Ich hätte auch

keinen Platz bekommen, wenn ich nicht vorbestellt hätte.« Er nahm noch einen Schluck Bier.

»Wir sollten auch noch mal nach Hause, bevor wir in den Norden fahren«, sagte Ella. »Wir könnten richtig duschen und ein paar saubere Sachen einpacken.«

Evert stimmte zu, richtete seine Aufmerksamkeit dann wieder auf das Handydisplay und schloss die Transaktion ab.

Kjell-Tore stellte die Bierflasche auf den Tisch, wischte sich mit dem Handrücken den Mund ab und stand auf. »Sollen wir uns mal die Verbrennungstoilette ansehen?«

»Das wäre schön«, meinte Ella. »Das Plumpsklo wird langsam voll.«

»Es ist wahrscheinlich nur ein einfacher Stromdefekt«, sagte Kjell-Tore. »Wenn nicht, muss vielleicht der Brennerkopf ausgetauscht werden. Das dürfte aber noch unter die Garantie fallen.«

Er verschwand in der Hütte. Evert folgte ihm. In der Tür blieb er stehen und sah zu Ella hinüber. Sie hatte sich bereits den Stift geschnappt und beugte sich über das Kreuzworträtselheft.

39

Der Besprechungsraum lag auf der Schattenseite der Polizeistation und war mit einer einfachen Küchenzeile ausgestattet. Wisting ließ das Wasser aus dem Hahn laufen, bis es kalt wurde, füllte ein Glas und reichte es Ingrid Sandell, bevor er sein eigenes auffüllte.

Nils Hammer kam herein, ging zur Kaffeekanne, nickte Wisting zu und wandte sich an Sandell.

»Spielen Sie Golf?«, fragte er.

Ingrid Sandell lachte. »Nein«, gab sie zurück.

»Ich auch nicht«, sagte Hammer. »Aber die Polizeichefin.« Die Kaffeekanne gab ein gurgelndes Geräusch von sich, als er auf die Pumpe drückte und die Tasse füllte. »Sie will wissen, wer den Golfplatz verunstaltet hat.« Er schüttelte den Kopf und murmelte etwas von Prioritäten und Ressourcenverschwendung.

»Habt ihr schon Hinweise?«, fragte Sandell.

»Wir wissen ja, wer es war«, sagte Hammer und nahm einen Schluck aus seiner Tasse. »Die Klimaaktivisten.«

»Und was willst du jetzt tun?«, fragte Wisting.

»Nichts«, erwiderte Hammer. »Absolut nichts.«

Er ging mit der Kaffeetasse hinaus. Wisting stellte das Wasserglas ins Spülbecken.

»Komm mit«, sagte er und führte Ingrid Sandell in sein Büro.

Der Schaden am Computerbildschirm war noch etwas größer geworden. Die Pixelfehler schienen sich wie ein wurzelartiges Geflecht auszubreiten. Bald würden sie den gesamten Bildschirm erobert haben.

»Wonach suchst du?«, fragte Ingrid Sandell, als er anfing, Suchwörter in den Computer einzugeben.

»Nach den Klimaaktivisten«, erklärte Wisting. »Als Hammer und ich im Caravan-Center waren, trug Kicki Dalberg einen Pullover mit einem Bild von der Erde in Flammen. Patrick Pape meinte, sie sei mit einer Gruppe von Umweltschützern befreundet.«

Auf dem Bildschirm erschienen zwei Fälle aus den letzten vierundzwanzig Stunden. Der eine wurde als Schadensfall aufgeführt und betraf die zugestopften Löcher auf dem Golfplatz. Beim anderen Fall ging es um sechs Personen, die zu einer unangemeldeten Demonstration zusammengekommen waren.

Wisting öffnete die Datei und überflog die Namensliste der Beschuldigten. Kicki Dalberg war nicht darunter.

Er öffnete die Website der Lokalzeitung. Unten auf der Seite stand ein Bericht über die Demonstranten auf dem Golfplatz. Sie waren mit einfallsreich gestalteten Plakaten und Bannern fotografiert worden, auf denen gefordert wurde, kein Erdöl mehr zu verbrennen und fossile Verbrechen zu stoppen.

»Da war noch etwas anderes ...«, murmelte Wisting.

Ingrid Sandell stand hinter ihm und wartete schweigend, während er auf verschiedenen Websites herumsurfte. Schließlich fand er das Gesuchte auf einer Sammelwebsite für Artikel zum Thema Dürre. Drei engagierte junge Leute hatten im ausgetrockneten Bereich des Farris Müll aufgesammelt und waren alle drei auf einem Foto abgebildet. Wisting legte den Zeigefinger auf ein dunkelhaariges Mädchen, das hinter dem Lenker eines rostig braunen Fahrrads stand.

»Kicki Dalberg«, sagte er. »Vor zwei Tagen.«

Ingrid Sandell las die Namen der anderen beiden in der Bildunterschrift vor. »Jonas Lerum, Mia Ruud. Waren die bei der heutigen Demonstration dabei?«

Wisting rief erneut die Seite mit den gemeldeten Fällen auf. Beide Namen standen auf der Liste der Demonstranten.

»Wieso war Kicki Dalberg nicht dabei?«, überlegte Ingrid Sandell.

Wisting druckte die im System gespeicherte Adresse von Jonas Lerum und weitere Kontaktdaten aus.

»Wir könnten ihn fragen«, schlug er vor.

Sie gingen zum Auto. Laut GPS befand sich die Adresse in einem der niedrigen Wohnblöcke in Tagtvedt, östlich des Stadtzentrums. Eingang B, erster Stock links.

Die Straßen in der Innenstadt waren ruhig, die Luft flirrte über dem aufgeheizten Asphalt. Sandell stellte die Klimaanlage so ein, dass der kühle Luftstrom ihr Gesicht traf.

Die Fahrt war kurz.

»Irgendwo da muss es sein«, sagte Wisting und zeigte auf eine Ansammlung von Wohnblöcken.

Er bog auf einen großen Parkplatz ein und stellte das Auto im Schatten eines Backsteingebäudes ab. Das Geräusch der zuschlagenden Autotüren hallte über den Platz.

Wisting orientierte sich an einer einfachen Übersichtskarte der Wohnblöcke und fand heraus, wohin sie gehen mussten.

Die Türklingel summte, als er die Taste der Videosprechanlage betätigte. Es dauerte eine Weile, bis sich eine Stimme meldete. »Ja?«

Wisting stellte sich vor die Kameralinse. »Wir kommen von der Polizei«, erklärte er.

Die Tür blieb verschlossen.

»Worum geht es?«, fragte der Mann in der Wohnung.

»Ein Fall, in dem wir gerade ermitteln«, entgegnete Wisting.

Eine Pause entstand. Auf einem umzäunten Spielplatz saßen zwei Jugendliche auf Schaukeln und beobachteten sie.

»Wir haben schon mit der Polizei gesprochen«, meinte der Mann.

Wisting konnte nachvollziehen, dass er skeptisch war. Die Polizei hatte die Demonstration auf dem Golfplatz abgebrochen.

»Es geht um etwas anderes«, erklärte er. »Eine Untersuchung, die Sie nicht direkt betrifft.«

Es dauerte eine Weile, dann klickte es im Türschloss. Sie traten ein und hörten, wie im Stockwerk über ihnen eine Tür geöffnet wurde. Jonas Lerum stand mit verschränkten Armen in der Türöffnung und erwartete sie, als sie hochkamen.

»Worum geht es?«, fragte er noch einmal.

»Um Kicki Dalberg«, erwiderte Wisting.

»Sie ist nicht hier«, erklärte Lerum.

»Dürfen wir trotzdem reinkommen?«, fragte Wisting.

Der junge Klimaaktivist blickte von Ingrid Sandell zu Wisting, bevor er seine verschränkten Arme senkte und mit dem Kopf ins Wohnungsinnere deutete.

Sie folgten ihm ins Wohnzimmer, wo ein jüngeres Mädchen gerade von der Couch aufstand. Sie trug ein T-Shirt mit bunten Parolen. Wisting erkannte sie von dem Foto in der Zeitung wieder, erinnerte sich aber nicht an ihren Namen.

»Mia Ruud«, stellte sie sich vor. »Was ist denn mit Kicki?«

Die Balkontür hinter ihr stand offen. Die Vorhänge bewegten sich schwach.

»Wir müssen mit jemandem reden, der vielleicht weiß, wo sie ist«, sagte Wisting.

Mia warf Jonas Lerum einen Blick zu. Er setzte sich.

»Wir wissen nicht, wo sie ist«, entgegnete Mia und nahm wieder auf dem Sofa Platz. Wisting zog einen Stuhl heran, um sich ebenfalls zu setzen. Sandell folgte seinem Beispiel.

»Sie antwortet nicht auf unsere Nachrichten«, fuhr Mia fort.

»Wann hat denn jemand von euch das letzte Mal mit ihr gesprochen?«, fragte Wisting.

»Am Dienstag«, gab Mia zurück. »Wir hatten eine Aufräumaktion am Farris, wegen des Niedrigwassers.«

Wisting nickte.

»Haben Sie schon mit Kickis Onkel gesprochen?«, fragte Jonas Lerum. »Sie arbeitet für ihn, zumindest ab und zu.«

»Sie war gestern dort«, antwortete Wisting. »Aber jetzt geht sie nicht ran, wenn er es bei ihr probiert.«

»Ist denn etwas passiert?«, wollte Mia wissen.

»Das versuchen wir gerade herauszufinden«, erklärte Wisting.

»Sollte sie heute bei der Demonstration dabei sein?«, erkundigte sich Ingrid Sandell.

»Ich habe ihr deswegen ein paar Nachrichten geschickt, aber sie hat nicht geantwortet«, erklärte Mia Ruud. »Ich habe mir gedacht, sie ist sauer.«

»Warum sollte sie denn sauer sein?«

Mia blickte wieder Jonas Lerum an.

»Wir hatten eine Diskussion während der Aufräumarbeiten«, sagte er. »Sie war der Meinung, dass die Wirkung dieser Aktion nicht ausreicht. Sie ist dann gegangen, bevor wir fertig waren.«

»Dann war da noch die Sache mit der Katze«, erinnerte Mia sich.

Jonas nickte. »Sie hat eine tote Katze gefunden. Jemand hatte sie zusammen mit ein paar Steinen in eine Plastiktüte gesteckt und dann ins Wasser geworfen. Die Tüte ist gerissen, und sie hat einen Teil des Inhalts abgekriegt.«

»Und da ist sie irgendwie ausgeflippt«, fügte Mia hinzu.

»Wir haben die Katze begraben, als Kicki weg war«, ergänzte Jonas Lerum.

Wisting blickte nachdenklich auf die Tischplatte. »Was für Aktionen hätte Kicki denn wirkungsvoller gefunden?«

Niemand antwortete.

»Etwas noch Extremeres?«, mutmaßte Ingrid Sandell.

Jonas Lerum zuckte mit den Schultern.

»War sie es, die die Löcher auf dem Golfplatz zugestopft hat?«, fragte Wisting.

Jonas Lerum schaute weg. »Ich weiß es nicht. Das ist nicht unsere Art von Protest. Und sie hätte uns bestimmt nicht im Voraus davon erzählt.«

Wisting nickte. Er hoffte, dass Kicki Dalberg nach der Beschädigung des Golfplatzes einfach untergetaucht war. Jedenfalls war das besser, als sie sich im Wohnmobil des Solifer-Mannes vorzustellen.

40

Das Fleisch brutzelte auf dem Grillrost. Evert Harting wartete, bis die ersten Tropfen Blut hervortraten. Dann pinselte er die Stücke großzügig mit Würzsoße ein und drehte sie schließlich um.

»Das machst du wie ein Profi«, kommentierte Kjell-Tore und trank aus einer der grünen Bierflaschen.

Evert trat einen Schritt vom Grill weg, nahm seine eigene Flasche und setzte sie an die Lippen.

»In fünf Minuten ist das Fleisch fertig«, verkündete er.

Ella hatte bereits den Tisch gedeckt und den Kartoffelsalat aus dem Kühlschrank geholt.

»Evert beschwert sich über den Boden«, sagte sie und wippte mit dem Stuhl, auf dem sie saß, um zu demonstrieren, dass der Untergrund uneben war.

Kjell-Tore fuhr mit seiner Schuhsohle über den rauen Zement. »Der ist noch nicht fertig«, sagte er. »Letzten Sommer hat es ja in einer Tour geregnet.«

»Wie lange ist es her, dass du den verlegt hast?«, fragte Ella. »Drei Jahre?«

»Vier«, entgegnete Evert.

»Ich kümmere mich drum, während ihr weg seid«, sagte Kjell-Tore. »Eigentlich hatte ich an Bruchschiefer gedacht, aber Schieferplatten sind genauso schön. Günstiger und außerdem einfacher und schneller zu verlegen.«

»Das weißt du am besten«, sagte Ella.

Evert schob die Fleischstücke auf dem Grill ein wenig umher und nahm eines davon für Kjell-Tore herunter. Sein Schwager mochte es gern weniger durchgebraten als sie.

»Ich habe darüber nachgedacht, das Wohnmobil auszutauschen«, sagte Kjell-Tore. »Ich habe es jetzt schon seit fünf Jahren, und als ich es gekauft habe, war es nicht neu.«

»Ist irgendwas daran nicht in Ordnung?«, fragte Ella.

Kjell-Tore setzte sich. »Nein, nein, alles gut, aber es würde mir mit einem neuen mehr Spaß machen«, erwiderte er. »An der Wohnmobilfront hat sich viel getan. Ich bin auf dem Hinweg am Caravan-Center in Larvik vorbeigefahren. Die haben da viele schöne Modelle.«

Evert stellte den Teller auf den Tisch, ging zurück zum Grill und nahm die letzten beiden Stücke herunter.

Kjell-Tore aß einen Bissen und lehnte sich zufrieden auf seinem Stuhl zurück.

»Wisst ihr, dass die Wassermenge auf der Erde immer konstant ist?«, fragte er.

Ella blickte auf den fast ausgetrockneten See.

»Die Gesamtwassermenge auf der Erde ändert sich nicht«, fuhr Kjell-Tore fort. »Das Wasser verwandelt sich in Dampf und Wolken und kommt als Niederschlag – Regen, Schnee oder Hagel – wieder herunter. Oder es gefriert und verwandelt sich in Eis, das irgendwann wieder schmilzt. Aber die Menge ist konstant.«

Er nahm seine Flasche und schwang sie hin und her.

»Ein Teil davon wird zu Bier, aber das kommt auch wieder heraus.« Er trank einen Schluck. »Wie ein nie endendes Recyclingsystem.«

Evert ordnete sein Essen auf dem Teller neu an und

ließ sich Zeit, ehe er sich ein Stück Fleisch abschnitt, Salat auf seine Gabel spießte und sie schließlich zum Mund führte.

»Höchstwahrscheinlich hat jemand anderes das gleiche Wasser vor dir getrunken«, fuhr Kjell-Tore fort und zeigte auf das Glas seiner Schwester.

Ella lachte. Evert kaute weiter und schluckte. Normalerweise waren das Gedankenexperimente und Diskussionen, die ihm Freude gemacht hätten. Er wusste nicht, wie viele Liter Wasser es auf der Welt gab, aber theoretisch würde es Millionen von Jahren dauern, bis man schließlich etwas trank, das durch einen anderen Menschen hindurchgelaufen war.

»Vielleicht hast du sogar *das* schon einmal getrunken«, fuhr Kjell-Tore fort und deutete in Richtung Plumpsklo.

»Glaubst du nicht, dass ein oder zwei Tropfen des Inhalts durch den Boden gefiltert werden und schließlich im Brunnen landen?«

Ella lächelte. »Dann habe ich eben Pech, wenn dieser Tropfen wieder in mir landet.« Sie blinzelte in die tief stehende Nachmittagssonne. »Außerdem ist der Brunnen leer. Evert füllt unsere Wasserkanister an der neuen Tankstelle an der E18 auf.«

»Also mit Wasser aus dem Farris«, sagte Kjell-Tore und schwenkte seine Gabel in Richtung der örtlichen Trinkwasserquelle. »Dann ist garantiert, dass ein Teil des Inhalts aus dem Plumpsklo durchgesickert ist und wieder hochgepumpt wurde. Und denk an all diejenigen, die beim Baden in den Farris pinkeln.«

Evert schob sein Fleischstück auf dem Teller herum. In seinem Hinterkopf tauchte etwas auf, was er irgendwo gelesen hatte. Nämlich dass es in einem Liter Wasser tausendmal mehr Moleküle gab als Sterne in der Milchstraße. Basierend auf einer geometrischen Wahrscheinlichkeitsverteilung konnte man davon ausgehen, dass mehrere Moleküle dessen, was er trank, den Weg zurück in seinen Körper finden würden.

Kjell-Tore trank noch einen Schluck Bier und sah ihn an. »Hast du den Appetit verloren?«, fragte er und warf einen Blick auf den Teller seines Schwagers.

Evert schüttelte den Kopf. »Am Montag haben sie hier eine Leiche im Wasser gefunden«, sagte er und verschwieg bewusst, dass es sich um einen Mann handelte.

Kjell-Tore richtete sich in seinem Stuhl auf. Ein Anflug von Unbehagen schien über sein Gesicht zu huschen.

»Oder besser gesagt nicht im Wasser«, korrigierte Evert sich und hielt den Blick auf Kjell-Tore gerichtet. »Sie haben ihn wegen der momentanen Dürre gefunden.«

»Es war ein Mann«, warf Ella ein. »Die haben im Internet darüber berichtet. Er lag acht Jahre dort.«

Kjell-Tore bohrte die Gabel erneut in das Fleisch.

»Wenn ich unterwegs bin, achte ich nicht so genau auf die Nachrichten«, sagte er. »Wahrscheinlich gibt es auch jede Menge Tiere, die da drinnen verfault sind. Da kommt die Kläranlage ins Spiel.«

»Lass uns bitte über etwas anderes reden«, sagte Ella.

Kjell-Tore streckte sich, legte seiner Schwester die Hand auf die Schulter und rüttelte sie leicht. Er hatte sich schon immer bei ihr eingeschmeichelt und ihr Einfühlungsvermögen ausgenutzt, dachte Evert.

»Du hast recht«, sagte Kjell-Tore. »Lasst uns den Abend genießen. Könnte der letzte sein, bevor es zu regnen anfängt.«

»Es sollen über dreißig Millimeter kommen«, meinte Ella.

»Es wird nicht mehr lange dauern, bis der Brunnen und der See wieder aufgefüllt sind«, fuhr Kjell-Tore fort.

Evert blickte dorthin, wo das trockene Land und das Wasser aufeinandertrafen. Panta rhei, dachte er. Die weisen Worte Heraklits, des griechischen Naturphilosophen. Alles fließt.

Er hatte diesen Spruch immer für zutreffend gehalten. Nichts war für die Ewigkeit gemacht. Alles war vergänglich. Nach der Sonne kam Regen. Die Nacht wurde zum Tag. Wer jung war, wurde allmählich alt. Alles, was lebte, würde einmal sterben.

Langsam ließ er den Blick zu Kjell-Tore hinübergleiten.

Nicht alles verging von allein, dachte er. Manche Dinge änderten sich nur durch einen Eingriff von außen.

41

»Ich kenne einen Mann, der am Jachthafen in Stavern einen Wohnmobilplatz betreibt«, sagte Wisting. »Er könnte sich bei seinen Kollegen einmal diskret umhören.«

Ingrid Sandell klappte die Sonnenblende herunter.

»Wäre einen Versuch wert«, sagte sie.

»Außerdem hat er eines der besten Restaurants da draußen«, fuhr Wisting fort. »Ich schlage vor, dass wir dort essen, wenn wir schon mal da sind.«

Auf der Strecke zwischen Larvik und Stavern stockte der Verkehr. Wisting zeigte auf den an der Straße liegenden Golfplatz. Die Aktion am Vorabend hatte sich anscheinend nicht auf die sportlichen Aktivitäten ausgewirkt. Eine Menge Spieler tummelten sich auf dem Grün.

Ingrid Sandell wirkte nachdenklich.

»Wusstest du, dass zur gleichen Zeit wie Annika eine Katze aus Bovikstrand verschwunden ist?«, sagte sie nach einer Weile.

Wisting sah sie an. »Eine Katze?«

»Dieses Detail ist im Zuge der Ermittlungen herausgekommen«, erwiderte Ingrid Sandell. »Es wurde nie als relevant für den Fall betrachtet, obwohl Annika Tiere geliebt hat und sich eine Katze wünschte. Aber jetzt bekomme ich es nicht mehr aus dem Kopf.«

»Du denkst an die Katze, die die Klimaaktivisten gefunden haben?«, fragte Wisting.

Ingrid Sandell nickte. »Wie weit ist es von dort bis zum Fundort der Halskette?«, fragte sie.

»Fünfhundert Meter Luftlinie«, schätzte Wisting. »Aber Annika Bengt war wahrscheinlich etwas zu alt, um sich von einer Katze in ein Auto locken zu lassen.«

»Nicht, wenn sie verletzt war oder Hilfe brauchte«, sagte Ingrid Sandell und seufzte. »Wahrscheinlich ist es nur ein Zufall. Viele Gäste hatten ihr Haustier auf dem Campingplatz dabei. Es wäre demnach nicht weiter erstaunlich, wenn eines davon im Sommer verschwunden wäre. Aber wir haben überall nach Annika gesucht, auf allen Straßen und in allen Gräben. Von einer toten Katze war nirgendwo die Rede.«

Wisting bog in Richtung Risøya ab. Wenig später tauchte der Wohnmobilplatz auf.

»Im Winter gibt es hier Liegeplätze für Boote«, erklärte Wisting und fuhr langsam vorbei. »Im Sommer kommen die Wohnmobiltouristen.«

Das Restaurant befand sich hinter dem Servicegebäude, ganz unten am Anleger. Der salzige Meergeruch ließ bei Wisting ein Hungergefühl aufkommen.

Da alle Restauranttische draußen besetzt waren, schlug ihnen der Kellner einen Tisch drinnen vor. Dort saßen sie fast allein.

»Ist Arne Steen hier?«, fragte Wisting, als der Kellner die Speisekarte brachte.

»Im Büro, glaube ich.«

»Würden Sie ihm bitte sagen, dass William Wisting hier ist?«

Der Kellner nickte und verschwand. Kurz darauf erschien der Besitzer.

»Ich kann euch auch draußen einen Tisch organisieren«, bot er an.

»Ist schon in Ordnung«, versicherte Wisting und stellte Ingrid vor. »Eine Kollegin aus Schweden«, fügte er hinzu.

Arne Steen zog einen Stuhl heran und setzte sich. »Ich kann den Heilbutt empfehlen«, meinte er.

Wisting warf einen Blick auf die Speisekarte. Der Fisch wurde mit Miesmuschelsoße und einem Salat mit Dillmayonnaise serviert.

»Der Wohnmobilplatz sieht voll aus«, sagte er.

Arne Steen nickte. »In diesem Sommer bisher über tausend Fahrzeuge pro Tag.«

»Wir suchen nach einem bestimmten Wohnmobil«, fuhr Wisting fort. »Kannst du feststellen, ob es bei euch war?«

»Hast du das Kennzeichen?«

Wisting schrieb es auf. »Kannst du eventuell auch herausfinden, ob er auf einem der anderen Campingplätze war?«

Arne Steen sah ihn über seine Brille hinweg an. »Willst du das nicht lieber selbst machen?«

»Wir versuchen, uns so unauffällig wie möglich zu verhalten.«

»Dann wirst du mir vermutlich auch nicht verraten, weshalb du an ihm interessiert bist?«

Wisting lächelte. »Ich freue mich, dass du so viel Verständnis hast«, sagte er.

Arne Steen stand auf. »Wenn ihr hinterher ein Dessert nehmt, habe ich eine Antwort für euch, noch ehe ihr wieder von hier aufbrecht. Probiert mal den Affogato.«

Sie mussten nicht lange warten, bis der Kellner das

Essen brachte. Die Fenster des Restaurants waren geöffnet, das Leben draußen bildete den Klangteppich für die Mahlzeit. Beide saßen mit Blick auf den Hafen. Die Sonne spiegelte sich im Wasser, und ein paar Boote glitten vorbei.

»Wie heißt dein Segelboot?«, fragte Wisting.

»Hm?«

»Das Boot in Spanien. Wie heißt es?«

Sie lächelte. »Vientos Justos«, antwortete sie.

»Irgendwas mit Gerechtigkeit?«, mutmaßte Wisting.

»Fast«, antwortete Ingrid Sandell. »Das ist eine nicht ganz korrekte Übersetzung des englischen Seglerspruchs mit dem Wunsch nach *fair winds and following seas*. Bei uns würde man wohl eher Mast- und Schotbruch sagen.«

»Was ist das für ein Boot?«

»Es kommt allmählich in die Jahre, aber es ist ein leicht zu segelndes Tourenboot mit fünf Schlafkojen.«

Sie erzählte von Orten an der Mittelmeerküste, wo sie gewesen war. Als sich das Gespräch anderen Dingen zuwandte als dem Fall, überkam sie beinahe die gleiche Begeisterung wie am Abend zuvor. Eine undefinierbare Leichtigkeit, die Wisting ein gutes Gefühl vermittelte.

»Dessert?«, fragte er.

Ingrid Sandell schaute in die Richtung, in die Arne Steen verschwunden war.

»Eher nicht«, erwiderte sie. »Vielleicht nur einen Kaffee.«

Gerade als Wisting bestellt hatte, gab sein Handy auf der Tischplatte ein Signal von sich.

»Hammer«, sagte er und las die Nachricht des Kollegen. »Er hat einen Geotechniker aufgetrieben, der morgen mit einem Georadar den getrockneten Seeboden scannen wird.« Er blickte auf. »Gut, dass das passiert, bevor der Regen kommt«, sagte er und tippte eine Antwort.

»Wir sollten auch die Katze ausgraben«, meinte Ingrid Sandell. »Ich kann versuchen herauszufinden, ob die verschwundene Katze aus Bovikstrand aus einem größeren Wurf stammte. Mithilfe eines DNA-Tests könnte festgestellt werden, ob es sich tatsächlich um dieselbe Katze handelt.«

»Ich werde das veranlassen«, sagte Wisting.

Arne Steen kam mit dem Kaffee an den Tisch. »Kein Treffer«, sagte er knapp. »Der Wagen war weder hier noch auf einem anderen Campingplatz. Von einigen Plätzen habe ich noch keine Antwort. Ich gebe euch Bescheid, wenn ich noch etwas höre, aber ich vermute, der Mann, den ihr sucht, ist einer von den Typen, die die Nacht auf Rastplätzen und anderswo verbringen, wo sie nichts zahlen müssen.«

»Wahrscheinlich hast du recht«, meinte Wisting.

Als sie wieder allein waren, blickte Ingrid Sandell auf die Uhr. Wisting tat das Gleiche. Es war kurz vor sechs.

»Ich sollte zum Hotel zurückfahren«, sagte Ingrid Sandell. »Ich muss täglich einen Bericht an meine Vorgesetzten in Göteborg schicken. Mit dem Buchstabenschmuck, dem Schuh, der Katze und einem Verdächtigen wird die Spur langsam konkreter. Und dann muss ich Annika Bengts Familie anrufen und ihnen sagen, dass ich in Norwegen bin. Irgendwann kommt es sowieso raus.«

Wisting nickte. Draußen flatterten die weißen Segel eines Bootes, das mit der Brise des Sonnenuntergangs in den Hafen einlief.

»Was sagst du ihnen?«, fragte Wisting.

Ingrid Sandell lächelte und sah ihn an. »Dass der Fall in den Händen eines der gewissenhaftesten Ermittler liegt, denen ich je begegnet bin.«

Ihre Worte überraschten ihn. Die Hitze stieg ihm in die Wangen, unfreiwillig errötete er. Es fiel ihm schwer, etwas zu erwidern. Seine Gefühle lagen so tief in seinem Inneren verborgen.

Stattdessen stand er auf und überspielte es mit einem Lachen.

»Wollen wir gehen?«, fragte er.

42

Wisting legte die Hand aufs Lenkrad, während er Ingrid Sandell auf das Hotel zugehen sah. An der Tür drehte sie sich um und winkte ihm kurz zu, bevor sie drinnen verschwand.

Ein Junge mit nacktem Oberkörper ließ ein Skateboard auf die Straße fallen, stellte einen Fuß darauf und stieß sich mit dem anderen ab. Die harten Räder ratterten über die Unebenheiten im Asphalt. Wisting wartete, bis der Junge weg war, und fuhr dann weiter.

Das Einfahrtstor des Polizeigebäudes war offen. Gleich dahinter standen zwei Beamte und kontrollierten die Ausrüstung auf der Ladefläche ihres Streifenwagens. Wisting fuhr auf den Hof und fand einen freien Parkplatz. Aus dem Werkzeugdepot holte er eine Schaufel und weiteres Material, um damit die tote Katze zu bergen. Nachdem er alles hinten in den Wagen gelegt hatte, ging er zur Werkstatt.

Das Wohnmobil stand an derselben Stelle im abgeschirmten Bereich der Garage, war jedoch mit Absperrband markiert, als Zeichen, dass die technischen Untersuchungen noch nicht abgeschlossen waren. Der Geldschrank aus dem Farris stand noch immer in der Ecke.

Wisting hob die Schallplatte auf, die Daniel Rana entdeckt hatte, und versuchte erneut, das Etikett zu lesen, aber der Text war völlig zerkratzt und unleserlich. Die

Rillen sahen jedoch unversehrt aus. Es wäre einen Versuch wert, es zu Hause mit dem Plattenspieler auszuprobieren, dachte er.

Wisting hinterließ eine Nachricht, dass er die Platte mitgenommen hatte, und legte sie ins Auto. Als er weiterfuhr, hatten sich im Süden einige Wolken zusammengezogen, aber nicht genug, um es regnen zu lassen.

Die Straße führte an dem ausgetrockneten Fluss entlang, der normalerweise das Wasser vom See ins Meer transportierte. Das Flussbett war mit glatten, rund geschliffenen Steinen übersät.

Oben am Staudamm lag noch der Müll, den die Umweltaktivisten hochgeholt hatten. Wisting parkte neben dem Müllhaufen, ging zur Kante des Staudamms und schaute nach unten. Ein paar Narben in der aufgerissenen Erde verrieten, wo die Gegenstände zuvor gelegen hatten. Die Stelle, wo die Katze begraben worden war, sollte somit leicht zu finden sein.

An den östlichen Schleusentoren waren stählerne Leitersprossen mit den Steinblöcken verbolzt. Wisting nahm die Ausrüstung aus dem Auto und kletterte hinunter. Der Geruch des trockenen Seebodens erinnerte ihn an ein antiquarisches Buch. Eine Mischung aus Staub und Alter.

Wisting sah sich um. Sein Blick blieb an einer Stelle ein paar Meter hinter der Staumauer hängen, wo anscheinend gegraben worden war. Die Lehmkruste knirschte und zerbröselte mit jedem Schritt.

Auf dem Erdhaufen über dem Grab lagen Kieselsteine, die ein Kreuz formten. Er machte ein Foto, bevor er die Schaufel in den Boden rammte.

Die tote Katze lag nicht allzu tief in der Erde und war in die Überreste der schwarzen Plastiktüte gehüllt, in die man sie gesteckt hatte, bevor sie im See landete.

Wisting machte ein weiteres Foto, zog dann Latexhandschuhe an und legte die Katze mitsamt der Verpackung in den Karton, den er mitgebracht hatte. Dann faltete er das Plastik auseinander, um sich den Kadaver anzusehen. Der größte Teil des Kopfes wies kaum noch Gewebe auf. Das Maul grinste ihm mit fleckigen Zähnen entgegen. Auf dem Rücken ragten die Knochen zwischen den Fellresten heraus.

Wisting atmete durch den Mund, schob die Plastiktüte noch etwas mehr zur Seite und machte abermals ein Foto.

Das Fell schien grau gewesen zu sein, mit ein paar weißen Stellen an der Seite. Das tote Tier wirkte klein, vielleicht war es nur ein Kätzchen gewesen, aber es sollte möglich sein, ein DNA-Profil aus dem Kadaver zu gewinnen.

Die Plastiktüte enthielt sonst nichts, was Aufschluss über die Herkunft der Katze geben konnte.

Wisting wickelte das Tier wieder ein, schloss die Schachtel und steckte sie in einen diffusionsdichten Beweisbeutel.

Als er oben beim Auto war, klingelte das Telefon. Er streifte die Handschuhe ab und sah, dass es sich um einen Videoanruf von Line handelte.

Etwa fünfzig Meter von ihm entfernt stand ein Lieferwagen am Straßenrand, sonst war niemand in der Nähe.

Er nahm den Anruf an und rechnete aus, dass es in Washington jetzt mitten am Tag sein musste.

Line lächelte ihn in dem kleinen Display an. »Hallo«, sagte sie. »Wo bist du gerade?«

Wisting warf einen Blick hinter sich. »Am Farris. Der Wasserstand ist fünf Meter unter dem Normalwert, aber am Wochenende soll es regnen.«

»Ich habe von der Aktion auf dem Golfplatz gelesen«, sagte Line. »Als Protest gegen die Bewässerung.«

»Ja, und gegen Erdölgewinnung«, sagte Wisting. »Der Vorstand von Equinor wollte dort heute ein Golfturnier veranstalten.«

»Wisst ihr schon, wer es war?«

»Wir haben einen Verdacht«, erwiderte Wisting. »Eine Art Abweichlerin von einer örtlichen Umweltschutzgruppe.«

»Zumindest hat sie Aufmerksamkeit bekommen«, sagte Line.

»Ist Amalie bei dir?«

»Ja, warte mal.«

Line rief ihre Tochter und bewegte sich mit dem Telefon in der Hand vorwärts. Amalie saß mit Kopfhörern auf einem Sofa. Sie nahm sie ab, als sie ihren Großvater auf dem Display entdeckte.

»Amalie spricht schon richtig gut Amerikanisch«, sagte Line und wandte sich gleichzeitig an ihre Tochter: »Nicht wahr, Amalie? *Say hello to Grandpa!*«

Amalie war sichtlich verlegen und beließ es bei einem Winken.

Wisting versuchte sie zu überreden, von ihren Erlebnissen zu erzählen, aber seine Enkelin hatte offenbar keine Lust zu plaudern.

»Ich kann dich in ein paar Stunden noch mal anrufen«, schlug Line vor.

»Tu das.«

»Dann hoffen wir, dass nicht noch mehr passiert«, sagte Line. »Damit du dir ein paar faule Sommertage gönnen kannst.«

Wisting nickte. »Wollen wir's hoffen.«

43

Das Bett knarrte, als er sich umdrehte. Evert rückte das Kissen zurecht und starrte in Ellas Gesicht. Das Licht war zu schwach, als dass er sie hätte erkennen können, aber er wusste, wie sie mit geschlossenen Augen aussah, wie ihre Haare in sanften Wellen über das Kissen fielen, wie sich die Falten wie kleine Bäche in ihrem Gesicht ausbreiteten.

Ihr Atem war gleichmäßig und ruhig. Er versuchte, im gleichen Tempo zu atmen, und merkte, dass der Alkohol einen leichten Schleier über seine Gedanken geworfen hatte. Gleichwohl hatte er zu wenig getrunken, um die beruhigende Wirkung spüren zu können.

Er kam sich wie ein Feigling vor, da er nicht mit Ella gesprochen und ihr erzählt hatte, wer ihr Bruder wirklich war. Er hatte keine Bedenken, dass sie ihm nicht glauben würde, sondern fürchtete vielmehr, sie zu verletzen. Was ihn zurückhielt, war die Befürchtung, dass sich das Bekannte und Sichere verändern könnte. Er wollte nicht riskieren, die Stabilität der Dinge nachhaltig zu erschüttern.

Das hatte zwar eine Schwächung des Vertrauens zur Folge, das sie über die Jahre aufgebaut hatten, doch die Wahrheit würde ihr Leben zerstören.

Dreimal im Leben hatte er ihr etwas verheimlicht.

Das erste Mal ging es um eine ganz kurze Beziehung

mit einer verheirateten Frau im Ministerium. Das war passiert, als Ella schon dort beschäftigt war, aber bevor sie beide Interesse füreinander entwickelt hatten. Da hatte die andere Frau schon gekündigt und war ins Ausland gezogen. Er und Ella hatten Gespräche geführt, in denen es naheliegend gewesen wäre, davon zu erzählen, aber es war ihm zu kompliziert vorgekommen, und irgendwann war es dann zu spät. Ungeachtet dessen fühlte es sich aber immer noch wie ein Verrat an, dass er darüber geschwiegen hatte.

Die zweite Sache, die er ihr vorenthalten hatte, war die Tatsache, dass er einmal juristisch brisante und vertrauliche Dokumente versehentlich an den falschen Empfänger geschickt hatte. Es war um eine politische Initiative gegangen, die den Abbau und die Verlagerung von staatlichen Arbeitsplätzen zum Ziel hatte. Die Medien hatten Wind von der Sache bekommen, was dazu führte, dass der gesamte Plan über den Haufen geworfen wurde. Der Ministerialrat hatte ihm eine Rüge erteilt, und eine Zeit lang hatte er tatsächlich um seinen Posten gefürchtet. Intern wurde die Angelegenheit unter den Teppich gekehrt, doch obwohl er wusste, dass Ella ihn unterstützt hätte, hatte er ihr niemals von seinem Missgeschick berichtet. Sie war zu dieser Zeit mit Isabell zu Hause gewesen, und er wollte nicht, dass sie sich unnötig Sorgen machte. Diese Sache quälte ihn gedanklich noch immer, doch was wirklich an ihm nagte, war Episode Nummer drei.

Der Vorfall hatte sich ereignet, als Ellas Eltern noch lebten und in ihrem Haus in Jar wohnten. Er wollte vorbeikommen und eine elektrische Heckenschere zurückbringen, die er sich von ihnen geliehen hatte. Normalerweise ging er direkt ins Haus, aber die Haustür war abgeschlossen gewesen, also war er nach hinten in Richtung Garten gelaufen. Er hatte gehört, wie die Schwiegereltern sich auf der Terrasse stritten, war aber dennoch weitergegangen. In dem Moment, als er um die Ecke des Hauses bog, sah er, wie der Schwiegervater seine Frau schlug.

Nicht einmal, nein, zweimal mit der flachen Hand.

Evert war vor allem verwirrt gewesen. Nie zuvor hatte er irgendeine Form von Gewalt erlebt und war mit einem beschämenden Gefühl des Unbehagens stehen geblieben. Noch ehe den Schwiegereltern klar werden konnte, dass sie nicht allein waren, hatte er sich zurückgezogen.

Er wusste nicht, ob Ella jemals so etwas mitbekommen hatte, während sie noch zu Hause wohnte. Zumindest hatte sie ihm nie davon erzählt. Worüber sich ihre Eltern gestritten hatten, wusste er nicht. Die Heckenschere blieb bis zum nächsten Sommer bei ihm und Ella zu Hause liegen.

Jetzt hatte er wieder das gleiche feige Gefühl, eine Unterlassungssünde begangen zu haben. Wie ein Mann, der es nicht schaffte, der Realität ins Auge zu blicken. Er drehte sich auf den Rücken und starrte in die Dunkelheit.

Etwas von dem, was ihn belastete, löste sich langsam auf. Stattdessen verspürte er eine Art Erleichterung, weil er schon seit einigen Stunden wusste, wie er Ella beschützen könnte.

Kjell-Tore musste aus ihrem Leben verschwinden.

44

Als die Morgendämmerung einsetzte, hatte Wisting kaum mehr als zwei Stunden geschlafen. Die Fenster waren geöffnet, doch im Haus war es dadurch auch nicht kühler geworden. Draußen hatten die Vögel angefangen zu singen.

Er wälzte sich erneut herum, verfing sich aber nur noch mehr in der Bettwäsche. Die Gedanken drehten sich um alles, was am vergangenen Tag geschehen war. Völlig unsystematisch wanderten sie zwischen den verschiedenen Fällen umher, kehrten aber immer wieder zurück zu Kicki Dalberg.

Eine Weile blieb er ohne Bettdecke auf dem viel zu warmen Bett liegen, doch gegen kurz nach fünf Uhr gab er auf. Er schwang sich hoch und stellte die Füße auf den Boden.

Auf dem Handy wurde ein verpasster Anruf angezeigt. Ingrid Sandell hatte versucht, ihn zu erreichen, gleich nachdem er zu Bett gegangen war. Er hatte das Telefon in den Nicht-stören-Modus versetzt, in dem nur die Anrufe von Line, von der Einsatzzentrale und von den engsten Kollegen durchgestellt wurden.

Für einen Rückruf war es jetzt noch zu früh. Er ging ins Badezimmer und überlegte, was sie von ihm wollen könnte. Kurz spielte er mit dem Gedanken, dass die Nacht womöglich anders verlaufen wäre, wenn er drangegangen wäre, aber sehr wahrscheinlich hatte sich der Anruf auf den Fall bezogen. Neue Informationen aus Schweden.

Auf dem Laptop in der Küche überprüfte er das aktuelle Einsatzprotokoll, während der Kaffee durch die Maschine lief. Die Nacht schien ohne größere Zwischenfälle verlaufen zu sein.

Er gab Kicki Dalberg in die Suchmaske ein, doch ohne Ergebnis. Dann tippte er das Kennzeichen des neuen Wohnmobils ein, das der Solifer-Mann sich zugelegt hatte, doch auf dem Bildschirm erschien nur der interne Fahndungsaufruf mit der Bitte um Rückmeldung bei Observation.

Er klappte das Laptop zu, ging zum Küchenschrank und nahm einen Thermobecher heraus, in den er den Kaffee goss. Dann verließ er das Haus und setzte sich ins Auto.

Ihm fiel ein, dass er vergessen hatte, die LP aus dem Safe auf dem Plattenspieler im Wohnzimmer auszuprobieren. Sie lag immer noch auf dem Rücksitz.

Im Radio wurde ohne Unterbrechung Musik gespielt. Auf dem Weg nach Stavern begegnete ihm ein Kehrfahrzeug mit großen, rotierenden Besenrollen. Es hinterließ einen feuchten Streifen auf dem trockenen Asphalt. Abgesehen davon waren die Straßen ruhig.

Im Zentrum angekommen, steuerte er auf die Küste zu. Er hatte sein ganzes Leben hier verbracht und kannte alle Ecken und Winkel, wo ein Wohnmobil eine oder zwei Nächte stehen könnte.

An der Zufahrt zu einer Ferienhaussiedlung beim Campingplatz Lydhusstranda stand ein in Deutschland zugelassenes Auto, das anscheinend über Nacht dort geparkt hatte. Wisting nahm einen Schluck aus dem Thermobecher und fuhr langsam weiter.

Die meisten Nebenstraßen waren mit Schranken oder Steinen blockiert, um die Durchfahrt von Fahrzeugen zu verhindern. Vor Hummerbakken führte in den Laubwald ein Weg hinein, auf dem das Gras zwischen den Wagenspuren umgeknickt war. Er endete an einem Steinbruch, der nie in Betrieb genommen worden war, weil er nicht als profitabel galt. Einmal war dort eine Frau in einem Auto vergewaltigt worden.

Als er in den Wald hineinfuhr, schabten Zweige seitlich am Auto entlang. Am Ende des Wegs stand ein Kombi mit Dachzelt. Wisting musste bis an den Wagen heranfahren, um wenden zu können.

Als er wieder in die Hauptstraße einbog, saß eine grau-weiße Möwe auf dem Mittelstreifen. Sie flatterte davon, als er sich näherte.

Die Suche blieb ohne Ergebnis. Wisting wusste nicht, ob sich der Solifer-Mann noch in der Gegend aufhielt, alles war möglich. Was er gerade tat, war eigentlich nicht viel mehr als ein Zeitvertreib.

An der Tveidalskreuzung führte eine schmale Abzweigung nach rechts. Einst hatte da eine Scheune gestanden. Als Wisting vor fast vierzig Jahren als Streifenpolizist gearbeitet hatte, war in unmittelbarer Nähe ein Fluchtauto in Brand gesteckt worden. Die Scheune selbst war dann später eingestürzt, während Wisting sie durchsucht hatte.

Die schmale Straße schlängelte sich vorwärts, genau wie in seiner Erinnerung. Etwas weiter vorn wurde die Sonne von einer hellen Fläche reflektiert. Wisting richtete sich auf seinem Sitz auf. Auf dem Platz vor den Überresten der Scheune stand ein Wohnmobil.

Wisting hielt etwa zwanzig Meter davor an. Es war ein alter Solifer mit stumpfem und verblasstem Lack.

Die Vorhänge waren zugezogen, und an der Windschutzscheibe war eine Abdeckung befestigt. Das Kennzeichen hatte die gleiche Buchstabenkombination, stimmte ansonsten aber nicht mit dem des gesuchten Fahrzeugs überein.

Eigentlich wollte Wisting wenden und zurückfahren, doch dann überlegte er es sich noch mal anders. Das Sonnenlicht spielte im Laubwerk um ihn herum. Im Autoradio wurde die Musik aus einem alten James-Bond-Film gespielt. Wisting schaltete es aus und griff nach seinem Handy. Es war 06:43 Uhr, er schrieb die Uhrzeit auf und schoss ein Foto durch die Windschutzscheibe. Dann rief er die Einsatzzentrale an.

»Ich brauche den Halter eines Wohnmobils«, sagte er und las das Kennzeichen vor.

Die Tastatur am anderen Ende der Leitung klapperte. »Ein Peugeot Solifer 1996«, sagte der Kollege am Telefon. »Eigentümer ist das Vestfold Caravan-Center in Larvik.«

Wisting erklärte, wo das Wohnmobil stand. »Ich schau mir das Fahrzeug mal genauer an und melde mich innerhalb von zehn Minuten zurück.«

»Alles klar«, bestätigte der Mann in der Einsatzzentrale.

Wisting steckte das Handy in die Brusttasche und öffnete die Autotür. Er saß einen Augenblick da und lauschte der Stille, nachdem er den Motor abgestellt hatte. Hier war nicht einmal Vogelgezwitscher zu hören.

Er trat an das Wohnmobil heran und versuchte hineinzuspähen, doch obwohl die Sonnenschutzvorhänge nicht ganz zugezogen waren, konnte er nichts sehen. Der Lack an der Tür war teilweise abgeblättert. Wisting klopfte, aber eine Reaktion blieb aus. Er klopfte erneut, etwas kräftiger.

»Wer ist da?«, ertönte eine Frauenstimme aus dem Inneren.

»Polizei«, erwiderte Wisting.

Für einen Augenblick rührte sich nichts. Im Seitenfenster erschien ein Gesicht. Wisting gab sich zu erkennen und war erleichtert, als er Kicki Dalberg auf der anderen Seite des Kunststoffglases sah. Die Vorhänge fielen wieder an ihren Platz. Es verging einige Zeit, dann öffnete sich die Tür.

»Was wollen Sie?«, fragte die junge Frau.

Sie trug ein schwarzes T-Shirt, das ihr bis zu den Oberschenkeln reichte. Auf den Armen, die sie vor der Brust verschränkt hatte, waren weiße Narben zu sehen, die vermutlich daher rührten, dass sie sich geritzt hatte. An ihren Händen gab es Spuren von orangefarbener Sprühfarbe. Die Spitze ihres Zeigefingers war gelb wie bei einem eingefleischten Raucher.

»Sind Sie allein?«, fragte Wisting und deutete mit dem Kopf ins Innere des Wohnmobils.

Kicki Dalberg reagierte abweisend. »Wieso?«

»Wir sind uns schon einmal begegnet«, sagte er. »Ich war am Mittwoch im Caravan-Center.«

Sie nickte.

»Wir haben ein Wohnmobil abgeholt, das zuvor einem Mann gehört hat, der wegen Entführung eines jungen Mädchens verurteilt wurde und in Haft war«, fuhr Wisting fort. »Sie haben ihn vor ein paar Tagen kennengelernt. Ove Rudi Werner. Er war mit einem neuen Wohnmobil bei Ihnen, das gewartet werden musste. Ein Solifer. Das war am Montag. Der Mann hat am Kaffeeautomaten gewartet, während das Auto in der Werkstatt war.«

Kicki Dalberg sah ihn an. »Sind Sie deswegen hier?«

»Erinnern Sie sich an ihn?«, fragte Wisting.

»Er war eklig«, antwortete Kicki.

»Inwiefern?«

»Er roch schlecht, wahrscheinlich hatte er einige Tage nicht geduscht. Und dann hat er mich so komisch angestarrt.« Sie verschränkte die Arme noch fester.

»Hat er etwas gesagt?«, wollte Wisting wissen.

»Er hat die ganze Zeit geredet, über alles Mögliche. Das Wetter und sein Auto.«

»Hat er gesagt, wo er gewesen ist oder wohin er wollte?«

»Ehrlich gesagt habe ich nicht wirklich zugehört«, erwiderte Kicki und lehnte sich an den Türrahmen. »Aber ich glaube nicht, dass er irgendwelche besonderen Reisepläne hatte. Wieso fragen Sie?«

»Wir suchen den Mann«, sagte Wisting. »Erinnern Sie sich, ob er irgendetwas gesagt hat, was uns helfen könnte, ihn zu finden?«

Kicki schien nachzudenken. »Er hat ein Mädchen entführt?«, fragte sie dann.

»Das ist drei Jahre her«, erwiderte Wisting. »Aber wir müssen mit ihm reden.«

Sie fuhr sich mit der Hand durchs zerzauste Haar. »Was ist mit dem Mädchen passiert?«

»Er hat sie nicht verletzt, und sie ist mit dem Schrecken davongekommen«, sagte Wisting. »Aber wir wissen nicht, wo er ist oder was er gerade tut.«

Kicki Dalberg schüttelte den Kopf. »Sorry, aber ich kann Ihnen nicht weiterhelfen. Ich habe keine Ahnung, wo er sein könnte.«

Wistings Optimismus schlug in Enttäuschung um. Er stellte noch ein paar Fragen, um etwas über ihre Begegnung mit dem Solifer-Mann herauszufinden, kam aber nicht weiter. Kicki Dalberg schien das Gespräch nur aus Höflichkeit zu führen.

Dennoch war er erleichtert. In der schlaflosen Nacht waren ihm viele mögliche Gründe durch den Kopf gegangen, warum Kicki Dalberg nicht zu erreichen gewesen war.

»Sie müssen mitkommen«, sagte er.

»Wieso das denn?«, fragte sie.

»Weil Sie nicht alt genug sind, um das da zu fahren.« Er deutete auf das Wohnmobil. »Und weil wir noch ein paar andere Dinge besprechen müssen, bevor Sie zur Arbeit gehen.«

Etwas widerwillig blieb sie an der Tür des Wohnmobils stehen, verschwand aber dann im Inneren und kam kurz darauf zurück. Sie trug Shorts und hielt eine Tasche in der Hand. An den Schuhen klebten graue Spuren von erstarrtem Zement.

Sie schloss die Tür ab und rüttelte zweimal am Türgriff, ehe sie Wisting zu seinem Wagen begleitete.

»Niemand hat mich fahren sehen«, sagte sie und setzte sich ins Auto.

Wisting streckte die Hand aus, um die Schlüssel für das Wohnmobil entgegenzunehmen. Mit einem demonstrativen Seufzen ließ sie sie in seine Handfläche fallen.

»Es ist das Wohnmobil meines Onkels«, sagte sie. »Er vermisst es nicht. Niemand will es mieten, und niemand will es kaufen. Es ist nur ein Schrotthaufen, den er nicht loswird.«

»Er hat sich Sorgen um Sie gemacht«, sagte Wisting und ließ den Motor an. »Ich fahre Sie zu ihm nach Hause.«

266

Sie verdrehte die Augen. »Ich bin doch kein Kind mehr. Sie können mich zu Hause bei meinen Eltern absetzen.«

Wisting schüttelte den Kopf. Er konnte sie nicht sich selbst überlassen, dachte er und vermied, ihre vernarbten Arme anzusehen.

»Was haben Sie mit dem Wohnmobil vor?«, fragte sie nach einer Weile.

»Ich werde es von jemandem untersuchen lassen«, erwiderte Wisting. »Zur Sicherstellung von Zementspuren und Sprühfarbe.« Er zeigte auf ihre Hände.

Sie machte keinerlei Anstalten, die Farbrückstände darauf zu verbergen. »Ich stehe zu dem, was ich getan habe. Es war ein symbolischer Akt. Diese Leute mit Geld und Macht sehen nicht, wie sie den Planeten zerstören. Ich zerstöre ein Stück ihrer Welt, so wie sie unsere zerstören. Es geht darum, ihnen das begreiflich zu machen.«

Schweigend warf Wisting einen Blick in den Spiegel. Das Handy in seiner Brusttasche klingelte. Es war die Einsatzzentrale. Er ging ran und hielt sich das Telefon ans Ohr.

»Wissen Sie mehr?«, fragte der Kollege.

»Es gibt eine Verbindung zwischen dem Wohnmobil und der Sachbeschädigung auf dem Golfplatz letzte Nacht«, gab Wisting durch. »Ich bringe gerade eine Minderjährige zu einem Verwandten, der sich um sie kümmern wird. Bitte machen Sie einen Vermerk, dann füge ich Personalien und sonstige Informationen nach meiner Rückkehr hinzu.«

»Alles klar«, sagte der Kollege von der Einsatzzentrale und beendete das Gespräch.

Der Rest der Fahrt war anstrengend. Wisting versuchte, Kicki Dalberg den weiteren Verlauf der Ermittlung zu erklären, die nun auf sie zukam. Sie brachte wertebasierte Argumente vor, die allerdings keine Relevanz für das Gesetz oder für das Strafverfahren hatten.

Als sie sich der Stadt näherten, musste er sie bitten, ihm den Weg zu ihrem Onkel zu zeigen. Widerwillig erklärte sie, wohin er fahren musste.

Kaum waren sie ausgestiegen, begann ein Hund im Haus zu bellen. Als Wisting anklingelte, wurde der Hund noch aufgeregter.

Es dauerte nicht lange, bis Patrick Pape in einem bunten Morgenmantel an der Tür auftauchte. Er stellte sich dem Hund in den Weg und blieb schweigend stehen.

Wisting erklärte ihm die Situation.

»Ich habe ihm gesagt, er könnte mich auch nach Hause fahren«, sagte Kicki Dalberg.

Pape wirkte etwas benommen und war offenbar noch nicht ganz wach.

»Ich wollte sowieso bald aufstehen und zur Arbeit gehen ...«, sagte er. »Und du kommst mit«, fügte er hinzu und sah seine Nichte an.

Wisting trat einen Schritt zurück. »Ein Ermittler wird sich mit Kicki und auch mit ihren Eltern in Verbindung setzen«, sagte er.

Offenbar hatte Pape keine weiteren Fragen. Kicki schob sich an ihm vorbei ins Haus und begrüßte den Hund. Wisting ging zum Wagen, setzte ein Stück zurück und klappte die Sonnenblende herunter.

Es war kurz nach sieben Uhr. Der Tag fing gerade erst an.

45

Ein Meteorologe sprach von dem Regen, der endlich kommen würde, warnte aber davor, dass die starken Regenfälle zu Überschwemmungen und Erdrutschen führen konnten.

Als die Musik einsetzte, stellte Wisting das Autoradio leiser und wählte die Nummer von Ingrid Sandell. Ihre Stimme klang hohl, als ob sie im Badezimmer stünde.

»Ich habe gesehen, dass du letzte Nacht versucht hast, mich anzurufen«, sagte Wisting. »Tut mir leid, dass ich nicht drangegangen bin.«

»Schon in Ordnung.«

»Worum ging es denn?«

Die Hintergrundgeräusche hatten sich geändert. Er konnte einen schwedischen Nachrichtensprecher hören und stellte sich einen eingeschalteten Hotelfernseher vor.

»Ich wollte dich warnen«, erwiderte sie.

Wisting bremste ab, weil rechts von ihm ein Auto aus der Straße kam. »Wovor?«, fragte er.

Ingrid Sandell antwortete nicht sofort.

»Du bist gerade im Auto«, konstatierte sie. »Hast du schon gefrühstückt?«

»Ich habe nur einen Kaffee getrunken«, sagte Wisting.

Der Fernseher wurde ausgeschaltet.

»Ich bin auf dem Weg zum Frühstücksraum«, sagte sie. »Bist du in der Nähe? Dann kann ich es dir beim Essen erklären.«

»Ich kann in fünf Minuten da sein.«

Ingrid Sandell zögerte erneut. »Nimm nicht den Hörer ab, wenn in der Zwischenzeit jemand von der Polizeiführung anruft«, sagte sie schließlich.

Es klang sehr dramatisch, doch Wisting fragte nicht weiter nach. »Fünf Minuten«, wiederholte er nur und fuhr schnell auf eine Ampel zu, die gerade auf Gelb wechselte.

Vor dem Hotel stellte er den Wagen auf einem Platz ab, der nur zum Ein- und Aussteigen gedacht war.

Ingrid Sandell saß an einem Tisch gleich rechts im Frühstücksraum. Ihre Kleidung war formeller als am Tag zuvor. Eine schwarze Hose und eine cremeweiße Hemdbluse mit lockerer Passform. Sie hatte sich mit Müsli versorgt, aber noch nichts gegessen.

»Was ist passiert?«, fragte Wisting und zog einen Stuhl heran.

Ingrid Sandell legte ihre Hand um ein Glas Orangensaft. »Ich hatte gestern Abend ein langes Telefonat mit meinem Chef. Und weitere Gespräche mit anderen Vorgesetzten. Sie wollen mit den neuen Informationen an die Öffentlichkeit gehen.«

Wisting sagte nichts, hatte aber schon damit gerechnet, dass so etwas passieren würde.

»Morgen ist es vier Jahre her, dass Annika verschwunden ist«, fuhr Ingrid Sandell fort. »Die großen Medienhäuser haben schon einiges über die missglückte Ermittlung vorbereitet. Die norwegische Spur könnte einen möglichen Durchbruch bedeuten.«

»Solche Chefs habe ich auch«, bemerkte Wisting.

»Mein Chef informiert heute Morgen deine Chefin«, sagte Ingrid Sandell. »Dann wirst du angerufen und bekommst mitgeteilt, wie du dich gegenüber der schwedischen Presse äußern sollst.«

Er hatte den Eindruck, als sei es ihr unangenehm, ihm diese Nachricht übermitteln zu müssen.

»Verstehe«, sagte Wisting. »Das wird unserer Untersuchung nicht schaden, jedoch falsche Hoffnungen bei der Familie wecken.«

»Die wurde schon informiert«, sagte Ingrid Sandell.

Wisting sah sich um und entdeckte schließlich die Kaffeemaschine.

»Die Familie verdient ein wenig Hoffnung«, sagte er und stand auf. »Kaffee?«

Sie nickte. Wisting holte Kaffee für sie beide. Ingrid Sandell lehnte sich zurück, als er sich wieder hinsetzte.

»In Schweden verzeichnen wir pro Jahr über einhundert Morde und können gerade einmal achtzig Prozent davon aufklären«, sagte sie. »In den neuesten Statistiken liegt die Zahl der ungelösten Fälle bei über achthundert. Der Fall Annika Bengt ist allerdings eine Besonderheit. Sie war ein Kind. In den meisten anderen Fällen geht es um Kriminelle, die aufeinander schießen. Die Leute scheren sich nicht darum, doch Annika wird unvergessen bleiben. Der Fall bewegt die Menschen, sie verlangen nach Gerechtigkeit.«

Wisting nahm einen Schluck Kaffee. Die norwegische Mordstatistik wies nicht eine solche Negativentwicklung auf wie die schwedische, aber die Konsequenzen daraus, dass ein Fall wie der von Annika Bengt ungelöst blieb, waren die gleichen. Es erzeugte Unsicherheit und Misstrauen.

»Kicki Dalberg ist wieder aufgetaucht«, sagte er.

Ingrid Sandells Gesichtsausdruck zeugte von Erleichterung.

Wisting berichtete über die Geschehnisse und stand dann auf, um sich ein Brötchen mit Käse zu holen. Das Gespräch floss jetzt leichter dahin. Er erzählte, wo er die vergrabene Katze gefunden hatte, und erwähnte, dass Line genau in dem Moment angerufen hatte, als er den Karton mit dem Kadaver in der Hand hielt.

Während sie sprachen, füllten sich die Tische um sie herum. Wisting behielt die Uhr im Blick. Als es auf acht zuging, brach er auf.

»Ich werde vom Hotelzimmer aus ein paar Anrufe tätigen«, sagte Ingrid Sandell. »Danach komme ich rüber zur Polizeistation.«

Nachdem sie sich verabschiedet hatten, durchquerte Wisting die Hotelrezeption und trat ins Freie. Die Luft war in der halben Stunde, die er am Frühstückstisch verbracht hatte, noch drückender geworden.

Am Horizont war es grau und dunstig.

Noch ehe der Tag vorbei war, würde der Regen kommen.

46

Die Nacht war unruhig gewesen, aber als er aufwachte, fühlte Evert Harting sich dennoch entspannt, ausgeruht und irgendwie befreit, als könnte er endlich wieder atmen, nachdem er lange die Luft angehalten hatte.

Ella deckte den Tisch für das Frühstück auf der Veranda, kochte Eier und wärmte tiefgefrorene Brötchen im Ofen auf. Als der Brotkorb auf den Tisch gestellt wurde, kam Kjell-Tore aus dem Wohnmobil getapst. Er verschwand zwischen den Bäumen in Richtung Plumpsklo, kam dann an den Tisch und wünschte einen guten Morgen.

»Gut geschlafen?«, fragte Ella.

»Bestens«, erwiderte Kjell-Tore.

Es sah nicht ganz danach aus. Seine Augen waren rot, die Haut blass.

»Wir können ja nach dem Frühstück ein Morgenbad nehmen«, schlug Evert vor.

»Mal sehen«, gab Kjell-Tore zurück und schnitt ein Brötchen in zwei Hälften. Sie waren so heiß, dass die Butter schmolz, als er sie verstrich.

»Da unten ist eine Kette«, sagte Evert. »Ich habe sie gestern mit dem Detektor aufgespürt, bin aber nicht bis zu ihrem Ende gekommen. Ich könnte etwas Hilfe gebrauchen, um sie da herauszuholen.«

Ella lächelte, als wäre sie froh, dass die beiden ein gemeinsames Projekt hatten.

»Musst du sie denn da rausholen?«, fragte Kjell-Tore.

»Am meisten interessiert mich wohl, was am anderen Ende der Kette sein könnte«, sagte Evert und lächelte.

Kjell-Tore nickte, ließ aber nicht erkennen, ob er seinem Schwager helfen wollte oder nicht.

Sie ließen sich Zeit mit dem Frühstück. Als Evert schließlich aufstand, war die Sonne im Osten über die Baumwipfel gewandert.

»Ich zieh mir mal was anderes an«, sagte er und griff nach der Badehose, die zum Trocknen über dem Verandageländer hing.

Als er wieder aus der Hütte kam, saß Kjell-Tore noch immer am Tisch.

»Ich komme mit«, sagte er und verschwand in sein Wohnmobil.

Evert holte einen Spaten, dann gingen sie zusammen die Wiese hinunter und betraten die wüstenartige Landschaft, die das Wasser hinterlassen hatte. Mit jedem Schritt wurden kleine Staubwolken aufgewirbelt.

»Das kann ja einfach bloß eine Kette sein«, sagte Kjell-Tore. »Womöglich ist am anderen Ende gar nichts dran.«

»Schon möglich«, erwiderte Evert. »Aber bist du denn gar nicht neugierig?«

Kjell Tore stieß ein kurzes Lachen aus. »Eigentlich nicht.«

Sie kamen zu der Stelle, wo Evert am Tag zuvor seine Suche unterbrochen hatte. Kjell-Tore packte die rostige Kette und zog daran, bekam sie aber nicht los.

»Wir sind eben verschieden«, sagte Evert. »Ich bin eher ein Grübler.« Er rammte den Spaten in den Boden und lockerte dadurch die Erde auf. »Hast du nie wissen wollen, was mit dieser Katze passiert ist, die du damals aus Schweden mitgebracht hast?«

Kjell-Tore zog erneut an der Kette, aber sie saß noch immer fest.

»Ich musste neulich daran denken«, fuhr Evert fort. »Da ist am Hundeclub eine Katze die Straße entlanggelaufen. Sie war grau und weiß, genau wie Tuffy.«

Das stimmte natürlich nicht. Evert hatte es nur gesagt, um bei seinem Schwager eine Reaktion zu provozieren.

»Da gibt's nicht viel zu überlegen«, meinte Kjell-Tore.

Evert schaufelte weiter Erde beiseite, betrachtete seinen Schwager und registrierte das verschlagene Lächeln, das auf seinen Lippen erschien.

»Du weißt, was mit ihr passiert ist?«, fragte Evert und stützte sich auf den Spaten.

»Kann sein.«

»Hast du sie umgebracht?«

»Ja, aber auf humane Weise. Als ich wieder anfing zu arbeiten, konnte ich das Tier ja schlecht behalten.«

Evert nahm den Spaten in die Hand.

»Ich habe sie ertränkt«, sagte Kjell-Tore. »Man sagt, das soll eine angenehme Todesart sein.«

»Ja, das sagt man«, erwiderte Evert und fing wieder an zu graben.

Er selbst stellte sich darunter eher einen grauenhaften Todeskampf vor. Die Luft anzuhalten, wieder auszustoßen und dann Wasser einzuatmen. In seiner Jugend hatte er die Luft weit über eine Minute anhalten können. Eine lange Zeit, wenn man mit dem Schicksal kämpfte, und sogar wenn die Lunge voller Wasser war, dauerte es eine Weile, bis der Tod eintrat.

»Ich habe sie mit ein paar Steinen in einen Müllsack gelegt und in den See geworfen«, führte Kjell-Tore aus. »Aber am besten erzählst du Ella nichts davon. Du weißt ja, wie sie ist.«

Evert nickte. »Ich weiß, wie sie ist.« Er legte die Hände um den Spatenschaft und grub weiter. Dann richtete er sich wieder auf. »Das bringt einen ja wirklich zum Nachdenken«, sagte er.

»Wovon redest du?«

»Ich habe mich öfter gefragt, was aus dem Kätzchen geworden ist ...«

»Jetzt weißt du es.«

Evert rammte den Spaten abermals in die Erde. »Ich musste nur an den Mann denken, den sie auf der anderen Seite gefunden haben.«

Von ihrem Standort konnten sie nicht die Stelle sehen, wo der tote Motorradfahrer gefunden worden war. Dennoch sah Evert in diese Richtung, während er fortfuhr. »Er war gar nicht alt. Gerade mal sechzehn. Stell dir mal vor, wie es seinen Eltern die ganzen Jahre ergangen sein muss. Die haben von nichts gewusst.«

Kjell-Tore rüttelte an der Kette. »Das ist was anderes«, sagte er. »Außerdem ist die Katze allein auf dem Campingplatz herumgelaufen, als ich sie mitgenommen habe. Niemand hat sich um sie gekümmert. Die Besitzer hatten sie dort ausgesetzt.«

Evert blickte ihn an. Nichts im Gesicht seines Schwagers deutete darauf hin, dass er an Annika Bengt dachte.

Kjell-Tore schlang sich die Kette halbwegs um den

Leib und lehnte sich zurück. Am unteren Ende des schräg abfallenden Lochs löste sich etwas Erde.

»Jetzt gibt der Boden nach«, sagte er. »Hilf mir.«

Evert packte erneut zu. Noch mehr kompakter Schlamm fiel von der Kette ab. Schließlich gab das Erdreich nach, und sie zogen einen Draggen heraus.

»Bestimmt von einem Boot«, meinte Kjell-Tore. »Hätten wir eigentlich kapieren müssen.«

Evert hielt den Anker hoch und schüttelte die Erde ab. »Sieht nicht so aus, als hätte er lange dort gelegen.«

Kjell-Tore stimmte ihm zu. »In dem Schlamm hier sinken die Gegenstände schnell«, sagte er.

Evert blickte zur Hütte hinauf, um nachzusehen, ob Ella sie beobachtete, doch sie war hineingegangen.

»Wollen wir mal ins Wasser springen?«, schlug er vor.

»Das kann ich jetzt gebrauchen«, sagte Kjell-Tore. Sein Körper war von der aufgewirbelten Erde ganz schmutzig geworden.

Über den Brettersteg, den Evert ausgelegt hatte, gingen sie ins Wasser. Kjell-Tore tauchte unter und schwamm ein paar Meter, ehe er sich auf den Rücken legte und weiter ins tiefere Wasser hinauspaddelte. Evert machte ein paar Schwimmzüge und folgte ihm, atmete dann tief ein, krümmte den Rücken und tauchte unter.

Er hielt die Augen offen. Das Wasser war trübe. Es war nicht einfach, etwas zu sehen, aber er erspähte die Bewegung von Kjell-Tores Beinen über sich. Schon bald spürte er den Sauerstoffmangel in seiner Brust. Er machte zwei Schwimmzüge, durchbrach die Oberfläche und atmete tief ein.

»Hallo!«, rief Kjell-Tore gerade.

Evert begriff, dass er nicht gemeint war. Er drehte sich um und bewegte die Beine. Ella hatte sich umgezogen und war zu ihnen heruntergekommen.

»Ich dachte, ich passe besser auf euch auf«, sagte sie. »Man soll ja nicht gleich nach dem Essen ins Wasser gehen.«

»Ich bin froh, dass du da bist«, sagte Kjell-Tore und bewegte sich auf das Ufer zu.

»Ebenso«, erwiderte Ella und fing an zu schwimmen.

Die Sonne glitzerte in den Kräuselungen des Wassers, und Ella lächelte den beiden zu, als wäre ihr Leben frei von allen Sorgen.

47

Der Vertreter der Staatsanwaltschaft rief um kurz vor halb neun an. Wisting hatte bereits die wichtigsten Informationen in einem Bericht zusammengefasst. Sie gingen den Fall durch und erörterten, was sie gegenüber den Medien kommunizieren konnten.

Während sie sich unterhielten, erschien Daniel Rana an der Bürotür. Wisting bedeutete ihm zu warten.

»Heute kommt ein Georadar«, sagte Wisting ins Telefon. »Das sollten wir erwähnen. Ich werde dafür sorgen, dass Absperrungen eingerichtet werden.«

»Gut«, entgegnete der Jurist. »Aber vergessen Sie bitte nicht, dass dies eine Angelegenheit der Schweden ist. Wir können nur erklären, inwieweit wir Beistand leisten.«

Sie unterhielten sich noch eine Weile über den Inhalt der Pressemitteilung, ehe Wisting schließlich Daniel Rana hereinwinkte.

»Ich habe den Fall gefunden«, sagte der junge Kollege und legte einen Zettel mit einem Aktenzeichen auf den Schreibtisch. »Sie wollten doch informiert werden.«

Wisting zog den Zettel zu sich heran und wartete auf weitere Ausführungen.

»Der Safe wurde 2006 gestohlen«, berichtete Rana. »Aber der Diebstahl wurde nicht weiter untersucht. Die

Polizei war da und hat ein Verfahren eingeleitet, die Anzeige wurde allerdings zurückgezogen.«

So sorgfältig hatte sich Wisting den Fall damals nicht angesehen, als er auf seinem Computerbildschirm erschienen war. »Und warum?«, fragte er.

»Ich weiß nicht«, erwiderte Rana. »Es gibt einen Vermerk über einen Brief des Geschädigten, aber der wurde anscheinend nicht in die digitale Fallakte aufgenommen.«

»Liegt wahrscheinlich unten im Archiv«, sagte Wisting.

»Der Safe enthielt über hunderttausend in bar und einige signierte Langspielplatten«, fuhr Rana fort. »Der Besitzer hat eine detaillierte Liste der gestohlenen Gegenstände eingereicht, aber die ist auch nicht gescannt und der Akte hinzugefügt worden.«

»Klingt nach dem richtigen Fall«, sagte Wisting. Er stand auf und griff nach seinem Schlüsselbund, das auf dem Schreibtisch lag. »Sollen wir ins Archiv gehen und ihn suchen?«

»Haben Sie Zeit?«

»Ich werde mir die Zeit nehmen«, entgegnete Wisting.

Sie fuhren mit dem Aufzug in den Keller und mussten zwei verschlossene Türen passieren, um in den hinteren Teil des Archivs zu gelangen. Unterwegs flackerte das Deckenlicht ein paarmal auf. Die alten Fälle wurden in Verschieberegalen aufbewahrt, die fast den ganzen Platz beanspruchten. Wisting ging an der Reihe entlang. Um an das richtige Regal zu gelangen, musste er die anderen mithilfe einer Handkurbel zur Seite schieben.

»In welchem Monat war das?«, fragte er.

»September«, erwiderte Rana.

Ihre Stimmen hallten zwischen den Backsteinmauern wider.

Wisting trat in die geöffnete Regalreihe, überprüfte den Zettel mit dem Aktenzeichen und fand den richtigen Archivkasten. Er öffnete ihn und suchte den entsprechenden Fall heraus. Eine dünne Mappe mit grünem Umschlag. Über dem Inhaltsverzeichnis stand der Name des Geschädigten. Jonny Bakker.

»Dann wollen wir mal sehen«, sagte Wisting und begann, die Mappe von hinten nach vorn durchzublättern.

Es gab ein Blatt Papier mit nur drei handgeschriebenen Zeilen, mit denen der Geschädigte die Zurücknahme der Anzeige offiziell dokumentierte. Es gab keine Begründung, nur einen Hinweis, dass er darüber informiert worden sei, in dem betreffenden Fall nicht erneut Anzeige erstatten zu dürfen.

Wisting fand eine Auflistung der Gegenstände, die sich im Safe befunden hatten. Die Handschrift war dieselbe. Neben den Firmenpapieren hatte der Geschädigte im Tresor eine Messersammlung, drei wertvolle Uhren, eine kleine Münzsammlung sowie signierte Schallplatten von Frank Sinatra, Louis Armstrong, Bing Crosby und Dean Martin aufbewahrt.

»Die müssen wertvoll gewesen sein«, sagte Rana.

»Zumindest hatte er sie im Safe«, entgegnete Wisting und schloss die Mappe.

»Weswegen hat er wohl die Anzeige zurückgezogen?«, fragte Rana. »Es ging doch um über hunderttausend Kronen.«

»Das kommt gelegentlich vor«, sagte Wisting. »In der Regel passiert das, wenn die Geschädigten selbst herausgefunden haben, wer hinter dem Diebstahl steckt, und mit demjenigen eine Vereinbarung eingehen.

Manchmal ist es jemand aus der Familie, und dann wollen die Opfer des Diebstahls nicht, dass die betroffene Person bestraft wird.«

»Sie meinen also, er weiß, wer den Safe gestohlen hat?«, fragte Rana.

Das Deckenlicht flackerte erneut. Wisting betrachtete die Papiere, die er in der Hand hielt, und fuhr mit dem Daumen über die Unterschrift und den Stempelabdruck, die die Einstellung des Verfahrens bezeugten. »Ich frage mich, ob ich das nicht auch weiß«, sagte er.

Daniel Rana sah ihn verständnislos an. »Wer war es denn?«

Wisting antwortete nicht, sondern blickte auf die Uhr. Noch zwei Stunden bis zur Suche mit dem Georadar.

»Kommen Sie«, sagte er und drückte dem jungen Polizisten die Aktenmappe in die Hand. »Wir gehen und fragen den Besitzer.«

48

»Hätten wir nicht vorher anrufen sollen?«, fragte Rana.
»Ist ja gar nicht sicher, dass er zu Hause ist.«

»Manchmal ist es am besten, unangekündigt vorbei-
zuschauen, damit die Leute keine Zeit haben, darüber
nachzudenken, was sie sagen und was nicht«, erwiderte
Wisting.

Er bog in eine Seitenstraße ein. Auf der linken Seite
kamen sie an einem Bauernhof vorbei, dann erschienen
rechts ein paar Wirtschaftsgebäude, die sie von den
Fotos in der alten Dokumentenmappe wiedererkannten.

Das Tor zu einer großen Garagenanlage stand offen.
Davor standen ein Lastwagen, mehrere Baumaschinen
und ein paar ausrangierte Fahrzeuge. Ein großer Hof-
baum warf etwas Schatten über den Platz. Wisting
parkte gleich daneben.

»Sieht so aus, als hätten wir Glück«, sagte er.

Ein bärtiger Mann Anfang sechzig trat gerade aus
einem blauen Schiffscontainer, der offenbar als Geräte-
schuppen diente. Er trug ein T-Shirt, das schmutzig und
voller Ölflecken war.

Wisting stieg aus dem Auto. Der grobe Kies knirschte
unter seinen Schuhen.

»Jonny Bakker?«, fragte er.

»Das bin ich.«

Wisting stellte Daniel Rana und sich selbst vor. »Wir

haben Ihren Geldschrank gefunden, der 2006 gestohlen wurde«, sagte er.

Jonny Bakker sah sie an. »Den Safe? Jetzt?«

»Er wurde damals im Farris entsorgt«, erklärte Wisting. »Aufgrund des niedrigen Wasserstands ist er jetzt wieder aufgetaucht.«

»Du meine Güte.«

»Er wurde aufgebrochen«, fuhr Wisting fort. »Ein Teil des Inhalts war auf dem Seegrund verstreut. Das Geld war natürlich weg, aber wir haben ein Messer, eine Uhr und einige Schallplatten sichergestellt.«

»Das habe ich alles von meinem Vater geerbt«, erklärte Bakker.

»Die Sachen sehen ziemlich mitgenommen aus«, sagte Wisting, »aber natürlich können Sie sie zurückbekommen, wenn Sie das möchten. Ich habe mich jedoch gefragt, ob Sie uns zunächst ein wenig über den Diebstahl erzählen könnten.«

Jonny Bakker kratzte sich am Hals. »Die Anzeige wurde doch zurückgezogen«, sagte er.

»Wir wollten Sie aber trotzdem fragen«, entgegnete Wisting. Vor der Garage standen ein Tisch und einige Campingstühle. Er schlug mit einer Geste vor, dort Platz zu nehmen.

»Ich war eine Woche lang wegen eines Bauauftrags in Østfold«, berichtete Jonny Bakker. »Als ich am Freitag nach Hause kam, war eine Fensterscheibe eingeschlagen worden. Meine Frau war ebenfalls verreist. Sie ist kurz vor mir nach Hause gekommen und hat die Polizei gerufen.«

Er zeigte auf das Haupthaus und wiederholte, was in der Anzeige gestanden hatte.

»Warum haben Sie die Anzeige zurückgezogen?«, fragte Rana.

Der Campingstuhl knarrte, als Jonny Bakker seine Sitzposition änderte.

»Zu dieser Zeit ist so viel passiert«, erwiderte Bakker. »Die Firma, die ich damals hatte, ist pleitegegangen. Ich musste mich um viele Dinge kümmern.«

»Der Fall ist sowieso verjährt«, sagte Wisting.

Eine Katze huschte über den Kiesplatz, fand ein Plätzchen in der Sonne und setzte sich, um sich zu putzen.

»Was für eine Firma hatten Sie?«, fragte Rana.

»So ziemlich die gleiche wie heute«, gab Bakker zurück. »Baggerarbeiten, Entsorgung und andere Transporte. Und Schneeräumen im Winter. Nur, dass ich heute keine Angestellten habe. Ich biete meine Dienstleistungen für größere Projekte an.«

»Hatten Sie nach der Insolvenz viele Schulden?«, erkundigte sich Wisting.

»Nach dem Verkauf des Maschinenparks nicht mehr.«

»Was ist mit Ihren Angestellten?«, fuhr Wisting fort. »Haben die ihr Geld bekommen?«

»Ja, nach und nach«, sagte Bakker. »Dafür gibt es schließlich Insolvenzgeld.«

Wisting beugte sich in seinem Stuhl vor, faltete die Hände und stützte sich auf den Knien ab.

»Hat der Diebstahl etwas mit der Insolvenz zu tun?«, fragte er.

Jonny Bakker starrte ihn an. »Sie fragen so, als ob Sie die Antwort schon kennen.«

Wisting starrte zurück, bekam aber keine Antwort. »Hat Allan Broch-Hansen für Sie gearbeitet?«, fragte er.

Wisting merkte, dass Daniel Rana ihm einen erstaunten Blick zuwarf, als er nach dem Vater des Mädchens fragte, das Morten Wendel vergewaltigt hatte.

»Ja«, erwiderte Bakker. Er wirkte nervös, als ob er jede Sekunde von seinem Stuhl aufspringen wollte. »Allan Broch-Hansen und auch Reidar Wendel haben für mich gearbeitet. Ich hatte einen Großauftrag für den Ausbau der neuen E18. Die beiden sind viel gefahren, und ich hatte auch noch andere Jobs.«

Jetzt konnte Bakker nicht mehr stillsitzen. Er erhob sich und fischte eine Zigarettenschachtel aus der Hosentasche.

»Ich habe ihnen Geld geschuldet«, sagte er und betätigte ein Feuerzeug. »Sie wussten, dass ich Bargeld im Safe hatte. Damals kam es häufiger mal vor, dass die Kunden gleich an Ort und Stelle gezahlt haben, wenn wir einen Graben ausgehoben oder ein Grundstück planiert haben. Auch Allan und Reidar haben sich auf diese Weise etwas dazuverdient.«

»Schwarzgeld«, kommentierte Rana.

Jonny Bakker nickte und zog an seiner Zigarette. »Ich war nicht hier, als der Safe verschwunden ist. Wie gesagt, meine Frau hat den Diebstahl entdeckt und der Polizei gemeldet.«

Er nahm einen weiteren Zug und blies den Rauch seufzend wieder aus.

»Mir war klar, dass es die beiden gewesen sein mussten«, sagte er. »Es hatte keinen Sinn, daraus einen Fall für die Polizei zu machen. Das hätte ja so aussehen können, als ob ich versucht hätte, Geld aus der Konkursmasse zu unterschlagen. Die beiden haben das Geld behalten, das ich ihnen noch geschuldet habe, und mir den Rest zurückgegeben. Und ich habe daraufhin die Anzeige zurückgenommen.«

»Was ist mit den anderen Dingen im Geldschrank?«, fragte Wisting.

»Die wollte ich natürlich auch zurückhaben, aber das sei nicht möglich, meinten sie, weil sie den Safe mitsamt dem restlichen Inhalt entsorgt hätten.«

Auf einem der Nachbarhöfe warf jemand eine Kettensäge an. Das Geräusch wechselte zwischen laut und leise. Jonny Bakker setzte sich wieder hin.

»Haben Sie heute noch Kontakt zu Allan Broch-Hansen und Reidar Wendel?«, fragte Wisting.

Bakker schüttelte den Kopf. »Die beiden haben durch den Konkurs ihre Jobs verloren. Natürlich hätte ich sie wieder einstellen können, als ich ein neues Unternehmen aufgemacht habe, aber ich glaube nicht, dass irgendjemand von uns das wirklich wollte. Die beiden sind schnell wieder auf die Beine gekommen. Allan hat sich einen Lkw gekauft und sich selbstständig gemacht. Reidar hat sich einen Job als Lkw-Fahrer im Fernverkehr gesucht und ist seitdem hauptsächlich in Schweden unterwegs. Ich habe ihn einmal auf der Fähre zwischen Horten und Moss getroffen, aber das war's.«

Eine Weile hing er seinen Gedanken nach.

»Und dann sind ja die ganzen Sachen mit ihren Kindern passiert«, fügte er hinzu und senkte den Blick.

Wisting stand auf. Er hatte die Antworten bekommen, die er brauchte.

Jonny Bakker drückte seine Zigarette aus und ließ sie auf den Kies fallen. Ein Gedanke schien ihn immer noch zu beschäftigen. »Wo haben Sie den Safe gefunden?«, fragte er. »Wo genau?«

»Er ist in der Nähe von Roper'n im Wasser versenkt

worden«, sagte Wisting. »Dort, wo auch Reidars Sohn gefunden wurde.«

»Du meine Güte«, sagte Jonny Bakker noch einmal. »Das ist schon ziemlich ... speziell. Am gleichen Ort.«

Er blieb noch etwas sitzen, bevor er sich wieder von seinem Stuhl erhob.

»Wie hat er noch mal geheißen?«, fragte er. »Der Sohn?«

»Morten«, erwiderte Wisting.

»Ein netter Junge«, sagte Jonny Bakker. »Er muss zehn oder elf gewesen sein, als er das letzte Mal mit seinem Vater hier war. Morten hat sich immer gern die Bagger und die anderen Maschinen angesehen. Schlimme Sache, in die er sich da hineinmanövriert hat.«

Sie gingen auf Wistings Auto zu und vereinbarten einen Termin, an dem Bakker die Sachen aus dem Tresor abholen konnte.

Daniel Rana hatte größtenteils nur dagesessen und Wistings Fragen gelauscht. Er schwieg, bis die Wirtschaftsgebäude von Bakkers Hof im Rückspiegel verschwunden waren.

»Schon ziemlich seltsam, dass sich der Sohn an der gleichen Stelle das Leben nimmt, wo sein Vater sechs Jahre zuvor den Safe entsorgt hat«, sagte er.

Wisting ließ sich Zeit mit der Antwort. »Bei dieser Arbeit werden Sie noch viele Zufälle erleben«, sagte er schließlich. »Dinge, die nur scheinbar zusammenpassen, ohne dass es eine tatsächliche Verbindung gibt.«

Der junge Polizist auf dem Beifahrersitz blickte ihn interessiert an.

Wisting verstärkte den Griff um das Lenkrad. »Aber in diesem Fall ist das anders«, fügte er hinzu.

49

Auf dem Rand von Evert Hartings Saftglas saß eine Biene. Ihre Flügel vibrierten, während sie emsig auf dem Rand umherkroch.

»Wollen wir nach Bratten hinaufgehen?«, schlug Kjell-Tore vor.

Die Biene hob ab und flog davon. Ella blickte von ihrer Zeitschrift auf. »Von dort aus kann man jetzt nicht mehr ins Wasser«, sagte sie.

»Ich möchte nur wissen, wie es da aussieht«, sagte Kjell-Tore. »Wer weiß, ob wir so einen niedrigen Wasserstand noch einmal erleben werden.«

Bratten war ein Aussichtspunkt am Farris, der sieben oder acht Meter über der Wasseroberfläche lag. Vom See aus führte ein schmaler Pfad hinauf, sodass man die Stelle auch als Badeplatz nutzen konnte. Isabell war das erste Mal mit sieben Jahren von dort ins Wasser gesprungen. Von da an wollte sie jeden Sommer zusammen mit ihrem Vater dieses gewagte Manöver wiederholen. Nun war Evert allerdings schon mehrere Jahre nicht mehr dort oben gewesen.

Er stand auf und nahm sein Handy vom Tisch. »Wir sollten noch ein paar Fotos machen, bevor es zu spät ist. Das restliche Wochenende soll es ja regnen.«

Kjell-Tore sah seine Schwester an. »Kommst du mit?«

Ella schüttelte den Kopf. »Meine Beine sind so geschwollen. Sie tun mir weh beim Laufen.«

Kjell-Tore verschwand im Wohnmobil, kam mit einem Hemd bekleidet wieder zurück und setzte sich auf die Treppe, um sich seine Joggingschuhe zuzubinden.

Auch Evert holte seine Sneaker. Ella sah ihnen lächelnd hinterher, als sie auf den Waldrand zugingen.

Der schattige Pfad war mehr oder weniger zugewachsen und führte unter Laubbäumen hindurch. Kjell-Tore ging voran und schob die Zweige beiseite, die ihnen im Weg waren. Evert betrachtete seinen breiten Rücken. Durch den dünnen Hemdstoff waren die Konturen seiner Muskeln zu sehen. Sein Nacken war sehnig und glänzte vor Schweiß.

Ein toter Baum lag quer auf dem Weg. Die Wurzeln hatten sich zur Hälfte aus dem Boden gelöst, und die Borke begann sich vom Stamm zu lösen. Kjell-Tore ging um den Baum herum und hielt Ausschau nach dem weiteren Verlauf des Wegs.

»Ist lange her, dass ich zuletzt hier war«, sagte er.

»Nach rechts«, meinte Evert.

Sie fanden zurück auf den Weg. Nach einer Weile stieg das Gelände leicht an, der Wald lichtete sich, und sie betraten das raue Felsplateau. Es war völlig windstill, aber klar. Von ihrem Standpunkt konnten sie sehen, wie weit sich der See nach Norden erstreckte. Im Südwesten türmten sich dunkle Wolken am Himmel.

Evert spähte über die Kante. Da der Wasserstand so niedrig war, fiel der Fels zehn Meter senkrecht in die Tiefe ab und endete weiter unten auf einer Art Geröllhalde. Die Höhe machte ihn unsicher, und ein Gefühl von Schwindel und körperlicher Schwäche überkam ihn.

Kjell-Tore stand direkt hinter ihm. »Hast du das gesehen?«, fragte er beinahe andächtig.

Evert hob den Kopf. Der See lag wie zusammengeschrumpft da, umgeben von einem braunen Streifen, der zwischen dem Wasser und dem umliegenden Wald verlief. An den normalerweise seichten Stellen des Sees hatten sich breite, wüstenähnliche Bereiche gebildet.

»Glaubst du, was sie sagen? Dass der Klimawandel menschengemacht ist?«, fragte Kjell-Tore.

»Ich denke, es ist wichtig, den Wissenschaftlern zuzuhören«, erwiderte Evert und trat einen Schritt zurück. »Wir können es uns nicht leisten, das Ganze bloß als Spiel zu betrachten.«

Kjell-Tore löste einen Stein von der Kante des Felsplateaus. Er hatte die Größe eines Handballs. »Wetter und Klima unterlagen schon immer ständigen Veränderungen«, sagte er, während er den Stein in seiner Hand wog. »Das passiert in Zyklen und ist völlig natürlich. Wir müssen es einfach akzeptieren und lernen, damit zu leben.«

Er warf den Stein über die Kante. Die Flugbahn beschrieb einen Bogen. Das Geräusch, als er auf die Geröllhalde traf, schallte durch die Luft.

Evert machte ein paar Fotos mit dem Handy, schaffte es aber nicht, die Eindrücke auf dem kleinen Display festzuhalten.

»Was auch immer der Grund sein mag, gibt es Anlass zur Sorge«, sagte er. »Die Klimaveränderungen in der Vergangenheit hatten große und schwerwiegende Folgen.«

Kjell-Tore stimmte zu. »Manche Leute behaupten ja, dass der Golfstrom zusammenbrechen wird«, sagte er. »Dann sind Hitze und Trockenheit kein Problem mehr.

Dafür erfrieren wir alle. Oder wir werden zu Flüchtlingen und gehen nach Afrika.«

Er hob einen weiteren Stein auf und trat an die Felskante.

»In gewisser Weise bin ich froh, dass nach mir niemand mehr kommt«, sagte er. »Keine Kinder, die aufwachsen. Schließlich geht es nicht nur um das Klima, sondern auch um Kriege und die gesamte Weltwirtschaft.«

Evert Harting spürte seinen Puls ansteigen, als hätte sein Körper verstanden, was er tun müsste, noch ehe der Gedanke zu Ende gedacht war. Er würde nur eine Chance bekommen. Kjell-Tore war über fünfzehn Jahre jünger als er und obendrein größer und stärker.

Bevor er etwas tun konnte, drehte Kjell-Tore sich zu ihm um. »Meinst du nicht auch?«, fragte er und trat wieder von der Felskante zurück. »Bist du nicht froh, dass du keine Enkelkinder hast, die das alles noch erleben müssen?«

Evert erwiderte seinen Blick. Er bemühte sich, die Gefühle unter Kontrolle zu bringen, die Kjell-Tores Frage in ihm ausgelöst hatte. Die Muskeln in seinem Kiefer spannten sich an.

»Ella hätte gern Enkelkinder«, sagte er. »Und ich auch«, fügte er hinzu.

Kjell-Tore ließ seinen Blick auf ihm ruhen. »Nun«, sagte er. »Noch ist es ja nicht zu spät.«

Er drehte sich wieder um und blickte über die Kante. »Hast du eigentlich noch was anderes gefunden?«, fragte er.

»Wovon redest du?«

»Du hast doch erzählt, dass du eine Goldkette gefunden hast«, sagte Kjell-Tore. »Ist noch mehr aufgetaucht?« Mit der Hand beschrieb er einen Halbkreis, der die gesamte ausgetrocknete Landschaft dort unten beschrieb.

»Bloß altes Zeug«, erwiderte Evert.

Kjell-Tore sagte nichts mehr. Evert hatte den Eindruck, als habe er mit seiner Frage auf etwas anspielen wollen, ohne selbst die Initiative übernehmen zu müssen.

»Ich glaube, ich weiß, wem die Kette gehört«, sagte Evert.

»Ach ja?«, kam es von Kjell-Tore, der ihm immer noch den Rücken zugewandt hatte. Einen Schritt von der Felskante entfernt.

Evert brach einen Zweig von einem Strauch ab.

»Ich weiß, wie sie hier gelandet ist«, sagte er.

Kjell-Tore drehte sich halb zu ihm um und kniff im hellen Sonnenlicht die Augen zu. »Verstehe«, sagte er. Sein Blick wanderte zu dem Zweig, den Evert in der Hand hielt.

Evert warf den Zweig über die Felskante, und er wirbelte durch die Luft. Kjell-Tore beugte sich vor, um zu beobachten, wo er landete. Evert spürte, wie sein Blutdruck stieg und hinter seinen Augen ein Nerv zuckte. Er nahm zwei Schritte Anlauf, rammte seine Schulter mit aller Kraft in Kjell-Tores Rücken und stieß ihn vorwärts ins Leere.

Kjell-Tore riss den Körper herum, ehe er in die Tiefe stürzte. Auf seinem Gesicht erschien ein Ausdruck des Entsetzens, und er fuchtelte mit den Armen. Ein Schrei löste sich aus seiner Kehle, der immer leiser wurde, je tiefer er fiel. Evert sah nicht, wie der Körper auf den Boden traf, sondern hörte nur das dumpfe Geräusch des Aufpralls.

50

Wind war aufgekommen. Eine leichte Brise wirbelte die oberste Schicht des erstarrten Schlamms auf und zog sie mit sich über den Boden.

Die Leute mit dem Georadar hatten ein Zelt mit zwei Seitenwänden aufgebaut. Es hatte keine andere Funktion, als Schutz vor der Sonne zu bieten, doch falls man eine Entdeckung machen sollte, konnte das Zelt ohne großen Aufwand versetzt werden, um neugierige Blicke abzuhalten.

Das Radargerät war eine robuste Einheit auf vier Rädern und wurde normalerweise für archäologische Forschungen benutzt. Einer der Männer demonstrierte, wie die Maschine funktionierte. Er schob sie ein paar Meter nach vorn und justierte die Empfindlichkeit, Tiefe und Auflösung. Wisting beugte sich vor und spähte auf den Bildschirm, der ein kompliziertes Muster aus verschiedenfarbigen Graphen zeigte, die die Topografie des Bodens unter ihnen darstellten. Von den erstarrten Bodenmassen verdeckte Gegenstände würden als Abweichung erscheinen.

Nils Hammer bat die Männer zu beginnen. Das eingebaute Antennenelement sendete ein rhythmisch pulsierendes Signal aus, während das Gerät vorwärtsrollte. Sie verfolgten es mit den Blicken, während Wisting erzählte, was er über den Geldschrank erfahren hatte. Dabei dämpfte er die Stimme, damit niemand um sie herum ihn hören könnte.

»Und was fängst du jetzt damit an?«, fragte Hammer.

»Dass dieser Allan Broch-Hansen den toten Vergewaltiger seiner Tochter an der gleichen Stelle in den See geschafft hat, wo er und Reidar Wendel sechs Jahre zuvor den Safe entsorgt hatten?«

Wisting hob den Kopf und sah zu der Stelle hinüber, wo Morten Wendel und sein Motorrad gefunden worden waren.

»Reidar Wendel hat gesagt, er versteht nicht, wieso der Junge sich ausgerechnet diesen Ort ausgesucht hat«, entgegnete Wisting. »Morten scheint sich in der Gegend nicht ausgekannt zu haben.«

Er drehte sich um und sah zum Ufer. Zwei Polizeibeamte befestigten Absperrband zwischen den Bäumen am Straßenrand. Ingrid Sandell stand neben dem Wagen und telefonierte. In den schwedischen Medien wurde bereits über die aktuellen Entwicklungen berichtet. Noch waren keine Schaulustigen aufgetaucht, doch das würde sich bald ändern.

»Was ist Reidar Wendel wohl durch den Kopf gegangen, als ihm klar wurde, dass man seinen Sohn am gleichen Ort gefunden hat wie den Safe?«, fragte Hammer.

»Ich habe sie mit zum Fundort genommen«, sagte Wisting. »Ihn und seine Frau.«

»Hast du ihm irgendwas angemerkt?«

Wisting dachte nach. Reidar Wendel war zu der Stelle hinuntergeklettert, wo man seinen Sohn und das Motorrad gefunden hatte. Er wollte wissen, ob dort noch andere Dinge gelegen hätten. Im Nachhinein kam ihm sein Interesse auffällig vor.

»Schwer zu sagen«, erwiderte Wisting. »Sie waren in einem Schockzustand und in Trauer.«

Die Männer mit dem Georadar waren stehen geblieben. Einer von ihnen markierte eine Stelle mit einem Stahlstab, an dem ein Fähnchen hing. Dann gingen sie weiter. Hammer nahm einen Spaten und trat auf die Stelle zu. Wisting warf einen erneuten Blick auf Ingrid Sandell und folgte Hammer dann.

Der Spaten drang leicht in die trockene Erde ein. Hammer fing vorsichtig an zu graben, fand aber nichts und machte einen neuen Versuch. Der Boden einer Glasflasche tauchte auf. Wisting zog sie heraus und legte sie zu Füßen des kleinen Fähnchens.

»Und was machst du jetzt?«, fragte Hammer.

»Maren ist für den Fall verantwortlich«, sagte Wisting. »Das Ergebnis der rechtsmedizinischen Untersuchung soll heute eintreffen. Wenn Verletzungen am Körper gefunden werden, haben wir mehr Anhaltspunkte. Allerdings muss ich Allan Broch-Hansen ohnehin mit dem Verdacht konfrontieren.«

Sie gingen zurück zu dem Schatten spendenden Zelt. Hammer nahm eine der Wasserflaschen, drehte den Verschluss ab und setzte die Flasche an die Lippen. Ingrid Sandell hatte ihr Telefonat beendet und kam zu ihnen.

»Das war die operative Abteilung in Stockholm«, sagte sie. »Der Solifer-Mann taucht auf den Fotos aus Bovikstrand nicht auf.«

Wisting enthielt sich einer Antwort.

»Das bedeutet nicht, dass er nicht da war«, fügte sie hinzu, als ob sie seine Gedanken erahnte. »Die meisten Bilder sind Familienfotos, auf denen keine Außenstehenden zu sehen sind.«

»Aber es war einen Versuch wert«, meinte Wisting.

Schweigend verfolgten sie die Arbeit mit dem Georadar.

»Annika Bengts Großvater kommt bald hierher«, sagte Ingrid Sandell. Sie hatte am ersten Abend von ihm erzählt. Der Mann wohnte in der Nähe von Lysekil, nur eine Stunde hinter der schwedischen Grenze. In seinem Wagen hatte er einen Spaten liegen, und jedes Mal, wenn ein neuer Hinweis einging, fuhr er los, um nach seiner Enkelin zu suchen.

»Er hat an Sandstränden, in Kiesgruben und unter Brücken gegraben«, fuhr Ingrid Sandell fort. »Ich konnte ihn jetzt nicht bitten, zu Hause zu bleiben.«

»Natürlich nicht«, sagte Wisting.

Sie trat etwas näher an ihn heran. Der Mann, der das Radargerät lenkte, blieb stehen und platzierte ein Fähnchen zwischen den Radspuren. Dann machte er weiter, blieb abermals stehen und setzte ein paar Meter dahinter eine neue Markierung. Eine weitere Polizeistreife kam angefahren.

Die ersten Spatenstiche waren erfolglos. Hammer musste tief graben, bis er einen dreieckigen Gegenstand in der Größe eines Esstellers aus der Erde holte. Wisting hob ihn auf und wischte die Erde davon ab.

»Ein altes Stück Ton«, sagte er. »Vielleicht der Teil eines großen Tellers. Der Mann, der den Buchstabenschmuck gefunden hat, hat nach Resten der Fresjeborg gesucht.« Er drehte sich zu Ingrid Sandell um und erklärte: »Die Fresjeborg wurde vor vierhundert Jahren von einer Sturmflut erfasst und ist im Wasser versunken.«

Ingrid Sandell deutete auf das Fundstück. »Das könnte demnach vierhundert Jahre alt sein?«

Wisting reichte es ihr und spähte in das Loch, aus dem sie es ausgegraben hatten. Das Tonstück hatte etwa vierzig Zentimeter tief im Boden gelegen.

»Wenn das schwedische Mädchen hier liegen sollte, dürfte es wohl kaum so tief eingesunken sein«, sagte Hammer und ging zu dem nächsten Fähnchen.

Ingrid Sandell gab Wisting das Keramikstück zurück. Er wusste nicht so recht, was er damit anstellen sollte, und legte es dorthin zurück, wo sie es gefunden hatten.

Einer der uniformierten Polizisten kam auf sie zu. Wisting begrüßte ihn. Es war Kittil Gram, einer der erfahrensten Schichtleiter, denen häufig die Verantwortung für größere Operationen übertragen wurden.

»Irgendwas gefunden?«, fragte er.

»Nichts, was für den Fall relevant wäre«, erwiderte Wisting.

»Ich habe gesehen, dass in den Medien etwas darüber steht«, meinte Gram. »Willst du dich selbst darum kümmern, wenn die Presse hierherkommt?«

Wisting holte sein Handy heraus. »Ich werde nicht so lange hierbleiben«, gab er zurück und überprüfte die Online-Zeitungen. Vom Display leuchtete ihm Annika Bengts Gesicht entgegen.

»Ich kann das übernehmen«, sagte Gram. »Ich weiß sowieso nicht mehr, als in der Pressemitteilung steht, also kann ich auch nichts Falsches sagen.«

Nils Hammer ging in die Hocke und holte ein weiteres Stück Ton heraus, das etwas kleiner und runder als das andere war.

Kittil Gram betrachtete die Markierungsfahnen. »Ihr werdet hier noch eine Weile beschäftigt sein, wie ich sehe.«

In seinem Ohrstöpsel summte es. Er hob das an seiner

Jacke befestigte Mikrofon an und antwortete. Wisting las einen der Zeitungsaufmacher auf dem Handybildschirm. *Objekte, die der vermissten 14-jährigen Schwedin gehört haben könnten, in Larvik gefunden.* In Washington war es jetzt mitten in der Nacht, dachte er. Line hatte es noch gar nicht mitbekommen.

Kittil Gram nahm einen Notizblock hervor und schrieb ein paar Stichwörter mit. »Verstanden«, sagte er schließlich und hängte das Mikrofon wieder ein.

Er warf Wisting einen Blick zu.

»Ich muss gehen. Da drüben hat es einen Unfall gegeben. Jemand ist abgestürzt.«

Seine Hand zeigte nach Norden.

»Was Ernstes?«, fragte Wisting.

»Der Rettungswagen ist unterwegs«, erwiderte Gram. »Aber es wurde ein Unfall mit tödlichem Ausgang gemeldet.«

»Um wen geht es?«, wollte Wisting wissen.

»Einen erwachsenen Mann«, antwortete Gram und blickte auf seine Notizen. »Ich habe den Namen nicht, aber die Meldung kam vom Bewohner einer Hütte in der Nähe. Evert Harting.«

»Evert Harting?«, wiederholte Wisting.

»Ja, genau«, sagte Kittil Gram. »Sagt dir der Name etwas?«

Wisting nickte. »Ich komme mit.«

51

Wisting fuhr voraus. Er kannte den Weg. Der sandige Untergrund wirbelte so stark auf, dass der Streifenwagen im Rückspiegel nicht mehr zu sehen war.

An der Stelle, wo er am Tag zuvor nach rechts abgebogen und dem Weg bis zum Wendepunkt gefolgt war, nahm er nun die Straße nach links.

Bald erschien eine rot gestrichene Hütte. Vor der einen Außenwand stand rückwärts eingeparkt ein Wohnmobil. Ein Challenger. Der Anblick des Fahrzeugs löste etwas in ihm aus, eine geschärfte Wahrnehmung, die ihn alarmierte.

Evert Harting stand auf dem Platz vor der Hütte. Er hatte Blutflecken auf dem T-Shirt. Eine etwa gleichaltrige Frau erhob sich mühsam von der Verandatreppe. Sie fasste sich an den Kopf und hielt sich die Hände vor die Augen.

Wisting parkte, stieg aus und warf einen Blick in die Richtung, aus der er gekommen war. Hinter dem Polizeifahrzeug kam ein Rettungswagen mit eingeschaltetem Blaulicht angefahren.

»Wo ist er?«, fragte Wisting.

»Es ist zu spät«, erwiderte Evert Harting und streckte seine leeren Handflächen aus. »Man kann nichts mehr für ihn tun.«

»Sie müssen uns aber trotzdem zeigen, wo er ist«, sagte Wisting.

Die Frau bewegte sich im Kreis. Evert Harting sah sie an. Ihr Gesicht war verzerrt vor Trauer und Verzweiflung.

»Es ist ihr Bruder«, erklärte er.

»Jemand wird hier bei ihr bleiben«, entgegnete Wisting.

Drei Rettungssanitäter traten näher. Einer von ihnen stellte dieselbe Frage wie Wisting.

»Wo ist er?«

Evert Harting deutete wortlos auf den Wald.

»Sie müssen uns die Stelle zeigen.«

Ein Rettungssanitäter blieb zurück, während die anderen Anwesenden auf einem unebenen Weg hintereinander durch den Wald und aufs Felsplateau hinaufgingen.

Wisting spähte über den Rand. Es mussten mindestens zehn Meter bis nach unten sein. Ein Mann lag mit dem Rücken auf einem Steinhaufen. Seine Gliedmaßen waren unnatürlich verdreht. Das Blut hatte die Steine dunkel gefärbt.

»Ich war unten bei ihm«, sagte Harting und zeigte auf einen abschüssigen Pfad. Kittil Gram und die Rettungssanitäter machten sich an den Abstieg.

»Was ist passiert?«, fragte Wisting, als er mit Harting allein war.

»Wir wollten uns die Aussicht ansehen«, erklärte Evert Harting schwer atmend. »Die Dürre. Die Landschaft ... Es war sein Vorschlag. Früher sind wir zum Baden hergegangen. Wir sind von hier oben ins Wasser gesprungen.«

Wisting hatte sein Notizbuch hervorgeholt. »Wie heißt er?«

»Kjell-Tore Bonholt. Er ist der Bruder von Ella, meiner Frau. Ich habe Ihrem Kollegen am Telefon schon alles erklärt. Kjell-Tore besucht uns hier. Das macht er jeden Sommer. Er ist gestern angekommen.«

»Hat er noch mehr Familie?«

Evert Harting schüttelte den Kopf.

»Und was ist mit Ihnen?«, fragte Wisting. »Haben Sie und Ihre Frau jemanden, mit dem Sie jetzt zusammen sein können?«

»Nur unsere Tochter.«

Wisting notierte ihren Namen.

»Wie ist Ihr Schwager gestürzt?«, erkundigte er sich.

Evert Hartings Atem ging schwer. »Ich weiß nicht ...«, begann er. »Er war unvorsichtig und ist zu nah an die Kante herangegangen. Ich habe nur das Geräusch von rutschenden Steinen gehört, und dann habe ich gesehen, wie er das Gleichgewicht verlor.«

Wisting blickte zur Felskante. Es war deutlich zu erkennen, wo sich Steine aus dem porösen Fels gelöst hatten. Er trat ganz dicht an den Rand und schaute erneut nach unten. Kittil Gram und die anderen standen bei der Leiche.

Er wandte sich an Evert Harting. »Waren nur Sie beide hier oben?«

»Ja.«

»Ihre Frau war nicht dabei?«

»Nein. Sie ist in der Hütte geblieben. Bei der Hitze schwellen ihre Beine an und schmerzen beim Gehen.«

Wisting nickte. »Lassen Sie uns umkehren«, sagte er.

Evert Harting zögerte und schaute zu den dunklen Wolken, die sich näherten.

»Wie bringen die ihn jetzt weg?«, fragte er.

»Ich denke, sie werden ein Geländefahrzeug besorgen«, sagte Wisting. »Es wird eine Weile dauern. Zuerst müssen sie Fotos machen und weitere Untersuchungen durchführen.«

Sie machten sich auf den Rückweg.

Wistings Handy vibrierte. Er nahm es aus der Tasche und sah, dass es ein Journalist war, der versuchte, die Presseabteilung der Polizei zu umgehen. Er hatte schon zweimal angerufen. Wisting ließ das Telefon klingeln und steckte es zurück in die Jackentasche.

An einem Baum, der quer über dem Weg lag, blieb Harting stehen und stützte sich an dem dunklen Stamm ab.

»Schaffen die das vor dem Regen?«, fragte er und blickte zwischen den Blättern hindurch nach oben.

»Davon gehe ich aus«, sagte Wisting. »Sie bringen ihn nach Tønsberg ins Krankenhaus. Da stellt dann ein Arzt die Unterlagen zusammen, bevor das Bestattungsunternehmen übernimmt.«

»Was für Unterlagen?«, wiederholte Harting. »Sie meinen den Totenschein?«

Wisting nickte. »Gehört das Wohnmobil, das an Ihrer Hütte steht, Ihrem Schwager?«, fragte er.

Evert Harting hatte anscheinend nicht die Absicht zu antworten. Er ging ein paar Schritte weiter, ehe er sich wieder halb zu Wisting umdrehte.

»Ja«, sagte er schließlich. »Er ist gestern aus Dänemark gekommen. Vorher war er in Deutschland und Frankreich. Ella und ich wollten uns eigentlich das Wohnmobil ausleihen und damit in den Norden fahren, während Kjell-Tore in der Hütte bleibt. Wir machen das jedes Jahr so.«

»Ich könnte mir so ein Wohnmobil auch gut vorstellen«, meinte Wisting. »Man kommt sich vermutlich sehr frei vor.«

Sie gingen weiter durch das unwegsame Gelände. Wisting blickte nach unten und achtete darauf, wohin er die Füße setzte.

Seine Treffen mit Hinterbliebenen verliefen oft so, dachte er. Häufig sprach er etwas ganz Alltägliches an, das mit den Toten in Zusammenhang stand und worüber sie reden konnten.

»Hatte er das Wohnmobil schon lange?«, fragte Wisting.

Harting überlegte und schob einen Zweig zur Seite. »Drei oder vier Jahre. Es war nicht neu, als er es gekauft hat.«

Schweigend gingen sie weiter. Wisting erwog zu erzählen, dass die Goldkette mit dem Anhänger, die Harting vor vier Tagen gefunden hatte, wahrscheinlich einem vermissten schwedischen Mädchen gehörte und dass die Nachrichten in den nächsten Tagen viel darüber berichten würden. Doch dann entschied er sich dagegen. Etwas weiter vorn zwischen den Bäumen waren schon die Hütte und die Autos zu erkennen. Ella Harting saß auf einem Stuhl auf der Veranda, stand aber auf, als sie die beiden kommen sah.

»Was machen wir jetzt?«, fragte sie und blickte Wisting an.

Er wiederholte, was er zu ihrem Mann gesagt hatte, und erklärte, dass bald jemand vom kommunalen Kriseninterventionsteam kommen werde, um sie zu unterstützen. Allerdings müsse er selbst leider weiter.

Wisting setzte sich in den Wagen und wendete auf dem engen Vorplatz, blieb aber nach ein paar Metern

stehen und stieg wieder aus. Evert und Ella Harting beobachteten ihn von der Veranda aus. Er trat aus ihrem
Sichtfeld, näherte sich dem Wohnmobil und ging an der
Rückseite um das Fahrzeug herum. Er musste es einfach
überprüfen.

Die Heckscheibe befand sich auf der rechten Seite.
Die weißen Fransenvorhänge dahinter waren zugezogen.

Einen Augenblick blieb er stehen. Dann kehrte er zurück zum Wagen, ohne in Richtung von Evert Harting
und seiner Frau zu blicken. Plötzlich musste er an das
denken, worüber er erst vor Kurzem mit dem jungen
Polizisten gesprochen hatte: die vielen Zufälle, denen er
in seinem Arbeitsleben noch begegnen würde.

Doch dies war kaum ein solcher Zufall.

52

Die Journalisten waren eingetroffen. In kleinen Grüpp-
chen standen sie unterhalb des ursprünglichen Ufer-
streifens. Oben auf der Straße hielten sich weitere
Schaulustige auf. Während Wisting an ihnen vorbeifuhr, rief er Ingrid Sandell an. Er sah, wie sie ihr Mobil-
telefon herausholte und es sich ans Ohr hielt.

»Ich muss zur Polizeistation«, sagte er und fuhr langsamer. Sie drehte sich zur Straße um, als ob sie ihn dort
spüren könnte.

»Kommst du hierher zurück?«

Als sie ihn sah, hob er grüßend die Hand.

»Ja, ich muss nur etwas überprüfen.« Es war zu kompliziert, ihr das jetzt zu erklären. »Aber es wird nicht
allzu lange dauern.«

»Dann bleibe ich hier.«

Die Räder des Georadars standen still. Die Männer
dahinter schienen etwas zu erörtern, was sie auf dem
Bildschirm gesehen hatten.

»Haben die mit dem Radar etwas gefunden?«, erkundigte sich Wisting.

»Nichts Relevantes«, erwiderte Ingrid Sandell.

Wisting griff nach der Wasserflasche auf der Mittelkon-
sole. Er platzierte sie zwischen seinen Beinen und beendete das Gespräch, ehe er den Verschluss aufdrehte und etwas trank. Das Wasser war warm und abgestanden.

Zehn Minuten später war er im Büro. Er blätterte seine Notizen durch, während der Computer hochfuhr. Bei der Befragung von Evert Harting hatte er gezielt nach vorbeifahrenden Wohnmobilen auf der Schotterstraße gefragt, die an ihrer Hütte vorbeiführte.

Die Antwort war allgemein ausgefallen.

Kommt schon mal vor, stand in den Notizen.

Der Computer war bereit. Der tödliche Unfall auf der Ostseite des Farris wurde im Einsatzprotokoll weiterhin als aktive Operation aufgeführt. Die Feuerwehr war alarmiert, um bei der Bergung der Leiche zu helfen. Die Personalien des Unfallopfers waren protokolliert. Kjell-Tore Bonholt, 49 Jahre alt. Unverheiratet, keine Kinder.

Wisting gab das Geburtsdatum ins Kraftfahrzeugregister ein. Das Wohnmobil war ein Fiat Challenger Mageo, Modell 2008. Darüber hinaus war der Tote als Halter eines alten Toyota Hilux mit zwei Sitzplätzen und Ladefläche aufgeführt. Das Wohnmobil war seit fünf Jahren auf seinen Namen zugelassen.

Drei oder vier Jahre, hatte Evert Harting gesagt.

Draußen im Flur ging jemand vorbei. Wisting starrte auf den Bildschirm, unsicher, ob seine Entdeckungen etwas zu bedeuten hatten. Er schrieb Geburtsdatum und Sozialversicherungsnummer in sein Notizbuch und suchte weiter im Strafregister. Kjell-Tore Bonholt war wegen sexueller Belästigung von Kindern unter sechzehn Jahren zweimal mit einer Geldstrafe belegt worden.

Einmal vor sechzehn Jahren und einmal vor elf Jahren. Der erste Vorfall hatte sich in der Brynseng-Schule in Oslo abgespielt, der zweite auf den Lofoten. Der Auszug aus dem Strafregister gab nicht viel mehr Informationen her. Wisting müsste sich die Fallakten besorgen, um herauszufinden, was tatsächlich passiert war.

Der Schaden in der Ecke des Computerbildschirms war größer geworden, stellte Wisting fest. Seine Gedanken wirbelten umher, ohne dass er wusste, was er nun tun sollte. Kjell-Tore Bonholt war als Besitzer eines der sechzigtausend registrierten Wohnmobile in Norwegen aufgeführt, und er war einer von ungefähr ebenso vielen Männern, die eine Strafe wegen eines Sexualdelikts erhalten hatten. Sexuelle Belästigung galt im Sinne der Strafbarkeit als unterste Grenze, die überschritten werden konnte. Es gab Fälle, in denen der Täter keinerlei körperlichen Kontakt mit jemandem gehabt hatte und in denen es um Exhibitionismus, das Versenden von Nacktbildern oder anzügliche Dialoge ging. Von Entführung, Vergewaltigung und Mord war so etwas weit entfernt, dennoch gab es in diesem Fall vieles, das in eine solche Richtung wies. Die Verbindung zum Fundort, das Fahrzeug sowie die Tendenz zur Abweichung von herrschenden Sexualnormen.

Ingrid Sandell hatte ihm einen USB-Stick mit dem schwedischen Ermittlungsmaterial gegeben. Er steckte ihn in den Computer und öffnete eine Datei, in der alle Berichte und Vernehmungsprotokolle in einem etwa siebentausend Seiten umfassenden Dokument zusammengefasst waren. Wisting gab den Namen Bonholt in das Suchfeld ein. Keine Treffer. Er versuchte es mit dem Vornamen und dem Kennzeichen des Wohnmobils, bekam aber wieder kein Ergebnis. Um zu überprüfen, ob die Suchfunktion in Ordnung war, gab er *Katze* ein. Auf dem Bildschirm erschien die Erklärung des Campinggastes, der sein Kätzchen vermisste.

Es war grau und weiß gewesen und hatte auf den Namen Pjokken gehört. Wisting machte auch einen Versuch mit *Challenger* und bekam einige Treffer zu dem gleichen Typ Wohnmobil, das Kjell-Tore Bonholt gefahren hatte, allerdings mit schwedischen Besitzern.

Die erfolglose Suche schloss jedoch nicht die Möglichkeit aus, dass Kjell-Tore Bonholt in Bovikstrand gewesen war. Höchstwahrscheinlich hatte sich der Täter nicht unter den 1843 registrierten Campinggästen befunden, denn dann wäre er vermutlich schon gefasst worden.

Der Defekt im Bildschirm kroch weiter nach unten. Die kleinen Pixel flackerten. Die Farben wurden vertauscht. Rot wurde zu Blau, Grün zu Violett. Bald würde es unmöglich sein, an dem Gerät zu arbeiten.

Er ging zurück zum Strafregister und rief erneut das Foto von Kjell-Tore Bonholt auf. Es war in Verbindung mit dem Fall auf den Lofoten aufgenommen worden. Er war damals achtunddreißig Jahre alt gewesen. Blondes Haar und blaue Augen, die große Verwirrung auszustrahlen schienen.

Wisting speicherte das Foto ab, damit Ingrid Sandell die Bilddatenbank aus Bovikstrand danach durchsuchen konnte.

Eine Nachricht auf dem Bildschirm kündigte an, dass ein neuer Eintrag im Einsatzprotokoll erfolgt war, der die Meldung zu Kicki Dalberg betraf. Wisting hatte ihren Namen noch nicht ins Protokoll eingegeben. Darin war nur registriert, dass er ein Wohnmobil an der Tveidalskreuzung überprüft hatte und dass der Wagen vermutlich mit der Sachbeschädigung auf dem Golfplatz in Zusammenhang stand. Das Kennzeichen des Fahrzeugs war ebenfalls registriert. Es war schon zweimal zuvor im Polizeisystem aufgetaucht. Beim ersten Mal handelte es sich um eine Verkehrskontrolle auf einer Landstraße bei Halden, beim zweiten Mal ging es um einen Fall von Exhibitionismus in Stavanger vor sechs Jahren.

Wisting klickte den Link zu diesem Fall an. Ein Mann hatte zwei Mädchen im Teenageralter Geld angeboten, wenn sie sich bereit erklärten, ihn mit der Hand sexuell zu befriedigen. Polizeistreifen hatten die Gegend abgesucht, konnten aber niemanden finden, auf den die Beschreibung passte. Zwar waren die Kennzeichen mehrerer in der Gegend parkender Fahrzeuge erfasst worden, aber es schienen sich keine weiteren Ermittlungen angeschlossen zu haben.

Eines der Autos war ein Peugeot Solifer, Modell 1996, das dem Vestfold Caravan-Center in Larvik gehörte. Ein Mietwagen, hatte Kicki Dalberg gesagt.

Das Telefon klingelte. Die Nummer des Kriminaltechnikers, der das alte Wohnmobil des Solifer-Mannes in der Werkstattgarage untersuchte, erschien auf dem Display.

»Bist du in der Nähe?«, fragte David Eikrot.

»Im Büro«, erwiderte Wisting.

»Wir sind hier unten bald fertig«, sagte Eikrot. »Es gibt einige Dinge, die du dir unbedingt ansehen solltest.«

Wisting hielt sich den Hörer ans andere Ohr. Die defekten Stellen auf dem Computerbildschirm breiteten sich weiter aus und leuchteten in verschiedenen Farben, ehe plötzlich alles schwarz wurde.

»Was denn?«, fragte er und zog den Netzstecker.

Der erfahrene Kriminaltechniker zögerte kurz. »Ich glaube, jemand wurde in diesem Auto gefangen gehalten.«

53

Die Metalltür schlug hinter ihm zu, als Wisting die Werkstattgarage betrat. Das Wohnmobil wurde immer noch von Scheinwerfern angestrahlt. Alle Fahrzeugtüren standen offen. David Eikrot und Gina Lyng trugen noch ihre weißen Overalls, aber der Großteil der kriminaltechnischen Ausrüstung war bereits weggepackt.

»Was habt ihr gefunden?«, fragte Wisting.

»Wir können uns das kurz ansehen«, entgegnete Eikrot. Er griff nach einem Tablet und öffnete eine Bilddatei. »Haare sind immer sehr interessant, wenn es darum geht, Personen aufzuspüren, die Zugang zu einem Fahrzeug hatten. Wir haben Haare von verschiedenen Einzelpersonen sichergestellt. Überwiegend in der Schlafnische.« Er zeigte Wisting einige Aufnahmen. »Aber es sind auch Tiere im Wagen gewesen«, fügte er hinzu.

»Tiere?«

»Wir haben Fellreste entdeckt«, sagte Eikrot. »Wahrscheinlich von einem Hund, da die Haare abgeschnitten wurden.«

Er wechselte zu einem anderen Ordner.

»Es gibt auch zahlreiche Fingerabdrücke«, fuhr er fort, ohne näher darauf einzugehen. Dann öffnete er einen dritten Bildordner. Er enthielt Fotos, die bei UV-Licht geschossen worden waren. Kleine, bläulich leuchtende Flecken in verschiedenen Größen.

»Reste von Samenflüssigkeit«, erklärte Eikrot und blätterte weiter durch die Fotos. »Auf dem Boden, an den Wänden und auf Textilien. Daran ist nichts Ungewöhnliches. Das ist wie in einem Hotelzimmer.«

Wisting blickte vom Bildschirm auf und sah zu dem Wohnmobil. »Du meinst, jemand sei darin gefangen gehalten worden?«

»Im Laderaum«, erwiderte Eikrot und zeigte auf die offene Luke.

Sie traten näher. Wisting ging in die Hocke. Unter dem eigentlichen Fahrgastraum befand sich ein Laderaum, der einen Meter breit und vierzig Zentimeter hoch war. Der Inhalt war herausgenommen worden und lag nun auf einer Papierplane: Campingstühle und ein Tisch, zwei Badmintonschläger in einer transparenten Hülle, ein Feuerlöscher, eine dicke Decke, eine tragbare Kochplatte, leere Wasserkanister und verschiedene Reinigungsmittel. Ein aufgewickeltes Seil und eine Rolle Klebeband lagen in durchsichtigen Beweisbeuteln daneben.

»Wir haben da drinnen Fingerabdrücke gefunden«, erklärte Eikrot. »Unter der Abdeckung.«

Wisting blieb in der Hocke und nahm die Informationen in sich auf, kam aber zu dem Schluss, dass etwas nicht stimmte. Das Wohnmobil war in die Werkstatt gebracht worden, weil man im Heckfenster ein Mädchen gesehen hatte.

»Können die Abdrücke auf natürliche Weise dort hingekommen sein?«, fragte er. »Möglicherweise ist jemand hineingekrochen, um irgendwelche Ausrüstung herauszuholen.«

Er warf einen Blick auf die Badmintonschläger.

»So interpretieren wir das nicht«, meinte Eikrot. »Es gibt mehrere zusammenhängende Stellen mit Abdrücken, als ob jemand auf dem Rücken gelegen und versucht hätte, die Abdeckung hochzudrücken.«

Er lehnte sich zurück, hielt die Hände so, als ob sie am Handgelenk zusammengebunden wären, und demonstrierte, wie seiner Ansicht nach die Fingerabdrücke entstanden waren.

»Sie sind klein«, fügte Gina Lyng hinzu, während sie sich aus ihrem Overall schälte und ihn abstreifte. »Von einer Person, die noch nicht ausgewachsen oder von kleiner Statur war.«

Wisting blickte erneut in den Laderaum. An der einen Seitenwand gab es oben eine Lampe. Das Glas war durch das Fingerabdruckpulver schwarz verfärbt.

»Ich habe gestern von dem Solifer-Mann gelesen«, fuhr Gina Lyng fort. »Es sind nur zehn Stunden vergangen, bis er angehalten wurde. Da lag das entführte Mädchen im Bett, drinnen im Wohnmobil.« Sie zeigte auf den Fahrgastraum. »Nichts deutet darauf hin, dass sie im Laderaum gewesen ist. Es muss sich um ein anderes Mädchen gehandelt haben.«

»Könnt ihr etwas darüber sagen, wann die Abdrücke dort entstanden sind?«, fragte Wisting, obwohl er die Antwort kannte.

»Nein«, sagte Eikrot und deutete auf die offene Luke. »Der Raum dort ist eine Art geschützte Umgebung mit wenig Staub oder anderen Verschmutzungen. Die Abdrücke können im letzten Monat dort entstanden sein oder vor fünf Jahren.«

Seine Knie knackten, als Wisting aufstand. Die Erklärungen der Techniker klangen logisch, waren aber nur schwer mit den Aussagen der Zeugen in Einklang zu bringen, die im Heckfenster des Autos ein Mädchen gesehen hatten.

»Das Mädchen, das er vor drei Jahren entführt hat, stand unter Medikamenteneinfluss. Diazepam«, fuhr Gina Lyng fort. »Er kann dasselbe mit dem Mädchen aus Schweden gemacht haben, aber niemand weiß, wie lange er mit ihr durch die Gegend gefahren ist. Vielleicht hat er sie hier unten festgehalten und dann wieder mit in den Fahrgastraum genommen, wo er sie erneut betäubt hat. Dann ist sie vielleicht während der Fahrt aufgewacht.«

Wisting stimmte zu. So könnte es passiert sein.

»Was ist mit DNA?«, fragte er.

»Wir haben einige Tests gemacht, werden aber wahrscheinlich erst nach den Sommerferien ein Ergebnis bekommen. Am einfachsten wäre es, wenn die Fingerabdrücke des Mädchens irgendwo im Wagen wären.«

»Ich werde mich mal bei den Schweden erkundigen«, antwortete Wisting.

David Eikrot streifte seinen Overall von den Schultern und zog ihn bis zur Hüfte herunter. »Ihr hattet doch gestern einen Leichenspürhund im Einsatz, oder?«

»Stimmt«, sagte Wisting. »Den muss ich dann wohl noch mal anfordern.«

54

Die Sonne verschwand, während Wisting zurück zum Farris fuhr. Er schaute durch das Seitenfenster nach oben. Die dunklen Wolkenbänke waren landeinwärts gezogen.

Vom Auto aus rief er Patrick Pape an.

»Es geht um den Solifer, den wir gerade untersuchen«, sagte er. »Haben Sie eine Liste der Mieter erstellen können?«

»Ich bin noch nicht ganz fertig«, erwiderte Pape. »Eine zeitaufwendige Übung, wie gesagt. Kicki sollte sich unter anderem darum kümmern, aber sie ist nicht hier. Ich konnte sie heute nicht bewegen, zur Arbeit zu kommen.«

»Wie gehen Sie für gewöhnlich vor, wenn ein Auto zurückgegeben wird?«, fragte Wisting.

»Was meinen Sie damit?«

»Reinigung und Vorbereitung.«

»Die Fahrzeuge werden gewaschen«, sagte Pape. »Innen und außen.« Einen Augenblick herrschte Stille. »Haben Sie im Wohnmobil etwas gefunden?«

Wisting beantwortete seine Frage nicht. »Wie oft wird der Laderaum gereinigt?«, erkundigte er sich stattdessen.

Papes Antwort klang ausweichend. »Bei Bedarf. Früher hat sich die Frau von Roy aus der Werkstatt darum gekümmert, aber mittlerweile beauftrage ich eine Firma.«

»Könnte man herausfinden, wann der Laderaum zuletzt gereinigt wurde?«

»Ich kann natürlich mal nachfragen«, meinte Pape. »Aber ich möchte bezweifeln, dass es da ein Protokoll gibt.«

»In Ordnung. Rufen Sie mich an, wenn Sie die Liste mit den Mietern vorliegen haben«, sagte Wisting und beendete das Gespräch.

Am Suchgebiet des Georadars gab es keinen Platz für sein Auto. Also parkte er am Hundeclub und ging von dort aus zu Fuß. Die Anzahl der Journalisten war größer geworden. Wisting schlüpfte unter dem Absperrband hindurch und kündigte an, in fünf Minuten wieder zurück zu sein, um sie über die Suchaktion zu orientieren.

Ingrid Sandell stand bei dem Zelt, das die Leute mit dem Georadar eingerichtet hatten. Ein großer, kräftiger Mann stand neben ihr. Wisting ging auf die beiden zu. Der Mann war Stefan Lundgren, Annika Bengts Großvater. Er stand mit gebeugtem Rücken da, als lasteten Kummer und Sorge schwer auf ihm.

»Vielen Dank, dass Sie das alles tun«, sagte er.

Wisting nickte und stellte sich die schlaflosen Nächte vor, die der alte Mann durchgemacht hatte. Endlose Stunden voller Grübeleien und Spekulationen.

»Wir tun, was wir können«, entgegnete er.

Sie standen da und ließen den Blick über den Suchbereich schweifen.

»Annika hat Wasser so sehr geliebt«, sagte der Großvater, als ob eine Art Trost darin läge. »Sie liebte es zu baden und hat schon schwimmen gelernt, als sie vier war. Im Grunde hat sie sich mehr unter als über Wasser aufgehalten.«

Nils Hammer kam zu ihnen und bat Wisting, ihn zum Zelt zu begleiten.

»Wir haben noch einen Schuh gefunden«, sagte er mit leiser Stimme. »Passend zum anderen.«

Er öffnete einen Pappkarton, der auf dem Tisch stand, und zeigte Wisting den Inhalt. Es war ein schwarzer Converse-Schuh.

»Der lag ungefähr in der Mitte des Suchgebiets.«

Wisting drehte sich in die Richtung, in die Hammer zeigte. Das Georadar näherte sich der momentanen Uferlinie.

»Was machen wir, wenn die Suche erfolglos bleibt?«, fragte Hammer.

Wisting fing Ingrid Sandells Blick auf und bedeutete ihr mit einer Kopfbewegung, zu ihm zu kommen. Sie legte eine Hand auf die Schulter von Annika Bengts Großvater, entschuldigte sich und trat auf Wisting zu.

»Habt ihr die Fingerabdrücke von Annika Bengt?«, fragte er.

Ingrid Sandell schüttelte den Kopf. »Warum fragst du?«

Wisting erzählte von den Abdrücken, die im Laderaum des Solifer-Wohnmobils gefunden worden waren.

»Was ist mit dem Passregister?«, hakte Hammer nach. »Da werden die biometrischen Daten der Fingerabdrücke doch vermutlich gespeichert.«

»Sie hatte keinen Reisepass«, erklärte Sandell und blickte hinüber zum Großvater. »Sie haben niemals Urlaub außerhalb der nordischen Länder gemacht. Waren immer nur auf dem Campingplatz.«

»Was ist mit einem Handy?«, fragte Hammer. »Hat sie ihren Fingerabdruck benutzt, um es zu öffnen?«

»Keine Ahnung«, antwortete Ingrid Sandell. »Ihr Handy ist verschwunden. Es war ein iPhone. Möglicherweise sind bei Apple irgendwelche Daten gespeichert. Ich kann das untersuchen lassen.«

»Das wird dauern«, sagte Hammer. »Da können wir genauso gut auf die DNA-Ergebnisse warten.«

»Gibt es vielleicht einen Gegenstand, den sie angefasst hat und auf dem sich immer noch ihre Fingerabdrücke befinden könnten?«, fragte Wisting.

»Da muss ich mit den Eltern reden«, erwiderte Ingrid Sandell. »Das kann ich jetzt sofort machen.«

Wisting bat sie zu warten. »Da ist noch etwas anderes«, sagte er. »Ich habe dir den Namen und das Foto eines weiteren möglichen Täters geschickt. Könntest du das mit den Aufnahmen aus Bovikstrand abgleichen?«

»Um wen geht es?«, wollte Hammer wissen.

Wisting erzählte von dem Mann, der bei dem Sturz von der Felskante ums Leben gekommen war.

Hammer fluchte, als ärgerte er sich, dass der Täter ihnen womöglich auf diese Weise entkommen war.

Ingrid Sandell hatte ihr Telefon in der Hand. »Dann erledige ich das mit dem Foto zuerst. Das geht mittlerweile auch schneller. Die Datenbank ist ja schon eingerichtet.«

Draußen auf dem ausgetrockneten Seeboden steckte eine weitere Markierungsfahne in der Erde. Abermals machte sich Hammer mit dem Spaten an die Arbeit. Wisting drehte sich um und ging den Pressevertretern entgegen. Sie stellten sich in einem Halbkreis vor ihm auf.

Es war nicht das erste Mal, dass er Journalisten begegnete und dabei versuchte, eine Fassade der Selbstsicherheit aufrechtzuerhalten, während Zweifel und Unruhe an ihm nagten.

Unter den Pressevertretern befanden sich auch drei Kamerateams, von denen zwei sich offenbar anschickten, live zu senden. Er ließ ihnen etwas Zeit für die Vorbereitung, bis er schließlich kurz und nüchtern über den Fall berichtete und einige Informationen ergänzte, die noch nicht in der Pressemitteilung gestanden hatten. Seine Formulierungen waren so exakt, dass sie keinen Raum für Interpretationen oder Spekulationen ließen.

Die Sonne war schon untergegangen, doch die Luft war immer noch warm und sogar drückender als zuvor. Während er sprach, spürte Wisting den Schweiß im Nacken.

Er stand mit dem Rücken zum Suchgebiet und sah, wie auf der Straße hinter den Journalisten ein Wagen der Feuerwehr mit einem Geländefahrzeug auf einem Anhänger vorbeifuhr.

Wisting beendete seine Presseerklärung mit einem Aufruf an die Öffentlichkeit, sich bei der Polizei zu melden, sofern man in den Tagen nach dem 18. Juli vor vier Jahren Menschen oder Fahrzeuge hier vor Ort beobachtet habe.

Ein junger Mann mit *VG*-Logo auf seinem Mikrofon stellte die erste Frage: »Haben Sie Verdächtige?«

Wisting begegnete dem Blick des Journalisten. Er war auf eine so direkte Frage nicht vorbereitet. Es gab zwei Verdächtige. Den Solifer-Mann, Ove Rudi Werner, und den kürzlich verunglückten Kjell-Tore Bonholt. Zwei Männer, jeder mit einem Wohnmobil und einer Vorgeschichte, die sie für die Ermittlung interessant machte. Im Grunde genommen ein unrealistischer Zufall, andererseits aber auch nicht. Den Schätzungen aktueller Forschungsberichte zufolge hatte jeder fünfte Mann im Laufe seines Lebens irgendeine Form des sexuellen Übergriffs begangen.

Statistisch betrachtet war es daher nicht weiter erstaunlich, dass zwei Männer mit vergleichbarer Vorgeschichte und ähnlichem Hintergrund im Rahmen der Ermittlungen erfasst wurden.

Dennoch war es zu früh, sich öffentlich dazu zu äußern.

»Dies ist eine schwedische Ermittlung in einem schwedischen Vermisstenfall«, sagte er in dem Versuch, der Frage auszuweichen. »Wir unterstützen nur die Kollegen aus unserem Nachbarland, verfügen aber derzeit nicht über genügend Informationen, um festzustellen, ob wir diesen Fall als norwegische Strafsache behandeln sollten. Insofern gibt es auch keine Verdächtigen.«

»Hat die schwedische Polizei irgendwelche Verdächtigen?« Die Frage kam von einer rothaarigen Frau, die Schwedisch sprach.

»Ich kann nicht für die schwedische Polizei antworten«, entgegnete Wisting.

Er wurde aufgefordert, zu erläutern, was Annika Bengt widerfahren war und wie sie an diesen Ort gelangt sein konnte. Wisting reagierte ähnlich wie zuvor und erklärte, dass sie sich nun erst einmal darauf konzentrierten, Annika Bengt zu finden.

»Gibt es andere Orte, an denen eine Suche sinnvoll wäre?«, wurde er gefragt.

Wisting spürte, wie sich ein paar Schweißperlen von seinem Nacken lösten und an der Wirbelsäule hinunterliefen. Sollten sie Annika Bengt nicht hier finden, bedeutete das nicht, dass ihre Leiche nicht in dieser Gegend war. Er hatte schon die ganze Zeit den Gedanken verfolgt, dass der Täter vielleicht nur die Goldkette und die Stoffschuhe im See entsorgt und die Tote woanders versteckt hatte.

Sein Blick wanderte nach Norden, in Richtung der alten Hütte, wo Kjell-Tore Bonholts Wohnmobil parkte.

»Unter Umständen ja«, erwiderte er, verschwieg aber die Suche mit dem Leichenspürhund am Wendeplatz.

Es wurden noch ein paar weitere Fragen gestellt, bevor Wisting sich für die Aufmerksamkeit bedankte und zu den anderen zurückkehrte. Dem Georadar war inzwischen der Strom ausgegangen. Das Gerät stand im Zelt, während die Batterie gewechselt wurde.

»Wie viel Zeit braucht ihr noch?«, fragte Wisting.

Der Mann, der ihm erklärt hatte, wie das Gerät funktionierte, warf einen Blick in Richtung Wasser.

»Eine halbe Stunde«, schätzte er.

»Ich hätte gern, dass ihr noch einen weiteren Bereich absucht«, sagte Wisting. »Bevor der Regen kommt.«

Der Mann nickte und sah auf seine Uhr. »Und wo?«, fragte er.

»Nicht weit von hier. Ein Ort, an dem noch nicht mit Hunden gesucht wurde.«

55

Wisting fuhr allein zurück zu Evert und Ella Harting.
Als er drei Stunden zuvor dort gewesen war, hatte der
Ort in der Sonne gebadet. Jetzt wirkte er viel düsterer.

Er parkte dort, wo der Rettungswagen gestanden hatte. Evert und Ella Harting saßen draußen auf der Veranda vor der Hütte. Evert Harting erhob sich, als Wisting
aus dem Wagen stieg.

Die Geräusche der Natur hatten sich seit dem letzten
Mal ebenfalls verändert. Die Kombination aus Vogelgezwitscher und summenden Insekten war durch eine
schwere Stille ersetzt worden.

»Sie kommen zurück?«, fragte Evert Harting von der
obersten der drei Verandastufen.

»Ich wollte mit Ihnen reden«, erwiderte Wisting.

Evert Harting bedeutete ihm, sich an den Tisch zu
setzen.

»Man hat Kjell-Tore weggebracht«, sagte Wisting
und nahm Platz. »Sie sind vermutlich schon benach-
richtigt worden?«

Beide nickten.

»Wir haben auch mit dem Bestattungsunternehmen
gesprochen«, fügte Evert Harting hinzu.

Wisting legte das Notizbuch vor sich hin und schlug
eine leere Seite auf.

»Es gibt frischen Kaffee«, sagte Evert Harting.

Seine Frau stand auf. »Ich kann welchen holen«, bot sie an.

»Danke, gern«, sagte Wisting. Während Ella Harting in die Küche ging, wandte er sich an ihren Mann. »Sie haben gesagt, dass Ihr Schwager gestern gekommen ist?«

Evert Harting nickte.

»Woher ist er denn gekommen?«

»Aus Dänemark. Das heißt, er war zwischendurch noch einen Tag bei sich zu Hause und kam dann hierher.«

Seine Frau kehrte mit der Kaffeekanne zurück und stellte eine Tasse vor Wisting auf den Tisch.

»Davor war er in Frankreich, in den Niederlanden und in Deutschland«, sagte sie.

Wisting schenkte sich etwas Kaffee ein. »Hat er jeden Sommer eine Reise mit dem Wohnmobil gemacht?«

»Ja, gern für zwei Wochen.«

»Hatte er jedes Mal dieselben Reiseziele?«

Ella Harting schüttelte den Kopf. »Eigentlich ist er immer an verschiedene Orte gefahren.«

Wisting hatte gehofft, durch seine Fragen zu erfahren, ob Kjell-Tore Bonholt in jenem Sommer, in dem Annika Bengt verschwand, in Schweden gewesen war. Da es nicht funktioniert hatte, musste er wohl direkt nachfragen.

Beim Geräusch eines Fahrzeugs drehte er sich in die Richtung um, aus der er selbst zuvor gekommen war. Das Auto mit dem Georadar kam über die Hügelkuppe gefahren.

»Wir nehmen gerade ein paar Untersuchungen in der Bucht vor«, erklärte Wisting dem Ehepaar Harting.

Hinter dem Fahrzeug mit dem Georadar kam ein

Streifenwagen, gefolgt von Ingrid Sandell und Nils Hammer im Auto.

Evert Harting legte seiner Frau beruhigend die Hand auf die Schulter.

»Was für Untersuchungen?«, fragte er.

Die kleine Autokolonne passierte die Hütte und fuhr so dicht wie möglich an das Wasser heran. Wisting wartete, bis sie angehalten hatten.

»Ich weiß nicht, ob Sie in den letzten Stunden die Nachrichten gesehen oder gehört haben?«, fragte er.

Die beiden schüttelten den Kopf.

»Es geht um den Goldschmuck, den Sie gefunden haben«, fuhr Wisting fort und sah Evert Harting an.

»Haben Sie noch etwas dazu herausgefunden?«, fragte Harting.

Wisting hatte den Eindruck, dass die beiden nicht miteinander über dieses Thema gesprochen hatten. Er gab keine Antwort, sondern schlug das Notizbuch auf und nahm ein Bild von Annika Bengt heraus. Es war nicht das Foto, das im Zusammenhang mit dem Fall veröffentlicht worden war, doch auch dieses zeigte das junge Mädchen mit dem Buchstabenschmuck um den Hals. Evert und Ella Harting betrachteten es. Wisting sah, dass es einen Nerv bei ihnen traf.

Ella Harting stand auf.

»Ich ...«, begann sie, doch ihre Stimme versagte. Sie musste schlucken und von vorne beginnen. »Ich schaffe das nicht«, sagte sie und blickte ihren Mann an. »Rede du mit ihm.«

Evert Harting stand auf und sah seiner Frau nach, die sich in die Hütte zurückzog. Ihre Schritte waren unsicher.

Wisting wartete, bis er sich wieder gesetzt hatte.

»Wie viel haben Sie über Annika Bengt gesprochen?«, fragte er.

Evert Harting schüttelte den Kopf.

Wisting beugte sich ein wenig vor. »Sie waren vor zwei Tagen in meinem Büro, und ich habe Ihnen erzählt, dass der Schmuck möglicherweise einem entführten schwedischen Mädchen gehört hat. Haben Sie Ihrer Frau gar nicht davon erzählt?«

Evert Harting starrte auf die Tischplatte. »Dazu ist es nicht gekommen.«

»Wieso nicht?«, fragte Wisting.

Harting gab keine Antwort, sondern schüttelte nur den Kopf.

»Was ist mit Ihrem Schwager?«, hakte Wisting nach. »Haben Sie ihm vom Buchstabenschmuck erzählt?«

»Ja.«

»Und dass er Annika Bengt gehört haben könnte?«

Evert Harting hob den Kopf. Ein tiefer Seufzer entfuhr ihm, der wie das Echo eines inneren Kampfes klang.

»Ich weiß es nicht mehr«, sagte er. »Ich glaube nicht. Wir haben darüber nicht weiter geredet.«

Unten bei den Autos wurde das kleine Zelt aufgebaut. Das Georadar war wieder einsatzbereit, und die Männer machten sich damit auf den Weg hinunter zum Ufer, um die Suche am äußeren Rand des Sees fortzusetzen, ehe der Regen kam und das Wasser stieg.

»Was für Gedanken haben Sie sich selbst gemacht, nachdem Sie bei mir waren?«, fuhr Wisting fort.

Evert Harting holte tief Luft. »Ich weiß nicht, was ich glauben soll«, sagte er.

Wisting betrachtete den Mann ihm gegenüber. Gerade jetzt waren seine Gedanken vermutlich zu schwer, als dass er sie teilen konnte. Wisting musste abwarten, bis er bereit war, sie in Worte zu fassen.

Es fing an zu regnen. Zuerst kamen ein paar große Tropfen, die in den Boden um sie herum einschlugen, dann folgte ein plötzlich kräftiger Niederschlag, der die Umgebung in einen grauen Dunst hüllte. Gleichzeitig sank die Temperatur.

Ingrid Sandell kam auf sie zugelaufen. Nils Hammer und die Leute mit dem Georadar zogen Regenmäntel über.

»Ingrid Sandell ist aus Schweden gekommen«, erklärte Wisting. »Sie arbeitet seit vier Jahren an dem Fall.«

Evert Harting begrüßte die Ermittlerin. Ingrid Sandell sah ihn freundlich an und wischte sich das Regenwasser von der Stirn.

»Wo waren Sie im Sommer vor vier Jahren?«, fragte sie.

»Hier, glaube ich«, erwiderte Harting. »Oder irgendwo im Norden. Wir machen am liebsten beides. Zuerst sind wir eine Weile hier, dann fahren wir Richtung Norden. Meine Frau hat einen Kalender, in dem sie solche Dinge aufschreibt. Der von damals liegt bei uns zu Hause.«

Schweigend saßen sie eine Weile da. Der Regen prasselte gleichmäßig auf das Dach über ihnen. Unten am Wasser begann Hammer, in den Radspuren des Georadars zu graben. Er winkte und gab Wisting ein Zeichen, zu ihm zu kommen.

Wisting stand auf. Er hatte keine Regenkleidung an und trug dünne Sommerschuhe. Der Polizist aus dem Streifenwagen begleitete ihn zum See hinunter.

Die trockene Bodenkruste hatte den Regen noch

nicht aufgenommen. Er rann durch die Ritzen und legte sich wie eine dünne Schicht auf die Oberfläche.

»Eine Tonne«, sagte Hammer, als Wisting auf ihn zukam.

Die gewölbte blassblaue Tonne lag nur wenige Zentimeter unter der Erdoberfläche, eingesunken in den einst schlammigen Seeboden. Ein metallisches Geräusch erklang, als Hammer mit dem Spatenblatt vorsichtig gegen die Tonne schlug.

»Da ist noch ein Spaten im Auto«, sagte er.

Wisting ging los, um ihn zu holen. Als er zurückkam, war er vom Regen völlig durchnässt.

Der Boden um die Tonne herum löste sich auf und wurde zu weichem Lehm. Sie gruben von beiden Seiten. Mit jedem Spatenstich floss der Schlamm zurück. Auf Wistings Seite war eine Delle im Metall zu erkennen, mit einem länglichen rostigen Riss. Die schmale Öffnung war mit kompakter Erde gefüllt, sodass sich der Inhalt der Tonne nicht erkennen ließ. Auf Hammers Seite befand sich ein mit Stahlband und Bügelschelle fixierter Deckel.

»Lass uns versuchen, die Tonne aufzurichten«, schlug Wisting vor.

Er grub noch ein wenig weiter, dann trat der Polizist aus dem Streifenwagen näher und half ihnen. Ein schmatzendes Geräusch war zu hören, als die Tonne sich vom Untergrund löste. Hammer stellte sicher, dass sie stabil stand, bevor er den Schließbügel umklappte. Der Deckel saß immer noch fest. Um ihn zu lösen, schlug er mit dem Spaten gegen das Stahlband.

»Vorsicht«, mahnte Wisting.

Hammer nahm den Deckel ab. Wisting beugte sich vor und nahm einen undefinierbaren Geruch nach Fäulnis oder Schimmel wahr. Schlamm war in die Tonne eingedrungen. Ein paar unbestimmbare Fasern ragten heraus.

Wisting griff danach und hob sie behutsam hoch. Lose Fäden hingen von seiner Hand herab.

»Fischernetze«, stellte Hammer fest.

Gemeinsam zogen sie die verworrenen Schnüre aus der Tonne. Am Ende befand sich ein Seil, das an einem Senkstein befestigt war, der wiederum in einem weiteren Wirrwarr aus Fasern steckte.

Wisting legte die Tonne wieder auf die Seite und zog die Reste des Netzes heraus, dann stellte er sie auf den Kopf, um sich zu vergewissern, dass sie leer war.

»Nur Netze«, sagte er und begann, sie wieder in die Tonne zu stopfen. »Vorbereitet für die Winterlagerung. Die Tonne muss im Wasser gelandet und irgendwann auf den Grund gesunken sein.«

Der Polizist kehrte zum Streifenwagen zurück und versuchte dabei, den schlimmsten Pfützen auszuweichen.

Die Leute mit dem Georadar hatten zwei neue Markierungsfahnen ausgebracht. Hammer ging zu ihnen und grub zunächst eine Blechdose aus, dann eine weitere.

»Diesen Bereich scheint der Mann mit dem Metalldetektor nicht untersucht zu haben«, sagte Hammer.

Wisting nickte. »Offenbar nicht.«

Sie folgten den Radspuren des Georadars. Jeder Schritt hinterließ Abdrücke, die sich schnell mit Schlamm und Wasser füllten.

Hammer fuhr sich durchs nasse Haar und schaute hinauf zur Hütte.

»Hat er etwas über seinen Schwager gesagt?«, fragte er.

»Noch nicht«, erwiderte Wisting. »Aber irgendetwas belastet ihn.«

Hammer fing wieder an zu graben. Wistings Telefon vibrierte in der Tasche. Er holte es heraus und sah, dass Arne Steen anrief, der Mann, der das Restaurant am Jachthafen in Stavern betrieb, wo er und Ingrid Sandell am Vortag gegessen hatten. Er nahm das Gespräch an.

»Arne hier«, sagte der Restaurantbesitzer. »Ich habe eben die Nachrichten gesehen und gehe davon aus, dass das Wohnmobil, nach dem du gefragt hast, etwas damit zu tun hat.«

»Möglicherweise«, erwiderte Wisting.

»Ich habe mich umgehört, die anderen Campingplätze wissen also Bescheid«, fuhr Arne Steen fort. »Eben habe ich eine Nachricht von Solplassen erhalten. Der Wohnmobilfahrer hat dort eingecheckt, vor einer Stunde. Wahrscheinlich liegt es am Wetterumschwung, dass er sich jetzt einen Platz gesucht hat, wo geordnete Verhältnisse herrschen und er Strom hat und seine Sachen waschen kann.«

Nils Hammer zog einen durchnässten Fußball aus dem Schlamm.

»Er hat nur für einen Tag bezahlt«, sagte Arne Steen. »Check-out ist spätestens morgen um zwölf Uhr, aber jetzt weißt du wenigstens, wo er bis dahin steckt.«

Wisting dankte ihm für die Nachricht.

»Ove Rudi Werner, der Solifer-Mann, hat in Solplassen eingecheckt«, sagte er zu Hammer.

Hammer stützte sich auf dem Spaten ab. »Wirst du mit ihm reden?«

»Ich sollte es tun, bevor er weiterfährt«, erwiderte Wisting. »Aber erst mal müssen wir hier fertig werden.« Er sah sich um. »Ich bezweifle, dass wir hier etwas finden werden. Es passt irgendwie nicht zu den Stellen, wo der Schmuck und die Schuhe gefunden wurden. Trotzdem sollten wir das Projekt zu Ende bringen.«

»Wir brauchen ja nicht beide hier zu sein«, sagte Hammer. »Fahr doch auf den Campingplatz Solplassen und hör dir an, was der Mann zu sagen hat.«

Wisting stand einen Moment lang da, dann nickte er und ging zu den Autos. Das Wasser floss in kleinen Bächen, die sich einen Weg zum tiefsten Punkt suchten.

Neben seinem Wagen steckte er den Spaten in die Erde und kehrte zur Hütte zurück. Ella Harting war wieder auf die Veranda gekommen. In der Ferne war ein Donnerschlag zu hören. Unten in der Bucht hatte Hammer wieder zu graben begonnen. Die ältere Frau legte ihre Hände aufs Geländer.

»Sie sollten unter dem Grillplatz suchen«, sagte sie, ohne sich umzudrehen. »Er hat den Estrich verlegt, als er aus Schweden kam.«

56

Evert Harting hörte, was seine Frau sagte. Sein Atem stockte in der Brust. Er wagte kaum, sich zu bewegen.

»Der Grillplatz«, sagte sie noch einmal, als wollte sie sich vergewissern, dass jeder sie gehört hatte. »Solche Jobs hat er gemacht. Er hat eine Lehre als Eisenbinder abgeschlossen, aber ohne Gesellenbrief. Meistens hat er mit Betonguss und Steinverlegung gearbeitet. Er hat den Estrich verlegt, während wir mit seinem Wohnmobil im Norden waren, aber er hat das Projekt nicht fertiggestellt. Die Steinplatten obendrauf fehlen noch.«

Evert sah, dass William Wisting und die schwedische Ermittlerin einen Blick wechselten.

»Sie sagten, er sei aus Schweden gekommen?«, fragte Wisting.

»Er war auf dem Campingplatz, wo das Mädchen verschwunden ist«, erwiderte Ella. »Bovikstrand. Wir haben darüber gesprochen, als es in den Nachrichten kam. Ich habe ein bisschen darüber gescherzt.« Sie wandte sich an Evert. »Weißt du nicht mehr?«

Sie fuhr fort, ohne dass Evert die Chance bekam zu antworten: »Wir waren ein paar Tage zu dritt hier, bevor Evert und ich das Wohnmobil übernommen haben. Wir sind durch Gudbrandsdalen gefahren, waren in Trøndelag und dann ganz hinauf bis nach Saltfjellet.«

Evert nickte. Das konnte er bestätigen.

»Als wir zurückkamen, war der Zementboden da«, schloss Ella. »Darüber hatten wir vorher weder gesprochen, noch hat er uns gefragt.«

Sie musterte Wisting von oben bis unten.

»Ich hole Ihnen ein Handtuch«, sagte sie und verschwand drinnen.

Niemand sagte etwas, während sie weg war. Als sie zurückkam, hatte sie ein geblümtes Handtuch dabei. Wisting nahm es, strich sich damit übers Haar und wischte seinen Hals trocken. Ella verschränkte die Arme vor der Brust. Sie hat so etwas Aufrichtiges an sich, dachte Evert. Etwas Kraftvolles, das er noch nie zuvor bei ihr gesehen hatte.

»Denn Sie sind wegen Kjell-Tore hier«, sagte sie. »Sie denken, dass er das schwedische Mädchen entführt hat, oder?«

Evert blickte zu Wisting hinüber. Ella musste den Verdacht schon länger gehegt haben, länger als er selbst. Vielleicht schon seit jenem Sommer vor vier Jahren, aber sie hatte nie etwas erwähnt. Nicht einmal in ihren Kalendern hatte sie etwas darüber geschrieben. Oder vielleicht hatte sie genau das getan, indem sie immer genau notierte, wo ihr Bruder gewesen war und zu welchem Zeitpunkt.

»Wir haben Grund zu der Annahme, dass sie in einem Wohnmobil entführt wurde«, sagte Wisting, ohne wirklich auf Ellas Frage einzugehen.

Evert Harting atmete mit offenem Mund. Seine Brust fühlte sich eng an. Ella hatte entschieden, den Buchstabenschmuck bei der Polizei abzugeben. Sie musste gewusst haben, welche Folgen sich daraus ergeben konnten.

Evert schluckte.

Vielleicht war es genau das, was sie gewollt hatte. Eine Konfrontation mit ihrem Bruder herbeiführen, ohne selbst daran beteiligt zu sein. Auf Distanz bleiben. Nicht den ersten Schritt machen. So war sie, und so kannte er sie. Aber jetzt kam es ihm so vor, als wüsste er gar nicht mehr, wer sie eigentlich war.

»Da er Ihr Bruder ist, sind Sie nicht verpflichtet, uns von ihm zu erzählen«, erläuterte Wisting.

»Es gibt nicht viel zu erzählen«, sagte sie. »Wir wissen ja nichts darüber, aber ich verstehe, dass Sie Fragen haben. Er selbst kann Ihnen keine Antwort mehr geben. Aber wir tun unser Bestes, um Ihnen zu helfen.«

Es gluckste im Fallrohr der Dachrinne. Ein rasselndes, ungleichmäßiges Geräusch.

»Sind Sie sicher, was Bovikstrand angeht?«, fragte die schwedische Ermittlerin. »Er steht dort nicht auf der Gästeliste, und sein Wohnmobil ist auch nicht registriert.«

»Er hat gesagt, dass er dort war«, entgegnete Ella. »Er kam mit der Fähre aus Polen nach Schweden und rief mich vom Campingplatz aus an. Das war am Samstag, zwei Tage bevor das Mädchen verschwand. Er war übers Wochenende dort. Anschließend kam er am Dienstagabend hierher.«

Es klang so, als gäbe es eine Zeitleiste, die sie schon viele Male durchgegangen war.

»Und es war dieses Wohnmobil?«, fragte Wisting und zeigte auf Kjell-Tores Auto.

Ella nickte. »Er hat es gleich nach seiner Ankunft gewaschen. Außen und innen. Gründlich.«

Sie blickte zu ihrem Mann, als ob sie Unterstützung suchte.

»Er hat ein Kätzchen aus Schweden mitgebracht«,

sagte Evert. »Er nannte es Tuffy. Es hatte seine Notdurft im Wohnmobil verrichtet.«

Er sah, dass Wisting sich Notizen machte. Eine halbe Seite in dem steifen Notizbuch war schon vollgeschrieben. Überwiegend Stichwörter, wie es schien, genau konnte Evert es nicht erkennen.

»Wir werden das Wohnmobil mitnehmen«, sagte Wisting und sah die beiden an. »Hat er noch irgendwelche anderen Habseligkeiten hier?«

»Nein«, sagte Ella.

»Er hatte sein Handy bei sich, als er abgestürzt ist«, sagte Evert. »Wir haben ein paar Fotos gemacht.«

»Ich habe Bilder aus dem Sommer vor vier Jahren«, sagte Ella und hob ihr Handy auf, das auf dem Tisch lag. Sie blätterte durch die Fotos und zeigte einige davon Wisting und der schwedischen Ermittlerin. Evert hörte, wie Ella ganz sachlich erläuterte, was Kjell-Tore vorgeworfen worden war, als er in Brynseng gearbeitet hatte, und was auf den Lofoten vorgefallen war, doch Evert dachte an etwas anderes. Wenn Ella all das mit sich herumgetragen hatte, musste sie sich ja auch Gedanken darüber gemacht haben, weswegen Isabell nichts mit ihrem Onkel zu tun haben wollte.

Ein Windstoß trieb den Regen unter die Veranda. Evert Harting fröstelte. Die Gedanken jagten einander, und ihm wurde schwindelig, doch alles, worüber Ella redete, waren Dinge, die die Polizei anscheinend schon wusste oder die sie ohnehin herausfinden würde. Ella spielte das Spiel einfach mit. Langsam wurde ihm klar, was sie da eigentlich gerade tat.

Ohne sich unbedingt dessen bewusst zu sein, konstruierte sie eine Art Alibi für ihn. Sie ließ ihn als den unwissenden Ehemann erscheinen, der nicht den geringsten Grund hatte, Kjell-Tore von der Felskante in die Tiefe zu stoßen, falls die Polizei so etwas überhaupt denken würde.

Ella hatte die Situation offenbar voll unter Kontrolle. Evert spürte, wie sehr es ihn aufmunterte, sie so zu sehen. Sie würden durch all das hindurchkommen. Zwar würde nichts mehr so sein, wie es einmal war, aber das war auch nichts weiter Erstrebenswertes.

»Was ist aus der Katze geworden?«, fragte die Schwedin.

»Die ist verschwunden«, sagte Ella. »Als wir mit dem Wohnmobil zurückkamen, war sie nicht mehr da.«

Es gab einen weiteren Donnerschlag, diesmal etwas näher. Ella drehte sich um und sah zu den Männern hinunter, die mit dem Georadar arbeiteten.

»Sie sollten am Grillplatz nachsehen«, sagte sie noch einmal.

57

Das Wasser versank in einem Spalt in der Mitte des Zementbodens. Wisting trug einen der Stühle auf den Rasen, während Nils Hammer und der Beamte aus dem Streifenwagen den Tisch wegräumten.

»Die Bodenverhältnisse sind hier etwas anspruchsvoller«, sagte der Mann, der am Georadar stand, versicherte aber, dass das Gerät trotzdem einen Hohlraum oder eine andere Anomalie im Zement registrieren würde.

Wisting räumte den letzten Stuhl beiseite. Der Grillplatz war rund zwanzig Quadratmeter groß. Die Suche würde nicht lange dauern.

Sie hoben die Ausrüstung hinauf. Der Wagen mit dem Radargerät war voller Schlamm, feuchte Erde klebte am Fahrgestell. Der Ingenieur löste das meiste davon mit den Händen ab und schob den Wagen ein wenig hin und her, um zu testen, ob die Räder sich drehten. Dann justierte er einige Einstellungen am Schaltpult und begann mit der Suche.

Wisting stellte sich neben den Grillplatz. Hammer kam dazu.

»Gibt es Hinweise darauf, dass Kjell-Tore Bonholt und der Solifer-Mann sich kannten?«, fragte er. »Ich meine, die beiden hatten ja gemeinsame Interessen und einen ähnlichen Lebensstil.«

»Bislang nicht«, erwiderte Wisting.

»Ich verstehe bloß nicht, wie das alles zusammenhängt«, fuhr Hammer fort. »Wie erklärst du dir die Fingerabdrücke im Laderaum des Solifer?«

»Ich kann es mir nicht erklären«, entgegnete Wisting. »Noch nicht.«

Der Mann mit dem Georadar blieb stehen und betrachtete den Bildschirm, ging dann aber weiter. Hammer drehte sich um und schaute zur Veranda hinauf, wo immer noch das Ehepaar Harting saß. Ingrid Sandell hatte sich ins Auto gesetzt.

»Glaubst du, sie weiß mehr als das, was sie bereits erzählt hat?«, fragte er.

»Die Hartings haben eine erwachsene Tochter«, sagte Wisting. »Sie ist abgereist, bevor ihr Onkel herkam. Da könnte mehr dran sein.«

Hammer nahm den Snusbeutel unter seiner Lippe heraus und legte ihn zurück in die Dose.

»Aber warum hat sie überhaupt angefangen zu reden?«, sagte er. »Ihr Bruder ist schließlich tot. Diese Verdächtigungen hätte sie doch gar nicht erwähnen müssen. Es hätte gereicht, sie mit ihrem Mann zu erörtern.« Er spuckte auf den Boden. »Aber dann würden sie immer an Annika Bengt denken, wenn sie hier sitzen und essen«, beantwortete er seine eigene Frage.

Die Hälfte des Grillplatzes war bereits untersucht. Es wäre ein gutes Versteck, aber gleichzeitig war das Ganze irgendwie unlogisch.

»Wenn sie hier liegt, muss er sie zuerst irgendwo versteckt haben, um sie dann zu holen und hierherzubringen, nachdem seine Schwester und sein Schwager mit dem Wohnmobil aufgebrochen waren«, sagte Wisting.

»Vielleicht dachte er, dass das erste Versteck nicht gut genug war«, sagte Hammer. »So was kommt öfter mal vor.«

Wisting gab ihm recht, aber eine Leiche die ganze Strecke bis fast zu sich nach Hause zu transportieren, war auch nicht gerade rational.

»Was machen wir, wenn sie hier liegt?«, fuhr Hammer fort. »Das könnte einiges nach sich ziehen. Er ist mit dem Wohnmobil mehrere Jahre immer wieder quer durch Europa gefahren. Es könnte noch andere Mädchen geben, andere Fälle.«

»Damit beschäftigen wir uns, wenn es so weit ist«, gab Wisting zurück.

Eine Autotür wurde zugeschlagen. Ingrid Sandell kam auf sie zu. »Ich habe eine Antwort von NOA erhalten«, sagte sie. »Kjell-Tore Bonholt ist nicht in der Bilddatenbank aus Bovikstrand.«

»Das ging aber schnell«, kommentierte Hammer.

»Künstliche Intelligenz«, entgegnete Sandell. »Wenn die Datenbank erst aufgebaut ist, dauert die Suche nicht lange. Das Prinzip ist das gleiche wie bei der Suche nach einem Fingerabdruck. Dass wir ihn jetzt nicht gefunden haben, beweist nichts, aber es hätte den Verdacht natürlich untermauert, wenn wir bestätigt bekommen hätten, dass er dort war.«

Am Ende des Grillplatzes drehte sich der Mann mit dem Georadar um und startete die letzte Runde. Wisting blickte in Richtung Veranda. Evert Harting hatte eine Regenjacke angezogen und kam zu ihnen.

»Nichts?«, fragte er und zog den Reißverschluss bis zum Hals hoch.

»Sieht nicht so aus«, meinte Wisting.

Mit starrem Blick verfolgte Evert Harting das Georadar.

»Ella und mir ist etwas anderes eingefallen«, sagte er.

Wisting bedeutete ihm, fortzufahren.

»Bis vor zwei Jahren gab es bei uns nur ein Plumpsklo«, sagte er und deutete auf den Waldrand. »Kjell-Tore hat es immer geleert. Weiter hinten im Wald hat er ein Loch gegraben und den Inhalt aus dem Plumpsklo hineingekippt. Es gibt fünf oder sechs solcher Stellen zwischen den Bäumen.«

Alle verstanden, was er meinte.

»Ich kann es Ihnen zeigen«, fügte Evert Harting hinzu.

Wisting blickte auf seine Uhr. »Ja, bitte«, entgegnete er und informierte dann die Leute mit dem Georadar. Gemeinsam bewegten sie sich in den Wald hinein.

Ein Teil des Regens verwandelte sich bei der Begegnung mit dem warmen und trockenen Boden in Dampf. Weiße Nebelschleier wirbelten auf, als sie durch das Gras schritten.

Die Stellen, von denen Evert Harting gesprochen hatte, waren leicht zu erkennen. Sie ähnelten einander und sahen aus wie kleine Grabhügel.

Der Mann mit dem Radargerät war ihnen gefolgt.

»In zwanzig Minuten haben wir keinen Strom mehr«, warnte er und schaute sich um. »Aber das sollten wir schaffen.«

Er nahm einige Einstellungen vor und schob dann den Wagen vorwärts durch das hohe Gras und über einen der kleinen Hügel, ehe er ihn in einer parallelen Spur wieder zurückzog.

Wisting räusperte sich und wandte sich an Harting.

»Worüber haben Sie da oben an dem Aussichtspunkt gesprochen?«

Evert Harting drückte den Rücken durch. »Nichts Besonderes. Die Aussicht. Das Wetter. Das Wasser. Er hat über naturwissenschaftliche Fakten geredet. Dass die Menge an Wasser auf der Welt konstant ist, und er hat sich gefragt, wo sich das ganze Wasser befindet, wenn es nicht gerade hier ist. Solche Dinge.«

»Erinnern Sie sich an das Letzte, was er gesagt hat?«

Der Regen prasselte auf die Bäume um sie herum.

»Sollte ich wohl«, antwortete Harting. »Aber ich weiß es nicht mehr.«

Wisting nickte verständnisvoll. Rein theoretisch gab es drei Möglichkeiten für das, was oben an dem Aussichtspunkt passiert war. Laut Evert Harting war es zu einem Unfall gekommen. Die zweite Möglichkeit war, dass Kjell-Tore Bonholt sich für den Sprung entschieden hatte. Oder er war hinuntergestoßen worden.

»Mein Eindruck ist, dass Ella schon lange gedacht hat, ihr Bruder könnte etwas damit zu tun haben«, sagte Wisting. »Könnte Kjell-Tore das gewusst haben?«

»Vielleicht«, antwortete Harting nach einer Weile. »Ich habe bei Ella nichts dergleichen bemerkt, aber er hat sie vielleicht anders wahrgenommen als ich.«

Es schien, als könnte Evert Harting sich vorstellen, dass es ein Selbstmord war. »Kjell-Tore hat vorgeschlagen, dass wir da hinaufgehen«, sagte er. »Von uns ist niemand in den letzten Jahren mehr dort oben gewesen.«

Die Leute mit dem Georadar hatten den zweiten Hügel untersucht und begannen mit dem dritten.

»Haben Sie Ihrer Tochter erzählt, was passiert ist?«, fragte Wisting.

»Ella hat sie angerufen.«

»Kommt sie hierher?«

»Nein. Wir fahren morgen nach Hause.«

Wisting erwog erneut die dritte Möglichkeit. Dass der Todesfall weder ein Unfall noch ein Selbstmord gewesen war.

»Was für eine Beziehung hatte sie zu ihrem Onkel?«, fragte er.

Evert Harting bückte sich und hob einen Zweig vom Boden auf.

»Sie haben sich nicht so oft gesehen«, erwiderte er und begann, die Borke abzuzupfen.

»Sie ist gefahren, bevor er ankam?«

»Ja«, sagte Harting. »Der Sommer ist kurz, und es ist viel los. Wir waren froh, dass sie überhaupt bei uns vorbeigekommen ist.«

»Sie ist nicht verheiratet oder hat einen Partner?«, fragte Wisting. »Keine Enkelkinder?«

»Nein.«

Evert Harting drehte sich um und sah zu der Straße hinunter, über die sie gekommen waren.

»Ich sollte zurück zu Ella«, sagte er. »Sie sagen mir doch Bescheid, falls Sie etwas finden?«

Wisting nickte und sah ihm nach.

»Sollte mich wundern, wenn das ein Unfall gewesen ist. Wenn man bedenkt, was sonst so gerade passiert«, sagte Hammer, als Harting außer Hörweite war. »Ein bisschen wie bei Morten Wendel und seinem Motorrad auf der anderen Seite des Sees. Es war kein Unfall, aber wahrscheinlich werden wir nie erfahren, was wirklich passiert ist.«

Wisting hob den Stock auf, den Evert Harting weggeworfen hatte. Er selbst könnte mit beiden Möglichkeiten leben, wenn sie nur herausfänden, was mit Annika Bengt passiert war.

Der Regen ließ nicht nach und schien kälter zu werden. Ab und zu kamen Windböen, die das Wasser von
den Bäumen wehten.

Die Suche näherte sich dem Ende. Der Mann hinter
dem Georadar schwang das Gerät ein letztes Mal herum
und rollte es dann auf sie zu. Er schüttelte den Kopf und
bestätigte, was sie schon begriffen hatten:

»Sie ist nicht hier.«

58

Es war spät geworden. Fast neun Uhr. Wisting fuhr durch eine der engen Gassen zwischen den Reihen von Wohnwagen. Regenpfützen hatten sich auf dem Asphalt gebildet, über den Boden krochen Nebelschwaden.

»Nächste rechts«, dirigierte Hammer vom Beifahrersitz aus.

Die Kurzzeitplätze befanden sich am oberen Rand des Geländes und lagen am weitesten vom Strand, von den Sanitäranlagen und anderen Einrichtungen entfernt.

Sie begegneten einem Jungen auf einem Fahrrad, in kurzen Hosen und Regenjacke. Das Wasser spritzte vom Hinterrad auf.

»Dort!«, sagte Hammer.

SOLIFER stand in Großbuchstaben auf der Abdeckung an der Windschutzscheibe. Blaues Fernsehlicht flimmerte hinter den Fenstern.

Wisting fuhr mit zwei Rädern halbwegs auf den Rasenstreifen, schaltete den Motor ab und stieg aus. Die scharfe, kalte Luft roch nach Salzwasser.

Die Vorhänge im Fenster eines benachbarten Wohnwagens bewegten sich, als sie die Autotüren zuschlugen. Wisting zog seinen Dienstausweis aus der Jackentasche und hängte ihn sich um den Hals. Hammer trat vor und klopfte an die Seitentür des Wohnmobils. Von innen war eine Bewegung zu hören.

»Wer ist da?«, fragte jemand mit einem Anflug von Vorsicht.

»Polizei«, erwiderte Wisting.

Es dauerte einige Zeit, bis der Solifer-Mann an der Tür erschien. Er trug eine weite Jogginghose und ein zerknittertes T-Shirt. Verglichen mit dem Foto, das bei seiner Verhaftung vor drei Jahren gemacht worden war, hatte sich der Haaransatz noch etwas weiter aus der Stirn zurückgezogen.

»Ja?«, fragte er.

»Dürfen wir reinkommen?«, fragte Wisting.

Ove Rudi Werner blickte von ihm zu Hammer und wieder zurück. »Weswegen?«

»Wir müssen reden«, antwortete Wisting und spähte in den Regen. »Entweder hier in Ihrem Wagen oder in unserem.«

Der Solifer-Mann trat zurück, und Wisting kletterte hinein. Das Bett hinten im Wohnmobil war zerwühlt, aber sie konnten in einer Sitzgruppe neben der Küche im vorderen Teil des Wagens Platz nehmen.

»Haben Sie die Nachrichten verfolgt?«, fragte Wisting.

»Ich habe mit diesen Dingen nichts zu tun«, erwiderte der Solifer-Mann sofort.

»Wir reden mit mehreren Leuten wie Ihnen«, sagte Hammer und setzte sich bequemer hin.

»Das war alles ein Missverständnis, als ich verhaftet wurde«, protestierte der Solifer-Mann. »Ich habe das Mädchen nicht angefasst. Sie ist selbst ins Auto gestiegen.«

»Wir haben einige Fragen zu dem Wohnmobil, das Sie damals gefahren haben«, sagte Wisting.

»Ich habe das doch alles schon erklärt.«

»Einiges ist aber noch unklar«, sagte Wisting und zückte einen Kugelschreiber. »Hat jemand anderer außer Ihnen den Wagen benutzt?«

Der Solifer-Mann schien verwirrt zu sein. »Nein ... Aber ich habe ihn gebraucht gekauft ...«

»Sie hatten ihn seit sechs Jahren, als Sie verhaftet wurden?«

»So in etwa.«

»Haben Sie den Wagen in diesem Zeitraum verliehen oder an jemanden vermietet?«

»Nein.«

»Also haben nur Sie ihn gefahren?«

»Ja.«

»Waren Sie immer allein?«

»Wie meinen Sie das?«

Hammer beugte sich vor. »Hatten Sie andere Leute bei sich im Auto?«, präzisierte er. »Passagiere?«

Der Solifer-Mann zögerte. »Meine Mutter war einmal mit dabei. Sie hat aber die Nacht nicht hier verbracht, es war nur eine Probefahrt.«

»Sonst niemand?«

Ove Rudi Werner schüttelte den Kopf.

Wisting machte sich Notizen. Sie hatten nichts, womit sich seine Antworten überprüfen ließen. Vor allem ging es darum, die Möglichkeit auszuschließen, dass er sich später irgendwelche Erklärungen für Fingerabdrücke und DNA-Spuren ausdachte, falls die in seinem Wohnmobil gefunden wurden.

»Was ist mit Gästen wie uns?«, fuhr Hammer fort. »Die nur kurz vorbeigekommen sind?«

»Nein. Wer sollte das gewesen sein? Hat jemand so etwas behauptet?«

»Kennen Sie Kjell-Tore Bonholt?«, fragte Wisting.

»Glaub nicht«, erwiderte der Solifer-Mann. »Der Name kommt mir jedenfalls nicht bekannt vor.«

Wisting holte sein Handy hervor und zeigte ein Foto von ihm. Der Solifer-Mann biss sich auf die Unterlippe und schüttelte dann den Kopf.

»Wer ist das?«, fragte er.

»Der Mann fährt einen Challenger«, erklärte Wisting und zeigte ihm eine Aufnahme des neben der Hütte geparkten Wohnmobils.

»Ich glaube nicht, dass ich den schon mal gesehen habe.«

Wisting ließ es auf sich beruhen. »Wo waren Sie in den letzten Tagen?«, fragte er.

Ove Rudi Werner wirkte unsicher. »Mal hier, mal da«, sagte er.

»Hier im Distrikt?«

»Ja.«

»Wo genau?«

Der Solifer-Mann hatte anscheinend keine Lust zu antworten. »Roppestad«, sagte er nach einer Weile.

Das war ein FKK-Strand, weiter nördlich am Farris. Wisting hätte es sich eigentlich denken können. Er blickte zu Hammer und gab ihm zu verstehen, dass er keine weiteren Fragen hatte.

»Wo wohnen Sie, wenn Sie nicht mit dem Auto unterwegs sind?«, fragte Hammer.

»Ich hab mich noch nicht wieder eingerichtet«, sagte Ove Rudi Werner. »Bis es so weit ist, lebe ich in meinem Wohnmobil. Eins nach dem anderen.«

Hammer stemmte sich aus dem engen Sitz hoch.

»Bleiben Sie hier«, sagte er. »Fahren Sie nicht weg, ohne sich bei uns zu melden.«

59

Kurz nach drei Uhr morgens klingelte das Handy auf dem Nachttisch, und das Display leuchtete auf. Wisting streckte die Hand aus. Der Tag war eine Art Kettenreaktion von Ereignissen gewesen. Er hatte die Nichtstören-Funktion deaktiviert und fast darauf gewartet, dass noch mehr passierte.

Die Nummer im Display war nicht in seinem Telefonbuch gespeichert.

»Ja, hier ist Wisting«, sagte er und setzte sich auf.

Die Frau am anderen Ende entschuldigte sich für den nächtlichen Anruf und sagte, sie wüsste nicht, was sie sonst tun sollte. Es war Irene Broch-Hansen.

Wisting dachte sofort, dass mit ihrer Tochter etwas nicht in Ordnung war.

»Es geht um Allan«, sagte sie jedoch. »Er ist weg.«

Der Regen schlug gegen die Fensterbank und verursachte laute Geräusche.

»Wie meinen Sie das?«, fragte Wisting.

»Er ist nicht nach Hause gekommen«, erklärte Irene Broch-Hansen. »Ich bin zu Bett gegangen, aber er ist immer noch nicht zurück. Er geht auch nicht ans Telefon.«

Wisting gefiel nicht, was er hörte. Die Instinkte sagten ihm, dass etwas Ernstes passiert war.

»Wann hat er das Haus verlassen?«, fragte er.

»Heute Morgen, wie immer.«

»Mit dem Lastwagen?«

»Ja«, sagte Irene Broch-Hansen. »Normalerweise ist er vor sechs Uhr zu Hause, aber manchmal dauert die Tour auch länger ...«

Für einen Moment herrschte Stille.

»Wir haben nicht ... Normalerweise sagt er ja Bescheid, wenn er eine längere Tour fährt, aber seit der Sache mit Morten Wendel haben wir nicht mehr so viel miteinander geredet. Ich frage mich, ob es vielleicht einen Unfall gegeben hat oder so.«

Wisting war aus dem Bett gestiegen und stand mit der Hose in der Hand da. Das brauchte er jetzt nicht auch noch, dachte er, zusätzlich zu allem anderen, was sich gerade zusammenbraute.

»Ich werde der Sache nachgehen«, versprach er.

»Er geht nicht ans Telefon«, sagte Irene Broch-Hansen erneut. »Anscheinend ist es ausgeschaltet.«

»Verstehe«, sagte Wisting. »Ich rufe Sie an, sobald ich etwas weiß.«

Sie bedankte sich und legte auf.

Wisting schlüpfte in seine Hose, machte einen kurzen Ausflug ins Badezimmer und zog sich zu Ende an.

Vom Auto aus rief er die Einsatzzentrale an. Weder Allan Broch-Hansen noch sein Wagen tauchten in irgendwelchen Meldungen aus den letzten vierundzwanzig Stunden auf.

»Schicken Sie bitte eine Fahndung raus«, sagte Wisting. »Nach dem Mann und seinem Wagen.«

Der Kollege in der Einsatzzentrale wiederholte zur Sicherheit den Namen und las Allan Broch-Hansens Sozialversicherungsnummer vor.

»Haben Sie freie Streifen, über die ich verfügen kann?«, erkundigte sich Wisting.

»Zwei«, sagte der Telefonist und schien die Besatzungslisten zu studieren. »Fox 2–0 und Fox 3–0. Evanger und Boger. Jansen und Rana.«

»Schicken Sie Fox 2–0 los, um nach dem Wagen zu suchen«, sagte Wisting. »Parkplätze und Straßen, kreuz und quer. Dann möchte ich, dass 3–0 mich bei Roper'n trifft«, fügte er hinzu und erklärte, dass der Fall höchstwahrscheinlich mit dem toten Jungen zusammenhing, der zusammen mit seinem Motorrad zu Beginn der Woche gefunden worden war.

»Sie wollen nicht lieber Evanger und Boger dabeihaben?«, fragte der Mann in der Zentrale. »Jansen und Rana in Fox 3–0 sind Urlaubsvertretungen.«

»Ich möchte Daniel Rana dabeihaben«, erwiderte Wisting. »Er kennt den Ort und war da, als der Junge gefunden wurde.«

»In Ordnung.«

»Und dann müssen Sie bitte Maren Dokken wecken«, fuhr Wisting fort. »Sie ist die zuständige Ermittlerin in dem Fall. Schicken Sie sie nach Hause zu den Broch-Hansens.«

»Noch etwas?«, fragte der Kollege.

»Legen Sie einfach los«, erwiderte Wisting.

Die Straßen waren leer. Die Scheibenwischer schoben Regenwasser und alten Straßenstaub zu feinen, glänzenden Streifen zusammen, die sich wie ein flüchtiger Film wieder auf der Windschutzscheibe verteilten.

Als er sich der Stadt näherte, nahm er die steile Strecke hinauf nach Langestrand. Langsam fuhr er am Haus von Reidar und Gunn Hilde Wendel vorbei. Beide Autos standen draußen. Zwei der Fenster waren schwach erleuchtet, auch in dem Zimmer, das einst dem Sohn gehört hatte, doch ob jemand wach war, ließ sich nicht erkennen.

Als er weiterfuhr, huschte eine Katze über den Bürgersteig. Zum dritten Mal seit Montag bog er in die schmale Straße auf der Westseite des Farris ein. An der Abzweigung in Richtung Roper'n wartete ein Streifenwagen. Rana saß am Steuer, mit einer jungen blonden Frau neben sich. Wisting hatte sie schon ein paarmal auf den Gängen der Polizeistation gesehen und meinte sich zu erinnern, dass ihr Vorname Ada war. Ada Jansen.

Sie gab Wisting ein Zeichen, vorauszufahren. Er grüßte durch die Windschutzscheibe und fuhr an ihnen vorbei.

Feiner Nebel kroch vom Boden auf und trieb im Licht der Scheinwerfer weiter. Das Wasser hatte sich zu kleinen Pfützen gesammelt, und es war unmöglich zu sehen, ob vor ihnen andere Autos auf der Straße gewesen waren.

Wisting fuhr bis zum Holzzaun vor. Rana hielt neben ihm an. Der Farris lag als dunkle Fläche vor ihnen.

Daniel Rana setzte seine Uniformmütze auf, deren Schirm sein Gesicht vor dem Regen schützte.

»Warum sind wir hier?«, fragte er.

Wisting wollte nicht sagen, dass er einer Intuition folgte, aber genau das war der Grund, warum sie dort waren. Eine Form der Erkenntnis, die sich außerhalb seines bewussten Denkprozesses herausbildete, als Essenz aller kleinen und großen Bestandteile des Falles.

»Dies ist ein Startpunkt«, sagte er und zog den Reißverschluss seiner Jacke hoch. »Seit einigen Tagen dreht sich alles um diesen Ort. Sowohl für Allan Broch-Hansen als auch für Reidar Wendel.«

Der Wind nahm zu und rüttelte in den Bäumen um sie herum. Das Regenwasser tropfte von den Blättern.

»Habt ihr Taschenlampen?«, fragte Wisting mit einem Blick auf den Streifenwagen.

Ada Jansen ging los, um sie zu holen. Es gab für jeden eine.

»Sein Wagen ist jedenfalls nicht hier«, sagte sie und blickte auf die Straße, die sie entlanggekommen waren.

Wisting schwieg. Sie kletterten über den Zaun, traten an die Felskante und ließen die Taschenlampen über den Boden unterhalb von ihnen wandern. Der Wasserstand war gestiegen, um etwa zehn Zentimeter.

Wisting ließ den Lichtstrahl über den Schrott gleiten, der dort unten lag. Alte Küchenmaschinen und Gartengeräte. Bald würde alles wieder von Wasser bedeckt sein. Nichts von dem, was er sah, weckte sein Interesse.

»Wie sind Sie auf die Idee gekommen, dass er vielleicht hier ist?«, fragte Rana.

Der Regen tropfte in Wistings Kragen.

»Was ist denn Ihrer Meinung nach passiert?«, fragte er, anstatt zu antworten.

»Ich weiß es nicht«, erwiderte Rana.

»Aber was *wissen* Sie?«, fragte Wisting. »Was wissen Sie über Allan Broch-Hansen?«

Daniel Rana wirkte verwirrt, begann aber mit einer Zusammenfassung. »Seine Tochter wurde vergewaltigt, und der Täter ist verschwunden. Dann wurde er hier gefunden.«

»Gehen Sie noch weiter zurück«, sagte Wisting. »Sie haben doch die Zusammenhänge als Erster entdeckt.«

»Allan Broch-Hansen und Reidar Wendel haben gemeinsam einen Geldschrank gestohlen«, fuhr Rana fort. »Sie haben ihn ausgeräumt und dann hier abgeladen.«

Das Wasser tropfte vom Schirm seiner Uniformmütze. Wisting konnte ihm ansehen, dass er scharf nachdachte.

»Morten Wendel ist vielleicht umgebracht worden«, sagte er zögernd.

Wisting nickte.

»Allan Broch-Hansen könnte es wegen der Vergewaltigung seiner Tochter getan haben«, fuhr Rana fort. »Aus Rache. Vielleicht hat Reidar Wendel das begriffen, als sein Sohn an derselben Stelle gefunden wurde, wo sie den Safe entsorgt hatten.« Eifrig spann er den Gedanken weiter. »Vielleicht ist er Allan Broch-Hansen irgendwo begegnet. Dann hat er ihn niedergeschlagen und vielleicht an irgendwas festgeklebt, genauso wie sein Sohn am Motorrad festgeklebt wurde. Dann hat er ihn hergebracht und irgendwo da unten hingeworfen. Er brauchte dann nur darauf zu warten, dass das Wasser steigt und den Rest der Arbeit erledigt.«

Aus seinem Funkgerät kam plötzlich ein krächzendes Geräusch. Eine Order für die andere Streife.

»Fahrt zur Tveidalskreuzung!«, lautete die Anweisung. *»Meldung über Feuer in Wohnmobil. Feuerwehr und Rettungswagen sind schon unterwegs.«*

»Verstanden.«

Rana trat ganz dicht an den Rand des Felsens, um den Uferbereich des Sees auszuleuchten. Sein Fuß rutschte auf dem nassen Untergrund, aber er hielt sich auf den Beinen.

»Wir kommen da nicht hin«, sagte er und zeigte mit der Taschenlampe nach unten. Ganz in der Nähe strömte das Wasser durch das vor wenigen Tagen noch ausgetrocknete Bachbett, in dem sie hinuntergeklettert waren. Wisting leuchtete mit der Taschenlampe den Bach entlang. Das Wasser kam aus einem Rohr, das unter der Straße verlief.

Im Polizeifunk knisterte es erneut. Rana stellte das Gerät leiser.

»Was haben sie gesagt?«, fragte Wisting.

»Es ging um das brennende Wohnmobil«, erklärte Rana. »Fox 2–0 hat gefragt, ob da Leute drin sind.«

»Keine Bestätigung, dass jemand aus dem Wagen herausgekommen ist«, gab die Einsatzzentrale durch.

Wisting nahm sein Handy hervor, entfernte sich ein paar Schritte von den anderen und rief die Einsatzzentrale an. Es dauerte eine Weile, bis jemand den Anruf entgegennahm.

»Es geht um das Feuer in dem Wohnmobil«, erklärte er. »Ich habe noch einen unbestätigten Auftrag im Einsatzprotokoll. Da geht es um die Überprüfung eines alten Solifer, der dort zurückgelassen wurde. Wenn es dasselbe Fahrzeug ist, dürfte jedenfalls niemand mehr da drin sein.«

Der Mann in der Zentrale suchte den Auftrag heraus.

»Eigentümer ist Vestfold Caravan-Center«, gab er durch.

»Richtig«, bestätigte Wisting, verzichtete aber darauf, Kicki Dalberg zu erwähnen oder die Sache näher zu erläutern.

»Danke«, sagte der Kollege. »Dann können wir den Aufwand hier ja etwas zurückfahren.«

Sie beendeten das Gespräch, kurz darauf wurden die Informationen über Funk weitergegeben.

»Höchstwahrscheinlich handelt es sich um ein verlassenes Wohnmobil. Es sollte niemand an Bord sein.«

Wisting erwog, noch einmal die Zentrale anzurufen und eine Streife nachsehen zu lassen, ob Kicki Dalberg zu Hause war. Eigentlich gab es keinen Grund dafür, dass das Wohnmobil zu brennen angefangen hatte. Kicki hatte die Beschädigung des Golfplatzes weitgehend zugegeben, aber die Beweise gingen vermutlich gerade in Flammen auf.

Ada Jansen unterbrach seine Gedanken.

»Hört ihr?«, fragte sie.

Rana sah sie an.

»Psst«, sagte sie, obwohl niemand etwas gesagt hatte.

Wisting hörte es auch. Es war ein rhythmisches, hämmerndes Geräusch, aber unmöglich zu lokalisieren.

»Schalten Sie den Motor aus«, sagte er.

Er ging zu seinem eigenen Auto und stellte die Zündung ab. Rana tat das Gleiche mit dem Streifenwagen, ließ aber die Scheinwerfer eingeschaltet. Im Lichtkegel schien der Regen in Streifen zu fallen.

Aufgrund des Wetters war es nur schwer zu hören, aber das Geräusch klang metallisch. Ada Jansen ging an der Straße entlang in die Richtung, aus der sie es zu hören glaubte. Rana und Wisting folgten ihr.

»Hallo!«, rief Jansen. »Hier ist die Polizei!«

Das Geräusch wurde intensiver. Es kam von unterhalb der Straße.

»Hier drüben!« Jansen schlitterte das Bachbett hinunter. Wisting folgte ihr und stand bald bis zu den Knien im Wasser. Vor sich erahnte er die Umrisse eines Menschen.

»Er sitzt fest!«, rief Jansen.

Allan Broch-Hansen war an dem Gitter befestigt, das größere Zweige daran hindern sollte, in das Rohr unter der Straße zu gelangen. Er hatte eine blutende Wunde am Hinterkopf und sah im Licht der Taschenlampen völlig erschöpft aus. Bis auf die Verzweiflung in seinen Augen war sein Gesicht blass und ausdruckslos.

Das Wasser reichte ihm schon bis zur Brust. Sein

Mund war mit breitem Klebeband geknebelt, das man ein paarmal um seinen Kopf herumgewickelt hatte.

Wisting entfernte Zweige und andere Objekte, die vom Wasser mitgerissen worden waren und nun an ihm hafteten. Jansen löste das Klebeband und versicherte Broch-Hansen, dass er in Sicherheit sei und alles gut werden würde.

In seiner Brust ertönte ein gurgelndes Geräusch, als er die ersten tiefen Atemzüge tat.

Rana zog ein Taschenmesser heraus und schnitt die Klebestreifen durch, mit denen Broch-Hansen an das Gitter gefesselt war. Nachdem sie ihn befreit hatten, zerrten sie ihn auf die Straße. Hände und Füße waren immer noch mit Klebeband fixiert. Rana durchtrennte es mit dem Messer.

Wisting lag auf den Knien und beugte sich über den Mann, den sie gerade gerettet hatten.

»Reden Sie!«, forderte er ihn auf.

Allan Broch-Hansen hustete und schüttelte den Kopf.

Ada Jansen sprach in das Funkgerät, erläuterte die Situation und bat um einen Rettungswagen.

»Erzählen Sie schon«, beharrte Wisting.

Der Mann vor ihm hustete erneut. Ein paar einzelne Wörter kamen aus seinem Mund, aber sie ergaben keinen Sinn.

Rana erhob sich.

»Da kommt ein Wagen«, sagte er.

Zwischen den Bäumen blitzten Autoscheinwerfer auf. Sobald ihr Licht auf den Streifenwagen fiel, bremste das Fahrzeug ab. Wisting sah die Rückfahrleuchten aufscheinen.

»Haltet ihn auf!«, rief er und kam auf die Füße.

Rana warf sich hinter das Lenkrad des Streifenwagens und riss ihn in einem Rückwärtsmanöver herum. Wisting sprang auf den Beifahrersitz. Das Auto vor ihnen kam ins Schleudern. Es hatte schon fast den Fahrbahnrand erreicht, kam aber wieder in die Spur.

Am Armaturenbrett fand Wisting den Schalter für die Zusatzbeleuchtung und legte ihn um. Der andere Wagen wurde in gleißendes Licht getaucht. Reidar Wendel hatte den Arm um die Lehne des Beifahrersitzes gelegt und blickte nach hinten. Plötzlich prallte das Auto gegen einen Stein am Straßenrand und rutschte über den Kies. Der Außenspiegel wurde abgerissen, als der Wagen einen Baum touchierte. Er schoss weiter am Fahrbahnrand entlang, kam immer mehr von der Straße ab, pflügte die Vegetation um und landete schließlich im Straßengraben.

Reidar Wendel nahm die Hände vom Lenkrad. Die Scheibenwischer fegten von einer Seite zur anderen.

Wisting stieg aus, ging zu Wendels Auto und öffnete die Tür am Fahrersitz.

»Aussteigen«, befahl er.

Wendel befolgte seine Anweisung.

»Sie verstehen nicht ...«, sagte er. »Ich kann es erklären.«

»Später«, sagte Wisting und wandte sich an Rana: »Handschellen griffbereit?«

Rana nickte und holte sie heraus.

»Ab in den Wagen mit ihm«, sagte Wisting und ging an der Straße entlang zurück, während Rana die Handschellen anlegte.

»Der Rettungswagen kommt in fünf Minuten«, erklärte Jansen.

Allan Broch-Hansen hatte sich aufgesetzt.

Wisting blickte auf ihn hinunter. »Reden Sie«, sagte er noch einmal.

Der Mann vor ihm versuchte aufzustehen, aber Ada Jansen hielt ihn fest.

»Setzen Sie sich ruhig hin«, sagte sie.

Broch-Hansen sprach stockend. »Er glaubt, ich hätte seinen Sohn entführt«, sagte er und blickte in die Richtung, aus der Reidar Wendel mit dem Auto gekommen war. »Er glaubt, ich hätte ihn getötet.« Er schnappte nach Luft und schüttelte den Kopf. »Ich war es nicht ... Ich schwöre es ... Er wollte, dass ich gestehe. Sonst wollte er mich ertrinken lassen. Aber ich war es ja nicht.«

Wisting starrte ihn an. »Wo waren Sie in der fraglichen Nacht?«

Allan Broch-Hansen blinzelte ins Licht der Taschenlampe.

»Das haben Sie mich schon einmal gefragt«, erwiderte er und schluckte. »Nach dem, was mit Adine passiert war, konnte ich nicht mehr richtig denken. Und dann wurde Morten auch noch aus der U-Haft entlassen. Ich bin nachts in der Gegend herumgefahren und bin in Bøkeskogen oder am Hafen rumgelaufen. So war es jede Nacht, wochenlang. Manchmal ist es auch heute noch so.«

Wisting schwieg.

»Mehr kann ich nicht dazu sagen«, fuhr Allan Broch-Hansen fort. »Ich habe alles so gesagt, wie es gewesen ist.«

Wisting schaute zu Ada Jansen hinüber, um zu erkunden, was sie dazu meinte.

»Vielleicht sollten wir warten«, schlug sie vor.

»In Ordnung«, meinte Wisting. »Das reicht mir.«

Allan Broch-Hansen blickte zu Wisting hoch. Er räusperte sich und fragte, was Wisting damit meinte.

»Dass Sie alles so gesagt haben, wie es gewesen ist«, wiederholte Wisting. »Sagen wir mal, ich glaube Ihnen.«

Dann schaltete er die Taschenlampe aus und ging zu seinem Wagen.

60

Wisting setzte sich Irene Broch-Hansen gegenüber an den Küchentisch und trocknete sich das Gesicht mit einem Handtuch ab, das sie ihm gegeben hatte. Ihr Blick folgte seinen Bewegungen. Ein schmerzlicher Zug um ihre Augen erzählte von mehr als nur einer schlaflosen Nacht.

Maren Dokken war die letzten beiden Stunden bei ihr gewesen. Nun lehnte sie schweigend und mit verschränkten Händen an der Arbeitsplatte.

»Ihr Mann hat alles genau so gesagt, wie es gewesen ist«, erklärte Wisting und legte das Handtuch hin.

Irene Broch-Hansen saß regungslos da. Alles, was Wisting wahrnahm, war ein schwaches Zittern ihrer Unterlippe. Er wartete, bis die Worte bei ihr angekommen waren, bevor er zu erzählen anfing.

»Wir haben ihn bei Roper'n gefunden«, sagte er. »Sein Auto stand oberhalb des Sees. Reidar Wendel hat dort auf ihn gewartet. Dann hat er ihn angegriffen und mit zu dem Ort genommen, wo sein Sohn gefunden wurde. Er hat Ihren Mann an ein Wasserrohr gefesselt und wollte ihn zwingen, den Mord an seinem Sohn zu gestehen. Erst hat er ihn dort zurückgelassen, ist dann aber wiedergekommen, bevor Allan das Wasser über den Kopf stieg.«

Er versicherte noch einmal, dass ihr Mann nur leichte

Verletzungen davongetragen habe und dass Reidar Wendel verhaftet worden sei.

»Ich habe mir angehört, was Ihr Mann über die Nacht zu sagen hatte, in der Morten Wendel verschwand«, fuhr er fort. »Er hat alles gesagt. Jetzt möchte ich es noch einmal von Ihnen hören.«

Bei dieser Formulierung hätte Irene Broch-Hansen glauben können, dass ihr Mann Zugeständnisse gemacht hatte. Die Wortwahl lag hart an der Grenze dessen, was Wisting sich als Polizist erlauben konnte. Es ging auch nicht darum, Irene Broch-Hansen zu animieren, etwas zu erzählen, was sie sonst nicht sagen würde, sondern darum, eine endgültige Antwort zu bekommen. Plötzlich hatte er die Möglichkeit, den alten Fall aufzuklären. Eine Gelegenheit, auf die er seit Morten Wendels Verschwinden gewartet hatte.

Es tropfte aus dem Wasserhahn hinter ihm.

Maren Dokken trat ein paar Schritte vor, schaltete ein Aufnahmegerät ein und legte es auf den Tisch.

»Sie sind nicht verpflichtet, über Dinge zu berichten, die Sie selbst oder Ihren Mann belasten könnten«, sagte Wisting. »Aber falls Sie etwas erzählen möchten, dann wäre jetzt die Gelegenheit dazu.«

Eine Weile saß Irene Broch-Hansen schweigend da. Plötzlich schien sich etwas in ihr zu lösen. Alles, was sie mit sich herumgetragen hatte, drang an die Oberfläche.

»Dieser Junge hat das Leben unserer Tochter zerstört«, sagte sie, ehe ihre Stimme brach. »Unser ganzes Leben. Und dann stand er plötzlich vor der Tür und wollte sich entschuldigen, als ob das etwas wäre, wofür man sich entschuldigen könnte.«

Wisting saß reglos da, gespannt auf jede Silbe. Irene Broch-Hansen blinzelte ein paar Tränen weg.

»Er ist mir ins Haus gefolgt«, sagte sie. »Mit dem Motorradhelm unter dem Arm, als wolle er nur kurz etwas erledigen, ehe er weiterfuhr.«

Sie holte tief Luft.

»Das Messer lag auf der Arbeitsplatte«, sagte sie. »Ich hatte Gemüse geschnitten und es zur Seite gelegt, als es an der Tür klingelte.«

Ihr Geständnis war kurz und knapp, und Wisting kam es so vor, als wüsste er bereits, was sich abgespielt hatte. Die Details waren dennoch dramatisch. Irene Broch-Hansen hatte das Küchenmesser genommen und war damit auf Morten losgegangen, hatte ihn ins Gesicht und in den Hals gestochen. Er war vor ihr auf dem Küchenfußboden zusammengebrochen.

»Allan hat sich danach um alles gekümmert.« Ihre Stimme war kraftlos geworden. »Er hat ihn weggebracht. Ihn und das Motorrad.«

Wisting nickte bedächtig. Das Feuer im Haus hatte alle anderen Spuren zerstört, aber er verzichtete darauf, sie danach zu fragen. Stattdessen streckte er die Hand aus und schaltete das Aufnahmegerät ab. Das Zählwerk blieb bei knapp vierzehn Minuten stehen.

Jede Schwingung in Irene Broch-Hansens Stimme war aufgezeichnet worden. Jedes Seufzen und jeder verzweifelte Atemzug während ihres inneren Kampfes.

Sich ein Mordgeständnis anzuhören, war mehr, als nur einer Abfolge von Ereignissen zu lauschen. Es war ein Abtauchen in das Dunkelste der menschlichen Natur mit seinen tiefen Gefühlen, Schmerz und Verzweiflung.

»Bevor Sie nicht mit einem Anwalt gesprochen haben, sollten Sie nichts mehr sagen«, riet er.

Maren Dokken drehte sich abrupt zur offenen Wohnzimmertür. Auch Wisting wandte sich um. Die Tochter war aus dem dunklen Raum nebenan in die Küche gekommen.

»Adine ...«, sagte die Mutter.

»Es ist meine Schuld«, erklärte die Tochter. »Wenn ich mich nicht auf der Terrasse gesonnt hätte ...«

Wisting stand auf. Die junge Frau trug bereits eine Last, die viel zu schwer für sie war.

»Nein«, sagte er mit Nachdruck. »Nichts ist Ihre Schuld.«

Er wusste nicht, was er sonst noch sagen sollte. Das Geständnis der Mutter war nicht für die Ohren der Tochter bestimmt gewesen, aber vielleicht doch etwas, was sie hören musste. Wisting glaubte jedenfalls gern daran, dass die Wahrheit keine destruktive, sondern eine heilende Wirkung haben konnte. Dass sich Schuld und Scham mit der Zeit durch Erleichterung und inneren Frieden ersetzen ließen.

Irene Broch-Hansen war aufgestanden. Sie trat zu ihrer Tochter und hielt sie fest an sich gedrückt. Wisting wandte den Blick ab. Draußen war die Morgendämmerung angebrochen.

61

Wisting stand mit nacktem Oberkörper im Umkleideraum und spürte den kühlen Hauch der Klimaanlage auf der Haut. Die stickige Luft roch nach einer Mischung aus ungewaschenem Trainingszeug, Seife und Reinigungsmitteln.

Die einzige trockene Kleidung, die er zur Verfügung hatte, war seine Uniform. Er stellte sich mit dem Rücken zur Wand und knöpfte sein Hemd zu.

Das Handy im Schrank machte sich bemerkbar. In dem Fach, in das er es hineingelegt hatte, leuchtete und vibrierte es.

David Eikrot Kriminaltechnik, stand auf dem Display.

»Habe ich dich geweckt?«, fragte der Kollege.

Wisting war seit fast fünf Stunden wach. »Nein, nein«, antwortete er und schloss den letzten Hemdknopf.

»Ich habe dir gerade eine E-Mail weitergeleitet«, sagte Eikrot. »Es geht um die Fingerabdrücke aus dem Laderaum des Wohnmobils. Ich rufe an, um sicherzugehen, dass du die Mail bekommen hast.«

Wisting warf einen Blick in den großen Spiegel auf der anderen Seite des Raumes. Seine Haare standen in alle Richtungen ab, die Hemdzipfel hingen ihm über die Hose.

»Das Ergebnis kam schneller, als ich gedacht hatte«,

fuhr der Kriminaltechniker fort. »Vermutlich eine der letzten Mails, die das Labor gestern rausgeschickt hat, aber ich habe eben erst meinen PC eingeschaltet.«

Eine schnelle Antwort bedeutete normalerweise, dass die Suche einen eindeutigen Treffer ergeben hatte.

»Was haben sie gefunden?«

»Eine Übereinstimmung mit Fingerabdrücken aus dem Ausländerregister, im Zusammenhang mit einem Vermisstenfall«, erklärte Eikrot. »Ein dreizehnjähriges afghanisches Mädchen, das letzten Sommer aus einem Flüchtlingsheim in Halden verschwunden ist.«

Die Tür zum Umkleideraum wurde geöffnet. Ein Kollege von der Streifenpolizei, der seine Schicht beginnen wollte, betrat in Fahrradmontur den Raum. Er war jung und durchtrainiert, seine Rennradschuhe klackerten auf dem Fliesenboden.

»Letzten Sommer?«, wiederholte Wisting. »Sind die sicher?«

»Marwa Amini«, fuhr Eikrot fort. »Die Personenbeschreibung und die Fallnummer stehen in der E-Mail. Sie ist am 13. August verschwunden. Die Abdrücke waren weniger als ein Jahr alt und deshalb einigermaßen intakt.«

Wisting blieb einen Moment lang stumm. Das waren ganz neue Informationen. Seine Gedanken wanderten zurück zu Annika Bengt. Er versuchte, den Zusammenhang zu begreifen und ihn auf einer Zeitleiste einzuordnen, aber nach den Erlebnissen der vergangenen Nacht fühlte er sich immer noch etwas benebelt.

»Danke«, sagte er und stopfte sich das Hemd mit einer Hand in die Hose.

»Lass mich wissen, wenn ich noch etwas tun kann«, sagte Eikrot, als hätten ihm die aufsehenerregenden Informationen über das afghanische Mädchen einen Energieschub verpasst. »Du bekommst von uns bis nächste Woche einen Abschlussbericht.«

Wisting bedankte sich und steckte die Autoschlüssel und alles andere ein, was noch in den Taschen seiner durchnässten Kleidung lag. Der Mann, der mit dem Fahrrad zur Arbeit gekommen war, ging nackt an ihm vorbei und betrat die Gemeinschaftsdusche. Im Flur draußen begegnete Wisting zwei weiteren Männern auf dem Weg in den Umkleideraum.

Gerade als er sein Büro betreten wollte, fiel ihm ein, dass sein Computerbildschirm nicht mehr funktionierte. Er drehte sich in der Tür um und ging hinüber zu Hammer.

»Sieht so aus, als hätte ich gestern Abend eine Menge Spaß verpasst«, sagte der Kollege und sah von seinem Schreibtisch auf.

Wisting reagierte nicht darauf. »Ich müsste eben deinen PC benutzen«, sagte er. »Mein Bildschirm ist kaputt.«

Hammer rollte auf seinem Stuhl vom Schreibtisch weg und überließ Wisting den Computer. Wisting meldete Hammer ab und loggte sich selbst ein, während er berichtete, was er eben am Telefon erfahren hatte.

»Damit fällt der Solifer-Mann als Tatverdächtiger weg«, konstatierte Hammer. »Er ist erst Weihnachten auf Bewährung freigekommen.«

Er stand auf, schob seinen Stuhl an den Schreibtisch zurück, damit Wisting sich setzen konnte, und lehnte sich an die Fensterbank.

»Das ist doch ein Mietwagen«, fuhr Hammer fort. »Kann doch nicht so schwer sein, herauszufinden, wer im letzten August damit in Halden war.«

»Ich habe Patrick Pape bereits gebeten, eine Liste über alle Mieter zu erstellen«, entgegnete Wisting. »Für die letzten drei Jahre.«

Inzwischen hatte er die E-Mail von Eikrot geöffnet und die Dokumente auf dem Bildschirm aufgerufen. Der Fall des afghanischen Mädchens war zwischen den Jahren eingestellt worden, als die Staatsanwaltschaft die Jahresstatistik vorbereitet hatte. In einem der Dokumente wurde die Vermutung geäußert, dass das Mädchen von seiner in Schweden lebenden Familie nachgeholt worden sei und jetzt in Malmö lebte, allerdings schien nichts unternommen worden zu sein, um diese Vermutung zu verifizieren.

»Hast du die Liste immer noch nicht bekommen?«, fragte Hammer.

Wisting schüttelte den Kopf und blickte auf die Uhr. Das Caravan-Center öffnete in einer Viertelstunde.

»Komm«, sagte er.

62

Ein Mann mit einem Regenschirm überquerte die Straße.

Ohne abzubremsen, wich Wisting ihm seitlich aus. Dichter Regen fiel und verschleierte die Umgebung.

In den Morgenstunden hatte sich der Fall in eine Richtung entwickelt, die Wisting nicht hatte kommen sehen. Er hatte einseitig gedacht und keine anderen Möglichkeiten als den Solifer-Mann in Betracht gezogen, bis dann der Schwager des Mannes mit dem Metalldetektor aufgetaucht war. Dabei hätte er wissen müssen, dass der Horizont noch größer war.

Als er auf den Parkplatz des Caravan-Centers einbog, spritzte das Wasser seitlich am Wagen hoch. Er stellte sein Auto gleich neben dem Eingang ab. Irgendwo im Inneren des Geschäfts erklang ferne Musik aus einem Radio. Der männliche Teil eines älteren Ehepaars testete gerade einen Campingstuhl.

Hinter dem Tresen stand Kicki Dalberg.

»Ist Pape da?«, fragte Wisting.

»Der ist gerade losgefahren«, erwiderte sie.

»Bleibt er lange weg?«

Das Mädchen hinter dem Tresen wirkte plötzlich besorgt.

»Ich weiß es nicht«, sagte sie. »Er wollte nach Tveidalen, um sich das Wohnmobil anzusehen, das letzte Nacht gebrannt hat.«

Wisting nickte. »Weißt du etwas darüber?«, fragte er, um ihre Reaktion zu testen.

Kicki Dalberg schüttelte den Kopf.

»Vielleicht kannst du uns trotzdem weiterhelfen«, sagte Hammer. »Wir brauchen eine Liste aller Mieter des Solifer, den wir am Mittwoch abgeholt haben.«

Die Bitte schien Erleichterung in ihr hervorzurufen, als handele es sich um etwas, womit sie umgehen konnte. Sie setzte sich wieder und zog die Tastatur zu sich heran.

»Haben Sie das Kennzeichen?«

Wisting hatte es nicht parat.

»Hat dein Onkel dich nicht schon einmal darum gebeten?«, fragte er.

Sie schüttelte den Kopf. »Nein, aber ich kriege das schon hin.«

Ihre Finger glitten über die Tastatur. Am rechten Zeigefinger klebten noch Reste der orangen Sprühfarbe.

Papes Hund, der neben ihr auf dem Boden gelegen hatte, erhob sich und trottete zur Wasserschale. Wisting sah ihm nach.

»Ist er alt?«, fragte er, während er auf die Liste wartete.

»Zehn Jahre oder so«, erwiderte Kicki und wandte ihr Gesicht dem Computerbildschirm zu.

Der Hund nahm ein paar Schluck Wasser.

»Wie heißt er?«, fragte Hammer.

»Camper«, sagte Kicki. »Old Camper. Mein Onkel hatte früher noch einen anderen Hund, der auch Camper genannt wurde.«

Nils Hammer lachte. »Also hat er den neuen Hund *alt* genannt?«

Kicki Dalberg lächelte.

»Er nennt ihn sowieso einfach Camp«, sagte sie und starrte weiter auf den Bildschirm. »Ich muss fast jeden einzelnen Mietvertrag ausdrucken. Brauchen Sie ein bestimmtes Datum?«

Wisting wollte keine weiteren Informationen mit ihr teilen. »Wir brauchen fast alles«, antwortete er. »Jedenfalls die letzten drei Jahre.«

Kicki Dalberg streckte die Hand aus, um den Drucker einzuschalten. Der Ärmel ihres Pullovers glitt ein Stück hoch, sodass einige ihrer Narben sichtbar wurden. Wisting hatte sie schon gesehen, als er Kicki am Wohnmobil begegnet war, und hatte sich gefragt, was sie so sehr gequält haben mochte, dass sie sich selbst Schmerzen zufügen musste.

Er biss die Zähne zusammen und spürte, wie sich die Muskeln im Hals zusammenzogen.

»Kannst du mal ein Datum heraussuchen?«, fragte er.

»Welches denn?«

»Den 13. August letzten Jahres.«

Kicki Dalbergs Finger glitten über die Tastatur. »Da war das Wohnmobil nicht vermietet«, erklärte sie.

»Nicht?«

»Nein, es war für eine Demo-Tour gebucht.«

»Was bedeutet das?«

»Dass jemand es ausprobiert hat, um es vielleicht zu kaufen.«

Wisting blickte auf den Computerbildschirm. »Kannst du sehen, wer das war?«

Sie wechselte zwischen verschiedenen Bildschirmansichten.

»Nein«, sagte sie. »Aber der Wagen war fünf Tage lang blockiert. Ich schätze mal, er hat ihn selbst benutzt.«

»Wie meinst du das?«

»Dass mein Onkel damit eine Tour gemacht hat«, erklärte Kicki. »Das macht er zwei- bis dreimal im Jahr. Jedes Mal mit einem anderen Wagen. Er ist nie lange weg. Er kann ja nicht einfach von hier verschwinden.«

Als sie die Papiere zusammenlegte, die aus dem Drucker kamen, rutschte der Ärmel ihres Pullovers erneut nach oben. Wisting ahnte, was hinter den Narben stecken könnte. Was es ihr ermöglichte, nach eigenen Vorstellungen zur Arbeit zu kommen und wieder zu gehen, und wieso der Onkel keine Einwände hatte, wenn sie sich ein Wohnmobil nahm und damit verschwand.

»Nimmt er Camp normalerweise mit auf seine Reisen?«, fragte er.

»Ja. Der ist gegen alles Mögliche geimpft. Ist immer dabei, aber weiter als nach Schweden oder Dänemark geht es eh nie.«

»Ist dein Onkel Mitglied im Hundeclub oben am Farris?«, wollte Hammer wissen.

»Ja.«

Das ältere Ehepaar, das sich Campingstühle angesehen hatte, trat an den Tresen. Die Frau hielt eine kleine solarbetriebene Gartenlampe in der Hand. Hammer drehte sich zu ihr, zog seinen Dienstausweis heraus und nahm ihr die Lampe ab.

»Tut mir leid, aber hier ist jetzt geschlossen«, sagte er.

Die Frau begann zu protestieren, doch Hammer begleitete sie und ihren Mann zum Eingang, ließ sie hinaus und verriegelte die Tür von innen.

Wisting ging um den Tresen herum. »Kannst du noch ein anderes Datum überprüfen?«, fragte er.

Kicki Dalbergs Gesichtsausdruck war wieder leicht besorgt. »Was denn genau?«, fragte sie.

»Welche Autos Mitte Juli vor vier Jahren vermietet waren.«

Sie saß ratlos vor dem Computer und rieb sich mit der rechten Hand unruhig über den linken Unterarm. »Ich weiß nicht, wie ich das machen soll, ohne ein bestimmtes Auto zu suchen.«

Der Drucker arbeitete immer noch und warf ein weiteres Blatt Papier von der vorherigen Anfrage aus.

»Fang mit dem Solifer an, der letzte Nacht gebrannt hat«, bat Wisting. »Sieh nach, wer den gefahren hat.«

Kicki streckte die Hand nach einer Wasserflasche aus, konnte aber nicht viel trinken. Es sah aus, als würgte sie das Wasser wieder hoch, ehe sie es schließlich schaffte, es zu schlucken.

Wisting tauschte einen Blick mit Hammer. Irgendetwas stimmte nicht. Ihre harte, äußere Schale bekam Risse.

»Brauchst du das Autokennzeichen?«, fragte Hammer.

Kicki Dalberg räusperte sich und richtete sich ein wenig auf ihrem Stuhl auf.

»Nein«, sagte sie.

Der Hund kam und legte sich wieder an seinen Platz. Draußen fuhr ein Auto langsam an der Glasfassade vorbei. Der Computerbildschirm wechselte zwischen verschiedenen Ansichten.

»Er hatte das Wohnmobil«, sagte sie und deutete mit dem Kopf auf den Bildschirm.

Wisting wusste nicht genau, was er da sah. »Du meinst Pape?«

»Ist sie da verschwunden?« Ihre Frage klang wie ein Schluchzen. »Die Kleine aus Schweden?«

Es waren Leute an der Tür, die an die Glasscheibe klopften, als sie nicht hineinkommen konnten.

»Das war gestern den ganzen Tag in den Nachrichten«, fuhr Kicki Dalberg fort, ohne die Kunden zu beachten. »Daran arbeiten Sie also eigentlich.«

Wisting sah sie an. »Ist da was mit deinem Onkel, was dich glauben lässt, er hätte etwas mit dieser Sache zu tun?«

Sie war blass geworden, und ihr Atem ging schwer. Wisting bereute, dass er sie gefragt hatte. Er war nicht in der Lage, sie bei all dem zu stützen, was sie belastete und was noch auf sie zukommen würde.

»Er kommt«, warnte Hammer und ging zur Tür. »Pape ist hier.«

63

Patrick Pape war auf dem Weg in den gegenüberliegen-
den Neubau. Er warf einen schnellen Blick über die
Schulter, als Wisting und Hammer das Kundenzentrum
verließen. Wisting war klar, dass Pape sie gesehen hatte, aber er blieb nicht stehen. Stattdessen steuerte er auf
die gebrauchten Wohnmobile zu.

Hammer rief seinen Namen, woraufhin Pape losrann-
te und schon bald außer Sichtweite war. Wisting setzte
ihm nach, während Hammer in die andere Richtung
lief, um ihm den Weg abzuschneiden.

Die aufgereihten Wohnmobile erstreckten sich in beide Richtungen und bildeten ein Labyrinth aus engen
Gängen und potenziellen Verstecken. Wisting kam auf
der anderen Seite heraus, ohne den Verfolgten entdeckt
zu haben.

Er drehte sich einmal um, dann noch einmal und
blieb auf dem nassen Asphalt stehen. Der Regen prasselte auf die Fahrzeuge um ihn herum und erzeugte
einen monotonen Rhythmus.

Hammer tauchte auf, breitete resigniert die Hände
aus und stemmte sie dann in die Hüften.

In der Hoffnung, etwas zu entdecken, was er überse-
hen hatte, drehte Wisting sich ein drittes Mal um.

Das Gelände war eingezäunt, und streng genommen
konnte Patrick Pape nicht entkommen.

Wisting ging auf die Knie und schaute unter die Wohnmobile. Dann lief er abermals durch die Reihen der angebotenen Fahrzeuge und blickte suchend umher. Hammer tat dasselbe.

»Dass er wegläuft, ist ein Eingeständnis seiner Schuld«, sagte Hammer. »Er muss gespürt haben, dass der Boden unter seinen Füßen heißer wird.«

»Sieht so aus«, erwiderte Wisting.

Durch das Fenster spähte er in das Wohnmobil neben ihm. Die beschlagene Plexiglasscheibe erschwerte ihm die Einsicht.

»Es gab also einen Grund, warum er nie die Mieterliste des alten Solifer abgegeben hat«, fuhr Hammer fort. »Die Informationen waren ja nicht schwer zu finden. Kicki konnte sie sofort ausdrucken.«

»Er muss in eines der Wohnmobile gestiegen sein«, sagte Wisting.

Er probierte die Türen der Fahrzeuge in nächster Nähe. Verschlossen.

»Ich vermute, er hat gestern Abend das Wohnmobil an der Tveidalskreuzung in Brand gesteckt.« Er ging zur nächsten Tür. »Aus Angst, dass wir Spuren von Annika Bengt darin finden würden. Er wusste ja, dass wir den Wagen im Zusammenhang mit den Klimaaktionen seiner Nichte untersuchen lassen wollten.«

Hammer fluchte und nahm sein Handy hervor. »Wir brauchen Hilfe. Ich rufe die Einsatzzentrale, die sollen uns ein paar Streifen herschicken.«

Wisting ging weiter an den geparkten Wohnmobilen entlang, probierte die Türen und schaute in die Fenster.

Sein eigenes Handy klingelte. Es war Ingrid Sandell. Er hatte sie seit dem Vortag nicht mehr gesprochen. Inzwischen sah der Fall völlig anders aus.

Sie berichtete von der Suche in schwedischen Registern und davon, dass Kjell-Tore Bonholts Wohnmobil von Dänemark aus über die Öresundbrücke gefahren war.

Wisting unterbrach sie. »Es ist Patrick Pape«, sagte er leise und spähte um die Ecke zum nächsten Wohnmobil. »Wir sind gerade in seinem Caravan-Center. Er ist abgehauen.«

Dann erzählte er von dem afghanischen Mädchen und von den Fingerabdrücken im Laderaum des Wohnmobils, das zu dem Zeitpunkt, als das Mädchen verschwand, von Pape benutzt worden war. Von den Hundehaaren, von seiner Reise vor vier Jahren, die mit dem Verschwinden von Annika Bengt zusammenpasste, und von dem Wohnmobil, das er seinerzeit verwendet hatte und das in der Nacht zuvor ausgebrannt war.

Hammer hatte zu Ende telefoniert.

»Ich muss gehen«, sagte Wisting, ehe Ingrid Sandell irgendwelche Fragen stellen konnte.

»Die Hundestaffel kommt«, informierte Hammer. »Die sind nicht weit weg.«

Wisting antwortete nicht. Während des Gesprächs mit Ingrid Sandell waren seine Gedanken abgeschweift.

»Seit wann gibt es dieses Caravan-Center schon?«, fragte er.

»Lange«, erwiderte Hammer. »Wieso fragst du?«

Ein Zug näherte sich von Osten. Wisting wartete, bis er vorbeigefahren war.

»Sie nennen es den Neubau«, sagte er und zeigte auf das Gebäude, in dem Patrick Pape sein Büro hatte.

»Sieht eher nach einem Anbau aus«, meinte Hammer.

Er hatte recht. Der Neubau war direkt neben einer

Werkstatthalle mit hohen Einfahrtstoren errichtet worden.

»Bleib hier«, sagte Wisting. »Ich rede mal mit Kicki.«

Er ging zurück zum Empfangstresen. Kicki Dalberg hatte am Fenster gestanden und sie beobachtet.

»Der Neubau«, sagte Wisting und zeigte nach draußen. »Wann war der fertig?«

Die junge Frau wirkte verwirrt. »Vor einem halben Jahr oder so«, antwortete sie und kratzte sich am Arm.

»Bevor oder nachdem dein Onkel mit dem Solifer unterwegs war?«

»Danach«, sagte sie. »Ich habe letzten Sommer hier gearbeitet. Da hatten sie erst den Bauplatz ausgehoben.«

»Was ist mit der Werkstatt?«, fragte Wisting.

Kicki zuckte mit den Schultern. »Das ist schon länger her.«

»Vier Jahre?«, mutmaßte Wisting.

»So was in der Art«, erwiderte Kicki. »Ich war damals nicht hier.«

Wisting nickte ihr zu und bedankte sich. Sie würden die Leute mit dem Georadar noch einmal brauchen.

»Was ist denn eigentlich los?«, fragte Kicki Dalberg. »Wo ist mein Onkel?«

»Ich weiß es nicht«, sagte Wisting.

Er stieß die Tür auf und trat hinaus in den Regen, als die Hundestreife auf das Gelände gefahren kam.

Hammer winkte sie zu sich. Die beiden Kollegen bekamen eine kurze Einweisung, dann befreiten sie die Hunde aus dem Käfig im Laderaum und befahlen ihnen, die Suche aufzunehmen.

Die Hunde folgten den Spuren, die Wisting und Hammer zurückgelassen hatten, kreuz und quer zwischen den Wohnmobilen und wieder zurück.

»Sie können die Fährte nicht richtig aufnehmen«, erklärte einer der Hundeführer.

»Er kann nicht weit gekommen sein«, meinte Hammer.

Eine weitere Polizeistreife traf ein.

»Wir sollten die Gebäude durchsuchen«, riet der Hundeführer.

Hammer schüttelte den Kopf, als wäre es unmöglich, dass Patrick Pape es ins Innere geschafft haben könnte.

Wisting sah sich um. Das Wohnmobil gleich neben ihm hatte hinten einen Fahrradträger und eine heruntergelassene Teleskopleiter. Er wischte sich den Regen aus dem Gesicht und trat an den Wagen heran, packte die Leiter und hievte sich ein Stückchen hoch, ehe er weiterkletterte. Die Sprossen waren kalt und glatt.

Auf der obersten Sprosse hielt er inne. Auf dem Dach eines Wohnmobils am Ende der Reihe lag Patrick Pape flach auf dem Bauch.

Der Besitzer des Caravan-Centers hob den Kopf, begriff, dass er entdeckt worden war, und erhob sich.

»Da drüben!«, rief Wisting und zeigte auf Pape.

Unten auf dem Boden liefen die Hunde aufgeregt umher.

Patrick Pape rutschte auf dem regennassen Dach aus, kroch zur Leiter und verschwand nach unten.

Wisting blieb zurück, registrierte aber, dass die anderen sich verteilt hatten. Rasch rannte er zum Neubau hinüber, für den Fall, dass Pape in diese Richtung fliehen wollte. Durch Regen und Hundegebell hörte er plötzlich einen startenden Motor.

Ein altes Wohnmobil mit orangen Seitenstreifen kam um die Ecke des Werkstattgebäudes gefahren. Es schwankte leicht von einer Seite zur anderen. Das Motorengeräusch wurde lauter, und der Fahrer wechselte den Gang. Er fuhr schnell auf das Außentor zu.

Wisting rannte zu seinem eigenen Auto, sprang auf den Fahrersitz und nahm die Verfolgung auf. Er drückte mehrmals auf die Hupe, um die anderen zu alarmieren. Im Spiegel sah er, wie Hammer und ein Hundeführer aus der Reihe von geparkten Wohnmobilen herausliefen.

Die Verfolgungsjagd durch das Gewerbegebiet nahm schnell an Tempo zu. Die Straße war nass und rutschig. Wisting hielt das Lenkrad fest umklammert und ließ den Wagen vor ihm nicht aus den Augen. Hinter sich hörte er Polizeisirenen aufjaulen.

An der Kreuzung zur Hauptstraße bog das Wohnmobil nach links ab, doch die Geschwindigkeit war zu hoch. Die Räder auf der rechten Seite lösten sich ein Stück von der Fahrbahn, der Wagen schlingerte weiter, bis er das Gleichgewicht verlor und schließlich auf die Seite kippte. Es schlug auf den Asphalt auf und rutschte mit einem kreischenden Geräusch weiter. Einige entgegenkommende Fahrzeuge bremsten ab und wichen aus. Die Karosserie des Wohnmobils riss plötzlich auf, das Inventar ergoss sich auf die Straße. Als es endlich zum Stehen kam und mitten auf der Fahrbahn liegen blieb, stieg Qualm aus dem Motorraum auf.

Wisting sprang aus seinem Wagen, rannte um das Wohnmobil herum und beugte sich durch die kaputte Windschutzscheibe ins Innere. Patrick Pape lag auf dem Beifahrersitz, umgeben von Wrackteilen. Sein Gesicht war blutig. In seinem Arm steckte ein Stück zersplitterte Glasfaser. Er riss den Mund auf, konnte aber nicht mehr als ein Keuchen hervorbringen, als ob der Schmerz alles andere übertönte.

Der Geruch von Diesel hing in der Luft. Wisting sah sich um. Zwei Polizisten kamen angerannt. Er trat beiseite und überließ ihnen die Rettungsarbeit.

Ingrid Sandell stieg aus einem Taxi im hinteren Teil der Autoschlange und kam auf ihn zugelaufen. Wisting schloss die Augen und spürte, wie sie seinen Arm berührte.

»Ihr habt ihn geschnappt«, sagte sie.

Wisting nickte.

64

Der Presslufthammer zertrümmerte Stück für Stück den Zementboden, als handelte es sich um ein Puzzle, das auseinandergerissen wurde. Jeder Schlag ließ die gesamte Werkstatthalle vibrieren.

Wisting hatte einen Gehörschutz aufgesetzt. Das Geräusch des Kompressors machte jedes Gespräch unmöglich. Ein paarmal ging ein Mann mit einem Winkelschleifer ans Werk und durchtrennte die Armierungseisen.

Die Sonne war zurück. Das Licht fiel durch die offenen Einfahrtstore herein. Feiner Zementstaub hing in der Luft, legte sich auf Ingrid Sandells Haare und färbte sie grau.

Die Leute mit dem Georadar hatten zwei Abweichungen im Boden festgestellt. Eine unter dem Zementboden in der Werkstatthalle und eine mitten unter dem Neubau. Sie hatten in der Werkstatt angefangen. Der Bauunternehmer hatte erklärt, dass der Boden eine Woche nach dem Verschwinden von Annika Bengt gegossen worden sei.

Sie brachen eine kreisförmige Öffnung heraus, etwa einen Meter breit. Durchtrennte Kunststoffrohre von der Fußbodenheizung hingen von den Rändern herab. Die Zementstücke wurden auf einem Haufen weiter hinten in dem leeren Raum gesammelt.

Der Mann mit dem Presslufthammer gab ein Zeichen, und der Kompressor wurde ausgeschaltet. Wisting trat an den Rand der Öffnung. Sie waren bis zum Kies unter dem Zementboden vorgedrungen. Die weitere Arbeit übernahmen die Kriminaltechniker.

Der lose Kies wurde in Eimern gesammelt und nach oben transportiert. Laut Berechnung der Geologen waren sie weniger als einen halben Meter von einem Fund entfernt. Innerhalb der nächsten halben Stunde könnten sie die endgültige Antwort vorliegen haben.

Pape war aus dem Krankenhaus entlassen und in Erwartung seiner Vernehmung in eine Zelle des Untersuchungsgefängnisses verlegt worden. Die Verwendung seiner Kreditkarten in Schweden hatte man bis in den Sommer von Annika Bengts Verschwinden zurückverfolgt. In seinem häuslichen Arbeitszimmer waren zur Betäubung geeignete Arzneimittel gefunden worden. Sein Computer enthielt illegal heruntergeladenes Bildmaterial von sexueller Gewalt. Obendrein gab es im DNA-Register eine Übereinstimmung mit einem ungeklärten Vergewaltigungsfall in Westnorwegen im Jahr 2014.

Unter der obersten Kiesschicht befand sich eine Lage aus gröberem Schotter. Die Kriminaltechniker entfernten einen Stein nach dem anderen und arbeiteten sich immer weiter vor.

Ingrid Sandell trank aus einer Wasserflasche und bot sie Wisting an. Er nahm sie. Durch den Staub in der Luft war seine Kehle trocken.

»Fund!«, kündigte einer der Kollegen an.

An der Stelle, wo er arbeitete, ragte ein Streifen verblassten Stoffs aus dem Untergrund. Der Kriminaltechniker entfernte ein paar weitere Steine, ehe er an die

Seite trat, um die fotografische Dokumentation nicht zu behindern. Es handelte sich um eine einfarbige Wolldecke mit ausgefranstem Rand.

Wisting konnte hören, wie Sandells Atem flacher wurde.

Bald war die komplette Decke freigelegt. Sie lag zusammengeknüllt da und konnte keinen Aufschluss darüber geben, was sich darunter befand.

Die beiden Techniker hoben die Enden an und falteten die Decke auseinander. Etwas war in den verblichenen Stoff eingehüllt. Eine Gestalt, reduziert auf Knochen, Staub und Erde.

Braune, vertrocknete Haut bedeckte die dünnen Beine. Ein paar verfilzte Haare klebten noch am Schädel. Der Mund war halb geöffnet.

Es gab weder Kleidung noch Schuhe.

Wisting drehte sich weg und ging hinaus. Ingrid Sandell folgte ihm. Die Sonne stand hoch am Himmel. Eine leichte Brise ließ die Luft angenehm warm, aber nicht drückend wirken.

Sie fanden das afghanische Mädchen am nächsten Tag, vier Stunden vor der anberaumten Pressekonferenz. Marwa Amini stammte aus Bagram, einer Stadt nördlich von Kabul. Die Mutter war bei ihrer Geburt einundzwanzig Jahre alt gewesen und hatte bereits einen zweijährigen Sohn. Der Vater arbeitete als Dolmetscher für die NATO-Streitkräfte. Er brachte den Kindern Englisch und ein paar Brocken Deutsch und Norwegisch bei, die er selbst aufgeschnappt hatte. Im Chaos nach dem Abzug der alliierten Truppen war die Familie auseinandergerissen worden. Soweit man wusste, war Marwa die Einzige, die das Land verlassen hatte.

»Marwa ist ein arabisches Wort für eine wohlriechende Pflanze«, sagte Ingrid Sandell. Das Mädchen war in eine verfärbte Steppdecke gehüllt. Der Körper lag flach in der Kiesschicht, etwa in der Mitte des Neubaus. Er hatte ungefähr elf Monate dort gelegen. Die Feuchtigkeit war aus dem Körper entwichen, der sich in eine verwitterte Skulptur verwandelt hatte. Die nackte Haut war straff gespannt, als ob der Körper in der heimatlichen Wüstensonne gegerbt worden wäre, doch ihre Gesichtszüge waren immer noch erkennbar.

Ingrid Sandell stellte ihren Fuß auf einen der Zementbrocken und schob ihn zur Seite.

»Ich hatte gestern ein langes Gespräch mit Stefan Lundgren«, sagte sie. »Annikas Großvater.«

Wisting sah sie fragend an.

»Er hat etwas gesagt, in dem ich mich wiedererkannt habe«, fuhr sie fort.

»Was denn?«

»Dass eine Aufklärung im Grunde nicht viel bedeutet. Sie nimmt einem nicht die Last der Lügen, Geheimnisse und Wunden von der Seele.«

»Da ist natürlich etwas dran«, antwortete Wisting. »Aber die Alternative ist schlimmer. Da kannst du nämlich niemandem als dir selbst die Schuld geben.«

Er nahm den Autoschlüssel aus seiner Tasche.

»Ich muss noch etwas erledigen«, sagte er. »Da ist jemand, mit dem ich reden sollte, bevor wir später auf der Pressekonferenz über den Fall sprechen.«

Sie nickte. »Dann sehen wir uns dort«, sagte sie.

Wisting ging zum Auto. Er stieg ein, klappte die Sonnenblende herunter und fing seinen eigenen Blick im Rückspiegel auf. Dann fuhr er los.

65

Evert Harting legte den Metalldetektor auf den Rücksitz, kehrte um und holte den Korb mit der Schmutzwä-
sche und die Tasche, die Ella mit Lebensmitteln aus
dem Kühlschrank gefüllt hatte.

»Ich denke, wir sollten sie verkaufen«, rief sie ihm
zu.

Evert drehte sich um und betrachtete die rot gestrichene Hütte, die sie von Ellas Eltern geerbt hatten. Es
war eine einfache Hütte ohne Wasseranschluss oder
korrekte Abwasseranlage. Er hatte gesehen, dass vergleichbare Hütten rund eine Million Kronen kosteten,
aber viele davon standen lange leer, ehe sie verkauft
wurden.

»Wir werden alt«, fuhr Ella fort. »Kjell-Tore kann
uns nicht mehr helfen.«

»Viel werden wir dafür nicht bekommen«, meinte
Evert und packte den Kofferraum voll.

»Ein bisschen ist sie schon wert«, sagte Ella. »Isabell
kann das Geld bekommen, als Vorschuss auf das Erbe.
Wir brauchen es ja nicht.«

Er nickte. Genau das hatte er auch gedacht.

In diesem Moment kam ein Auto über den Hügel zu
ihnen heruntergefahren.

»Das ist die Polizei«, sagte Ella. »Vielleicht holen sie

das Wohnmobil ab. Komisch, dass sie das noch nicht getan haben.«

»Er kommt allein«, sagte Evert, als sich das Auto näherte.

Am Steuer saß William Wisting. Er hielt an und stieg aus.

»Gut, dass ich Sie hier antreffe«, sagte er. »Ich wollte mit Ihnen reden, aber nicht so gern am Telefon.«

»Wir waren zu Hause«, sagte Ella. »Jetzt sind wir nur hier, um zu packen und die Hütte abzuschließen. Wir werden sie verkaufen.«

Evert hatte das Gefühl, etwas sagen zu müssen. »Worüber wollten Sie mit uns reden?«

»Kjell-Tore«, erwiderte Wisting. »Er steht bei uns nicht unter Verdacht. Von allen Anklagepunkten freigesprochen. Ich möchte mich für die zusätzliche Belastung entschuldigen, zu der das alles geführt haben muss.«

»Oh«, war alles, was Evert herausbrachte.

Er spürte, wie ihn ein Schwindelgefühl überkam. Jedes Mal, wenn er an seinen Schwager dachte, war es das Gleiche. Er musste den Blick auf einen Punkt auf dem Boden richten und sich darauf konzentrieren, dass der Polizist nichts davon merkte.

»Jetzt verstehe ich nicht ...«, setzte Ella an.

»Vielleicht setzen wir uns«, schlug Wisting vor und zeigte auf die Veranda.

Evert hatte seine Hand auf den geöffneten Kofferraumdeckel gelegt, um sich abzustützen. Er schlug ihn zu und folgte den anderen. Sie hatten die Gartenmöbel noch nicht hineingebracht. In der Regel taten sie das als Letztes.

Ella setzte sich mit an den Tisch.

»Wir haben einen Mann gefasst, der Annika Bengt vermutlich entführt und ermordet hat«, erklärte Wisting. »Das befreit Kjell-Tore von jedem Verdacht.«

Evert verstand es nicht. Das Atmen fiel ihm schwer. Er spürte Schmerzen in der Brust. Kjell-Tore hatte es doch beinahe zugegeben, kurz bevor er von der Kante gestürzt war. *Verstehe*, war das Letzte, was er gesagt hatte. Als ob ihm klar geworden wäre, dass sie beide wussten, was er getan hatte.

Evert musste sich zusammennehmen, um eine Frage zu stellen. »Wer ist denn der Mann, den Sie da gefasst haben?«

»Ich kann Ihnen den Namen nicht nennen, aber ich kann sagen, dass er in einem Wohnmobil festgenommen wurde.«

Der Ermittler warf einen Blick auf Kjell-Tores Auto.

»Ihm wird außerdem der Mord an einem vermissten Mädchen aus einem Heim für minderjährige Asylbewerber vorgeworfen«, fuhr Wisting fort. »Beide Leichen wurden jetzt gefunden. Wir werden das später noch auf einer Pressekonferenz näher erläutern.«

»Es herrscht also kein Zweifel?«, fragte Ella.

Ihre Stimme klang flach, ohne Anzeichen von Freude oder Erleichterung.

»Nein«, bestätigte Wisting. »Die Umstände sind so besonders, dass vermutlich niemals von irgendwelchen anderen Verdächtigen die Rede sein wird.«

Evert Harting bemühte sich um ein Lächeln.

»Das ist ja eine Erleichterung«, sagte er und sah zu Ella hinüber.

Sie erwiderte sein Lächeln, aber er musste den Blick abwenden, ängstlich darauf bedacht, dass seine versteckte Schuld darin nicht sichtbar werden konnte.

Der Polizist erläuterte den Fall näher. Etwas über den Hundeclub und wie sich der Mörder der Habseligkeiten Annika Bengts vermutlich entledigt hatte, doch die Worte drangen nicht zu Evert durch.

Er dachte über die Fehler nach, die er im Leben gemacht hatte. Was ihn gelegentlich noch quälte, war der Patzer mit den vertraulichen Dokumenten, die er an den falschen Empfänger gesendet hatte. Es hatte ihn fast die Stelle im Ministerium gekostet, und der Gedanke daran konnte noch immer dazu führen, dass sich sein Magen verknotete. Aber dieser Fehler hatte sich ausbügeln lassen. Mit dem Tod war es etwas anderes. Einem Menschen das Leben zu nehmen, ließ sich nicht rückgängig machen. Man konnte es bereuen und sich wünschen, es ungeschehen zu machen, aber so etwas konnte nie wiedergutgemacht werden. Nicht einmal, wenn er ein Geständnis ablegte und um Vergebung bat.

William Wisting fragte nach dem Wohnmobil, wollte wissen, ob sie mehr damit herumfahren würden, wenn sie die Hütte verkauft hätten.

»Das werden wir auch verkaufen«, hörte er Ella antworten. »Wahrscheinlich bekommen wir dafür ungefähr das Gleiche wie für die Hütte.«

Sie lachte. Wisting lächelte und erhob sich. Evert stand auf und folgte ihm zum Auto.

Der Polizist blieb an der Autotür stehen. Es sah aus, als ob er etwas sagen oder eine Frage stellen wollte, doch offenbar entschied er sich dagegen.

Stattdessen bedankte er sich freundlich, stieg ins Auto und fuhr davon.

66

Der Metalldetektor gab ein Signal von sich. Tonhöhe und Frequenz schwankten. Evert Harting schob verwelkte Herbstblätter mit dem Sondenkopf beiseite und lokalisierte den genauen Standort. Wisting ging in die Hocke und grub mit dem kleinen Spaten. Schon bald darauf stieß er auf etwas.

Eine Art Metallbügel. Er zog ihn mit den Fingern heraus und drehte und wendete ihn. Es erinnerte an den Griff eines Eimers. Auf jeden Fall uninteressant. Zusammen mit den anderen Resten, die sie ausgegraben hatten, steckte er das Metallstück in den Beutel.

»Ich wusste nicht, wen ich sonst fragen sollte«, sagte Wisting. »Ich kenne niemanden, der einen Metalldetektor hat.«

Das entsprach nicht der Wahrheit. Auf der Bereitschaftsliste der Polizei standen zehn Namen für die Suche nach Objekten in offenem Gelände.

Evert Harting ging weiter und schwang den Detektor von einer Seite zur anderen. »Gern geschehen«, sagte er.

Auf der Straße fuhr ein Lastwagen vorbei. Wisting zog seine Jacke enger um den Hals.

Sie waren seit einer halben Stunde gemeinsam unterwegs, hatten aber kein ordentliches Gespräch zustande gebracht. Wisting hatte erzählt, wie Irene Broch-Hansen den Vergewaltiger ihrer Tochter im Affekt erstochen hatte und wie ihr Mann zum Farris gefahren war, um die Leiche in den See zu werfen. Die Mordwaffe hatte er auf dem Rückweg beim Einbiegen in die Hauptstraße durchs Seitenfenster seines Lastwagens geschleudert. Das Messer musste also irgendwo am Straßenrand liegen, höchstens fünf oder sechs Meter davon entfernt, wie Allan Broch-Hansen in seinem Geständnis erklärt hatte.

Wisting schilderte, was für eine Erleichterung das Ehepaar darüber verspürt hatte, vom ewigen Kampf gegen das eigene Gewissen befreit zu sein. Evert Harting hatte sich auf die Suche konzentriert. Noch war die Zeit nicht gekommen, ihn zu fragen, was wirklich geschehen war, als sein Schwager die Felswand hinabstürzte.

»Ich wurde einmal für eine Schülerzeitung interviewt«, sagte Wisting. »Es war eine weiterführende Schule, die Schülerin, die mich befragt hat, war sechzehn oder siebzehn Jahre alt. Sie fragte mich, ob ich glaubte, dass jeder Mensch zum Mörder werden könnte.«

Evert Harting sah zu ihm herüber und spähte in die tief stehende Herbstsonne.

»Was glauben Sie?«, fragte Wisting.

»Da gehört wohl einiges zu«, erwiderte Harting und setzte die Suche fort.

Das Gelände war hügelig und schwer zugänglich. Bäume und Sträucher erschwerten die Fortbewegung mit dem Detektor.

»Ich denke, dass jeder das Potenzial dazu hat«, sagte Wisting. »Ein Psychologe, den ich kenne, meinte einmal, wenn wir nicht verstehen, was einen Menschen dazu bringt, einen Mord zu begehen, liegt es eher daran, dass wir noch nie in einer Situation wie er gewesen sind.«

Der Metalldetektor gab abermals ein Signal von sich. Wisting wartete, bis Harting die Stelle markiert hatte, und fuhr dann fort. »Ich bin selbst Vater. Als Elternteil zerreißt es einen förmlich, wenn jemand seinen Kindern etwas antut. Es löst starke Emotionen aus.«

Wisting begann zu graben. In der obersten Torfschicht lag ein von Grünspan bedeckter Eisenbolzen, der verbogen aussah und den Bolzen ähnelte, die die Straßenbaubehörden bei der Errichtung von Leitplanken verwendeten.

»Ich glaube, jeder kann töten«, sagte Wisting und richtete sich auf. »Solange es um einen Menschen geht, der unsere eigene Sphäre bedroht.«

Evert Harting schwieg.

»Ich kann nachvollziehen, was Irene Broch-Hansen getan hat«, sagte Wisting. »Es war eine emotionale Reaktion. Das Rechtssystem ist gegenüber solchen Fällen nicht völlig unsensibel. Sie wird auf möglichst rücksichtsvolle Art und Weise behandelt werden.«

Es gab ein neues Signal vom Detektor. Stärker als zuvor. Die Sonde kratzte über Metall, als Harting Blätter und andere verdorrte Vegetation mit dem Sondenkopf beiseiteschob.

»Da, ich glaube, das ist es«, sagte er.

Wisting hatte nicht geglaubt, dass sie es finden würden, aber dort lag tatsächlich das Messer. Der Kunststoffgriff war wie beschrieben schwarz, die Klinge stumpf und von Rost bedeckt, der sich in das Metall gefressen hatte.

Wisting machte ein Foto mit seinem Handy. Dann streifte er ein Paar blaue Latexhandschuhe über und zog das Messer vorsichtig aus der Erde. Es lag schwer in seiner Hand, wie eine Erinnerung an die Zerstörung, die es herbeigeführt hatte.

»Gibt es darauf noch Spuren?«, fragte Harting.

»Wohl kaum«, erwiderte Wisting. »Aber die Tatsache, dass wir es gefunden haben, bestätigt die Aussagen von Allan und Irene Broch-Hansen.«

Sie gingen zusammen zu den Autos. Harting legte den Metalldetektor auf den Rücksitz. Wisting nahm eine Plastikhalterung hervor, die er mitgebracht hatte, und steckte das Messer hinein.

»Wollen Sie auf eine Tasse Kaffee mitkommen?«, schlug er vor. »Ich glaube, ich habe auch noch Kuchen.«

Harting stand auf und tauschte Stiefel gegen Schuhe aus.

»Ich glaube nicht«, sagte er nach kurzem Zögern. »Ich sollte nach Hause zu Ella.«

Wisting empfand das Gespräch als noch nicht abgeschlossen, fand aber keine Möglichkeit, es weiterzuführen.

»Danke für Ihre Zeit«, sagte er und streckte die Hand aus.

»Ich bin mir nicht sicher, ob wir uns wiedersehen«, sagte Harting und nahm Wistings Hand. »Wir haben ein Angebot für die Hütte bekommen. Die wird bald verkauft.«

»Behalten Sie sie in guter Erinnerung«, sagte Wisting.

Er blieb stehen und wartete, bis Evert Harting gefahren war.

Bunte Herbstblätter wirbelten hinter seinem Auto auf. Sie würden einander bestimmt wiedersehen, dachte Wisting.

67

Es roch nach frisch gebackenem Apfelkuchen, als Wisting nach Hause kam. Ingrid Sandell hatte zwei Tage bei ihm gewohnt, während sie für ein neues Koordinierungstreffen in den Ermittlungen gegen Patrick Pape in der Stadt war.

Es fühlte sich gut an, dass es jemanden gab, der einen erwartete.

Nach der Begegnung mit der schwedischen Ermittlerin hatte Wistings Leben anscheinend eine neue Richtung genommen.

»Wir haben das Messer gefunden!«, rief er zu ihr hinein.

Ingrid kam ihm entgegen, schien aber gedanklich mit etwas anderem beschäftigt zu sein.

»Hat er etwas gesagt?«, fragte sie.

Wisting schüttelte den Kopf. »Es gibt zwei Dinge, die man nie zurücknehmen kann. Dinge, die man getan, und Dinge, die man gesagt hat.«

Ingrid lächelte, als wären ihr die gleichen Gedanken durch den Kopf gegangen.

»Wenn man etwas getan hat, was sich nicht wiedergutmachen lässt, ist es ein weiter Weg, bis man es zugeben kann«, schloss er.

Sie gingen in die Küche. Ingrid trocknete sich die Hände an einem Handtuch ab.

»Die Mühlen der Gerechtigkeit mahlen langsam, wie mein erster Chef immer zu sagen pflegte. Aber sie mahlen.« Sie lächelte. »Bei Morten Wendel hat es acht Jahre gedauert.«

Wisting erwiderte ihr Lächeln.

»Wenn es nicht diesen Dürresommer gegeben hätte, würde er immer noch dort liegen«, sagte er.

»Er meinte Gottes Mühlen«, korrigierte Ingrid sich selbst. »Seine Mühlen mahlen langsam. Bei Annika Bengt hat es vier Jahre gedauert.«

Sie saßen im Wohnzimmer und aßen warmen Apfelkuchen mit Sahne.

Ingrid zeigte auf den runden Tisch am Fenster.

»Was hast du da?«, fragte sie.

»Eine LP«, erwiderte Wisting. »Die kommt auch vom Grund des Farris.«

Er erzählte die ganze Geschichte von dem gestohlenen Geldschrank. »Der Safe enthielt signierte Platten von Frank Sinatra, Louis Armstrong, Bing Crosby und Dean Martin.«

»Hast du versucht, sie abzuspielen?«, fragte Ingrid.

In ihrem Mundwinkel war Sahne.

Wisting stand auf. In einer Ecke des Wohnzimmers stand sein Plattenspieler. »Noch nicht.«

Auf dem Deckel des Geräts lag ein Stapel LPs. Er räumte sie weg und schob den Stecker in die Dose. Die Lautsprecher gaben ein knisterndes Geräusch von sich, als sie mit Strom versorgt wurden.

Ingrid reichte ihm die Schallplatte.

»Ziemlich merkwürdig, eine Platte in der Hand zu halten, die vielleicht schon Louis Armstrong berührt hat«, sagte sie. »Muss er doch, wenn er sie signiert hat, oder?«

Wisting nahm sie in Empfang und stimmte ihr zu, auch wenn es für ihn ein noch seltsameres Erlebnis gewesen war, die Kette zu berühren, die Annika Bengt um den Hals getragen hatte, als sie getötet wurde, oder das Messer, das Morten Wendel das Leben gekostet hatte.

Er wischte die Schallplatte mit einer feinen Staubbürste ab, die zu dem Gerät gehörte, legte sie auf den Plattenteller und setzte den Tonarm an Ort und Stelle. Der Plattenteller begann, sich automatisch zu drehen. Zuerst gab das Gerät ein leises Knistern von sich, dann erklangen die ersten Töne.

»Das ist Frank Sinatra«, sagte Ingrid aufgeregt, während sie der charismatischen Stimme lauschten.

Er sang vom warmen Sommerwind.

Wisting streckte vorsichtig seine Hand aus. Ingrid nahm sie, trat näher und lehnte sich an ihn. Langsam bewegten sie sich über den Boden, leicht und natürlich, als ob sie schon seit Jahren zusammen tanzten.

»Weißt du, was mir am Segeln am besten gefällt?«, flüsterte sie leise in sein Ohr.

Er wartete auf die Fortsetzung.

»Dieser Moment, wenn der Wind das Segel füllt und dich mitnimmt«, sagte sie. »Manchmal muss man sich einfach mitnehmen lassen, wohin der Wind einen trägt.«

Die Schallplattennadel blieb an einem Kratzer hängen, und die Musik stockte.

Ingrid Sandell zog Wisting dicht an sich und flüsterte: »Ich glaube, ein guter Wind hat mich hierher getragen.«

Drei Tote – ein Geheimnis

Katrine Engberg

Glutspur

Die Wurzeln des Schmerzes.
Der erste Fall für Liv Jensen

Aus dem Dänischen von
Hanne Hammer
Piper, 464 Seiten
ISBN 978-3-492-06511-5

Der Selbstmord eines Häftlings auf Freigang, der Tod einer Museumsangestellten und ein wenige Jahre zurückliegender Mord an einem Journalisten – diese Fälle können keine Gemeinsamkeit haben. Oder doch? Liv Jensen, die sich gerade als Privatdetektivin in Kopenhagen selbstständig gemacht hat, versucht genau das herauszufinden. Sie trifft auf Hannah Leon, eine Krisenpsychologin, die gerade selbst einen Schicksalsschlag erlitten hat, und auf Nima Ansari, einen iranischen Automechaniker, der in einem der Fälle unter Mordverdacht gerät. Die Ermittlungen führen in ein dunkles Kapitel der dänischen Geschichte.

Leseproben, E-Books und mehr unter **www.piper.de**

Ritualmorde mit langer Vergangenheit

Elina Backman

Brandmal

Thriller

Aus dem Finnischen von
Alena Vogel
Piper, 576 Seiten
ISBN 978-3-492-06265-7

Als die Jounalistin Saana ihren Job verliert, kommt sie vorüberge-
hend bei ihrer Tante auf dem Land unter. Dort stößt sie auf einen
Fall aus dem Jahr 1989: Die 15-jährige Helena wurde tot in den
Stromschnellen des Flusses gefunden, man ging von Unfall oder
Selbstmord aus. Saana beginnt, Nachforschungen anzustellen, da
wird ein Mann aus dem Ort ermordet und mit einem Brandmal
in Form einer Krone gezeichnet. Kommissar Jan Leino aus Hel-
sinki schaltet sich ein, denn in der Hauptstadt wurde eine Leiche
mit dem gleichen Brandzeichen gefunden. Beide Opfer haben eine
Gemeinsamkeit: Sie kannten Helena.

Leseproben, E-Books und mehr unter **www.piper.de**